I0651897

中共
活摘器官

這個星球最大的邪惡

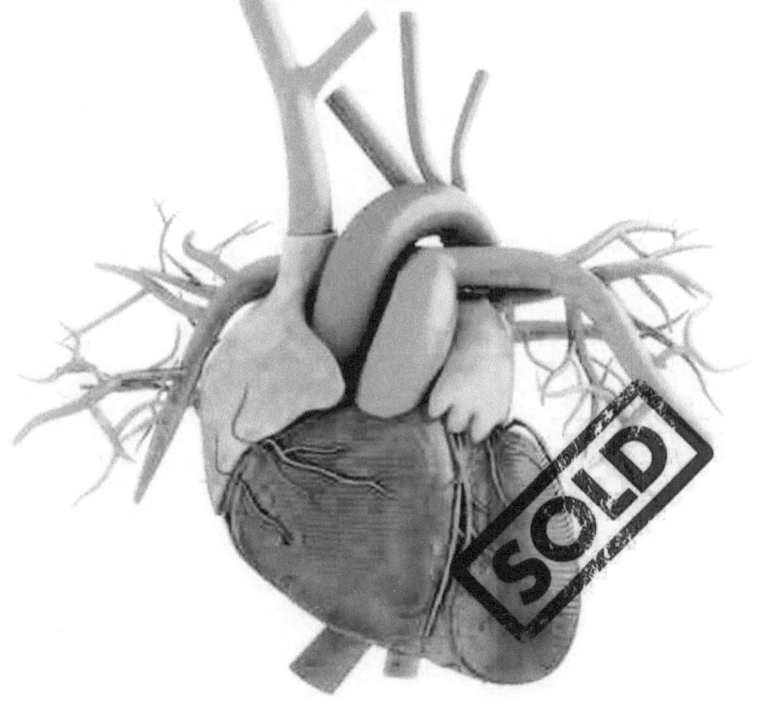

新紀元周刊編輯部

目錄

第一章

盜摘器官頻傳
大陸人人自危

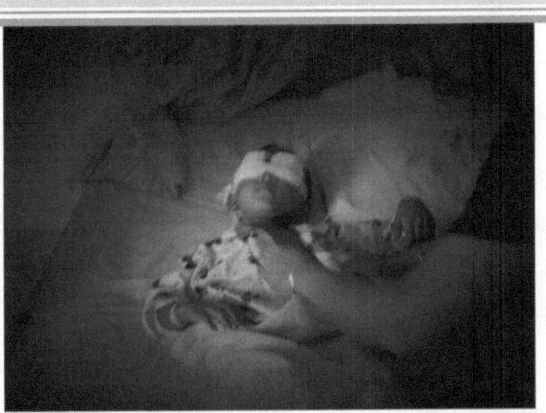

2013 年 8 月 24 日，江西汾西六歲童小斌斌被挖眼，眼角膜被人偷走。（新紀元資料室）

第一節

兒童被挖眼 大陸偷盜器官猖獗

中國大陸平均每天約有 550 名兒童失蹤，將近 80% 的失蹤兒童被拐賣，其找回概率只有 1‰，而買嬰者不會被刑責。圖為尋找孩童的車廂廣告。（AFP）

2013 年 8 月 24 日，就在薄熙來案在濟南中院進行庭審，官方掩蓋活摘器官罪行的同時，山西汾西縣傳出一駭人聽聞的慘案：一名六歲的男童小斌斌傍晚在屋外玩耍時，被人下藥導致昏迷，等家人發現他時，已經滿臉鮮血地躺在離家不遠的野地上，滿臉鮮血，雙眼被人挖去。警方在案發現場找回小童眼珠，但眼角膜則被人偷走了。

本來，再過一周小斌斌就要上一年級了，媽媽已經給他準備了裝著鉛筆、本子的新書包，未料遭此慘禍。躺在醫院裡的小斌斌只要一醒來，頭一句話就問：「媽媽，天為什麼還不亮啊？」這一句問話，叫天下多少人心酸！

無論官方如何編造或講述了男童伯母害人、畏罪跳井自殺，有一點官方解釋不清：為何要把小孩的眼球挖下來後專門把眼角膜取走？一般農民怎能知道如何摘取眼角膜？哪家醫院會接受一

個血淋淋的眼球或一個來路不明的眼角膜？為何警方不調查附近哪家醫院接受了這個眼角膜？無論這裡面有什麼故事，背後一定牽扯到器官移植黑幕。

當時也有人關注，為何大陸媒體會在審判薄熙來期間高調報導此事？人體器官的地下買賣在中國大陸十分猖獗，官方媒體都做了大量報導。比如 2013 年 7 月的一則報導說，有人指控甚至中國紅十字會的一些地方分支機構都與人體器官的非法交易有牽連。

在大陸，「角膜盲人」占全部盲人總數的四分之一，人數約為 800 萬，在這些患者中，絕大多數是九歲以下的兒童以及 40 至 69 歲的青壯年人，而復明的唯一手段就是角膜移植手術。但是由於眼角膜的捐獻者太少，全國各大醫院每年可以完成的角膜移植手術只有 2000 至 3000 例，不到 800 萬需求者的零頭，絕大多數的失明者只能在黑暗中苦苦地等待。

由於眼角膜本身不含血管，處於「免疫赦免」地位，使角膜移植的成功率位於其他同種異體器官移植之首。半歲至 60 歲、角膜健康者均可捐獻眼角膜。一般情況下，在人死後六小時以內、冬季在死後 12 小時以內摘取的角膜都可以用於移植，如果將新鮮角膜經保存液或深低溫特殊處理，則可保持數天或數周後待用。

由於捐獻者少，大陸角膜的黑市價達到了 30 萬人民幣。中國一名人體器官販子 2010 年曾對新浪網說，兒童器官通常能賣較高的價錢，因為大多數人認為，器官來源人的年紀越小，器官的質量就越好。

河南禹州九歲童被挖眼拋屍

當人們還沒有從小斌斌那句「天怎麼還不亮？」的悲痛中解脫出來時，2013 年 9 月 20 日，就在薄熙來被宣判無期徒刑的兩天前，距離江西汾西 835 公里的河南禹州，再次發生了孩子被人偷盜器官的慘案。

據《大河報》報導，9 月 20 日，河南禹州一九歲男童劉某走親戚時，遭歹徒劫持，身中 100 多刀，被挖右眼並拋屍湖中。

死者的父親劉海洋表示，他的兒子今年九歲，20 日下午四時左右在他母親的陪伴下來到禹州市韓城辦事處第八居民區姥姥家串親戚。六時許家屬發現劉某不見了，趕忙四處尋找。直至晚上 22 時，其家屬在小區的監控錄像中發現，男童劉某被一青年男子帶入該小區一住戶家中後再也沒有出來。

男童的家屬根據此線索立即趕到該住戶家中，在男童家屬的再三追問下，該青年男子的父親終於坦言，是其兒子將男童帶到家中殘忍殺害，並租了一輛三輪車將屍體運走。

最後在一名三輪車主的帶領下，於次日凌晨三時找到孩子屍體。當孩子的母親看到白天還活蹦亂跳的兒子，現在卻遍體鱗傷，失去右眼，冰冷躺在自己面前時，當場精神失常。

「孩子身中 100 多刀，面部幾乎被毀容，右眼眼角膜不見了。」男童父親哽咽著說。隨後凶手耿某被輯拿歸案。

民眾稱，這又是一起盜賣器官的案子，為了錢財，喪盡天良，活活殺死了一個孩子。更有民眾總結稱，中共的貪腐及獨裁統治必然會導致中國亂象叢生，校長可以性侵女童，為發財可以活摘器官，當官的貪污上億可以不死，可以玩弄女性，可以包養七奶、

八奶，學校幼兒園頻頻發生兒童傷亡事件，毒奶、毒食品更是防不勝防，貪官污吏橫行禍國殃民，這樣的世道還能讓人正常活下去嗎？

也有民眾議論說，8月24日山西汾西六歲小童小斌斌被挖眼，9月20日河南禹州九歲小童劉某被殺害後摘除右眼，平均一個月一起，這還只是官方媒體公開報導出來的活摘器官案，沒報導出來的，不知有多少倍？

偷盜器官危及每個大陸人

2013年6月1日兒童節期間，大陸媒體報導說，中國失蹤兒童每年可達20萬人左右，每日平均有大約550名兒童失蹤，這還是不完全統計。其中近八成的失蹤兒童係被拐賣，找回概率只有1‰。

6月1日，一個關於失蹤兒童的《孩子》畫展，在北京市通州區宋莊小堡村中壩河藝術區開展，畫家李月領將61名失蹤兒童的相貌，用畫筆繪成肖像畫，並配以家長尋子紀錄片，同時播放。通過畫展的形式，幫助家長尋找失蹤兒童。這些兒童失蹤時間最長的已經22年，最短的也已經一年。

美國著名期刊《外交政策》（Foreign Policy）於2010年10月10日發表卡斯特（Charles Custer）的文章《中國的失蹤兒童》（China's Missing Children）。作者表示，至少從1980年代開始，綁架和人口走私就成為中國的一大問題，而且受害者往往是兒童。中共當局公布的報告說「每年中國被綁架的兒童不到一萬人」，但據獨立的估計指出，這個數字高達七萬人。相較之下，

美國每年被綁架的兒童只有 100 至 200 名。

　　在中國，綁匪綁架兒童不是為了贖金，而是為了販售牟利。受害兒童通常來自農村貧窮家庭，這些家庭比較沒有能力追查孩子的下落或反抗。有些孩子被賣給收養家庭；有些淪為奴工、娼妓或流浪兒童；甚至有健康的孩子被操縱者打殘或毀容，以便在街頭博取同情並乞討到更多的錢；還有些孩子被賣給國外的收養家庭，如此中國收養仲介商可從中獲取外國收養父母提供的捐款。卡斯特表示，大多數綁架案都由有組織的全國性大型幫派犯下，有些幫派的成員多達幾十人甚至幾百人。此估計數據差異頗大，因為官方數據很難取得和相信。

　　犯罪學專家皮藝軍表示，有關社會黑暗面的資料很難取得，中共公安局只公布破獲的案件。這表示官方統計資料只針對被認定是犯罪的案件，很多被視為失蹤人口處理的案件，並不列入官方統計。

患者手術腎被偷 死刑犯不見屍

西安音樂學院大三學生藥家鑫
2011 年 6 月 7 日被執行死刑，其
家人連屍體都見不到。圖為藥家
鑫在 2011 年 3 月 23 日的庭審上。
（新紀元資料室）

　　除了兒童外，大陸人因為做手術而被醫院偷走腎臟的也很
多，單從大陸官方媒體報導的案例中就能看出問題的嚴重性。

　　2011 年 10 月 25 日《法治周末》報導，河北邯鄲的尿毒症患者
高兵強在患病檢查時，被查出左腎缺如（醫學術語，指左腎缺失）。
他懷疑自己被唯一一次接受手術的邯鄲市第一醫院「偷」了腎。

　　2011 年 9 月 29 日，高兵強在網上發出名為《邯鄲醫生趁手
術偷偷摘取小夥腎臟》的求助帖子：「我今年 25 歲，2004 年因
為車禍受傷，在邯鄲市一家大醫院做了腸吻合手術，沒想到醫生
趁機摘取了我的一顆腎臟，致使我患上了尿毒症，醫院卻不承認，
我特別需要大家的幫助，需要法律支援，一些關鍵證據已經找到，
希望大家幫幫我！幫幫我！」

　　2011 年 10 月 13 日，來自重慶 24 歲賣腎的小夥王明（化名）
來濟南報案，稱 8 月 20 日在仲介的安排下，在一家小診所賣掉

了自己的右腎，不僅沒有拿到原定的兩萬元，而且時隔一個多月，傷口仍在不斷流膿。

2011 年 3 月 28 日，《中國青年報》報導，26 歲的湖南小夥胡杰，因還不起 1 萬 8000 元賭債，想到「賣腎」。自第一個聯繫電話始，他很快陷入一張龐大而嚴密的腎臟地下交易仲介網絡。幾個月後，儘管他不停地哭泣，表示「真的不想做了」，但仍然被送上一家民營醫院的簡陋手術台，切掉了左腎。

有資料顯示，中國每年有 150 萬名需要器官移植患者，而能獲得移植的大約有一萬人，每個移植買賣有 2.5 萬至 15 萬元的巨大利潤空間。

在百度搜索上敲入「尋肝源、腎源」，數萬條信息撲面而來，留下的 QQ 號、手機號數不勝數，甚至有公司形式出現對此進行操作。有人質疑，人體器官買賣如此明目張膽，是誰縱容的？

《貴州都市報》曾報導，2004 年 2 月 20 日，遵義市中級法院首次使用該院花 60 餘萬元購置的全國首輛大型死刑執行車，採用藥物注射方式執行死刑。從此以後，這種「死亡之車」遍布中國各地。這種車外型與一般的警用巡邏車無異，但車廂內部配備像是醫院的開刀房，其恐怖氣氛令人想起德國納粹政權屠殺猶太人使用的毒氣卡車。

英國《每日郵報》報導指稱，在中共官員眼中，死刑車的最大好處恐怕還是方便當局摘取死刑犯器官圖利，包括犯人的眼睛及腎、肝、胰、肺等器官，再火速把器官送到北京、上海與廣州附近的醫院，賣給在醫院裡等候移植的有錢人，或者來自國外的「器官移植觀光客」。

也有民眾舉報說，這些死刑犯處置車有時也會把路邊昏睡的

流浪漢或精神病人，悄悄綁架到車裡，活摘器官後毀屍滅跡，外界只知道這個人失蹤了，到底哪去了，也沒有追究。

《赫爾辛基條約》：器官不能買賣

何謂器官移植手術呢？就是把一個人的心臟、肝臟等主要器官摘下來，再安置在另外一個病人身上，從而令這個病人康復的手術。1954 年底，美國波士頓的默里醫生成功完成世界首例同卵雙胞胎之間的活體腎移植手術，使病患多活了八年，至今全球已有 70 餘萬絕症患者接受過器官移植治療。

1970 年代國際社會制定了《赫爾辛基條約》，明確規定器官不能買賣，不少國家還制定了器官移植法，嚴格規定判斷腦死亡的醫生與參與移植的醫生是兩套系統，以防為了移植器官而任意判定腦死亡，然而大陸至今沒有完善的腦死亡判定等相關立法。

在捐獻的器官中，除親朋好友間的活體捐贈外，國外供體主要來自腦死亡者：即全腦功能不可逆轉的永久喪失，但仍被維持呼吸，因為當人停止呼吸 15 分鐘後，其器官就會隨之死亡而無法用於移植。要保證移植成功，首先得及時將器官保存在特製的低溫灌洗溶液中，並必須在有效的缺血時間內完成移植手術，一般腎臟的冷缺血時間不得超過 24 小時，肝臟不超過 15 小時，心臟不超過六小時。

移植前需要做的匹配測試

由於人體天生的免疫機能，能對外來「非己」器官加以識別、

控制和消滅，從而導致移植失敗。

人體主要有兩大類抗原：ABO 血型和人類白細胞抗原（HLA），他們之間能組合形成 200 多萬種不同的抗原。除非同卵雙生子，人群中很難找到完全匹配的供體和受體，目前臨床上只要 HLA 基本匹配就可做移植手術，但術後必須終生大量服用皮質激素和免疫抑制劑。在中國大陸，平均腎移植手術費 15 萬元人民幣，但以後每年還需花費 10 多萬元的維持藥費，一旦停藥就會導致器官死亡或人體死亡。

移植前需要做的匹配測試包括：一、血型要相容；二、淋巴細胞毒性試驗必須是陰性，即細胞殺傷率應小於 10％；三、群體反應性抗體（PRA）也應小於 10％；四、人類白細胞抗原系統（HLA）：相同位點越多越好。

人體 HLA 類型有常見、少見、罕見之分，常見的 HLA 分型在 300 至 500 人就可找到一個相同者，其餘則是萬分之一、甚至幾十萬分之一的概率。據美國「全國骨髓捐贈計畫」（www.marrow.org）網站提供的 HLA 匹配資料，大約 4000 個捐贈者中有 200 個能成為潛在的供體（匹配率 5％），而在這 200 個潛在供體中，只有大約 4.5 人能較完全的匹配（匹配率 1％）。

由於手術後持續不斷使用免疫抑制劑，能在一定程度上緩解 HLA 不完全配型帶來的排斥反應，這為提高器官匹配率帶來了可能。比如腎移植一般需要六個點的 HLA 匹配，但大陸基本上有四個點匹配就可進行移植。目前大陸臨床移植界認為，直系親屬之間的器官匹配率為 50％，普通人群為 20 ～ 30％。 從手術難度來講，假如腎移植為 10，心臟移植則為 20，肝臟移植高達 60，一般所說的肝移植都是全肝移植，因為肝臟移植難度較大，除非

2007 年後特別註明的親屬間活體肝移植。但由於肝臟是「免疫特惠器官」，相對而言容易匹配，因此肝移植尋找器官最容易。

夏俊峰、藥家鑫的器官哪去了？

2013 年 9 月 24 日，就在薄熙來被判無期徒刑的兩天後，大陸不少媒體人以直接或隱晦的方式放出消息：備受關注的夏俊峰案已核准死刑，即將執行。夏俊峰的妻子張晶則毫不知情。媒體人還披露了中共宣傳部門的禁令：「遼寧夏俊峰故意殺人案死刑覆核已審結，將於 9 月 25 日執行，各媒體如作報導一律依據法院發布的權威消息刊播，不評論不鏈接、不渲染炒作。」

直到 9 月 25 日凌晨五時，一行人敲開張晶的家門，要求她去和丈夫見最後一面。下午 15 時 55 分，張晶在微博發布消息：「剛接的法院電話通知，夏俊峰已火化，明天九時去領取骨灰。」

大陸擁有大量粉絲的微博帳戶「染香姐姐」質疑：為什麼夏俊峰也只有一捧骨灰還給家屬？此犯並非無人認領屍體，為何也只交還骨灰？執法機關什麼時候有屍體處置權？家屬連屍體的處置權都沒有？器官到底可以賣多少錢？不會「301」有領導躺床上等著配型成功的器官所以才急吼吼的殺人吧？

網友吳淑平也表示：剛才無意中看了藥家鑫之父藥慶衛的微博，才知道藥家鑫被執行死刑，其家人居然連屍體都見不到。無論藥家鑫如何罪大惡極，屍體總該讓其父母看一眼吧？如果法律和執法者這樣殘忍，與殺人又有何區別呢？這不是刀刀殺到其父、其母的胸口上嗎？

曾成杰被滅口槍決

中共強行摘取死刑犯的器官，已經是公開的祕密罪行了。就在薄熙來案審理過程中，就至少發生了幾起器官被摘取案。

2013 年 7 月 12 日，涉嫌集資的湘商曾成杰，被湖南省長沙市中級法院「祕密處決」，引爆大範圍的民怨。

曾成杰之女在微博上披露：「這是 7 月 14 日中午，在我父親執行死刑兩天後（我們）才接到長沙中院的死刑執行通知。郵寄郵戳時間是 7 月 13 日，簽發時間是我父親被槍決的 12 日。難道長沙中院唐學平法官不知道刑訴法解釋 423 條的法理以及犯人臨終告別權和親屬臨終會面權的人道嗎？死刑也由注射改為槍決。人權何在？法理何在？天道何在？」

民眾紛紛質疑：曾成杰不但慘遭「滅口」，器官很可能也被盜摘。大陸記者何光偉表示：「請長沙中院出示錄音、錄像自證清白，否則我們有理由懷疑曾臨刑前被虐待、器官缺失、還有他是不是被處決的？這些貴院必須出示所有監控自證清白。」

法學教授賀衛方對此表示：「生前最後的見面可以由犯人提出，也可以由家屬提出，兩者都必須得到尊重。從基本的人道出發，甚至在相關人員沒有提出此要求的情況下，司法當局也應努力促成這種會見。還有，行刑後的屍體也應經其家人驗證後火化，否則死者器官是否完整不得而知。」

第三節

中國如何一夕成為移植大國

第二天就找到免疫匹配的心臟

近 10 年來，國際流行到中國大陸進行器官移植手術，其特點是在大陸無需花費等候器官的時間，所需配型的器官幾乎是隨要隨到……一些國際醫學界專家認為大陸存在龐大活體人體器官庫。

《長春城市晚報》2006 年 3 月 4 日報導了一則離奇的百里「摘心」術。2 月 27 日，浙江 28 歲的心臟病人謝抱時，在弟弟陪同下乘飛機來到吉林大學第二醫院。

入院檢查後才發現，他患的是「終末期擴張性心肌病」，必須馬上做心臟移植，否則性命不保。可上哪去找願意把心臟捐獻出來而自己喪命的人呢？

報導沒有透露心臟的來源，只說醫院在第二天就找到了免疫匹配的心臟。「28 日早上十點多，吉大二院腎病內科主任苗里寧，乘救護車趕往距長春 50 公里外的地方去取供體心臟，10 分鐘就摘下一名男子的心臟，放在專門的心臟冷凍保護液中，然後以 180 公里的時速趕回吉大二院，三小時後，那名男子的心臟就在謝抱時的體內跳動起來了。」

2006 年 5 月 19 日，《南方日報》在報導轟動全中國的齊齊哈爾第二製藥廠的「亮菌甲素」假藥造成數十人死亡的同時，還報導了中山三院肝移植中心如何搶救中毒患者。

報導說，5 月 16 日，專家在會診後給中毒患者任貞朝開出的治療方案是：馬上進行肝腎聯合移植。「令人難以置信的是，僅隔一天時間，省外就傳來好消息——配型與病人吻合的肝腎找到了。17 日下午六時，肝腎被火速空運到了廣州。八小時後，手術順利完成。」

國際需數年等待合適肝臟腎臟

就在普通民眾為這些神奇高效的移植手術感到欣慰高興時，國內外的醫學專家們卻疑惑深重：作為常規外科手術，器官移植技術本身並不難，難點主要在於匹配器官的找尋。國際社會上要找到一個合適的肝臟或腎臟一般要等好幾年，為什麼「找尋奇蹟」卻在中國頻繁發生呢？中國人口多並不是關鍵原因，因為不同人種中的器官匹配機率是一樣的，哪怕人群基數大，但最終能匹配的器官數量也是非常有限的，況且中國人即使死了也要保留全屍的傳統觀念，恰恰是最阻礙器官移植的因素。

中國實際移植量遠比美國多

根據中共官方公布的每年移植數量，中國已成為美國之後的第二大移植大國，據「中華醫學會器官移植學會」主任委員陳實介紹，截至 2005 年底，中國已累計開展器官移植 8 萬 5000 多例，其中腎移植 7 萬 4000 多例，肝移植逾萬例，心臟移植 4000 多例。特別是 2002 年以來，中國移植業迅速發展，每年開展的器官移植手術超過一萬例，2005 年達到了創紀錄的 1 萬 2000 多例。

然而很多國際醫學專家稱，中國實際移植量比美國多很多。2010 年 3 月，《南方周末》記者在《器官捐獻迷宮》採訪中山一院副院長何曉順時得悉，「2000 年是中國器官移植的分水嶺。2000 年全國的肝移植比 1999 年翻了 10 倍，2005 年又翻了三倍。」而官方公布的數據 2000 年只比 1999 年翻了一倍多。

大陸換腎跟買豬腰子一樣容易

2006 年 5 月 17 日《華夏時報》報導了一則新聞：《48 小時兩次換腎 22 萬換來財命兩空》，患尿毒症的安徽阜陽 49 歲的薛燕林，2004 年 12 月 19 日住進了北京市海淀醫院移植中心，九天後的 28 日下午，醫院從外地取回腎源。在只做了血型和群體反應性抗體（PRA）測試、而沒做淋巴細胞毒交叉配型試驗，以及人類白細胞抗原系統（HLA）等檢測的情況下，當晚 22 時 10 分薛被推進了手術室，直到 11 時主刀大夫韓修武才從內蒙古赤峰趕回北京，匆匆進入手術室。

四小時後薛被推出手術室，韓修武說：「手術不太理想。」

第二天上午九時做 B 超檢測，確定腎移植失敗。據薛的丈夫盧曉星說：「當時壞腎沒有取出，因為韓修武當天還要去昆明做手術，他說那裡還有腎源，他說 30 日從昆明帶回另一個腎，到那時直接把壞腎取出，換上新腎就行了。」

12 月 30 日，薛燕林因心臟病發作被緊急搶救。當晚 11 時左右，韓修武帶著腎源從昆明回到醫院，當晚 12 時韓修武對薛燕林施行了第二次腎移植，還沒等手術結束，韓修武就宣布：換腎又失敗了。一個月後，在花光 22 萬醫藥費後，薛燕林含淚離世。

事後據律師調查，「海淀醫院移植中心」根本沒有在北京市衛生局登記，屬於非法行醫，然而僅韓修武一人就做了 400 多例腎移植。人們議論紛紛：「在國外要苦苦等待三年的寶貴腎，在海淀醫院卻跟買豬腰子似的，第一個腎花九天就找到了，第二個腎直接到昆明去拿就行了。這不奇怪嗎？」

前些年大陸影視紅星傅彪曾先後兩次做肝移植。第一次在 2004 年 8 月 27 日確診為肝癌，9 月 2 日就在北京武警總醫院接受了肝移植，找肝時間最多一周。2005 年 4 月中，傅彪被查出肝癌復發，遂在 4 月 28 日在天津東方器官移植中心（天津第一中心醫院）做了二次肝移植手術，從病發到移植手術也只有一周多。然而在被掏空了上百萬家產後，年輕的他撒手人寰。

如此快速草率進行移植手術的現象在大陸非常普遍。據《三聯生活周刊》報導《器官移植立法之難》一文（http://www.lifeweek.com.cn/2006-04-17/0005314976.shtml），上海長征醫院器官移植中心主任朱有華表示，「長征醫院 2005 年完成 181 例腎移植和 172 例肝移植，其中接受在地下醫院器官移植失敗的患者二、三十例，這是非常可惜的經濟損失和供體浪費。」東方器官

移植中心沈中陽也表示，該中心接收的二次移植病例占器官移植總量的 10 ～ 20%。文章還透露說，「中國 98% 器官移植源控制在非衛生部系統」，言外之意，是在司法和軍事系統。

器官比死囚多 官方六次改口

2013 年 3 月 10 日兩會期間，中共宣布撤銷衛生部，將其和計生委合併成「國家衛生和計畫生育委員會」，12 日，國務院宣布免去黃潔夫的衛生部副部長職務。這位從 2001 年就擔任衛生部副部長的肝膽外科專家，由於一直擔任中國器官移植的對外發言人而被稱為中共器官移植的「掌門人」，此前在 2013 年 2 月 25 日人體器官捐獻視頻會議上，黃潔夫再次承認，中國是世界上唯一系統地利用死囚器官的國家。

關於大陸器官的來源，中共官方前後給出了截然不同的說法。早在 30 年前就有中國醫生在聯合國指證中共當局盜用死刑犯器官，但中共外交部一直矢口否認，直到 2005 年 7 月，中共衛生部副部長黃潔夫在世界肝臟移植大會上才首次承認：中國多數移植器官來自死刑犯。11 月 7 日的世界衛生組織（WHO）會議上，黃潔夫再次公開承認中國絕大多數移植器官來自於死刑犯。

然而 2006 年 3 月，中共外交部發言人秦剛在記者會上宣稱：「有關中國存在從死刑犯身上摘取器官進行器官移植的情況，完全是謊言。」

2006 年 4 月 10 日，中共衛生部新聞發言人毛群安公開表示，大陸器官「主要來源於公民在去世時候的自願捐贈」。到了 2007 年 1 月 11 日，毛群安才承認中國摘取死刑犯器官。從那以後，

中共一直咬定大陸器官主要來源於死刑犯。

從中共官方六次改口辯護中，人們看出了癥結所在：大陸死刑犯人數遠遠少於器官移植所需的供體人群。大陸官方公布每年實施全肝移植 4000 例（實際數據可能多出三至四倍），即使按照陌生人群 20 ～ 30％的器官匹配率來算，也必須從三至五個人中才能找到一個合適的器官，那 4000 個肝臟就至少需要從 1 萬2000 至 2 萬名死刑犯中挑選。

然而據國際人權組織調查，中國每年公布的死刑犯在 2000人左右，即使全部用上，也只能讓 2000 人做肝移植，其餘的人從何得到肝臟的呢？就算大陸每年處決一萬名死刑犯，面對各省市法院的地方保護主義，加上直到 2006 年後才開始建立全國器官－病患資訊網，假如一名在山東的病人需要某種 HLA 類型的肝臟，即使新疆有個被槍決的死刑犯具有匹配的肝臟，沒有器官聯網資訊，人們怎麼知道新疆有器官呢？又如何在 15 小時內把肝臟從一個新疆人身上移植到一個山東人身上呢？況且大陸移植界公認中國器官浪費率很高，如何來解釋這麼大的移植量呢？

由於器官來路不明，儘管中國移植醫生的研究成果不少，但國際性醫學期刊少有中國醫生的論文，因為國際器官學會曾發表過一個三頁長的文件，質疑大陸來源不明的器官與罪惡相關。

其實早在 1984 年 10 月 9 日，中共頒布了《關於利用死刑罪犯屍體或屍體器官的暫行規定》，從而開始了以法院為主導的死刑犯器官利用流程。醫院想獲得器官，就必須得到法院及其管轄下的一整套司法系統的認可。當法院判決犯人死刑時，醫院就會提前到監獄為犯人驗血，以獲取其器官資訊。到了法院的法警執行死刑當天，檢察院還要派人現場監督，所以醫院還要獲得檢察院的默認。

第四節

黃潔夫隨手調來兩個「死刑犯」

只要查查大陸媒體公開的報導，就能發現中共所說的「死刑犯」非常特殊。據「烏魯木齊在線」（http://www.wlmqwb.com/wlmqwb/map/2005-10/11/content_26276.htm）和新浪網（http://news.sina.com.cn/s/2005-10-03/11557091937s.shtml）報導，2005年9月28日下午，中共衛生部副部長黃潔夫在隨同中共政法委書記羅幹參加新疆自治區成立50周年活動時，順便在新疆醫科大學第一附屬醫院演示了一場移植手術。

當黃潔夫在打開46歲的肝癌病人姚樹發的腹腔後發現，這個肝正好適合做他夢寐以求的自體肝移植：即切下患者肝臟，在離體情況下切除癌組織後，再將肝臟植回患者體內。據說全球只有德國、美國、法國、日本四個國家能做這種高難度外科手術。

於是他讓人縫合好刀口，並馬上聯繫位於廣州的中山醫科大

學第一附屬醫院和位於重慶的第三醫科大學西南肝臟醫院醫治中心，分別讓他們準備一個備用肝來，以防自體移植失敗。「29日下午6時30分，匹配的肝臟就由重慶運來了！廣州中山醫院的三名醫護人員也帶著轉流設備和一個肝臟火速趕到新疆！」

黃潔夫的手術從29日晚七時一直做到30日早上十時，在觀察24小時後，黃宣布手術成功，不再需要備用肝臟了。衛生部2006年發布的《肝臟移植技術管理規範》規定肝臟冷缺血時間不超過15小時，如此看來，從重慶和廣州運來的兩個備用肝只能是兩個大活人，否則別說從尋找肝臟開始，就算手術開始到40小時後才能知曉自體移植是否失敗，事先摘下來的肝臟早就失效了。奇怪的是，這兩個來自重慶和廣州的「死刑犯」為什麼剛好都在這一天被宣布處死，而且被隨便拉到新疆執行死刑呢？中國監獄、法院、醫院存在怎樣的勾當？

巨大隱形天然器官庫

這樣的實例還很多。據《廣東醫師》報導，廣東省器官移植中心的陳規劃「在當院長後，依然每周要做四、五台肝移植手術，而且手術一般選在晚上。僅2005年一年他就完成246例肝移植，累計達到1000例。」這樣算來，陳規劃幾乎每天上班都要處置一名「死刑犯」，而這名死刑犯的器官類型剛好跟陳規劃當天病人需要的組織匹配。天下哪有這樣巧的事天天發生呢？

像陳規劃這樣幾乎天天處理死刑犯肝臟的「移植大王」還很多。天津東方器官移植中心（天津第一中心醫院）主任、武警總醫院肝移植研究所所長沈中陽，早在2005年3月17日就完成了

1600 例肝移植，居世界前列。

上海第二醫科大學附屬仁濟醫院肝移植中心主任夏強更是自白的說：「對肝移植我是著了魔的。我現在簡直像上癮一樣，每周至少做二至五台肝移植，失敗了也不怕，認真總結分析，第二天就會繼續做。」他哪去找這麼多「死刑犯」呢？

由於器官移植要求時間短、匹配難度高，在世界各地都是病人等器官，一等就是好幾年。據美國衛生部報告（www.organdonor.gov），在美國等待腎臟平均需要 1121 天，肝 796 天，心 230 天，肺 1038 天，胰腺 501 天。在 2000 前的中國移植界也是這樣。然而 2000 後，特別是 2003 至 2006 年四年間，大陸移植數量呈現蘑菇雲似的巨大增長，由於器官來源充足，等候時間也大大縮短。

國際醫學專家根據大陸器官市場的奇異現象分析，認為大陸一定存在龐大的地下人體器官庫，甚至活體器官庫——就是有事先都已驗好血型和做好相關資料檔案的活體器官供應者，在市場上獲得器官「需求」之後，這些活體器官供應者就被送入「醫院」（屠宰場）。只有這樣，才能保證器官市場上「隨叫隨到」的超短等候時間。

在中國無法獲得法律保護的法輪功學員、中國勞教所裡的囚犯、社會流民、被拐賣的婦女、兒童等都可能是這個地下組織盜賣器官的目標。

官方網站：一周可做腎移植

天津「東方器官移植中心」（天津第一中心醫院）在其網站

上公開宣布：該中心進行腎移植，最快一周，最慢不超一個月，而肝移植也一樣。醫院紀錄顯示，2005 年病人平均等待肝移植時間為兩周。上海長征醫院器官移植科的肝移植更快，平均等候供肝時間為一周。

　　異常短的器官等候顯示不明的器官來源。瀋陽一醫生在談到隨處可見的賣腎廣告時表示，「我們器官來源很充足，根本不需要理那些賣腎廣告。」

上海長征醫院網站網路截圖。

　　然而 2007 年後情況急轉直下。在 2007 年 7 月 20 日《南方周末》的《中國叫停「器官移植旅遊」》一文寫道：「從春節後到現在，近半年過去了，這家號稱亞洲最大的器官移植中心總共才做了 15 例來自親屬間的活體肝移植手術。而在 2006 年，東方器官移植中心創造出了一年完成 600 多例肝移植手術的紀錄。『主要是沒有供體。』（中心副主任）朱志軍無奈地看著手術數量直線下降。他認為，目前的困境源於最近關於器官移植一系列法律法規的頒布。」言外之意，以往大量充足的死者供體，2007 年突然銳減了。

2003 至 2006 年發生了什麼？

為什麼原本充足的器官供體一經「整頓」就沒了呢？中國肝移植註冊網（www.cltr.org）統計了最近 17 年來全中國從事肝臟移植的醫療機構的移植數量，其中包括 35 個國家級移植中心和 45 家省級中心。

數據顯示，大陸移植一直呈上升狀態，但在 2003 年至 2006 年間，來自死者的器官突然成倍增加，使移植數量呈現蘑菇雲一樣的爆炸式膨脹，然而到 2007 年突然減少了一半。人們不禁要問，2003 至 2006 年這四年間發生了什麼？2007 年又發生了什麼呢？

法輪功學員創辦的明慧網曾發表過一篇調查報導：《「死刑犯」撐不起中國器官移植市場上的蘑菇雲》（詳見本書第十一章），系統翔實地分析了在每年變化不大的普通死刑犯之外，在 2003 至 2006 年期間，中共利用偷盜法輪功學員器官，才出現這四年移植量的大爆炸。隨後由於國際社會的強烈質疑，中共不得不收斂以往的肆意妄為，並在 2007 年 7 月 1 日開始實施《人體器官移植技術臨床應用管理暫行規定》。

如今外界還不能斷定中共是否已經停止活摘法輪功學員器官，但諸多證據和疑團讓全世界意識到，揭開大陸器官黑幕已是刻不容緩的當務之急了。

偷盜器官從法輪功學員身上開始

中共官方偷盜器官，早在 2006 年就被《大紀元》最先曝光了。

2006 年 3 月 9 日，《大紀元時報》曝光了《瀋陽集中營設焚屍爐，售法輪功學員器官》。化名皮特的大陸資深媒體人透露，在瀋陽市蘇家屯區有個類似法西斯的祕密集中營，關押著 6000 多名法輪功學員，許多法輪功學員離奇死亡，焚屍前內臟器官都被掏空出售。

不久，加拿大人權律師麥塔斯（David Matas）與加拿大前亞太司司長、資深國會議員喬高（David Kilgour）進行了獨立第三方調查，並共同著有《血腥的活摘器官》（Bloody Harvest）一書，該書於 2007 年出版，是有關中共活摘法輪功學員器官的調查報告。

作為獨立第三者，麥塔斯和喬高發現，中共對遭非法關押的法輪功學員大規模強行摘取器官。調查報告指出：「他們的重要器官，包括心臟、腎臟、肝臟和眼角膜等，被強行摘取並以高價出售，有時候賣給原本在自己的國家須長久等待自願器官捐贈的外國人。」

2013 年 7 月，前美國智庫研究員、資深調查記者伊森·葛特曼（Ethan Gutmann）撰文《展出中的遺體》（見本書第 227 頁：「啞巴證人」含冤巡展 控訴活摘），揭露了薄熙來為撈取政治資本，以活摘器官和塑化加工屍體推動、實施江澤民對法輪功學員「在肉體上消滅」政策的黑幕。曾對中國勞教所做過大量研究工作的葛特曼說，他經過獨立調查發現，摘取器官的罪行在 2006 年達到高潮，現在仍然在繼續。到 2008 年，最少有 6 萬 5000 名法輪功學員因為被摘取器官而死亡。其他團體如西藏人、維吾爾人和一些基督教團體人士也成為中共活體摘取器官罪行的受害者，只是數量沒有法輪功學員那麼多。

　　然而令他吃驚的是，活摘器官的暴行如此迅速地擴散到了普通中國人身上，如今孩子出門玩耍可能就被偷盜器官了，假如活摘器官罪行不從源頭上、從根本上消除，誰能保證這樣的厄運不降落在我們自己身上呢？

　　一位大陸讀者留言說，山西臨汾市小斌斌在家門口玩耍，被人擄到野地裡挖去了雙眼。究竟是怎樣的社會，才會生發如此喪盡天良的罪孽？挖去小斌斌雙眼的大案須追查，活摘法輪功學員器官的政府行為更須追查，還有中共建政以來造成 8000 萬中國人非正常死亡能放過嗎？小斌斌問自己的母親：「媽媽，天為什麼還不亮啊？」眾多正在覺醒而且眼睛又看得見的中國人也在發問：「中國，天為什麼還不亮啊？」

中共活摘器官－－這個星球最大的邪惡

第二章

《血腥的活摘器官》

大衛‧喬高（左）與大衛‧麥塔斯（右）著作的《血腥的活摘器官》中文版新書發表會，揭發這個星球上前所未有的邪惡，並提出制止中共暴行的建言。（大紀元）

第一節

多方證詞 指證歷歷

驚曝中共活體摘取法輪功學員器官販賣黑幕的二位證人皮特與安妮，2006 年 4 月 20 日下午兩點與法輪功學員現身華盛頓新聞發布會作證。（大紀元）

2006 年 3 月 17 日，一位化名安妮的女士對《大紀元時報》說：「我的一名家人參與了摘取法輪功學員器官的手術。這給我們的家庭帶來了巨大的痛苦。」

安妮所言是否屬實，引發了爭議。中共對安妮所言之事全盤否認。另有人根據安妮的話做了一些初步調查後斷定，法輪功學員是活摘器官的受害者，覆蓋面遍及全中國。

這是《血腥的活摘器官》一書的引言開頭。作者是加拿大資深律師大衛·麥塔斯（David Matas）和加拿大前亞太司司長大衛·喬高（David Kilgour）——兩位 2010 年諾貝爾和平獎候選人。兩名大衛對這一駭人聽聞的罪惡做了非常專業嚴謹的調查核實。作為著名人權活動家，他們在收到「法輪功受迫害真相聯合調查團」主席約翰·卓博士（John Jaw，Ph.D.）的請求報告後，向中共提出進入中國大陸獨立調查的請求。毫無懸念地被拒絕後，他們自

費奔走於聯合國和數十個國家，竭盡全力為法輪功群體和受害者伸張正義，促使這一「人類歷史上前所未有的罪惡」全面曝光，引發了全球震動。《血腥的活摘器官》一書也幾次登上知名售書網排行榜榜首。該書厚達數百頁，為使讀者能在有限的時間裡了解其驚人內容，本文摘錄其中部分證據，用無可辯駁的事實，揭露中共政權認可的、包括眾多醫院在內的中共公安、監獄、軍隊、法院等聯合參與的這一喪盡天良的邪惡罪行。

證人的恐怖經歷

2008 年 7 月，大衛・麥塔斯採訪了一位曾經在中國坐過監獄的證人藍尼（化名）。他講述了一段駭人的經歷。

藍尼曾被關押在多處牢房，每個牢房平均關押 20 個犯人。藍尼曾和死刑犯共處一室超過 10 次，因此熟悉他們被執行死刑的方式。死刑前幾日，一個身穿白大褂的人會從死刑犯身上提取血樣。處決當天，四、五個身著白大褂、戴白手套的人會把犯人帶走。透過監獄的窗子，可以看到外面有一輛帶紅十字標誌的白色救護車在那等候。

一次藍尼被提審時，看到一位住同號的死刑犯就在隔壁，脖子上插著一支注射器，注射器中有半罐液體。一小時後，人還在，但注射器空了。藍尼從牢頭那裡得知，死刑犯要被活摘器官。死刑執行日期由監獄和附近一家醫院協定，當醫院需要器官時，即是對犯人行刑的日子。器官移植所獲利潤由醫院和獄警對半平分。關於插在脖子上的注射器，牢頭解釋說那是一管麻藥，用來麻醉死刑犯並維持他的器官，直到被割取。

2006 年 11 月，藍尼在江蘇省無錫市第一監獄被轉移到 311 號監室。獄警要求他在一份聲明上簽字，證明 311 號在押犯人陳啟東死於疾病。該聲明將出示給陳的家屬。而陳啟東在藍尼到來前幾天死亡。因從未見過陳，藍尼拒絕在死因聲明上簽字，住同號的其他犯人都簽了字。

311 號的牢頭王耀虎和其他七、八個同號犯人告訴藍尼，陳啟東是一位法輪功學員，拒絕「轉化」，在關押期間堅持打坐煉功，獄警為此毆打並折磨他。陳絕食抗議，獄警於是對他強行灌食，將管子插進他的喉嚨並灌進熱粥。粥溫度過高灼傷了陳的消化系統，陳發起了高燒。當時，穿白大褂的人來提取了陳的血樣。幾天之後，陳被四個白大褂、白手套的人帶走，一去不返。牢頭告訴藍尼，陳被割取了器官。為了掩蓋罪行，獄警編造「疾病死亡」的證據，銷贓滅跡。

《血腥的活摘器官》作者說：「我們的調查報告最終是獨立的。我們不要求人們因我們的身分而相信我們，只是請求人們考慮我們的報告，並做出自己的判斷。調查工作開始時，我們對於該指控的真偽毫無見解。這些指控太怵目驚心，幾乎令人無法相信。我們曾更情願得出『這些指控是不實的』結論。因為如果指控是真的話，將揭示出我們這個星球上前所未有的令人深惡痛絕的邪惡行徑，凌駕於人類曾經目睹的一切罪惡。正是這種恐怖使我們在難以置信中躊躇。但難以置信並不意味著這些指控是不實的。

如果摘取法輪功學員器官的罪行確實發生了，那麼現場人員要麼是行凶者，要麼是受害者，不存在旁觀者。因為受害者被謀殺後焚化，找不到任何屍體，無法驗屍。沒有倖存者來講述自身

遭遇。行凶者不大可能坦白自己犯下的反人類罪。但經過調查，我們還是收集了數量驚人的證詞。

我們的結論是，大規模強行掠奪法輪功學員器官的行為已經發生，而且現在仍然在繼續。我們斷定，自 1999 年以來，中共及其分布在全國各地的機構，尤其是醫院，還有拘留所和『人民法院』，已處死了大量法輪功良心犯，但具體數目不詳。他們的重要器官，包括腎臟、肝臟、眼角膜和心臟，都被強行摘取並高價出售，有時出售給外國人，這些外國人在自己本國往往要長期等待有人自願捐獻此類器官。」

書中寫道，在押法輪功學員被有系統地進行血液核對總和器官檢查，而非法輪功的其他犯人則沒有進行這樣的檢測。血液檢驗是器官移植的先決條件：供體的血液必須與受體的相匹配。

法國巴黎陳穎的證詞：

我三次被非法關押，每次都被迫接受身體檢查。那時我不明白為什麼要檢查身體，警察的答案是：「例行程式。」但每次他們檢查的方式卻讓我感到並不是真正為我的身體健康考慮，而是想從我們的檢查結果中弄出什麼名堂。

有一天我被惡警喊出去，戴上沉重的手銬腳鐐，還有一名沒講名字的學員。惡警讓我們上車，開到一所醫院。進了醫院我感到裡面很靜，有點奇怪，惡警帶我進行了全面的身體檢查，做了心臟、心電圖、驗血、視力等檢查。

加拿大蒙特利爾王曉華的證詞：

2002 年 1 月，我被投入雲南省第二勞教所（又謂雲南省春風

學校），所部醫院（相當一個縣級醫院）非常意外地專門針對每個法輪功學員進行了一次全面的體檢，包括心電圖、全身 X 光透視、肝功能檢測、腎檢測和驗血等，而勞教所裡非法輪功學員的犯人卻無需進行這樣的體檢。

加拿大多倫多甘娜的證詞：

從 2001 年 4 月 6 日到 9 月 6 日，我被非法關押在北京新安女子勞教所五大隊，這個大隊約有 125 名法輪功學員和五、六名非法輪功學員。我和其他法輪功學員被武警帶到附近的警察醫院進行了全身徹底的體檢，項目包括驗血、照 X 光、驗尿和眼科檢測等。這個舉動在勞教所是不正常的，我很想知道他們到底想做什麼。我們在勞教所裡被百般折磨，他們怎麼突然會對我們的健康狀況感興趣？

加拿大溫哥華王玉芝的證詞：

2000 到 2001 年末中共政權將我綁架三次。2001 年 10 月到 2002 年 4 月期間，「610 辦公室」（專職迫害法輪功的非法機構）人員帶我去過哈爾濱的四家醫院做全面體檢。這四家醫院分別是：哈爾濱公安醫院、黑龍江省第二醫院、哈爾濱第一醫院、哈爾濱第二醫院。每家醫院都對我抽血檢查。他們說我的血型是 AB 型，比較少見。我因為抵制和拒絕體檢而遭到毒打。警察命令醫生給我注射不明藥物，讓我失去知覺。我在哈爾濱第一醫院等待最後的體檢結果。醫生說，各個醫院都懷疑我身體器官有問題，因此診斷我的機體屬「廢人」。

說是給我治療，醫院要我家裡拿出五萬元人民幣。但是「610

辦公室」突然對我失去了興趣，因為醫院說，即使我恢復了，也是一個「會走路的死人」。最後，我設法從醫院逃脫。

美國亞特蘭大周雪菲的證詞：

2003 年我被關押在廣東省三水婦女勞教所二大隊。二大隊關押的都是法輪功學員。那年春天，我和其他法輪功學員被帶到勞教所門診部去體檢。我看見二大隊副隊長唐湘萍和其他警察站在那裡，他們的臉上掛著詭祕的表情。非法輪功學員的犯人則不用做檢查。體檢的項目有幾項，包括心電圖和驗血。體檢做完後，沒有人再提起這件事，比如體檢的結果報告。看起來更像一個臨場測試。

被虐殺並摘取器官案例

王斌，男性；家庭住址：黑龍江省大慶市；拘押地點：大慶市東風新村勞教所；死亡日期：2000 年 10 月 4 日。

2000 年 5 月底，王斌為了修煉法輪功的權利到北京向中共請

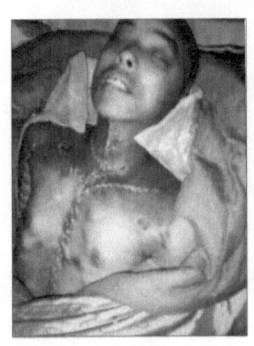

黑龍江省法輪功學員王斌在勞教所被警察殘暴毒打致死，器官被摘。（明慧網）

願被抓，關押在東風新村勞教所期間死亡。

王斌死後，兩個醫生在沒有得到他家人同意的情況下取走了他的心臟和大腦。照片顯示他的身體被切開取走器官後又被粗陋縫合。毆打造成王斌的頸動脈和主要血管破裂、扁桃體被損，淋巴結被壓碎，還有多處骨折。他的手背和鼻孔內側有香煙灼傷痕跡。他的全身遍布瘀傷。甚至在他瀕臨死亡的前夜，又一次被酷刑摧殘。在受害人器官被取走之後也沒有誰見過屍體解剖報告，將王斌屍體上的縫線解釋為屍體解剖是站不住腳的。

楊忠芳，女性；家庭住址：四川成都；拘押地點：延吉市建工派出所；死亡日期：2002 年 7 月 1 日。

吉林省延吉市楊忠芳一夜之間被延吉市建工派出所警察活活打死，體內的器官被取走。（明慧網）

2002 年 7 月 1 日早晨六時，楊忠芳家被延吉市建工派出所警察包圍，37 歲的楊忠芳連同不修煉的兒子、女兒、丈夫一同被抓。當天晚上，楊忠芳被毆打致死。等楊忠芳的家人和親屬趕到派出所時，體內的器官已經被取走，遺體被強行送去火葬場了。檢測結果出來後，官方的說法是楊死於「十幾種急性疾病」。但從每年的體檢結果來看，楊忠芳的身體狀況非常健康。

張延超，男性；家庭住址：黑龍江省五常市拉林鎮；拘押地點：哈爾濱市警察局七處；死亡日期：2002 年 4 月 30 日。

黑龍江省五常市法輪功學員張延超 2002 年 4 月遭哈爾濱警察虐殺，家屬見到張延超的遺體滿身傷痕，眼球被挖走一個，內臟被部分切除。（明慧網）

2002 年 4 月，法輪功學員張延超被紅旗村派出所警察逮捕和拘押。幾天後，哈爾濱市警察局來人把張延超帶走。4 月 30 日，警察通知其家人，張延超已死亡。在哈爾濱市荒山嘴子火化場，張延超的家人見到了他的屍體，幾乎無法辨認，身體完全變形了：一條腿被打斷，一個眼珠不見了，眼眶塌進了一個大坑，他的頭上、臉上和大部分的身體幾乎沒有皮膚，嘴裡整排下牙被打掉。衣褲沒了。整個身體到處傷痕累累。胸部開了一個大長口子又給縫上，明顯塌了下去。頭蓋骨被打開，一部分大腦不見了。體內的器官也不見了。

張的家人到達火化場時，有 60 多名武警把守。他們警告說誰要為張延超申冤，馬上就會逮捕，當作「反革命」處理。據火化廠內部職工講，張延超在哈爾濱警察局七處被關在行刑室折磨，使用了 40 多種刑具。他在被折磨一天一夜後死去。

任鵬武，男性；家庭住址：黑龍江省哈爾濱市；拘押地點：呼蘭縣第二看守所；死亡日期：2001 年 2 月 21 日。

哈爾濱市第三火力發電廠技術員任鵬武被呼蘭縣警察非法抓捕，僅僅四天就被迫害致死，所有身體器官全部割除之後強行火化。（明慧網）

2001 年 2 月 16 日，因為散發天安門自焚偽案的真相資料，任鵬武被呼蘭縣警察非法抓捕。之後被關押於呼蘭縣第二看守所。

2001 年 2 月 21 日凌晨，任鵬武被迫害致死。官方聲稱任鵬武死於心臟病。有很多目擊者證實：在任鵬武被關押期間，警察對他進行了多次長時間的毒打及殘忍的強行灌食。

在遭到警察殘酷的毒打後，任鵬武在 2001 年 2 月 21 日凌晨出現生命危險。同倉的在押人員見狀立即向警察報告。但警察在接到報告四個小時後才準備把任鵬武送往醫院，結果，在送往醫院的途中，任鵬武離開了人世。

警察不允許任鵬武的家屬對其已經嚴重變形的屍體拍照。未經家屬同意，當局下令將任鵬武身體上從咽喉處至小便處的所有身體器官全部摘除，然後強行將屍體火化。

朱向和，男性；家庭住址：江蘇省徐州市睢寧縣官山鄉吳木屯村；拘押地點：睢寧縣蘇塘洗腦班；死亡日期：2005 年 4 月 20 日。

朱向和於 2005 年 4 月 1 日左右在家幹活時，被鄉派出所不法警察抓走。然後他被帶到了睢寧縣蘇塘洗腦班，遭活活打死。有一個目擊證人說，朱的手指、腳趾全部變黑。他的家人發現，朱的眼睛被挖去，內臟被掏去，慘不忍睹。為了堵住朱家人的嘴，縣「610」及公安局給其家人 1.5 萬元喪葬費，給朱向和的妻子每月 150 元生活費，隨後火化了朱向和的遺體。

接受移植者證詞

據器官接受者及其家人透露，器官移植手術進行得極其隱密，彷彿在掩蓋一樁罪行。醫院盡可能對他們隱瞞資訊。病人從未被告知捐獻者的身分，也沒被出示任何捐獻者或其家屬的書面認可。海外病人親友或隨行醫護一概被拒絕進入手術室。

手術醫生和助手的身分也經常不予透露。往往臨近手術開始才通知病人和親友。手術有時在半夜進行。整個過程貫穿著「不要發問，無可奉告」這一潛規則。

當人鬼祟行事時，就有理由懷疑他們心懷鬼胎。既然摘取死刑犯器官已廣為人知，甚至被中共認可，醫院沒有理由去掩飾。隱情是什麼呢？

作為始作俑者，軍方對強摘器官的介入，已延伸到民用醫院，甚至在民用醫院進行移植，做手術的也是軍醫。只有軍醫院或軍醫大夫能方便獲得器官。軍方有許可權支配監獄和犯人，運作比地方政府更

為隱密。他們不受法律約束。以下選取書中八個案例中的四個。

RZ 女士

1986 年 RZ 被診斷為慢性腎功能不全，並逐步惡化。2004 年 12 月 17 日，掮客帶她的血樣到中國大陸。兩天後，掮客通知已經找到適合的供體，她可以立刻至廣州接受移植。醫院是廣州經濟技術開發區醫院。地點偏僻、荒涼，主治醫生是移植科主任林民專。當時至少有另外 10 位病人等待移植或在術後康復。RZ 看到有台灣人、馬來西亞人、印尼人等。

手術費是 2 萬 7000 美元。術前將美元現金交給林民專主任的弟弟（行政主管）。收款時並未開收據，後來在 RZ 丈夫的要求下，出具了一張便條顯示 2 萬 7000 美元已付。12 月 30 日下午五時，RZ 進手術室。當天早上醫院職員從別處拿來腎臟。手術在半身麻醉下進行，耗時約四小時。當天還有其他四位病人也接受腎臟移植手術。

沒有醫生向她透露過器官的來源。掮客告訴 RZ 器官來自被處決的死刑犯。廣州經濟技術開發區醫院不是軍隊醫院，但主治醫生林民專同時也在第一軍醫大學附屬珠江醫院移植科任職。

C 先生

C 先生來自亞洲。2005 年 8 月初，C 先生在中國旅遊時因腹痛住進北京市中日友好醫院。診斷發現肝腫瘤，他聽從醫生建議在 2005 年 9 月 7 日做了手術。手術後狀況嚴重。醫院院長建議病人轉移到北京武警醫院做肝臟移植。在 C 同意轉院的 24 小時內找到了適配肝臟，移植手術隨即進行。病人術後四天死亡。

JC 先生

JC 於 2005 年被診斷為急性腎衰竭。10 月 26 日,八個病人組團抵達深圳武警廣東邊防總隊醫院。當晚由高偉教授舉行手術前說明會,並收取手術費現金 15 萬元港幣。有病人詢問死刑犯是怎麼執行死刑的,高醫生表示不是槍決,而是注射兩針,一針麻醉劑,再一針止痛劑,然後把器官摘下。

JC 支付了房費、藥費、透析費、手術費等,約合 2 萬 9000 美元,全部以港幣現金通過中間人交付。在中國只待了三天就做了移植手術。據 JC 所言,中國大陸器官移植醫院不提供醫療費收據。

10 月 28 日下午約兩點十分,護士乘坐救護車帶來了保存在冷藏盒中的八個新摘腎臟。JC 下午四點進入手術室,約八點半出來。手術後八人一起住在監護室,家屬不能進入。JC 於 11 月 4 日出院回家。

該院醫生全是軍醫。醫療證書出於 Auxing 集團 Junhui 公司名下,並註冊為自負盈虧的地方醫院。JC 說他們走後,下一個團從新加坡來這家醫院做器官移植。

KZ 先生

KZ 手術死亡時 40 多歲。2005 年 6 月 27 日,KZ 病情惡化,被轉移到台灣大學附屬醫院做肝移植評估並等待換肝。他需要等到出現能提供肝藏的腦死亡病人,一直等到 8 月,KZ 病情惡化,其家人決定到中國大陸做肝移植。

KZ 於 2005 年 8 月 11 日前往上海華山醫院。主治大夫是錢健民主任。KZ 被要求付押金 20 萬人民幣。交付後,KZ 夫婦被

告知當時沒有肝臟。錢醫生告訴 KZ，法令禁止他們為台、港、澳及外籍人士做器官移植，有關肝移植的所有細節只能私下討論。其實，所有醫院員工和其他病人都知道他是來換肝的台灣人。醫院通知 KZ 夫婦支付包括設備費在內的醫藥費。每天都有不必要的設備拿來，卻仍要他們買單，包括體溫表。醫生們說他腎臟功能也不好，問是否在換肝時連腎臟一起換了。KZ 夫婦覺得在為換肝保命而任人宰割。到了星期一，錢主任告訴她，醫院找不到供體，並且暗示，他需要錢來打通肝源管道。KZ 太太給了他一萬元人民幣。

　　星期二仍然沒有供體器官，錢主任建議 KZ 轉到一個叫長征醫院的軍隊醫院。後來，通過一位在大陸做生意的朋友聯繫到了長征醫院的王醫生。王醫生表示能夠找到供體器官。星期三夫妻倆到了那裡，了解到住在長征醫院九樓的所有病人都在等待換肝，也意識到只有軍隊醫院才能方便拿到器官。當天下午兩點，醫院拿到了供體器官（A 型肝臟），接著 KZ 接受移植手術。晚上 12 時，KZ 太太得知丈夫死亡。全部花費約 80 萬元人民幣。與 KZ 本次旅行相關的文件及證明都沒有提及肝臟移植。

殺人的醫院和醫生

　　大衛在《血腥的活摘器官》中寫道：中國的醫院已經在源源不斷地從器官移植手術中牟取暴利。他們把短時等候作為賣點兜售，然後炫耀所得利潤。出售非自願者的器官是貪婪與仇恨相結合的產物。

　　遭非人化待遇的法輪功，其數量巨大的被關押人群以及匿名法輪功學員的弱勢無助，意味著他們成了被牟取器官的下一個資

源。數萬法輪功學員被屠殺以把他們的器官出售給外國人，由此滋生了一個為中國賺取上百億利潤的行業。

中國許多移植中心和綜合醫院是軍方機構。軍方醫院獨立運作，不歸衛生部管轄。它們從器官移植中賺到的錢遠遠超過這些機構的成本。北京武警總醫院明目張膽地宣稱：「移植中心是我部重點效益科室，2003 年毛收入 1607 萬元，2004 年 1 至 6 月份為 1357 萬元，今年（2004 年）有望突破 3000 萬元。」

器官移植的接受者在中國等候的時間比其他任何地方都少得多。中國國際移植支援中心網站說：「尋找匹配的（腎臟）捐獻人可能只需要一周，最長不過一個月。」該網站進一步說：「如果捐獻人的器官有什麼問題，那麼在一周內病者可得到另一器官，並在一周內重做手術。」相比之下，加拿大 2003 年的腎臟等候時間的中間值是 32.5 個月，而在卑詩省，更長達 52.5 個月。腎藏的存活期是 24 至 48 小時，而肝臟是大約 12 小時。器官移植中心能向顧客保證如此短的等候時間，唯一途徑就是存在一個大型的活體肝腎「捐獻者」儲備庫。

在 2006 年 6 月的最後一個星期，仍能在網路上見到驚人數量的這類自我檢舉的材料：國際移植（中國）網絡支援中心網站（瀋陽）宣稱，「臟器（字典上的一個定義是，柔軟的內臟器官……包括大腦、肺、心等）提供者能即刻找到！」「……全國每年腎移植手術的數量至少 5000 宗。能完成如此數量的移植手術，與中國政府的支持分不開的。最高人民法院、最高人民檢察院、公安部、司法部、衛生部以及民政部聯合頒布法律，確立提供臟器是一項政府支援行為。這可謂世界絕無僅有。」

在中國，我們可以從付錢病人開始，跟蹤資金流向實施手術

的醫院，但我們無法知道誰拿了醫院收的錢。是否參與器官割售犯罪的醫生和護士獲得了高昂報酬？

2006年4月25日之前，移植獲利的額度可從國際移植（中國）網絡支援中心網站的價格表中一窺：

器官移植費用表（美元）

腎移植	$62,000
肝移植	$98,000 ～ $130,000
肝和腎移植	$160,000 ～ $180,000
腎和胰移植	$150,000
肺移植	$150,000 ～ $170,000
心移植	$130,000 ～ $160,000
角膜移植	$30,000

國際移植（中國）網絡支援中心（設在瀋陽中國醫科大學第一附屬醫院）

調查任何涉及金錢轉手的刑事指控的一個標準方法，就是追蹤錢的去向。但對中國來說，它緊閉的大門意味著追蹤錢的去向是不可能的。不知道錢的去向證實不了任何事實，但也駁斥不了任何事實，包括那些指控。

電話調查的結果

兩位講普通話的志願調查員「M」和「N」打電話給多家醫院和多個主持移植的醫生，詢問移植事宜。法輪功學員被殺害以牟取他們的器官一事於2006年3月26日見諸報端後，兩位調查員立即投入了追查迫害法輪功國際組織的電話調查。在這些電話問詢中，有許多被調查者承認，法輪功學員是器官移植的供體來源。

下面電話摘要全部取自 2006 年 3 至 6 月。M 把電話打到了山西省公安廳，接電話者告訴她，犯人中健康而年輕的被挑出來作為器官供體。如果用誘騙的辦法拿不到被挑中的犯人的血樣，領導就會毫不掩蓋的把話挑明，手下的人就會用暴力獲得血樣。

瀋陽市解放軍眼科醫院自稱是眼科主任的人說，該院做過「許多眼角膜手術」，「我們也有新鮮的眼角膜」。在被問到那意味什麼時，該主任回答：「……剛從人體上取下來的。」

北京解放軍 301 醫院一名外科醫生告訴 M，她自己就主刀過肝移植手術。並補充說，器官來源是「國家機密」。

黑龍江省密山市拘留中心一名官員稱，該中心當時至少有五、六名 40 歲以下男性法輪功學員隨時可作為器官提供者；上海中山醫院的一名醫生說，他使用的器官全部來自法輪功學員；山東千佛山醫院的一名醫生暗示說，他當時有取自法輪功學員的器官，並說還會有「更多這類人的身體……」；南寧市民族醫院的盧醫生承認，他早些時候曾到監獄挑選 30 多歲的健康法輪功學員來提供器官。

廣州軍區醫院的朱醫生說，他當時只有一些取自法輪功（學員）的 B 血型腎臟，但會有「許多批（腎臟）」；遼寧省秦皇島市第一拘留中心的一名官員要 M 打電話到中級法院去要法輪功（學員）的腎臟。而那家法院的一名官員說沒有法輪功（學員）的活腎了，以前有過，特別是在 2001 年。錦州人民法院第一刑事審判庭告訴致電者，目前要憑「資格」才能拿到法輪功（學員）的腎臟。

天津市中心醫院的宋主任說出他的醫院有十多個還在跳動的心臟。打電話的人問，這是否意味著「活體器官」，宋主任回答說：

「是的，是這樣的。」M 問武漢同濟醫院的一名官員：「……找犯人的活體移植，比如用煉法輪功的活體，這個行不行？」他回答說：「可以呀。」

電話調查員 M 大約打了 80 多家醫院電話，有 14 家醫院承認使用犯人的活體器官，有 10 家醫院說器官來源是機密。N 打了將近 40 家醫院電話，其中有 5 家醫院承認使用法輪功學員的器官。N 也致電中國 36 家不同的拘留中心和法院，其中有 4 家承認使用法輪功學員的器官。

大衛與中文普通話和英文執業翻譯一起，聽取了電話調查員和中國官員之間的對話錄音。得到了相關電話記錄的中英文公證副件。

他得出結論，調查員電話交談文字記錄中的口頭承認是可信的。他們確信，這些對話確實是在所指時間與地點，與所指定人之間進行的，而且，電話記錄準確無誤。而中共政權則試圖讓國際社會相信大面積屠殺法輪功學員以攫取他們重要生命器官的事件是不存在的。（完整電話文字記錄詳見《血腥的活摘器官》）。

數字透露的訊息

據《中國日報》的數據，中國 2005 年的器官移植多達兩萬例，手術量在全球排名第二，僅次於美國。儘管多年來中國一直在使用被處決死刑犯的器官，但一直到 2005 年，中共才供認這一點。中共政權對售賣「國家敵人」器官的行為從未有過任何限制。

根據公開的報導，1994 至 1999 年六年間中國的器官移植為 1 萬 8500 例。中國醫療器官移植協會（China Medical Organ Transplant Association）副主席石炳毅說，到 2005 年為止，中國

共有大約九萬例器官移植。也就是說，中國器官移植在迫害法輪功之前的六年，總計 1 萬 8500 例，開始迫害法輪功後的六年，總計 6 萬例。因為被處決的死刑犯總量是不變的，2000 年到 2005年間增加的 4 萬 1500 例移植器官，只能解釋為來源於法輪功修煉者。

中共對穩定的器官來源肯定是有把握的，知道存在著一群現在還活著但明天會死去的人可以提供器官。那麼這些人是誰呢？龐大的被監禁法輪功人群為此提供了答案。

安妮：用生命作證

2010 年 4 月 21 日，胡錦濤訪美期間，本文開頭的女證人安妮和在她之前冒死揭密的大陸資深媒體人皮特，在新聞發布會上公開指證中共在蘇家屯活摘法輪功學員器官，表示無論中共如何銷毀證據、威脅追殺他們，他們願用生命作證，揭露中共活體摘取法輪功學員器官的罪惡。

他倆曾分別對國際社會作證，指瀋陽市蘇家屯區雪松路 49 號的遼寧省血栓病中西醫結合醫院內和其地下設施，曾關押過 5000至 6000 名法輪功學員，而安妮告訴大衛·喬高，在兩年間消失了3000 至 4000 人，還有不斷補充進來的人。因為她負責供應這些學員食物，依據供應量的衰減和數名知情醫生的證實，特別是自己丈夫——負責摘取被關押學員眼角膜的主刀醫生的親口告知，得出的結論。她的丈夫承認自己在 2001 年到 2003 年共摘取了 2000 名法輪功學員的眼角膜，並且獲得工資以外獎金達數十萬美元。

安妮和皮特冒死揭露的中國一家醫院隱藏的「國家機密」；

志願調查員 M 和 N 從 100 多家中國醫院問出的「國家機密」；數十名從中共監獄、勞教所僥倖逃出的法輪功證人；特別是兩位與中國毫不相干的加拿大正義律師，正是所有這些人的努力，將完全超出人們想像的中共政權犯罪，曝光在所有善良人的面前。

　　國際知名專家、美國賓夕法利亞大學生物倫理學中心主任卡普蘭（Arthur Caplan）教授稱，為盜取器官而「按需殺人」（Killing on demand）的行為是「器官移植界最令人髮指的罪行」，這種事情在當今世界存在，「是全人類的恥辱」。

　　《血腥的活摘器官》中文版由博大出版社出版 http://www.broadbook.com。

第二節

作者麥塔斯 為中國人奔走全球

有人問麥塔斯為什麼要關心法輪功學員被摘取器官？他說：「你還在等什麼？難道要等到有人為了摘取器官而殺害你時才抗議嗎？」（AFP）

相較於業餘生活，我的工作中更能有所體現，我的全部生活都是圍繞著人權而轉動。——大衛・麥塔斯（David Matas）

大衛・麥塔斯，64歲，未成家，是個平常不苟言笑的猶太人，說話輕聲細語，鑲金邊眼鏡後面的目光嚴肅但溫和。在麥塔斯的眼裡，這個世界問題重重，充滿不幸和悲傷。

「我總是想去做點什麼來補救，改善其中的不足。」話語中，滲透出麥塔斯心中的一種決心和堅實的信念。

麥塔斯是一位熱中於支持社會「弱勢群體」的運動家，他的使命感由來已久。

堅持實踐兒時的願望

麥塔斯擁有一間律師樓，他的工作主要是處理難民案件。在

工作以外，他所有的時間和精力幾乎都是圍繞著人權事務而轉。麥塔斯說：「雖然業餘的時間裡，我所做的這一切都是免費和義務的，但是非常值得。」

難民案子一定和人權有關係，麥塔斯時常在處理案件時，看到人權遭受侵害的情形，但那都是很具體和很小的部分，而工作以外，所涉及到的則是更大範圍的人權事務。

當麥塔斯還是個孩子的時候，他就對群體滅絕感到震驚，對此，他總是想做些什麼，而同人權的接觸，給了他這個途徑。兒時的這種願望一直延續到 1970 年代末，麥塔斯開始對人權領域的事務有了廣泛的涉及。

深受瑞典外交官影響

麥塔斯認為，以個人之力挺身而出面對一個國家的獨裁者，為人權受侵害者抗爭，是一件很有價值的事。

瑞典的外交家拉烏爾‧瓦倫伯格（Raoul Wallenberg）就是個很好的例子，這位外交官對麥塔斯從事人權事務生涯，產生深刻影響，使他能堅定走在為人權抗爭的道路上。

談到瓦倫伯格，麥塔斯帶著崇敬的心情說：「我非常尊重他，他幾乎是一個人奮戰，拯救出來的猶太人超過了所有政府救下人數的總和，他是面對獨裁專制時挺身而出的典範。」

在 1944 年，二戰大屠殺期間，瓦倫伯格擔任瑞典駐匈牙利的外交官，給猶太人簽發「特別通行證」，並為他們提供安全住所，從納粹的魔爪中救下了十萬名猶太人。

了解共產黨 知己知彼

麥塔斯有不少的朋友都是作家，他們總是很樂意將自己寫的書作為禮物送給麥塔斯。小說和一些西方的經典哲理書籍都是麥塔斯喜歡閱讀的類型。比如黑格爾的《精神現象學》（Phenomenology of Mind），約翰‧密爾（John Stuart Mills）關於自由的著作。麥塔斯說：「我閱讀很多法律的書籍，還有報紙和雜誌，比如《紐約客》（New Yorker）等等，這些並不是為了閒情逸致，而是為了工作研究的需要。」

麥塔斯也很有興趣閱讀共產黨的書。他笑了笑說：「這並不是因為我喜歡它，雖然已經不認同它的理，但是你需要很清楚它到底不好在哪裡，從而來支持自己的觀點。」這也許就是中國人所說的「知己知彼，百戰百勝」吧。

雖然麥塔斯的成長和中國沒有任何關係，但他所看到的中國是一個在人權方面存在太多問題的國家。因此身為一個關注人權問題的律師，他投入大量精力，想要為中國人做點什麼。

懷著對中國問題的關注和焦慮，麥塔斯表示：「如果今天中國沒有任何人權受侵害，我可能和這個國家沒有任何關係。正因為中國的人權情況太惡劣了，所以他們急需人們去做些事情來糾正和彌補。」

中國人生活在一個受壓制的政府體制下，但大多數人不自覺，人們被洗腦和灌輸著去支持這政黨，並將自己和政府等同起來。麥塔斯舉例，比如中共的小伙伴北韓的領導人死了，整個國家都沉浸在悲哀中，實際上他們應該是很高興的，一個獨裁者消失了。

「但是很困難，如果你想突破這種洗腦，因為人們長期只能得到一種資訊，而這一種聲音又被殘暴專制所加強。」麥塔斯心情沉重地表示：「我在中國以外，能夠更客觀的看清這一切，看到中共給中國人所帶來的各式各樣的災難。」

「實際上，中國人要想熱愛中國，就必須擺脫中共的統治。」雖然，有些被黨文化洗腦教育的人，並不認同這種看法。但這絲毫不會改變麥塔斯要改善中國人權受侵犯的決心。他堅定地說：「相反，更加促進我一定要去為他們做一些事情，而且很重要。讓這些被洗腦的人，覺醒過來，自己去推翻這個獨裁的政權。」

為世界人權奮戰不息

當麥塔斯和加拿大政治家大衛‧喬高合作的關於中國法輪功學員被活體摘取器官的獨立調查報告公布以後，由於事實邪惡至極，麥塔斯受到一些媒體、政府和社會人士的質疑。

面對這些壓力和風險，麥塔斯平靜地表示：「我從未考慮過安全和名聲的問題，我也從來沒有退縮過，相反的，這會更加激勵我向前行。高智晟律師能在共產黨統治的中國社會裡，冒著危險還繼續堅持做著維護人權的抗爭，還有什麼能讓我害怕的呢？！」

面對人權問題，麥塔斯的視野不僅只局限在中國，而是整個世界。有些人也許只為中國的人權而戰，當中國的問題消失時，他們會退去。而對麥塔斯來講，他用非常堅定的語氣表示：「只要這個世界上的任何角落出現人權問題，不管是哪個族裔、哪個國籍，我都會繼續去為他們而努力而奮戰。這是絕對的。」

這位牛津大學的畢業生，在過去的 40 年裡，為只有少數能

叫出名字的哥倫比亞人、土耳其的庫爾德人和尼日利亞人的權力
而盡力。

麥塔斯的動力來自於「因為我們都是人類，所面對的是反人
類的罪行。」他語重心長地說：「這些罪行不僅僅是針對中國人、
津巴布韋，可能是針對你、我、加拿大人，可能是針對任何人。」

麥塔斯說：「尊重人權永無止境。有人曾說過，自由的價
值是永遠保持警戒。尊重人權的價值就是在於不斷地提倡尊重人
權，並為此而不斷抗爭。」他認為，這個世界所面臨的現實就是
人權的侵犯從未停止，而且他已經認識到這一點，所以他才會不
斷、不斷地去抗爭。

對於人權問題，麥塔斯是個嚴肅、堅定的人：「我每天都想
著，怎樣為阻止人權受到侵害而做些什麼，我應盡我所能而貢獻
些什麼。」

「我也不會將自己和別人做比較，其他地方也有做人權事務
的人，但是這樣的人不多。」

嚴肅處世亦不失浪漫

麥塔斯雖然是個很嚴肅的人，很多時候工作以外的時間還是
工作，可忙裡偷閒時，他也會去劇院觀看古典歌劇，聽古典音樂。
麥塔斯愛好音樂類型比較廣泛，但他更欣賞浪漫的作品，如莫札
特、舒伯特等。

此外，常年游泳也是讓麥塔斯放鬆的運動項目。他笑著說，
天氣寒冷時，他也會堅持冬泳。工作時下榻的酒店泳池、社區的
游泳池等地都是他會光顧的地方。

麥塔斯旅行也有他自己的特點，他喜歡去一些從未去過的地方，不喜歡乘坐觀光旅遊巴士或是郵輪。他熱中於徒步旅行，這不僅是一種很好的運動方式，他說：「還可以使你把周圍的事物看得更清楚，更好的了解你所到達的地方。想去什麼地方、多長時間、採用什麼交通方式等等，都可以在自己選擇和控制之內。」看得出來，作為一名律師，麥塔斯有著很好的自制力，即使是在休閒時刻。

由於積極投身國際人權活動，麥塔斯的付出得到了人們的敬重和獎勵。2006 年他在加拿大被「多信仰兄弟會」社團評為「年度偉大人物」，2008 年麥塔斯成為加拿大勛章得主，2009 年國際人權協會人權獎得主，2010 年獲提名諾貝爾和平獎。

為什麼要關心法輪功學員被活摘器官？

2012 年 7 月初麥塔斯到訪新加坡，出席了英語著作《血腥的活摘器官》（Bloody Harvest）一書的介紹會。會後有記者提出：有些人對於法輪功學員被迫害的境遇表示冷漠，認為那與己無關。麥塔斯在口頭回答問題之後又特別撰寫了以下這篇文章作為全面回答。

有人問：「為什麼我要關心法輪功學員因為被摘取器官而遭虐殺的事情？這與我有什麼關係？」

我說：「你還在等什麼？難道你要等到有人為了摘取器官而殺害你時才抗議嗎？到那時就太晚、太晚了。」

德國的馬丁·尼莫拉牧師在 1938 年曾經這樣寫道：「起初他們追殺猶太人，我沒有說話——因為我不是猶太人；後來他們

追殺共產主義者，我沒有說話——因為我不是共產主義者；此後他們追殺工會成員，我沒有說話——因為我不是工會成員；最後他們奔我而來，卻再也沒有人站出來為我說話了。」

　　為摘取器官而殺人的罪行並非是針對法輪功學員開始的，之後也未止於對這個團體成員的迫害。在中國，這一罪行始於殺害死刑犯而摘取他們的器官；之後，這一罪行涉及到更廣的層面。正如伊森・葛特曼的調查所顯示的：維吾爾人、藏人和家庭教會成員也都是摘取器官的受害者。

姑息引來縱容

　　當 1933 年納粹上台統治德國時，許多人曾經問過一個類似的問題：為什麼我們要在乎納粹對猶太人所做的事情？這與我有何相干？

　　當時的英國首相張伯倫，在 1938 年 9 月與希特勒、墨索里尼及法國總理達拉第一起簽署了《慕尼黑協定》，允許德國吞併捷克的蘇台德地區。捷克斯洛伐克對此卻沒有發言權。同一個月，在下議院，張伯倫為他的綏靖政策辯解稱：「希特勒指捷克當時虐待其境內的德裔少數族群。」張伯倫還說：「那是一個在距離我們遙遠的國度裡、一群我們一無所知的人之間發生的紛爭。」現在看來，張伯倫當年的論調完全適用於今日的法輪功問題。有人可以說：中國以外的人們對法輪功一無所知；中國政府對法輪功的打壓是一個局外人不感興趣的紛爭。可是，張伯倫在那場他和他的許多英國同僚「不了解」的人群「爭議」中對希特勒所採取的綏靖政策，卻在不到 12 個月之後導致了第二次世界大戰的

爆發、40 萬英國人的死亡、蔓延全球的戰火以及大屠殺。

德國納粹主張的滅絕式的反猶主義、要消滅各地的猶太人的決心，釀成並且延長了二次世界大戰。二次大戰給猶太族群造成的傷害和損失是無以言表的。猶太社區犧牲了 600 萬生靈，占其總人口的三分之一。東歐意第緒小城鎮的文化徹底消亡。

全球也因而付出了代價。猶太人對全球的科技、藝術、文化和學業做出了重要貢獻。阿爾伯特‧愛因斯坦如果沒有逃亡、成為難民，也會成為大屠殺的受害者。那些因為被摘取器官而失去生命的法輪功修煉者之死也是世界的損失。試想：如果他們能夠倖免於難，將會為地球村做出何等貢獻。

二次大戰是我們這個星球的一場災難和悲劇。這場戰爭的死亡人數是 6200 萬，包括 2500 萬軍人和 3700 萬平民（其中 3100 萬是非猶太人平民）。

反猶主義和納粹侵略之間有著直接的聯繫，因為納粹德國入侵他國為的是消滅當地的猶太人。露西‧大衛多維茨（Lucy Dawidowicz）在其著作《1933-1945 針對猶太人的戰爭》中寫道，納粹德國的統治者實際用二次大戰來掩蓋他們對猶太人有計畫的謀殺。

而反猶主義和日本的侵略其實也有關聯。日本之所以有機會入侵亞洲是因為一方面日本與德國和義大利簽署了三方同盟；另一方面是因為德國進攻亞洲的殖民勢力——法國、荷蘭及英國，從而造成了亞洲的權力真空。對猶太人的仇恨實際上把整個世界拖下了水。

這場戰爭的破壞性在戰後依然延續。1945 年建立的紐倫堡國際軍事法庭在 1948 年即被廢除，留下一半的案卷沒有起訴，其

中包括後來擔任聯合國祕書長和奧地利總統的庫爾特‧瓦爾德海姆。不僅如此，還有數以千計的罪犯沒有被確認或被指控。如果對這些人進行全力起訴追查的話，他們定會被繩之以法。同盟國的動機是期望在冷戰中把西德保留在他們一邊。

要有效抵制納粹分子，就必須是全方位的。不幸的是，本來作為戰後機構計畫的一部分，打算建立一個常設國際法庭，但是這一計畫卻作廢了。同樣的，地方的司法機構也不得不避開起訴當地的納粹屠殺罪犯。

當年對納粹分子的豁免演變成日後一個接一個種族滅絕罪行的執照。豁免犯下群體屠殺罪的納粹分子與二戰後接連不斷的反人類罪行有著直接關聯，這些罪行發生在盧旺達、柬埔寨、波斯尼亞和蘇丹。

針對少數群體的全民仇恨會引發全球性破壞

如果我們可以做一件事來逆轉 21 世紀悲劇的發生，我有如下建議：在納粹迫害猶太人一開始之際便進行全球化的、強有力的抗議。然而，我們不能逆轉歷史。但是我們可以從中吸取教訓。如果人類可以通過二次大戰中取得一個教訓的話，那就是：在一個實行鎮壓的國家裡，針對一個處於劣勢的少數群體的全民仇恨會帶來全球性的破壞。

如果我們對法輪功一無所知，我們最好要去了解它、而且要趕快了解，中國政府（中共）對法輪功群體所實行的虐待很可能將會影響到我們所有的人。雖然中國沒有侵略其他國家以殺害當地的法輪功修煉者，但是，間諜活動、滲透和企圖壓制已然是常

規作業。中國政府在全世界以威脅、恐嚇、政治欺凌及金錢利誘等手段來妖魔化、邊緣化法輪功。對人權的迫害是一個擴散性的，它絕不止於今天的受害者，除非有人挺身而出捍衛今日之受害者；否則，明天，受害的就可能是我們。

侵犯人權者往往採取「分而征服」的戰略。他們通過分隔受害者與局外人，在那些本可以出手相助的人群中製造冷漠，從而可以對最脆弱者施行攻擊。我們必須讓局外人意識到：他們和受害者本是一體的。這樣我們就可以打敗那份冷漠。

令人遺憾的是，有那樣多的侵犯人權的案例需要我們與之抗爭。當選擇從哪個案例著手時，應該首先解決最惡劣的事件。我們需要幫助那些在本國無法自助的受害者。

如果你是一個在中國為法輪功大聲疾呼的人權活動家，你自己也很有可能變成一個人權受害者，高智晟律師的例子就是最好不過的說明。局外人一定要幫助中國的法輪功學員，因為只有局外人才有安全保障的優勢。

在海外對那些殘酷政權的人權迫害進行抗爭似乎令人絕望，因為那些侵害是如此根深蒂固，看起來根本不會鬆動。可是，南非種族隔離政策的取消，蘇聯和東歐共產體制的解體，拉丁美洲國家安全局勢的變化，還有不久前埃及和突尼斯暴政被推翻，這些事件都清晰地顯示出了相反的結論。

這些政權的僵化也正意味著它們是易碎的。對於其犯下的人權罪行施加壓力逐步地撼動了此類政權，直到它們最終垮台。

無論在何種情況下，當我們針對侵犯人權進行抗議時，首要的聽眾應是受害者而非肇事者。抗議行為不一定會打動侵犯人權的人，但肯定能觸動受害者。對許多受害者來說，他們困境中最

糟的部分是絕望感，那是由於感覺自己不被注意或被人遺棄而產生的。我們要和受害者站在一起，告訴他們：我們知道正在發生的一切，我們反對。我們的呼聲將為受害者提供一劑良方。

　　人權屬於個人而非政府，把人權交由政府打理，那麼它必定枯萎。每一個個體必須維護人權以確保這些權利生生不息。反人類罪是針對我們一切人的。當反人類的罪行發生時，我們都是受害者。當我們自己面臨受害之境時，當人類家庭的另一些成員正在飽受凌辱時，我們不應默不作聲。

　　對於那些發生在外國的侵犯人權的罪行發聲抗議不僅是關乎他人的體現，也不只是為了阻止事情變得更糟，它是關乎我們自身、關乎現在。

　　與發生在外國的侵犯人權的罪行進行抗爭是人道主義和關愛的表現，而對它裝聾作啞則是殘酷的、不人道的。我們的所行決定了我們如何為自我定位。如果漠視法輪功學員的困境，我們其實正在侵蝕著自身的人性，把我們變成自私冷漠的人群。

　　作為非法輪功修煉者，我們起來抗議對法輪功的人權迫害，恰恰因為我們並不修煉法輪功，而不應說：「儘管我們不修煉法輪功。」當我們憑著人道主義精神，跨越地域、精神和文化的隔閡，我們便能夠確立自身最基本的整體性，團結一致。人道主義精神，那是我們共有的、屬於人的紐帶。

第三章

揭開活摘
法輪功學員器官黑幕

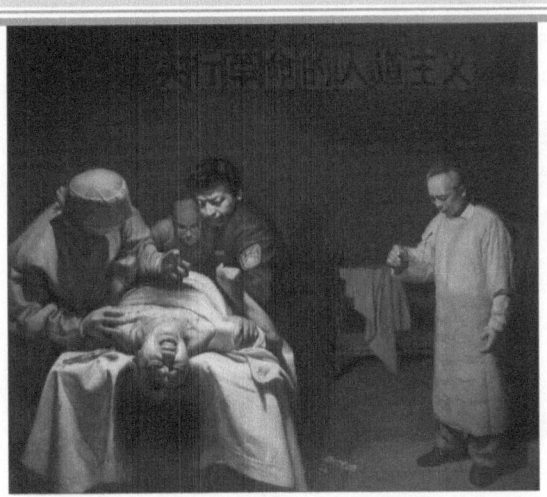

對法輪功學員「打死算自殺」的密令下，人性中的私欲不受約束，中國勞教所出現了龐大的「人體資源庫」，大陸出現異常「繁榮」的器官交易市場，活摘器官的罪惡發生了。圖為畫家董錫強的油畫作品《蘇家屯的罪惡》。

第一節

中共活摘法輪功學員器官黑幕

2006 年 3 月，兩名證人挺身指證，遼寧省血栓病中西醫結合醫院（蘇家屯血栓醫院）的祕密特定設施中關押著 6000 多名法輪功學員。許多學員被活體摘取器官後，丟進醫院的鍋爐房毀屍。（大紀元）

　　2010 年 3 月 16 日，美國國會以 412 票贊成、一票反對的絕對優勢通過了第 605 號決議案，要求立即結束中共對法輪功學員的迫害、脅迫、監禁及酷刑折磨，釋放所有被關押的法輪功學員。

　　法新社報導說，這是美國政府為「阻止最邪惡的系統迫害」所採取的行動，報導引述議案起草人羅斯 - 萊亭恩（Ileana Ros-Lehtinen）議員的發言：殺害法輪功學員獲取他們的器官，「如此的暴行竟會發生在 21 世紀，這似乎讓人無法理解，其殘酷程度堪比羅馬帝國皇帝把基督徒扔給獅子吃掉。」

　　605 號決議案等於用官方文件的方式，間接證實了中共對法輪功學員實施的暴行。讓我們回顧整個黑幕被曝光的全過程。

蘇家屯血栓醫院的血腥

2006 年 3 月 9 日，《大紀元》發表了《瀋陽集中營設焚屍爐，售法輪功學員器官》。化名皮特的大陸資深媒體人獨家透露，瀋陽市蘇家屯區有個類似法西斯的祕密集中營，關押著 6000 多名法輪功學員。這裡很多法輪功學員離奇死亡，焚屍前內臟器官都被掏空出售。

據報導中國法輪功學員受迫害的明慧網介紹，1999 年 7 月 20 日，以江澤民為首的中共政權開始鎮壓修煉「真善忍」的上億法輪功學員。當時，法輪功學員本著相信政府的善良願望，前往北京上訪，希望能用自己切身受益的經歷幫助政府糾正錯誤。

據北京公安內部消息，截至 2001 年 4 月，到北京上訪被抓、有登記記錄的法輪功學員就達 83 萬人次。為了不讓中共株連所在工作單位和地方派出所、公安局，還有大批法輪功學員沒有報出姓名或未作登記。有消息說，2001 年 10 月，北京公安局通過計算每天街頭饅頭售出量的遞增，估算出當時來京上訪的法輪功學員至少 100 萬人。

大量未報住址的法輪功學員遭北京公安非法關押，北京監獄個個爆滿，各地學員還在源源不斷進京講真相，中共各地勞教所爆滿，大量學員被祕密轉移到不為人知的地下監獄、勞教所或集中營關押，這群為數數十萬、主要來自東北、華北及各地農村的法輪功學員，就這樣失蹤了……。警察在監獄強迫法輪功學員放棄信仰、簽署「悔過書」的時候，普遍動用酷刑，江澤民直接指示對法輪功學員「打死算白死」，由於對造成的死亡不負法律責

任，人性中的私慾不受約束，法輪功學員的器官成為靠移植器官牟取暴利者的覬覦目標，無所顧忌的滔天罪惡於焉展開。

「殘害法輪功學員不算犯罪」

2006 年 3 月 17 日，第二位證人現身。《大紀元》以《主刀醫生太太揭蘇家屯器官摘取黑幕》為題，進一步點明上述集中營就設在瀋陽市蘇家屯區雪松路 49 號的遼寧省血栓病中西醫結合醫院。證人安妮的前夫曾親自摘取了 2000 名法輪功學員的眼角膜。從 2003 年開始，他開始出現精神恍惚，晚上盜汗作噩夢，床單濕透了一個人形。後來他才告訴家人，醫院大量摘取法輪功學員的腎臟、肝臟等器官，這些學員很多還是活的。叫他幹的人說：「你已經上了這條船了，殺一個人是殺，幾個人也是殺。」那時他們被告知，殘害法輪功學員不算犯罪，是幫共產黨「清理敵人」。

「我丈夫有記日記的習慣。一篇日記中說，當這個病人昏厥之後，他用剪刀剪開這個病人衣服的時候，從衣服的口袋裡掉出來一包東西。他打開一看是個小盒子，裡面有個圓的法輪章，上面還有個紙條，寫著：祝媽媽生日快樂。我丈夫受了很深很深的刺激⋯⋯」從那以後他就不想幹了，但他多次遭到暗殺威脅，有次安妮還替丈夫挨了一刀。後來丈夫逃到國外，但由於安妮無法原諒丈夫參與偷盜活人器官的罪行，兩人離婚了。如今前夫得了癌症，但他還是不敢站出來講真相，怕國內的家人受牽連。

「蘇家屯」被列入網路禁詞

2006 年 3 月 9 日蘇家屯事件曝光後，中共很快把「蘇家屯」三個字列入網路禁詞。3 月 27 日，事件曝光後的第 19 天，中共當局匆匆推出了《人體器官移植技術臨床應用管理暫行規定》，禁止人體器官買賣，但施行時間卻定在同年的 7 月 1 日。外界質疑，既然人體器官買賣是非法的，應該立即執行，為什麼還要等上三個月？莫非有人需要時間來處理現有器官庫？

3 月 28 日，活摘器官曝光 20 天後，中共外交部發言人秦剛才打破沉默、首次否認該指控，並邀請海外記者前去調查，但在中共外交部官方網站上沒有公布該消息。《大紀元時報》歐洲版總編輯和《希望之聲》國際廣播電台駐澳大利亞記者，以及《新唐人》電視台舊金山分部主任和記者隨即申請簽證前去調查，簽證被拒。

瀋陽老軍醫：36 個集中營

2006 年 3 月 21 日，《大紀元》刊登了《瀋陽軍區老軍醫指證蘇家屯集中營內幕》，這位了解中共活摘器官內幕的老軍醫表示：「蘇家屯地區的醫院僅僅是全國 36 個類似集中營的一部分，但是目前的法輪功學員基本上還是在監獄、勞改營、看守所較多，只有需要的時候才大規模調動，目前全國最大的關押法輪功的地區主要是黑龍江、吉林和遼寧，僅在吉林九台地區的中國第五大法輪功集中關押地就有超過 1.4 萬人被集中關押。……在我接觸的資料中中國最大的法輪功關押地在吉林，只有代號是 672-S，

關押人數超過 12 萬。」

老軍醫還透露說，「中共中央同意將法輪功作為階級敵人進行任何符合經濟發展需要的處理手段，無須上報！也就是說法輪功如同中國許多的重刑犯一樣，不再是人，而是產品原料，成為商品。我能講的只有這些了。」

大陸醫生承認活摘法輪功器官

4 月 1 日，一個非政府組織「追查迫害法輪功國際組織」發表調查報告，確認「瀋陽存在龐大活人器官庫」，並公布了幾個大陸移植醫生的原始電話錄音。這些醫院公開承認他們移植用的器官來自於活著的法輪功學員，這其中包括東方器官移植中心（天津第一中心醫院）、上海中山醫院、河南鄭州醫科大學第一附屬醫院、湖北省醫科大學第二附屬醫院等。廣州軍區武漢總醫院的那位醫生還不耐煩地說：「法輪功該用就用唄，管他法不法輪功！」（http://news.epochtimes.com/gb/6/4/18/n1291746.htm）

4 月 8 日，《大紀元》披露了《盜法輪功學員器官黑幕一直在勞教所》。調查顯示，大陸 300 多家勞教所裡關押著數十萬法輪功學員，許多勞教所強行抽取法輪功學員的血樣，用以建立活體器官庫。一旦有病人需要某種類型器官時，就反向匹配，將該學員害死以盜取器官。

4 月 12 日，中共國務院召開新聞發布會，會上蘇家屯血栓醫院副院長張玉琴稱主刀醫生和太太的證人證言「子虛烏有」，她宣稱：「我們醫院根本就沒有這兩個人。」而當時《大紀元》還沒有公布女證人安妮的照片和她的真實姓名。難怪有記者嘀咕：

連這兩個人是誰都不知道,怎麼能否認有無呢?這不是此地無銀三百兩嗎?

4月21日,在胡錦濤訪美期間,女證人安妮和記者皮特首次公開露面,表示無論中共如何銷毀證據、搞國際恐怖主義,他們願用生命作證,揭露中共活體摘取法輪功學員器官的罪惡。

4月30日,瀋陽老軍醫再度披露中共盜賣法輪功器官官方流程,指出中共軍方直接參與了器官盜賣勾當,僅他本人經手的偽造自願捐獻器官資料就有六萬多份。另外,中共嚴重隱瞞了盜取器官規模,將11萬說成3萬。2000年以後中國一直占世界活體器官移植總數的85%以上,該資料是軍委上報資料的一部分,有幾個人還因此升為將軍。

這個星球上前所未有的邪惡

2006年7月6日,由加拿大前亞太司司長、資深國會議員大衛‧喬高(David Kilgour)和國際人權律師大衛‧麥塔斯(David Matas)組成的獨立調查組,向國際社會公布了《中國活體摘取法輪功學員器官指控的報告》。報告從12個方面彙集了調查的起因、方法、證據、反證、可信度、結論及建議等。最後得出結論:這項指控是真實的。這是「這個星球上前所未有的邪惡」。

由於調查者具有極高的公信力,調查本身證據的真實、推理的嚴密,使報告的發布給國際社會帶來了巨大的震動。在進一步調查中他們確認:從2000到2005年期間,中國大陸至少進行了六萬例器官移植手術,其中至少四萬多個器官極有可能是從法輪功學員身上摘取的。

眾多法輪功學員遺體被掏空

2006 年 5 月，《大紀元》根據明慧網資料，綜合報導了一系列法輪功學員被偷盜器官的具體案例，如《唐山市勞教所盜取法輪功學員器官》，《山東盜取法輪功學員器官，罪行嚴重》；《河南新鄉盜器官謊稱屍檢，市長受株連》。如河北秦皇島青龍縣土門子村法輪功學員宋友春，2003 年 12 月 2 日上午被抄家後被關進青龍看守所，14 天後被迫害致死。家屬證實，宋友春的遺體被掏空了所有器官。被懷疑有類似遭遇的還有法輪功學員趙英奇、陳愛忠、孟金城、賀秀玲、于蓮春、李梅等。

迫害真相聯合調查團

2007 年 8 月 9 日，由 300 多名各國國會議員、法律專家、醫生、教授、記者、知名人士等組成的「法輪功受迫害真相聯合調查團」（CIPFG），在希臘點燃了人權聖火，提出「奧運不能和反人類罪行同時存在」，並在隨後一年裡，人權聖火經過歐洲－澳洲－紐西蘭－南亞－非洲－美洲－東南亞，傳至全球 39 個國家 169 個城市，受到國際社會的普遍關注。

第二節

盜賣器官的五大地下網絡
——勞教所、黑幫、官商、軍方和國際仲介

　　中共活摘、盜賣器官手法之隱蔽，超出正常社會人的思維。人類歷史上前所未有的邪惡就發生在中共政權或軍方醫院，所用文件均是政府合法文件及身分，但背後卻隱藏驚人的罪惡……

　　來自中國大陸的證人皮特（化名）和安妮（化名）在美國公開指證：中國勞教所、收容所與中共軍防醫院、地方醫院、黑社會集團、中共公安和中共其他部門貪官和海外代理中國器官買賣的國際集團已形成一個龐大的販賣人體器官網絡。

　　交易中涉及中國地下經濟、身分證及死亡證等法律文件造假、借官方和軍方醫院私下做移植手術等等黑幕，即便在中國大陸生活的人，若對中國社會沒有實質性的了解，也較難完全明白這個龐大網絡的作業流程。

　　皮特是中國一家間諜學院的高才生，後到日本大學深造，之後留在日本新聞界工作，他因採訪關係在瀋陽偶然發現活體摘取

法輪功學員器官黑幕；安妮是曾在瀋陽蘇家屯血栓醫院參與活體摘取法輪功學員器官的醫生的太太。

大陸醫生私用政府醫院做移植、摘取器官手術

在海外曝光中國瀋陽蘇家屯血栓醫院活體摘取法輪功學員器官事件之後近一個月，2006 年 4 月 14 日，美國駐瀋陽領事館總領事在中共瀋陽官方陪同下，進行了一個小時的參觀，隨後美國駐華使館女發言人說：「就我們目前掌握的情況，這裡從功能上講就是一家醫院。」

《大紀元》記者就此問題對兩位證人進行採訪。皮特表示，「中共最近公開邀請各方去蘇家屯採訪調查，調查團根本查不到什麼人和任何的證據，什麼都查不出來，連一點蛛絲馬跡都找不到。因為本來這個醫院它就是正規的醫院，大陸都是用正規醫院的幌子，暗地裡做黑市器官交易。」

安妮說：「中共說蘇家屯醫院是容納 300 個病人的醫院，容不下 6000 人。我沒有說關押的法輪功學員全在這家醫院公開的住院病房裡，法輪功學員被安排在祕密的特定設施中。這家醫院做的不是移植手術，是做器官摘取手術，醫生在這家醫院摘取器官以拿到別的醫院去移植，或賣到別的地方去。

中共說蘇家屯醫院裡面只有 20 多個主治醫生，作不了這些移植的手術。其實，在這家醫院做器官移植手術的醫生，大多數都不是這個醫院的醫生，當然也有個別是這個醫院的，但我前夫就是別的醫院調過來的，很多都是別的醫院調過來的實習醫生去作移植手術。還有一些醫生借政府醫院設備私做手術，但其人事

檔案等都不在這家醫院，就類似蘇家屯醫院絲毫查不出來相關醫生的手術記錄。大陸醫生借政府醫院設施做手術、賺私錢的事情很普遍。醫院的員工、管理人員大多也都不知道醫院中曾發生過活體摘取器官的事情。」

醫生身分被隱瞞

《血腥的活摘器官》還訪問了一位去廣東省東莞市太平人民醫院做腎移植的病人，他的主刀醫生是高偉。太平醫院是非軍方的普通醫院，但是，主刀醫師高偉是第一軍醫大學珠江醫院腎移植科的醫生，高偉同時還在廣東省深圳武警邊防醫院兼職。

中央電視台 2006 年 4 月曝光了一位港商到廣州做換腎手術死亡的事件。廣州中山醫學院附屬醫院一名主任醫生接收這位港商，但換腎手術卻在廣州市附近的三級醫院做，醫生不留病歷，沒有記錄，手術後不久這位港商就感染致死。

盜賣器官起源於黑道人口販子

據安妮介紹，中國盜賣器官生意最初起源是在約 20 年前。那時在中國瀋陽有一群高幹子弟，與泰國和其他東南亞國家的黑道有聯繫。這些高幹子弟與黑幫聯手拐賣中國農村的兒童和婦女，送到海外或其他地方販賣。

後來，國際上器官生意和買賣人體屍體的生意逐漸開始興旺起來，他們發現若將人殺了出售器官和屍體，比販賣活人利潤要大太多。大陸很多地方都出現人失蹤死亡後，屍體被掏空的情況，

這類情況在大陸報紙上經常看到。

在大陸的國際器官旅遊熱潮中，沿海城市的大醫院得天獨厚，更容易從港台、東南亞和海外招攬病人。如何廣泛地開闢器官來源，建立與軍方或者軍方背景的醫院的關係，就是這些醫院的器官仲介所極力鑽營的。

事實上，大陸地下黑社會、中共勞教所、醫院（或器官移植中心）、海外招攬換器官生意的國際集團，有個龐大的地下系統在經營盜賣人體器官，包括活體摘取器官的黑市交易，這其中涉及大陸黑社會組織、中共貪官、中共勞教所警察、醫院「走穴」撈外快的醫生。

勞教和收容所成活體器官庫

器官移植成為非常賺錢的暴利行業。在中國當今的社會裡，共產主義的信仰已經破滅，傳統的信仰被死死壓制，結果「掙錢」就成為了許多人追求的信仰。不信神的人，沒有了來自神對人行為的約束，為了錢，無惡不作。

正是中共的迫害和巨大的經濟利益的誘惑，使得零星個案發展到大規模活摘器官。據知情人透露，2001 年底就開始有規模化的活摘法輪功學員器官的事情出現了。

中共政權盜竊死刑犯器官已經有了幾十年的歷史，形成了一套固定的程式，被摘除器官的死刑犯常常還沒有斷氣，相當於是變相活摘。在這種背景下，當中共把法輪功當作國家的敵人，當作比死刑犯還不如的抹黑目標和迫害對象時，從利用死刑犯器官到活摘法輪功器官，所「邁出」的就只需一小步。

利用死刑犯器官必須要經過司法部門的許可和參與，導致醫院不能到監獄隨便摘器官。但是，如果這時出現了一個在司法系統之外的、被政府鎮壓、摸黑、醜化、被仇恨的群體，而且這個群體被非法集中關押，人數巨大，那麼，這個群體就很可能成為最好的活體器官庫，特別是被擁有特權的軍隊和武警移植醫院開闢成為新的器官來源。

1999 年 7 月 20 日，中共開始全面迫害法輪功之後，大量遭受非法集中關押的法輪功學員，便是一個這樣的群體。這個群體作為器官來源，有幾大特點：

一、繞開了司法系統。很多法輪功學員是被抓後直接送去勞教所（送勞教所不需要審判，公安可以直接送）。很多上訪的學員，為了不株連家人、單位和地方政府，不報姓名和住址，從而被大量非法集中關押。

二、一個巨大的活體器官庫，能把國外幾年的等待時間縮短到一至二周，最適合讓中國大陸成為國際器官移植旅遊的中心。

三、器官移植的關鍵之一就是供體的質量，活體器官遠遠好於屍體器官，這樣的器官最適合要求高質量、願出高價錢的洋病人。（詳見本書第 357 頁第十一章第七節）

第三節

收錢換命頂替死罪 收屍賣器官

大陸勞教所和收容所流行「收錢換命」：從被臨時關押的人員中找沒有真實姓名者來頂替死囚被槍決，家屬收屍時還會將「替罪者」的器官全部賣掉……

《紅樓夢》中有這樣一句話：「假作真時真亦假，無為有處有還無。」這句話如果用來形容中國大陸的現狀，非常貼切。下面是一位來自中國大陸署名王明甫的投書：

我是一名法輪功學員，1999 年底，因為出來為法輪功說幾句公道話，被中共警察綁架，關押在北方的一個看守所裡。同獄牢頭是當地人，在看守所裡，也叫勞動號或學習號，他是因為參加黑社會的尋釁滋事而被判五年刑期，後安排在看守所服刑。

犯人一進了看守所，牢頭獄霸就會用各種方法要犯人向家裡要錢，即使不向警察行賄，把錢入到看守所裡登記在犯人的帳上也行，犯人用這個錢向看守所買吃的用的，1000 塊裡面，真能讓

犯人吃到嘴上的，最多就是三、四百塊，還要分點給牢頭獄霸呢。其餘的錢成了警察的獎金了。監獄及勞教所的情況也差不多。

找人頂替死刑犯，公安獲巨款

我快要離開那個看守所的時候，有一天，看守所有個被判死刑的犯人被拉出去槍斃。牢頭看到死刑犯被從甬道中押走的樣子時，就若有所思，後來就一直心情不好。我問牢頭：「你認識這個人嗎？」牢頭說：「不認識。」「那你憂鬱幹嘛？」我問道，牢頭搖搖頭不說話。

到了晚上睡覺的時候，牢頭才小聲地跟我說：「我真後悔，當時如果下手狠一些，殺了人命，被判死刑，我現在也出去了。」我吃了一驚：「你瘋了，判死刑還能出去？」牢頭小聲地說：「你不知道，我跟的這個老大，是我們當地政協的大官。我們黑社會有一個規矩，小弟替老大出去辦事，打了人殺了人，被警察抓了，判幾年刑，老大照付工資給我家裡，出來後還給老大辦事。如果被判槍斃，老大就要替手下買命。」

我奇怪道：「怎麼買命呢？」牢頭說：「我這個案子同案的四人，我是第三被告，前兩個首犯都是死刑，他們把大事都扛下來了，我被判五年，另一個判三年。判死刑的兩個也不是一宣判就馬上拉出去槍斃，都有一個上訴期。在這期間，我們老大就跟看守所裡講好，用 300 萬買兩條人命。看守所會去收容所裡找兩個沒有身分（無真實姓名的臨時被關押的收容者），這其中有不少法輪功學員，他們因上訪被捕後等待遣送原籍，但因很多法輪功學員拒絕透露其姓名和原住地而暫時無法遣返被送入收容所，

還有一些是流浪漢或乞丐、小偷等。

　　勞教所要『買人』時，一人幾千或一萬左右給收容所，收容所不一定知道看守所來要人幹什麼，反正收容所有的是人，有錢賺就行。然後帶到看守所裡關著，黑話叫養『小肥羊』。等到要槍斃人的當天，把『小肥羊』先叫到辦公室裡，給他打一針，『小肥羊』就不會說話了，神智也不太清楚，但還會走路。武警到號房帶被槍斃的人過來，迅速進辦公室，把人調一下，帶走到刑場槍斃的是『小肥羊』。我們兄弟（被槍斃的人）在辦公室裡化裝成警察，然後由真警察送到看守所外面，老大早就派車來接了。人一出來，馬上派兩個弟兄護送到南方去，換個姓名，換身分證等，給那裡的黑社會老大做馬仔。」

替身被槍斃，家屬大賣器官

　　我問道：「那駐監的檢察官及刑場上可能還有法院的人都要驗明正身呢，這怎麼辦？」牢頭說：「你傻啊，那150萬一條人命，也不是看守所獨吞。武警、檢察官、法官等，只要有沾邊的，大家都有份分錢。而且家屬還有錢賺呢。」「為什麼？」我又問道。

　　牢頭說：「家屬也知道被槍斃的不是自己的親人，是別人替的。家屬來收屍的時候，已經跟醫院講好，把人身上的器官，只要能賣的，連眼角膜，全部都賣給醫院，至少也能賣個幾萬元。」我驚嘆地說：「天哪！共產黨太黑了，可憐的中國人被當成豬那樣來宰殺和販賣。」

　　後來我了解到中共勞教、收容所中發生買賣法輪功學員器官的黑幕，甚至出現活體摘取法輪功學員的器官的殘忍事件。

國際醫學界籲調查活摘法輪功學員器官

自中國發生活體摘取人體器官的黑幕曝光之後，國際上譴責聲浪不斷。早在 2007 年 5 月 6 日，來自世界各地 5000 多名醫生和專家在舊金山美國器官移植大會上，共同探討如何照顧接受器官移植的病人，並就器官移植的道德倫理和有關規章制度等議題進行討論。

美國加州大學舊金山分校的比金（Scott Biggins）等醫生公布器官移植倫理道德研究調查報告顯示，許多參加 2006 年世界器官移植大會的國際醫生，選擇明顯表示不再鼓勵病人去中國進行器官移植。

調查還顯示，有 67％的人支持不發表那些存在不道德獲取器官行為國家的論文；有 56％的人不願意對來自從事不道德器官獲取的國家的醫生進行培訓。有 86％、73％的人認為美國和歐洲符合獲取器官的道德標準，而只有 4％的人認為中國符合獲取器官的道德標準。

比金醫生說，調查的結論有如下幾點：一、器官移植專業人士們關注中國同行獲取器官的道德標準；二、大部分人不鼓勵在倫理道德方面有缺陷的行為；三、大部分器官移植專業人士願意照顧那些曾在倫理道德方面有缺陷的國家進行器官移植手術後的病人。

參加器官移植大會的美國新澤西州的路易士（Lewis）醫生對倫理道德議題很感興趣。他說，五年前他有一位病人前往中國進行器官移植手術，這位病人在前往中國前，中國方面已經把器官匹配好了，而且他知道供體來自被關押在監獄中的人。路易士

表示，中共利用被關押者的器官進行移植手術，這令人非常困擾。

　　路易士還表示，美國不允許進行器官買賣，器官都是自願捐獻的；病人在美國等待器官的時間是五到六年。但是，他的病人去中國進行器官移植手術時，是器官在等著病人去的，而不是一般情況下的病人等待器官；病人到達中國後即進行摘取，這一切和後面的黑幕讓人毛骨悚然。

　　來自日本的腎臟移植醫生 Tsuneco 表示，去中國移植器官的問題很敏感。他不願接收照顧從中國進行器官移植的病人，並告訴病人不要去中國進行移植，否則回到日本後，不會對這些病人進行護理。

第四節

歷史回顧：紐倫堡「醫生大審判」

對於那些參與了活摘法輪功學員器官的醫生來說，等待他們的是什麼呢？哪怕他們是在執行上級的命令，但對於任何違反人性的上級命令，積極參與者都會受到嚴厲的懲罰。二戰時的歷史就是最好的說明。

1946 年 5 月至 1949 年 4 月，駐德國的美軍對抓獲在案的 185 名納粹甲、乙級戰犯進行了第二次紐倫堡審判。案犯中包括 22 名部長和政府官員、43 名將軍、26 名軍官和士兵、56 名黨衛軍軍官、39 名法官和醫生，其中女性被告 5 名。

對上述戰犯的審判分為 12 個案件進行，分別為：醫生審判案；空軍元帥米爾希審判案；經濟管理總局審判案（又稱納粹集中營審判案）；特別行動隊審判案；中央保安總局審判案；種族移民局審判案；軍火巨頭弗利克審判案；法本康采恩審判案；軍火巨頭克魯伯審判案；納粹德國政府高級官員審判案；納粹法官審判

案和殺害人質審判案；納粹德國武裝部隊最高統帥部審判案。

其中，醫生審判案乃美軍占領當局組織的對乙級戰犯的 12 大審判案中的第一個。審判始於 1946 年 12 月 9 日。被告均為在納粹全國性衛生部門或機關工作的官員，或在國家級醫療研究機械供職的高級醫務人員（不包括在納粹集中營供職的現職黨衛軍男女醫生）。

他們被控犯有違反人道罪，參與制定和起草對重殘病人和猶太人、吉普賽人的「無痛致死綱領」，並組織和指導了利用集中營囚犯進行非人道的活人試驗，特別是其中最為險惡的企圖推廣到所有被占領國家的高效率的絕育手術試驗。

醫生的天職本是救死扶傷，然而在納粹當政期間，大批德國醫生泯滅良知，助紂為虐，加入納粹黨，先後利用囚犯與被占領國的平民參與並在技術上主導了慘絕人寰的「絕育計畫」、「最終滅絕」、「死亡集中營」、「人體實驗」、「人種比較」、「雙胞胎比較」、「取骨接骨」、「瘧疾試驗」、「新藥致死劑量試驗」、「黃磷嚴重灼傷救治試驗」等令人髮指的人體試驗以及「毒氣室謀殺」、「磷製燃燒彈」等試驗。

其中「絕育計畫」迫使數十萬所謂「劣等人」絕育；為了更大規模、更快地使「劣等人」斷後，納粹醫生們試驗了多種殘忍的大規模絕育方法。並配合希特勒尋找更快的「最終滅絕」方法，其中「毒氣室」就是納粹醫生們喪盡天良的「傑作」；在「死亡集中營」裡，納粹醫生們負責挑選健康的囚犯去做奴隸，將體質稍差的送進毒氣室；納粹醫生們還參與協助蓋世太保對囚犯的折磨虐待，在醫學上保持折磨的「質量」以及人犯的暫時不死。

納粹醫生實施種種人體實驗為希特勒的「優秀人種」提供「科

學根據」……，這些醫生們給希特勒納粹對人類的犯罪在技術上提供了最重要的協助。這也就是為什麼在完成了對納粹德國主要戰犯的起訴和審判之後，紐倫堡國際軍事法庭的第一個審訴案件就是「醫生審判」。

面對控訴，納粹醫生們辯解說他們只是遵從命令。然而事實是，並沒有什麼具體的強迫命令迫使他們去傷天害理，也沒有任何一名德國醫生因拒絕從而受到迫害。這些納粹醫生們顯然受過最好的教育，其中一些還是當時最有名的醫學家、科學家，藉口「上面叫我這樣做的」並不足以開脫他們滔天的罪惡。

今天人類大多數有關保護人權的文件、條約、宣言，包括聯合國「人權宣言」都源於二戰期間反人類罪行的審思，尤其是紐倫堡國際軍事法庭進行的調查審判。紐倫堡國際軍事法庭前後歷時四年多，包括「主要戰犯審判」、「醫生審判」、「執法官審判」等 12 場大審。在紐倫堡國際軍事法庭基礎上，聯合國成立了國際正義法庭。由於國際正義法庭只能審判國家而不針對個人，聯合國於 1998 年又決議成立國際罪犯法庭，直接負責追究戰爭犯罪、反人類犯罪、種族滅絕罪中的個人犯罪行為，使這些罪犯不可能再躲藏在國家、政府的名義之下！

該審判案 1947 年 8 月 20 日進行了終審宣判，判處卡爾‧勃蘭特等七人死刑，立即絞決，四人終身監禁，四人被判監禁 10 年到 20 年不等。

如今，江澤民、羅幹、周永康、劉京、薄熙來之流犯下了更為慘烈的反人類罪行，等待他們的人間審判和道義譴責，人們很快就會看到。

中共活摘器官――這個星球最大的邪惡

第四章

非法活摘器官
的具體案例

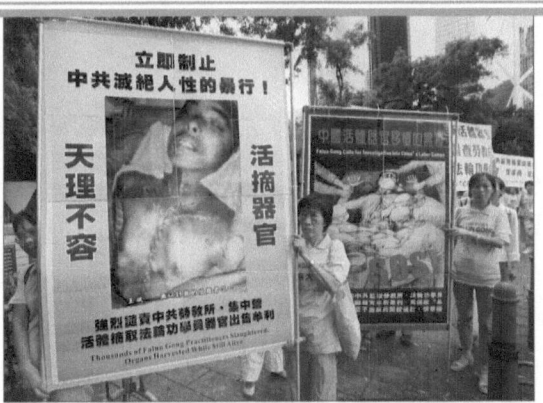

2006 年 6 月 28 日香港法輪功學員在呼籲制止中共迫害的遊行隊伍中，展示黑龍江法輪功學員王斌遭活摘器官的事實。（AFP）

第一節

屍體流淚：山東煙台賀秀玲案

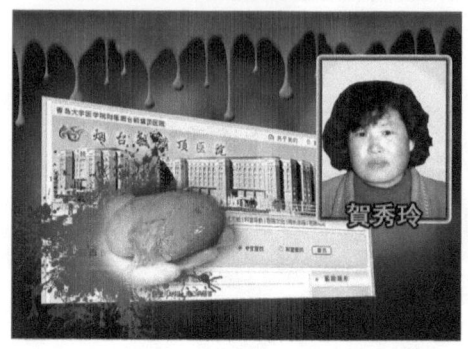

賀秀玲因修煉法輪功遭非法關押，被看守所以「腦膜炎」名義送醫，在還有呼吸的情況下送進太平間，家屬發現其後腰部纏繞繃帶，腎臟被盜。（大紀元合成圖）

　　由於中共活摘器官都是採用最隱蔽的方式進行，受害者基本都已死亡，而參與者知道罪行的嚴重而竭力掩蓋，而且中共不允許任何人以任何方式調查此事，麥塔斯等獨立調查者都被中共拒絕給予簽證，無法到大陸進行實地調查，要想找到中共活摘法輪功學員器官的具體例證非常難，因為這是中共的最高機密。

　　不過，還是有些具體案例被曝光出來，人們有理由要求中共政權就這些具體案例做出解釋，並做進一步的調查。比如 2004年山東省煙台市法輪功學員賀秀玲因修煉法輪功遭到中共當局迫害被非法關押，並被看守所以「腦膜炎」名義送往醫院，在人還有呼吸情況下就被送進太平間。家屬發現其後腰部纏繞繃帶，腎臟被盜。賀秀玲的丈夫徐承本為妻子鳴不平，提出控告。警方得知後企圖以 10 萬元收買，迫其不再上訴。徐承本不從，並在網上曝光妻子被活摘器官後，第二天即被警方抓補。遭非法關押兩

年後，徐承本在洗腦班去世時皮膚潰爛，知情者認為他被下藥，慢性中毒而死。

奄奄一息下身赤裸 無人護理

2004 年 3 月 8 日賀秀玲被看守所送進煙台毓璜頂醫院就醫，院方稱其患「腦膜炎」。10 日下午五點多，賀秀玲的丈夫徐承本接到芝罘區「610 辦公室」李文光的電話，詢問賀秀玲的病史，徐回答，賀什麼病也沒有。徐承本當晚七點多在醫院六樓腦神經內科 32 病房找到自己的妻子賀秀玲。

當看到眼前景象時，徐承本驚呆了。原本健康的妻子已經變得面目全非，奄奄一息，無法言語，一隻手卻被銬在床頭，手腕處有一層層的血痂和傷疤，但仍然可分辨是舊傷還是新傷。下身則赤裸並無遮蓋，在男男女女進出的病房實屬極大羞辱。當時她身邊不僅無人護理，也無任何治療。

徐承本問妻子哪兒不舒服？她用手摸胸口，徐扶她坐起，她喊痛，她的左眼已睜不開。賀秀玲吃力地向丈夫指了指自己的後腰。醫院診斷賀秀玲罹患結核性腦膜炎，徐不明白，為什麼妻子胸口痛，還指後腰。

賀秀玲示意自己很餓，徐承本要求給妻子吃東西，看守削了個蘋果讓賀吃了兩片，隨後即不讓她再吃，並給感冒沖劑。徐承本不明白，一個結核性腦膜炎的病人，醫院怎麼用感冒沖劑當藥方？徐承本要求給妻子餵飯，不被允許，要求陪床照顧，也不允許。並直接將他攆出病房。整個探視過程大約十幾分鐘。

人沒死被送停屍房 「屍體」會流淚

第二天（3月11日）一早七點多，「610」的李文光再打電話通知徐承本趕緊去醫院，當徐承本帶了些衣服到醫院後，李文光說賀秀玲已經死了，讓家屬去問醫生賀秀玲的死因，但卻不讓徐承本見自己的妻子，也不讓他幫妻子穿衣服。

上午10點多，親屬們匆匆來到醫院停屍房，見到賀秀玲下身赤裸，手腳溫熱，左眼明顯塌陷且略呈紫黑色。

徐承本還發現，妻子的後腰被繃帶纏繞著。而腦膜炎跟後腰傷口一點關係也沒有，為何那裡有傷口需要纏繃帶呢？引起了家屬疑心。賀秀玲的妹妹數年沒有與其相見了，她大聲哭喊：「姐姐妳怎麼這樣了？妳睜開眼看看我，妳這麼多年沒看到我了！」

喊聲未畢，賀秀玲的眼中「嘩」的流下兩行眼淚！接著親屬發現她的臉上出現很多汗珠。原來人還未死！親屬們趕忙到樓上找醫生來搶救。

「死者」活著 醫生撕圖紙奪門而逃

家屬上樓找醫生，請求他們幫忙救人，求了三次，總算有一名男醫生和兩名女護士帶著心電圖儀器姍姍而來。當親屬們看到心電圖上面跳躍的曲線，賀秀玲的妹妹大聲喊道：「看啊，看啊，人還有心跳你們就給送這兒來了！」

醫生聞言大驚，一把撕下心電圖紙，賀秀玲的親屬上前阻攔，跟醫生搶圖紙，該醫生帶著搶到的心電圖，奪門而逃。

在場的親屬們摸到賀秀玲還有脈搏，央求停屍房的工作人員

前來察看。工作人員戴上白手套來摸了一下脈搏，確實有跳動，也感到很驚異說：「從來沒見過這樣的……」。

醫院拒救「死者」 「610」致電殯儀館拉人

親屬們在醫院裡四處哀求，卻一直沒有醫生願意搶救。他們到紅十字會、110、醫療事故科等處奔走求助，均無人肯救治。當親屬們四處去找醫生搶救時，醫院推託表示賀秀玲的主治醫生姓郭，已去濟南出差。下午，親屬們發現一輛殯儀館的車停在停屍房前，正在往上抬人，正是賀秀玲。

殯儀館的人表示，「610」打電話令他們將賀秀玲送去火化。在親屬們的極力攔阻下，一息尚存的賀秀玲才沒被送走。家屬強烈質疑：「610」為什麼如此急於火化尚有呼吸的人？！

對賀秀玲後腰的繃帶，醫院解釋是為賀做腰穿刺。親屬帶著病歷走訪幾位專家，專家們都一致認為腦膜炎根本不需要做穿刺，還肯定地說：根據病歷看，肯定不是穿刺。並指出病歷是被修改過的，其中也沒有記錄病危的搶救過程。徐多次到醫院要求提供賀秀玲的原始病歷都被拒絕。後來山東省檢察院把原始病歷取走。

家屬上訴 「610」開 10 萬封口遭拒

3月13日（第三天）當親屬被允許再見賀秀玲時，她的心跳和脈搏已經消失，手腳冰涼，確認已經死亡。為防屍腐，徐承本與看守所人員的張福田簽訂協議，將遺體送到殯儀館冷凍，協議

約定家屬可以隨時看望遺體，沒有家屬同意不得火化。

在徐承本強烈要求下，煙台市公檢法進行屍檢，但他們沒有提供鑒定報告的書面文件，只是敷衍的念了一遍鑒定結果，即趕走徐承本。家屬認為對方顯然在為芝罘區「610」及看守所推卸責任。

徐承本強烈質疑，沒有外傷為什麼要用繃帶纏繞腰部？徐承本從地方直到最高檢察院不斷上訴，並上網發文請求聯合國立案調查。期間，煙台公安局「610」多次派人當說客，企圖花錢收買徐承本不再上訴。有一次甚至找徐承本的鄰居當說客勸說，「610」答應給付 10 萬元，不行可再加，只要不再上訴就行，但遭到鄰居拒絕。

被從咽喉到小腹劃一大口又簡單縫上

7 月 8 日，山東省公安廳、山東省檢察院來到煙台重新做屍檢。這一次，仍然是由法醫讀了一遍鑒定報告，稱「610」及看守所沒有責任，徐承本索要鑑定報告仍然遭到拒絕。並且不允許家屬拍攝遺體照。當時現場十多人，包括山東省公檢法、煙台市公檢法、市公安局、「610」及在洗腦班負責酷刑逼供的劉國堯等。

賀秀玲的遺體在冰凍期間，不允親屬探望，只在兩次屍檢前讓看了一眼，就被撐出去，更不許碰觸遺體。第一次屍檢前，徐和兒子首次見到了冰棺裡的親人。第二次屍檢前，徐承本和妹妹一同見到遺體，當時賀全身赤裸，從咽喉到小腹劃開一道大口子又簡單的縫合上，見到慘狀，徐承本當場大口吐血，妹妹不禁痛哭失聲。

丈夫鳴冤也受迫害 慢性中毒致死

據知情者稱：賀秀玲以「腦膜炎」入院，實際是成為腎臟的活供體，被摘取了腎臟，而且，從眼部異常來看，也可能同時被摘取了眼角膜。因為腎臟不是最主要的臟器，被摘取後，賀秀玲並沒有立即死亡，在奄奄一息中痛苦煎熬著。而「610」安排了自以為天衣無縫的計畫：派人以看護為名監視她，不打針、不吃藥，也不給吃喝，等待她衰竭而死，並施用了使其無法說話的藥物，待臨死前與其親屬見一面，給親屬一個「交代」，然後待其心臟停跳，即向親屬通知死訊，迅速火化遺體，這樣一個活摘的罪行就被所謂腦膜炎病死的假象給掩蓋了。

只是中共「610」沒有想到，賀秀玲在停屍房又有了心跳、脈搏、還流了很多汗，尤其是在親人的呼喚下流下了眼淚，由此揭開了這個慘烈真相的序幕。

2006 年春，中共活摘法輪功學員器官的罪惡在海外曝光後，4 月 4 日，「赴中國大陸全面調查迫害法輪功真相委員」成立。

4 月 19 日，徐承本在網上發文，認為妻子是被活摘器官致死，並敦請國際人權組織到煙台，對賀秀玲的遺體重新屍檢，查明死因。文章公開發表的第二天，4 月 20 日，徐承本被警方突然抓捕，同時被抓的還有賀秀玲的妹妹。

徐承本和賀秀玲的妹妹隨即被投入「610」私設的監獄——洗腦班。在那裡，他們被 20 到 30 個人圍住打罵，被逼迫放棄信仰，目的不僅是阻止其聯繫海外調查團，而且強迫他們同意火化遺體，遭到二人拒絕。

徐承本多日不被允許睡覺，也不給吃飯喝水，他依然堅定信

仰。據一位看守者說：「徐五天五宿沒吃、沒睡，還健壯得像頭牛，幾個人按都按不倒。」洗腦不成，「610」又把徐關進以更加邪惡凶殘而聞名的招遠洗腦班，那裡不僅酷刑手段凶殘，並且暗中讓法輪功學員服食破壞神經中樞的藥物，以迫使他們放棄信仰。

隨後徐承本迅速消瘦，原本身高一米七八，體重 170 斤，數月後親友再見他時，他僅重 100 多斤，像一副骷髏架子，模樣令人驚駭。他的意識常常模糊，頭腦不清醒。

「610」找到賀的獨子徐輝，他們從徐承本那裡搬來了印表機、電腦等為「物證」，威脅要將徐承本判刑，他們稱，如果徐輝簽字同意將母親遺體火化，就可以放他父親回家，並給五萬元。

他們問徐輝：「你要火化？還是要你爸？」徐輝在壓力下被迫簽字，同意將母親的遺體火化。隨後，「610」給了徐輝五萬元。

6 月 20 日，賀的遺體被火化。火化當天，現場來了許多警察，有幾個警察緊緊尾隨徐的兒子和家人，當賀的妹妹哭訴時，幾個警察將她迅速拖走。

2008 年初，徐承本突然死亡。2 月 26 日這天，徐承本忽然從德州給親屬打電話，聽起來還好。第二天，親屬接到徐的死訊。當親屬為他的遺體穿衣時，發現皮膚已經潰爛，所穿的襯衣和皮膚黏在一起，親屬詫異，找來法醫做鑑定，鑑定結果為中毒身亡。

雖然法醫含糊地說是煤氣中毒，但種種跡象使親友懷疑，認為「610」為了讓徐承本封口，而施以藥物迫害，讓其慢性中毒而亡。

根據國際人權組織對煙台毓璜頂醫院的調查，該醫院移植中心的成員稱，一年最少做 160 至 170 個腎移植手術，而且腎源充足，供體健康，曾為外國人進行移植。但是，對於供體的來

源，卻避而不談，即使在醫院內部，也諱莫如深。 目前，活摘器官——這一挑戰人類道德底線的惡行正隨著核心要犯周永康被抓、「610」頭子李東生被免職、薄熙來下台、王立軍被捕、薄谷開來被判刑而浮出水面，罪惡真相全部曝光時，將震驚全球。

第二節

綁架活摘虐死：武漢彭敏案

武漢市法輪功學員彭敏遭強制活摘器官後於醫院受虐致死。（明慧網）

武漢市法輪功學員彭敏，於 2000 年 2 月底 3 月初被中共警察綁架，在武漢市青菱看守所遭到殘酷折磨，導致全身癱瘓；後被警察強行送醫院手術。

手術後，彭敏的後腰無故被割出一個大洞。院方人員公然聲稱，彭敏一天不死就一天不能出院！彭敏於 2001 年 4 月 6 日晚去世，去世前一天被注射不明藥物。彭敏去世後，醫院不許做屍檢，並配合警方立即強行火化。這一切反常的舉措，都指向一個目標：活摘器官。

彭敏被迫害致死經過

據《明慧網》報導，彭敏被非法關押在湖北武漢市武昌青菱看守所期間，獄警因為他堅守「真、善、忍」的信仰，堅持煉功，

多次對他進行毒打。在所長熊繼華和獄警的直接指使下，犯人們變著法子折磨彭敏，如「放禮炮」——惡犯用雙手抓著彭敏的頭，使勁地撞牆，撞得要像放禮炮一樣響，人當時就痛昏過去，後腦勺被撞腫、撞出血泡；又如「五雷轟頂」——惡犯用拳頭照彭敏的頂門心狠狠打五下，每一下都要發出「轟」的聲音；還有「定心腳」——惡犯用腳照胸部用力踢七下，照背部用力踢八下，所謂前七後八定心腳；等等不一而足。看守所所長熊繼華還經常親自指使一群犯人毒打彭敏，拳打腳踢，往死裡暴打，根本不管死活。在獄警朱漢東的指使下，彭敏多次被十五、六個犯人按在木板床上，用塑膠鞋底猛烈擊打臀部。

2000 年 8、9 月份時，彭敏的臀部中央和左腿長了兩個直徑 13 至 15 釐米的膿包，看守所不但不給治療，反而暗示犯人藉機「教訓」他。於是十幾個犯人將彭敏按倒在木板床上，輪流擠壓他身上的膿包，致使他劇痛難忍，全身由於劇痛而抽搐，連續近一個月晚上無法入睡，只能蜷縮在門邊。

2001 年 1 月 9 日，彭敏再一次遭受惡警與十幾個犯人整整一天的毒打與謾罵後，四肢和脊椎第五塊骨頭粉碎性骨折、頸椎壓縮骨折，人整個散了架，當時就昏死過去了，送往武漢市三醫院搶救後甦醒過來，但已全身癱瘓。

其母李瑩秀得知該消息後，將彭敏接回家中，通過學法煉功，彭敏漸漸能吃、能喝、能說話，就在彭敏的情況開始好轉時，武漢市市公安局防暴大隊派來 30 餘名警察，強行將他綁架至武漢市第七醫院，直接送入手術室。

手術後，彭敏被隔離在住院部二樓骨外科走廊盡頭的一間小屋內，外面用屏風擋住，警察協同武漢市「610」不許他的母親、

哥哥彭亮離開，名為看護，實為隔離軟禁，以免走漏風聲。同時將武漢市武昌區中南街派出所的警察安插在隔壁的房間內 24 小時監視，以防他們與外界接觸。當年 3 月份，有三個朋友成功探望彭敏，親眼看見彭敏腰部有個大洞，李瑩秀對他們說：彭敏一到醫院就被強行送進手術室，出來後腰部就有了一個大洞，醫院並沒有治療，只是折磨，想把彭敏搞死。

彭敏腰部為什麼會有一個大洞？這在醫學「治療」上並無必要。彭敏會不會被活摘了腎臟？當時一般人很難想像到中共會邪惡的活體摘取器官。

在「610 辦公室」及武漢市公安局的指使下，武漢市第七醫院院方對彭敏犯下罪惡後的心虛，從其之後的態度、言行中也能看出些端倪：手術後的彭敏，頭部以下的身體已經完全失去知覺。而院方對危在旦夕的他不聞不問，並公然對彭敏家人宣稱，彭敏要想出院，除非等死後，彭敏一天不死，就一天不能出院！

2001 年 4 月 5 日上午，彭敏被強行注射了不明藥物。4 月 6 日半夜一點多，彭敏停止了呼吸。彭敏一過世，遺體立即被轉移，家人立即被隔離。2001 年 4 月 7 日上午十時左右，警察將彭敏遺體強行火化。不久彭母李瑩秀也突然離奇死亡。

參與迫害人員遭現世現報

武漢市第七醫院配合中共警方迫害致死彭敏後，還積極配合中共宣傳媒體錄製假新聞毒害世人。院方對本院醫務人員及外界媒體謊稱：彭敏是因煉功跳樓自殺被警方救起。第七醫院骨外科醫務人員被欺世謊言矇騙，在彭敏去世後，協助警方阻攔家屬，

拒絕家屬要求屍檢的合理要求，非法剝奪家屬的正當權利，並配合將彭敏遺體強行火化。這些醫務人員充當中共幫凶，迫害法輪功學員，犯下滔天罪行，之後陸續厄運連連，並累及家人。知情民眾議論：傷天害理，遭到天懲報應了。

武漢市第七醫院後來被武漢市亞洲心臟病醫院收購，改稱亞洲心臟病第七醫院，對原七醫院人員進行重組，取消原骨外科，將其合併到外科，原科室人員八位醫生，只有兩人留在外科，其他六人中，兩人讀研離開醫院，其中一人已患膀胱癌，其餘四人不是停崗留職就是不予重用；原骨外科主任金建平，在 2011 年 50 歲左右已中風偏癱，退在家，其獨子開公司做生意損失慘重。

第三節

德國媒體揭中國醫療驚天黑幕

西方諸國與中共合作製造所謂的醫療車，被用來做為器官移植的死刑車，間接幫助了中共的惡行。圖為中國一死刑犯正被押上死刑執行車。（新紀元資料室）

　　2013 年 3 月 7 日，德國《時代周刊》大幅報導了中共非法獲取器官賣給西方患者牟利的血腥故事，該文以實例採訪和大量事實的論證，揭開中共活摘器官的罪行，再次引起國際社會的極大關注。

　　《時代周刊》是一份在德國社會文化精英中很有影響力的綜合性文化周報，德國前總理施密特曾是其編輯，周刊也經常發表些親共的文章，但這次如此嚴厲地指控中共強制活摘器官罪行，更是令西方社會震撼，以前許多不相信中共活摘法輪功學員器官的人也開始探尋真相。

　　這篇題為《下單訂購心臟》（Herzauf Bestellung）的調查報告作者是 Martina Keller，寫作主線是 63 歲的以色列人 Mordechai Shtiglits 2005 年到廣州中山醫院花 17 萬美金換得一個 22 歲年輕中國小夥子的心臟後引發的反思，包括以色列政府修改醫療法

案，從此拒絕給到中國做移植手術的人報銷醫療費。

文章大量採用全球最大媒體——《大紀元》集團在英文、德文等多語種率先揭露出來的中共活摘器官的黑幕，同時結合德國的實際案例，譴責部分西方公司、特別是德國公司，為了經濟利益，昧著良心與中共開展醫療合作，在器官移植的藥物、器材、人才培訓方面，客觀上為中共活摘法輪功學員器官提供了變相的幫助和支援。這種自我反省式的調查報告在德國社會引起極大的震動。

文章開篇講述了一名北京律師在微博上曝光醫院殺人的事。《大紀元》網站在 2012 年 12 月 7 日發表了題為《為死囚器官法院突擊 醫院變刑場 律師驚曝內幕》的文章說：「12 月 6 日，北京漢卓律師事務所的韓冰披露了一則消息說，本周最高院聯繫省高院一起已裁定的死刑覆核準備再研究，但中院沒有通知、也沒有安排親屬臨別會見，而且因為怕影響器官質量，法官、醫生將醫院變成刑場、變為器官買賣的市場。該消息引起了網路極大關注，很多律師界同行紛紛譴責這非人性的做法。」

「一個人必須死得及時，才能延長另一個人的生命。這只有在中國移植手術系統下才能以進步、金錢的名義發生。」《時代周刊》這樣評論這一微博曝光事件。

一個以色列病人和醫生的交鋒

63 歲的史提克利茲（Mordechai Shtiglits）是位以色列商人，120 公斤的他和太太在以色列第二大城特拉維夫附近有個小商店。2005 年時他的心臟已經衰竭敗壞，在當地的醫療中心住了一年半

也沒等到合適的心臟，他的心臟多次停止跳動，搶救回來後，很多夜晚他必須連夜保持坐姿以便維持呼吸順暢。最後他們在網路上看到在中國等待心臟的時間不超過二、三周，於是他和妻子、女兒來到中山醫院，一周後他就得到了一個匹配的心臟。醫生告訴他捐獻者年僅 22 歲，「他們僅僅暗示說那人死於車禍。」

《時代周刊》評論說：「這個說法太沒有說服力了。雖然中國每年死於交通事故人數高達六萬人，但是中國醫生不可能事先知道哪個傢伙即將死於車禍，而且這個國家至今沒有迅速分配輸送器官的一套中央物流系統。」

的確如此。從上面的科普資料可以看出，哪怕真的有人發生了車禍，中國的 120 急救車也不太可能在 15 分鐘中趕到現場，即便在小夥子嚥氣之前能把心臟摘取下來，中國在當時也沒實現全國器官調度的聯網，怎麼可能在 30％的匹配率之下，剛好就能匹配上這個以色列人呢？而且要保證心臟在六小時內運送到中山醫院的病床前做完移植手術呢？假如車禍發生在新疆，病人在廣州，六小時的時間連飛機都運送不到，除非這個車禍就發生在廣州附近，而且器官剛好能匹配。

偶然遇到一次這樣的事也許可能，但中國進行移植手術的醫院都能保證每個病人，人人都有這樣的「奇遇」，都能在幾周內找到匹配的器官，這不是奇蹟而是罪行了，因為只有存在一個被控制的活體器官庫，才能隨時做到「按需供貨」，「按照訂單殺人取器官」。《時代周刊》援引著名倫理學家卡普蘭（Arthur Caplan）2012 年在《國家器官：移植在中國被濫用》（State Organs: Transplant Abuse in China）一書中的話說：「這根本就是依循訂單致人於死地！」

西方商人的忘義和正義人士的堅守

文章還說，中國的移植業「能夠蓬勃發展的必要元素：嶄新改進的藥劑，這些醫藥全部來自西方。」作者列舉了幾個醫藥公司的名稱：瑞士山德士（Sandoz）公司、羅氏大藥廠（Roche）、諾華（Novartis），還有日本的 Astellas 製藥株式等。

其實從這些藥廠出口給中國的抗免疫抑制劑等的銷量，就可大致推算出中共的器官移植數量，遠遠超過所謂大陸法院宣判的死刑犯數量，但這些公司為了掙錢，無視國際人權觀察組織的呼籲。面對專業領域總是津津樂道，面對《時代周報》的調查卻閉口不談的中共衛生部副部長黃潔夫曾說，他的「整個移植手術小組人員都在國外受過訓練」，他自己的技術則是在澳洲得以專精。不過現在澳洲已經立下新規，不再為中共培養移植醫生。

《時代周刊》接下來批評「德國醫生就不那麼拘泥小節了。從 1986 年成立至今已移植了將近 2300 顆心臟的柏林德國心臟中心，與中國的 30 多家醫院合作，其中也有不少移植醫療中心。」「500 名之多中國醫生來到柏林共同參與工作。」在中國還成立了「上海中德心臟研究所」。

報導接下來講述了史提克利茲的醫師：亞寇卜・拉維（Jakob Lavee）如何就器官移植的倫理問題與他的病人在電視上進行的友好而尖銳的討論，最後促成了以色列政府對到中國的器官移植旅遊所採取的禁止行動。早在 2007 年 6 月 6 日，《大紀元》率先報導了此事。

在題為《公眾施壓 以色列醫療基金已停止支付到中國器官移植費用》的報導中，《大紀元》記者 Gidon Belmaker、Dalia

Harpaz 從以色列特拉維夫報導說，「近幾個月，由於有關器官來源有爭議的訊息、公眾的壓力和以色列衛生部的堅決立場，醫療基金已經逐步停止了支付到中國進行器官移植的費用。」報導還說，「研討會幾天前，中共駐以色列大使館聯繫以色列外交部要求取消該研討會，遭到組織者拒絕。」

據說，拉維醫生就是在閱讀了加拿大律師大衛‧麥塔斯（David Matas）和前加拿大檢察官大衛‧喬高（David Kilgour）出具的調查報告後，才弄明白了大量中國器官的來源是從被抓的法輪功學員身上摘取的。《時代周刊》報導說，麥塔斯和喬高二位被提名為 2010 年諾貝爾和平獎得主。從 2006 年起他們精心收集所有相關資訊，發現中共所說的死刑犯，很多時候是指被祕密抓捕而失蹤的法輪功學員。「練習佛法打坐的法輪功信徒，他們雖然沒有被判死刑，但因為他們的器官適用某一病人而必須被處決。」

兩個大衛「他們不僅收集相關法輪功（被囚者）在囚禁中面臨一系列醫療檢查，也發現之後這些人消失匿跡，或是遺體被發現缺少了某些器官。他們也訪問到中國做過腎臟或是肝臟移植手術的外國病人。他們甚至訪問到當年從法輪功信徒身上掏取器官的同謀。他們還記錄了調查員以患者或親屬的名義，向中國移植中心做出電話詢問法輪功學員的器官。法輪功信徒被視為最合適的器官施主，其他刑事囚犯大多身染 B 型肝炎。其中還對 2006 年 3 月與中山醫院的一通電話作下錄音——就在史提克利茲得以換心的四個月後。打電話詢問的人要知道是否移植手術可以用到法輪功學員的器官，醫生馬上回答：『我們這兒都是用他們的器官。』」

死刑車：移動的活摘器官屠宰場

面對中共活摘法輪功學員器官，不僅以色列政府修改了條例，澳洲醫院強化了禁令，美國政府也在 2011 年 6 月修改了非移民簽證申請表，要求凡是到美國旅遊、學習、探親訪友的人，都必須在填寫 DS-160 申請表格時回答：「你是否曾經直接參與強制移植人體器官或身體組織？」美國國務院在 2011 年年度人權狀況報告中，也首次提到了中國器官移植以及海外和國內媒體及人權團體持續不斷報告有關法輪功學員被活摘器官的案例。

《時代周刊》還談到，「全球各地對（活摘法輪功學員器官）這個消息發布感到恐怖異常。但不為人知的卻是西方與中國體制的千絲萬縷。……從西方進口的交通工具改裝成移動執刑場。一名中國汽車經銷商在互聯網上打出歐洲品牌配有醫藥監控視頻以及注射儀器等的車輛廣告——一個劊子手與行醫人聯袂出手令人不寒而慄的現象。」

據新華網 2008 年 7 月 23 日報導，國藥控股北京華鴻有限公司攜手戴姆勒 23 日向北京急救中心轉交了 82 台梅賽德斯——奔馳 Vito（威霆）119 機動型醫療車。文章稱，該車型「獲得歐洲 NCAP 碰撞試驗五星評級。這批醫療車輛全部經由德國專業改裝廠家—— BAUS 進行改裝，並將由北京 120 急救指揮中心統一分配到各分中心。」

中共官方沒有報導的是，這些功能齊全的急救車也是可以用來摘取器官的。2012 年 8 月 29 日，《大紀元》在《百度百科曝一位中國死刑車司機講述的祕密》一文中介紹說，死刑犯在「被

注入兩種藥物（一種是麻醉劑，一種是讓心臟停跳的藥物）後，人在一分鐘左右的時候便開始抽搐，逐漸變得強烈，逐漸平和，持續時間為五分鐘至八分 46 秒。」「如果路上執行，從執行到完全腦死亡還沒有結束就已經到了火化場，那麼犯人會在還沒抽搐完（大腦還沒死）就會被抬上焚燒爐火化。」美國死刑服務資訊中心的執行主任 Richard Dieter 2012 年 8 月 8 日向《大紀元》表示，在死刑犯被注射死刑注射針後，通常需要等到 25 分鐘，才能判定其是否死亡。

據大陸官方報導，中國一直用槍決的方式處理死刑犯，直到 1996 年，新刑訴法才補充加入注射作為死刑方式之一，而雲南昆明是首座試點城市。2002 年 8 月 30 日，中共下發了《關於推進採用注射方法執行死刑工作的通知》後，目前全國已基本實行注射死刑。但早在 1960 年代，中共就開始利用死刑犯的身體，1990 年代之前主要是取皮膚作為燒傷治療，或眼角膜等，內臟移植是最近這十多年才開始興盛。

如今大陸很多地方法院購買了死刑專用車，生產廠家除了進口之外，主要是由位於重慶璧山的重慶金冠汽車製造股份有限公司生產，該公司是公安部指定的特種汽車生產基地，他們曾為遵義中級法院設計了中國第一台大型死刑執行專用車，2010 年 3 月為成都市中院訂製的第二台，是由豐田柯斯特改裝而成的。

在薄熙來主導的重慶，不但有前政法委書記羅幹的侄兒羅韶宇創辦的迪馬公司生產防彈車牟取暴利，後又有孫露的金冠公司生產所謂的救護車和死刑車。

天網恢恢 疏而不漏

據人權組織報導，2001 年之前失蹤的法輪功學員人數達數十萬或上百萬，他們被中共祕密關押在各大監獄、勞教所和各種祕密軍事基地，從 2003 年到 2006 年儘管中共器官移植是高峰，但中共不會一下把所有器官全部用完，假如沒有《大紀元》在 2006 年曝光他們的罪行，他們是想長期牟利的。人們不禁要問，這些倖存的法輪功學員在哪裡？ 2007 年之後，中共真的就沒有再使用法輪功學員的器官了嗎？

答案可能是否定的。因為中共為了掩蓋真相，假如他們一下全部停止使用法輪功學員器官，其移植手術量會馬上劇烈下降，這不就反過來暴露其器官來源了嗎？所以他們還會用，只是控制得緊一點。當然中共從來不敢告訴外界它每年移植器官的真實數量，不是壓縮幾倍，就是虛報幾倍。

《南方周末》2007 年 7 月在《人體器官移植立法 中國叫停「器官移植旅遊」》一文報導說：「在東方器官移植中心（天津第一中心醫院）二樓辦公室裡，朱志軍顯得有些憂心忡忡。從春節後到現在，近半年過去，這家號稱亞洲最大的器官移植中心總共才做了 15 例肝移植手術。而在 2006 年，東方器官移植中心創造出了一年完成 600 多例肝移植手術的紀錄。『主要是沒有供體。』朱志軍無奈地看著手術數量直線下降。即使已經完成的 15 例移植手術，供體也都是活體移植，也就是說肝源供體來自於親屬。」

從 600 多例突然下降到 15 例，難道 2007 年上半年中國突然停止判死刑了嗎？這個強烈對比只能說明法輪功學員遭受的殘酷迫害是多麼慘烈，這還只是一個醫院的情況。

　　但後來大陸移植量又在回升。官方解釋說由於搞了器官捐獻，但中國紅十字會常務副會長趙白鴿透露，中國自 2010 年 3 月到 2013 年 2 月 22 日，三年總共才捐獻大器官 1804 個，毫無疑問，全中國私下有 300 多家移植醫院，就算整頓後獲得官方資質的也有 163 家，靠這 1804 個器官，每年每個醫院才做四例移植手術，這是絕對不成立的。

　　2007 年後中共醫院的移植手術依然在穩步進行，官方唯一能給出的解釋就是來自死刑犯捐獻。但自從 2008 年中共將死刑犯審批權收回到最高法院之後，每年死刑犯人數逐年下降。國際特赦 2009 年的年度報告說，中國在 2008 年公開處決了 1718 人，但每年中國移植手術都上萬例。其餘器官從何而來呢？

　　除了法輪功學員器官外，人們還發現，近年來中國失蹤人口增加，網路上有消息說，「中國每年失蹤人數高達 800 萬以上，這是 CCTV 保守數字」，比如派出所把街頭流浪者、智障精神病患者、或上訪的民眾關押在拘留所勞教所，像屠殺法輪功學員那樣屠殺他們。還有個來源就是來自農村的貧困人口，在醫院病死後，醫院是否摘除了他們的器官，這些都是黑幕。

　　但有一點是肯定的，活摘器官的罪惡是江澤民集團在 2000 年最早施加在法輪功學員身上的，如今受害者擴散到全體中國人。中共政法委書記孟建柱在 2013 年 1 月曾宣布在 3 月的兩會上提請人大討論廢除勞教制度，但兩會上並沒有這個提案，這說明黑暗勢力的阻礙力量還很大。直到 11 月 15 日，中共三中全會的《決定》出台，宣布廢除勞教制度。然而，這個備受外界爭議、實施了半世紀之久的勞教制度，雖然被廢止，但當局仍然以所謂「違法行為教育矯治法」、強制隔離戒毒所及新生學校等等名頭

代替，換湯不換藥，因體制決定了其獨裁暴政的本質，變相鎮壓民眾的手段不會消失，如黑監獄、法制教育中心（洗腦班）等比勞教制度更惡劣。

　　中共現在的處境是：用一個謊言來掩蓋另一個謊言，用一種罪行來掩蓋另一種罪行。但中國人有句古訓：天網恢恢，疏而不漏，人不治天治。如今中共還在隱瞞活摘法輪功學員器官的罪行，即使能騙過明天，也躲不過後天，其罪惡一定會遭到最嚴厲的審判。

第四節

湖南富商曾成杰遭「祕密處決」

湖南富商曾成杰在律師未接收死刑復核裁定書，法院未通知家屬的情況下，突遭長沙中院「祕密處決」，外界懷疑，莫非哪個高官急用曾的器官？圖為曾成杰女兒為父鳴冤。

　　2013 年 7 月，涉嫌集資的湘商曾成杰被湖南省長沙市中級法院「祕密處決」一事持續發酵，引爆大範圍的民怨。當局對此案幾次改口：由最初給出的注射死亡到被槍殺，到最後只給了家屬一個骨灰盒了事，前後言論自相矛盾，疑點重重。因中共當局一再聲稱現今中國的器官移植供體主要來源於死刑犯，因此民眾紛紛質疑：曾成杰不但慘遭「滅口」，器官或亦遭摘除。

　　7 月 12 日，湖南省長沙市中級法院在未通知家屬的情況下，對涉嫌集資的原湖南三館房地產開發集團有限公司總裁曾成杰執行死刑，迅速引起家屬和民眾的強烈批評。高院在其官方微博發文辯駁，但前後口逕自相矛盾。曾成杰辯護律師王少光發表聲明駁斥法院的說法，並稱湖南省政府圖財害命。

曾成杰遺書曝光：監禁受虐、透露案情

被「祕密處決」的曾成杰之女曾珊更是為父喊冤，將事情的前因後果一一披露。7 月 12 日，曾成杰之女微博曝光了律師最後一次見面的情況，以及曾成杰的長篇遺書：律師 5 月份見了我父親，沒想到是最後一別！「最後一次見他，腳鐐和手銬之間有條 50 公分的鏈子，一天 24 小時只能弓著腰。問其原因，說是又上當了。一個管教幹部故意激怒他，發生了口角，結果被大拷伺候了一番，並威脅要被整死，逼迫寫檢查，承認打管教幹部。無奈，只好寫了。領導將此送給最高院要求執行。」

7 月 13 日，曾珊微博發布《曾成杰的辯護律師王少光對「湖南省高院答覆和人民法院報官方微博」的答覆》，稱：政府將曾成杰的三館資產低價變賣給自己的獨資公司，隱匿能夠證明三館公司可以還債的評估報告，把政府打壓融資行為引起的後果全算在曾成杰頭上，為了殺人滅口，竟然無恥到無視已經在卷的鐵證而隨意定案。

死刑由注射改為槍決 各界質疑：器官遭摘除？

12 日，長沙中院最初給出的說法是：曾成杰臨刑前不願會見家屬，遺體也不交給家屬。此語遭來眾怒和質疑。

《新京報》發表評論稱：《剝奪「刑前會見權」有悖法律人倫》長沙中院出爾反爾，讓人心寒。即便曾成杰本身的死刑判決，是刑罰相當的公正判決，但在死刑執行過程中，行刑法院拒不依法通知家屬在前，不懂法律、乃至強詞奪理、自相矛盾的辯解在後，

既突破了人倫底線，也顯示司法者本身對法律的輕視。

報社記者何光偉表示：「請長沙中院出示錄音、錄像自證清白。否則我們有理由懷疑曾臨刑前被虐待、器官缺失、還有他是不是被處決的？這些貴院必須出示所有監控自證清白。」

曾成杰之女在微博揭露：「這是 7 月 14 日中午在我父親執行死刑兩天後才接到長沙中院的死刑執行通知。郵寄郵戳時間是 7 月 13 日，簽發時間是我父親被槍決的 12 日。難道長沙中院唐學平法官不知道刑訴法解釋 423 條的法理以及犯人臨終告別權和親屬臨終會面權的人道嗎？死刑也由注射改為槍決。人權何在？法理何在？天道何在？」

法學教授賀衛方對此表示：「生前最後的見面可以由犯人提出，也可以由家屬提出，兩者都必須得到尊重。從基本的人道出發，甚至在相關人員沒有提出此要求的情況下，司法當局也應努力促成這種會見。還有，行刑後的屍體也應經其家人驗證後火化，否則人們不知道死者器官是否完整。」

海南昌宇律師事務所律師關紹斌說：「為什麼執法公開變成了祕密處決，是不是有什麼貓膩，把器官盜賣了呢？」

尋找呼蘭大俠則表示：「注射死刑後，器官無法使用；槍斃前一晚，犯人會被注射情緒穩定和防止血液凝固的製劑，為什麼大家都清楚了吧？」

吉林盧雪松：由注射改為槍決的原因？為什麼沒有遺體只有骨灰？

曾成杰之女發文：「終於拿到了父親的骨灰，我不敢相信父親真的去世了！連屍體都看不到！我不敢想像獄中的媽媽和姐姐知道這消息後會受到怎樣的打擊！現在只想讓爸爸入土為安。」

復旦大學司法與訴訟制度研究中心主任教授謝佑平表示，「死刑犯的遺體屬於家屬」死刑的目的，是通過剝奪罪犯生命消滅其犯罪能力和滿足社會報復心理。被執行死刑後，刑罰目的已經實現。因此，從民法上講，罪犯遺體的所有權不屬於國家而屬於家屬。未經死刑犯遺囑聲明或家屬同意，其遺體和器官不得捐贈。家屬有權參加遺體收殮，有權收取骨灰並依法善後處理。

深圳市閃客濤濤動畫工作室總經理「成濤漫畫」：曾成杰被祕密處決之前經歷了什麼？有無被虐待毒打？器官是否被摘乾淨賣掉？這骨灰是他本人的嗎？……這些都沒有人知道！……某些人，你們殺人滅口、死無對證、毀屍滅跡、喪盡天良！

@東島夢遺：為什麼不通知曾成杰的親屬？為什麼沒有遺體只有骨灰？

@蕭——瀚微博 222 世：死刑犯被執行死刑後，憑什麼家屬只能拿到骨灰（誰知道是燒什麼剩下的灰？）而不是遺體？殺人官府不但有權殺人，還有權滅跡，只能被理解為為了掩蓋罪惡的人體器官交易、遺體交易。

中共公開宣稱使用死囚器官移植

以上民眾的質疑同多年來為中共移植器官站台的前中共衛生部副部長黃潔夫的公開言論有關。

中國政法大學法學院副院長何兵因為在微博質疑曾成杰的器官被盜，而遭到五毛的攻擊，於是他發微博稱：【答五毛】衛生部副部長黃潔夫表示：衛生部將加大對器官移植的監管力度。隨著我國器官捐獻體系的建立，有專家預測，未來三至五年內，我

國目前依賴死刑犯器官的局面將得到改變。 網友陳雲華發微博：衛生部副部長：死囚是我國器官移植主要來源，看了「曾成杰」這條新聞，突然明白了……

曾經擔任中共衛生部副部長 12 年的黃潔夫一直為中共使用死囚器官移植的做法辯護。2013 年 2 月 25 日，黃潔夫在人體器官捐獻視頻會議上高調承認「中國是世界上唯一系統利用死囚器官的國家」，並「感慨落淚」稱「我們的移植醫生終於可以光明正大、揚眉吐氣地在大舞台上施展才能了。」

外界普遍質疑和驚訝，沒建器官捐獻分配體系之前，中國移植醫生做移植手術一直都不能光明正大，而是在偷偷摸摸幹，說明器官醫生所面對國際譴責的「巨大壓力」。

無法見光的器官庫

但中共宣稱移植器官主要來自死刑犯的說法被專家廣泛質疑，裡面隱藏著更大的黑幕。中共官方公布每年實施全肝移植4000 例，且按照陌生人群 20～30％的器官匹配率來算，也必須從三至五個人中才能找到一個合適的器官，那 4000 個肝臟就至少需要從 1 萬 2000 至 2 萬個死刑犯中挑選。據國際人權組織調查，中國每年公布的死刑犯在 2000 人左右，即使全部用上，也只能讓 2000 人做肝移植手術，而其餘的人又是從何處得到的肝臟呢？

據大赦國際估計，2000 年至 2005 年這六年間，有 4 萬 1500宗移植手術的器官來源無法解釋。然而到 2007 年，移植手術突然減少了一半，原因是中共迫於國際社會壓力，不得已整頓移植市場而出現的結果。

統計數據顯示，自中共 1999 年迫害法輪功後，大陸移植一直呈突然上升狀態，特別在 2003 年至 2006 年間，來自死者的器官暴增，成倍增加，使移植數量呈現蘑菇雲一樣的爆炸式膨脹。有調查報導，在相對穩定、每年變化不大的普通死刑犯之外，在 2003 至 2006 年期間，中共利用偷盜法輪功學員器官，才有了這四年移植量的大爆炸。

加拿大著名人權律師大衛・喬高表示，媒體披露中國移植器官是從被處決的犯人身上拿到的，但鮮少有人提及，很多因為器官而被殺害的人是法輪功修煉者，他們沒有犯任何罪行，只是憑著警察的一紙簽字他們就被送進勞教所三到四年。他們每天得幹 15 個小時的活，犯人中只有法輪功修煉者每三個月就被醫生體檢一次，並進行實驗室的化驗，他們也不知道自己為什麼會被體檢。他們被體檢是因為要看他們的器官如何，當有人從倫敦或加拿大來進行器官移植，那個器官配得上型的修煉者就會被殺害，他們的器官就會被空運到上海，來移植的人就有了新的肝臟或心臟。

事實上，12 年來，江澤民、羅幹和周永康通過中共中央鎮壓法輪功的祕密組織「610」機構下令全國各地主管公安局的政法委系統：打死法輪功學員不追究。這是中共江澤民鎮壓法輪功政策和政法委作為執法機構帶頭破壞法律，加上中國社會道德淪喪，在販賣器官巨大利益利誘下，發生了活體摘取法輪功學員器官的慘劇。

第五節

小販夏俊峰處死時未穿衣服？

2013 年 9 月 26 日晚，夏俊峰母親讓剛放學的夏健強給父親夏俊峰骨灰叩頭。（新紀元資料室）

　　2013 年 9 月 29 日上午，因殺城管案判死刑的夏俊峰妻子張晶前往中國大陸瀋陽市第一看守所領取夏俊峰遺物。張晶接過遺物時發現，25 日與家屬見最後一面時夏俊峰所穿的衣服還在包裹中，外界紛紛質疑夏俊峰被活摘器官。

　　據《新京報》報導，經中共管教人員清點，夏俊峰留下大小六包衣物，家人每月存取的生活費剩餘 3300 餘元，管教表示，夏俊峰未留遺書或遺言。

　　報導稱，張晶接過遺物時發現，25 日與家屬見最後一面時夏俊峰所穿的衣服還在包裹中。張晶自言自語道：「他走的時候穿的什麼走的呢？」隨後抱著遺物痛哭。

遺物或印證夏被活摘器官

有吉林網友稱：「有用的器官都被摘走了，還穿什麼衣服啊！真慘！那些做壞事的人、不善良的人終究會得到報應的。」

蔣方 - 舟子：「是不是夏俊峰的配型和什麼老幹部配上了？為了器官，必須死？」

網友吳淑平質疑：「也就是說死刑犯的器官都被國家強行捐出？」有民眾回覆：「這是國家體制問題，判死刑或死緩的都是收不了屍的，因為中國沒有無償捐助器官體制，大多數的需求都是從這裡得來。那些強盜們，到底摘取了多少夏俊峰的器官？這個天良喪盡的⋯⋯！」

夏俊峰案回顧

2009 年 5 月 16 日，夏俊峰與其妻子張晶在遼寧省瀋陽市沉河區南樂郊路與風雨壇街路口擺攤。瀋陽市城市管理行政執法局瀋河分局的城管人員與之發生衝突。在衝突中，兩名城管隊員死亡，一人重傷。

同年 11 月，瀋陽市中級法院一審判決夏俊峰故意殺人罪，處以死刑。2011 年 5 月 9 日，遼寧省高級法院終審維持一審原判。此案在大陸引起巨大反響，夏俊峰到底是「故意殺人」還是「正當防衛」，律師和法庭的爭辯還在繼續，而學界和輿論也掀起質疑如潮。

各界質疑「器官或被摘除」

7月12日，涉嫌集資的湘商曾成杰被湖南省長沙市中級法院「祕密處決」，引爆大範圍的民怨。當局對此案幾次改口，前後言論自相矛盾，疑點重重。

報社記者何光偉疾呼長沙中院需出示錄音、錄像自證清白，「否則我們有理由懷疑曾臨刑前被虐待、器官缺失、還有他是不是被處決的？」

袁裕來律師 25 日在微博發出感慨：夏俊峰死了，聶樹斌的案件還活得了嗎？

此前，媒體披露：聶樹斌被錯殺後，真凶王書金落網已經好幾年了，該案仍然不能改正，也是涉及高層。

第六節

一案兩凶 聶樹斌的屈死

1995 年，21 歲的聶樹斌被河北高院判處死刑。王書金歸案後，重審「聶樹斌案」呼聲四起，為中國諸多冤假錯案中的「聶樹斌們」澄冤。（新紀元資料室）

2013 年 7 月 10 日，引起社會極大關注的「王書金強姦、故意殺人案」在河北省邯鄲中院二審第三次開庭審理，該案因牽涉上世紀 90 年代「聶樹斌殺人案」而備受關注。

「聶樹斌姦殺案」是指 1994 年 8 月 5 日，河北省石家莊西郊發生一起強姦殺人案，在石家莊打工的聶樹斌被當作犯罪嫌疑人抓捕。1995 年 4 月 27 日，年僅 21 歲的聶樹斌被執行死刑。

2005 年 1 月 18 日，河南警方抓獲逃犯王書金，王書金供述在河北廣平、石家莊等地強姦多名婦女並將其中四人殺死，其中指認的一個案發現場為「聶樹斌案」同一現場，其當時交代的作案細節、現場遺留物等，亦與當初案發現場一致。

「聶樹斌一案兩凶」在大陸各界產生極大的轟動效應，稱之為只有在中國現有的社會才會發生的一個千古奇案。《深圳商報》高級記者「一葦江湖 01」在實名微博的這段話代表了眾多民眾的

心聲：「全世界都沒有。從古到今都沒有。」

　　也就是說，古今中外都沒有過，居然發生在中國。這樣的奇特案例，應該寫進世界法律史中。

王書金：聶案我幹的 公訴方：凶手不是你

　　2005 年 7 月 10 日上午九時，聶樹斌案疑似真凶王書金案，在河北省邯鄲市中院開庭，這是該案二審的第三次開庭，王書金在此次庭審前再次堅稱強姦殺人案是自己幹的。

　　12 時 33 分，審判長宣布休庭，將擇期宣判。王書金陳述：「請求法院認定石家莊西郊案是我所為。」

　　此前，6 月 25 日二審第二次開庭時，王書金的辯護人發表意見認為，石家莊西郊玉米地強姦、故意殺人案應該可以認定係王書金所為。檢方則表示質證結果顯示王書金供述與屍檢、現場勘查、作案時間、身高等四處有所差異，當庭否認王書金為案件真凶。引爆公眾譁然。

　　在庭審中，被告人及辯護律師稱這椿犯罪行為正是本方當事人所做，檢方卻力證被告人沒有實施某椿犯罪行為，訴辯雙方好似互換角色，這在庭審中非常罕見。

　　聶樹斌母親張煥枝說，她僅有的一點希望也破滅了。

　　《深圳特區報》理論周刊主編周國和：世上最奇怪的法庭審判，控辯雙方調了個，被告請求判案件是自己做的，控方拚命說這個案子不是你做的。上訴人王書金在法庭調查和辯論結束後的最後陳述中，請求法庭認定這個案子是他做的。

檢方拒絕公布聶案大部分卷宗

在上一次庭審中，檢方舉出數份聶樹斌案的證據材料，然而王書金辯護律師兩次要求查閱聶樹斌案的全部卷宗材料，卻被河北高院拒絕。

聶樹斌案申訴代理人朱愛民稱，聶樹斌案不再是單純個案，已是公共事件，就算最終河北省高院二審宣判對王書金案維持一審原判，也不能說明聶樹斌就是石家莊強姦殺人案凶手，河北省高院必須讓我們看到聶樹斌案的全部案卷，給公眾交代。

在 7 月 10 日的庭審中檢方突然出示新證據，《新京報》採訪朱愛民說：「這很不合適。」

「尤其是涉及聶樹斌案的證據，我們都是第一次看到，算是新的證據，我們的第一反應就是為何檢方沒有將這些新證據提交給法院？為何沒有讓我們提前閱卷和作準備？」

朱愛民還稱，屍檢報告和現場勘驗筆錄都是複印件，「我們完全有權利懷疑證據的真實性」。

聶樹斌之母：檢方出示假物證

7 月 10 日的開庭中，聶樹斌案的代理律師被拒絕參與旁聽，多年來一直為兒子追討清白的聶樹斌母親張煥枝得以進入庭審現場。

張煥枝對《新京報》表示：「檢方機關出示假的物證，對此我非常不滿意，我覺得檢方在作假。」

張煥枝還表示：「我是帶著希望來的，可是出來後卻滿是失望，僅有的一點希望也破滅了。但我會繼續申訴，要求法院對兒

子的案子再審，直至兒子的案子被推翻。現在我的任務就是好好
養身體，也不多生氣了，留點力氣好再為兒子的事奔走。」

2007 年 3 月，河北邯鄲市中院對王書金作出一審判決：對其
執行死刑、剝奪政治權利終身，王書金認為其行為屬自首，且供
述了石家莊西郊殺人案，是對國家和社會的貢獻，屬重大立功，
應從輕處罰，其後王書金上訴至河北高院。

王書金的供述使聶案「峰迴路轉」。2005 年聶樹斌母親撲倒
在聶的墳墓痛哭的照片打動無數人。

聶樹斌的腎疑被摘取給了外交部高官

2013 年 9 月 28 日，博訊網發表文章說，「聶樹斌被錯殺，
真凶落網，但檢方強詞奪理，否認真凶自我供述。此事，大陸網
上引起熱烈討論，更有網友披露，聶樹斌的腎被章某用了。其實，
一旦匹配，不殺也殺的案例很多，香港高官、海外『愛國』華僑、
國內高官和子女，如果需要器官，通常做法是到監獄驗血匹配，
一旦匹配上，有的輕罪也會判死刑。這已經是公開的祕密。」

文章說，內蒙古呼和浩特市手機網友「lrxshq」的原帖：聶
樹斌被錯殺後，真凶王書金落網已經十好幾年了，該案仍然不能
改正，也是涉及高層。當年石家莊法院發現該案有疑點，主張疑
罪從輕，判死緩。但是在為當年患尿毒症的中國外交部高官章某
尋找腎源的過程中發現聶的腎臟與章匹配，為了救章某的命，經
高層下令，立即執行。

章於 2008 年 1 月 26 日因呼吸衰竭死於北京朝陽醫院，時年
72 歲。章換過兩次腎：1995 年和 2002 年。章某曾自己披露：「我

多活了 12 年。」據資料顯示：1994 年章從澳洲回國，發現腎病。
1995 年章病加重，昏厥在辦公室，醫院已發出病危通知。章第一
次換腎，爆料人說用了聶樹斌的腎。聶樹斌於 1995 年 4 月 27 日，
被執行死刑，年僅 21 歲。

不過此消息還沒有被證實。

中共活摘器官——這個星球最大的邪惡

第五章

不良醫院
配合活摘器官

中共軍隊是活摘法輪功學員器官以移植牟利的大頭，賣給地方的器官只是額外牟利，目的是把地方醫院作為向海外攬客的櫥窗和廣告，否則只有中國軍方做移植手術對世界將難以掩蓋。（AFP）

第一節

「追查國際」發布證據專輯 周永康是主犯

2013 年 9 月 11 日，獨立的非政府國際人權組織「追查迫害法輪功國際組織」（簡稱追查國際）發表了 1.5 萬字的獨家報導：《追查國際關於中共活體摘取法輪功學員器官證據專輯》，裡面詳細列舉了 19 個電話調查錄音和一些書面證據，充分證實了中共從 1999 年打壓法輪功至今，一直以活體摘取法輪功學員的器官牟取暴利，徹底毀滅了人類的道德底線，是這個星球有史以來最大的邪惡。

以下摘取部分摘要，詳情請見「追查國際」網站，網址：http://www.zhuichaguoji.org/node/35848。

報告稱，2006 年 3 月 9 日以來，「追查國際」針對中國大陸 30 個省、直轄市、自治區的中共司法系統和軍隊、武警、地方等醫院器官移植部門進行了持續的調查，獲取大量的證據。這些證據證實了中共活體摘取法輪功學員器官及從事活人人體實驗的罪

惡是真實存在的。

這些零散的證據存在著一種內在的聯繫，指向一個驚人的事實，即這些活體摘取法輪功學員器官的事件，不是個別、局部、偶然發生的民間謀財害命的殺人事件，而是由江澤民、周永康等前中共最高當局利用國家機器統一組織下的大規模涉及全中國範圍的群體滅絕性大屠殺，是在官方的組織和保護下，由司法系統和軍隊、武警、地方等醫療機構聯合進行的系統犯罪。實施犯罪中，軍隊、武警醫院和器官移植中心為活體摘取法輪功學員器官的主要場所。

這些證據之間相互印證、互為補充。這種內在邏輯關係，體現出來的系統犯罪事實有助於人們了解整個案情的邪惡性質和程度，超出人類的正常思維。

「追查國際」獲得證據可以證明，涉嫌參與犯罪的至少有23個省市自治區相關醫院和器官移植中心：北京、天津、上海、河北、河南、山東、遼寧、吉林、黑龍江、安徽、湖南、湖北、江蘇、浙江、廣州、廣西、福建、四川、雲南、貴州、陝西、甘肅、新疆等。

這種駭人聽聞的群體滅絕犯罪自 2000 年開始，至今仍在繼續！這是人類社會絕對不能容忍的。「追查國際」提請國際社會立即行動，制止並徹查中共對法輪功修煉者的群體滅絕迫害。

「追查國際」調查錄音 10
廣東軍區總醫院主任表示有法輪功腎源

調查員：請問是廣東軍區總醫院朱主任吧？
朱主任：誒，我是。

調查員：我是北京 304 醫院的，我有兩個親戚在 304 醫院，腎源上現在不太夠，2001、2002、2003 年我們是大量做⋯⋯

朱主任：對，對。

調查員：我們發現一個是年輕的，另外還有一個就是法輪功犯人這個的腎源比較好，你們這邊怎麼樣？這方面法輪功犯人的腎源⋯⋯

朱主任：我們法輪功很少。

調查員：還是有一些這樣的？

朱主任：B 型不難，你要願意過來的話，你過來我們可以很快，5 月 1 號之前肯定可以安排。

調查員：「五一」之前有一批嗎？

朱主任：好幾批。

調查員：「五一」之後還有沒有？

朱主任：「五一」之後可能要到 5 月 20 幾號了。

調查員：如果你這個期間的話，如果能得到法輪功這樣的腎源，你還是跟我再打聲招呼，好吧。

朱主任：喔，可以，那你過來⋯⋯

「追查國際」調查錄音 16
羅幹祕書沒有否認活體摘取法輪功學員器官

下面是「追查國際」的調查員對原中共中央政法委書記羅幹的于祕書對話的部分錄音。

于祕書：喂。

調查員：喂，你好，是政法委書記羅幹的于祕書嗎？

于祕書：你哪裡？

調查員：噢，我是國家安全部第七局啊，我們有一個緊急的情況需要你們配合一下，我們調查一件洩密事件，我們得到確切的情報，就是中央政法委的工作人員裡有人要跟這個境外的情報部門聯繫出賣有關國家機密情報。在政法委機構裡頭都有誰接觸過就是對在押的法輪功人員活體摘除器官的國家機密啊？有哪些部門，哪些人員接觸過這個？

于祕書：這個，你是，你用的是普通電話，你這個……

調查員：我知道，因為我們現在是在辦案的現場，所以我們得縮小這個範圍。我們必須得知道有誰接觸過這個機密，啊？

于祕書：你打電話，打到我這個地方啊。

調查員：啊。

于祕書：我們在外地。

調查員：啊。

于祕書：一個是我們在外地，再一個電話打到我這個地方呢，我這一下也不能給你講清楚。你是需要我們怎麼做，還是需要，你能不能有具體的什麼東西啊？

調查員：啊，就是這個……

于祕書：你能不能從我部裡面給我打「紅機」（保密電話）啊，了解這個情況，或者有什麼正式的文，什麼的？

調查員：但是，那就都得明天了，現在這個事情實在是緊急，如果要是等到明天……

于祕書：紅機啊（保密電話）。

調查員：啊？

于祕書：我這有紅機，啊，你可以通過部裡面給我打紅機，啊。

「追查國際」調查錄音 17
原政法委辦公室副主任承認活摘器官

調查員：是中央政法委的魏主任嗎？

魏建榮：你哪裡？

調查員：我還是國家安全部。……主要就是像我剛才說的，主要是想了解一下……

魏建榮：這事已經很早了，我跟你講我的判斷啊。

調查員：啊……

魏建榮：這個事關於你剛才說的這件事情，事情這很早了，現在來的這些人都不了解。第二，這個人肯定不是我們這兒的人，這是肯定的，咱們單位的人肯定不會有這樣的人，這是個基本的概念。要縮小範圍，怎麼個弄法，那麼你可能就要到單位來查一下原底子，現在誰說也說不清楚。

調查員：就是這個活體摘除在押法輪功人員器官的事情是很早的事情嗎？

魏建榮：對，對，對，很早的事。

「追查國際」調查錄音 19
李長春：周永康具體管這個事

「追查國際」調查員以「原中共中央政治局常委、中央政法委書記羅幹辦公室張主任」的身分與李長春（中共中央政治局常委）的對話。

……

調查員：喂，是李長春同志嗎？

李長春：啊，是啊。

調查員：我是羅幹辦公室的張主任，我們羅幹同志睡覺了，他有幾句話讓我轉告您一下。

李長春：啊。

調查員：他們好像是說，我們得到消息說，想在您這個離開期間還有咱們賈慶林離開期間，用這個摘取在押法輪功練習者的器官做器官移植手術這件事給薄熙來他們定罪，這當時……

李長春：你問周永康。

調查員：嗯，當時……

李長春：周永康具體管這個事，他知道。好了，讓我的祕書接著跟你說。

第二節

器官移植醫院名單 曝光軍方祕密

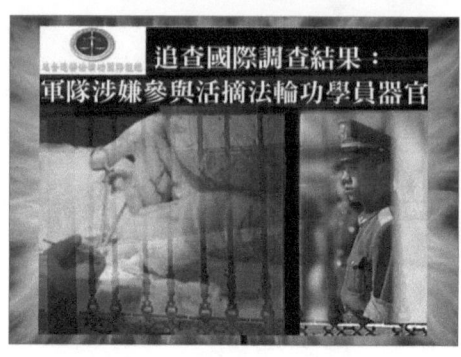

2012 年 5 月 29 日，「追查國際」
的調查報告揭露，在持續 13 年
的針對法輪功的迫害中，軍隊是
執行迫害的重要一環。（大紀元
合成圖）

　　自從 2006 年 3 月 9 日《大紀元》獨家曝光中共活摘法輪功
學員器官之後，2006 年 3 月 27 日，中共匆匆頒布《人體器官
移植技術臨床應用管理暫行規定》，一年後的 2007 年 3 月 21 日，
總理溫家寶頒布國務院第 491 號令，宣布《人體器官移植條例》
自 2007 年 5 月 1 日起施行。隨後，中共下發了《衛生部辦公廳
關於做好人體器官移植診療科目登記工作的通知》，要求各地
「人體器官移植技術臨床應用委員會」（OTC）對各地具有器
官移植資質的三甲醫院進行審核和公示。

　　如 2007 年 6 月 15 日，廣東省衛生廳對管轄醫院進行了 14
天的公示公告，「如對公示的地方醫院有異議或者其他問題，請
向省衛生廳醫政處反映；如對公示的部隊醫院有異議或者其他問
題，請向廣州軍區聯勤部衛生部反映。」

　　2010 年 10 月 26 日，大陸很多媒體報導了「衛生部公布具有

人體器官移植資質的醫院名單及項目」，這份名單共 163 家醫院，其中武漢大學和中山大學都各有兩家下屬附屬醫院可以做器官移植（武漢大學人民醫院及中南醫院、中山大學附屬第一及第三醫院）。各種數據顯示，大陸目前器官供體依舊「比較豐富」，依然在非法活摘法輪功學員器官。

解放軍總後勤部是活摘器官的核心機構

早在 2006 年 3 月，就有瀋陽老軍醫曝光中共軍隊是活摘法輪功學員器官的主體。從 1999 年到 2006 年 5 月份，中共中央軍委開過六次「處理涉外宗教問題」專門性會議，主要就是針對法輪功。以中共軍隊後勤部為首的軍隊系統層層推動，開始按照軍委主席江澤民的意願活摘器官，達到其「肉體上消滅」法輪功的目的，而販賣器官這種一本萬利的買賣又成了一條被江澤民鼓勵的軍隊生財之路。

中國醫科大學第一附屬醫院的國際移植（中國）網絡支援中心的費用表顯示，腎移植 6 萬多美元（約合 40 多萬人民幣），肝移植 10 萬美元（約合 70 萬人民幣），肺和心臟器官更貴，要 15 萬美元以上（約合 105 萬人民幣）。

據軍方內部人員透露，將法輪功學員作為活摘器官供體的命令直接來自軍委主席，總後勤部則利用軍隊系統和國家資源，負責調度、運輸、交接、警衛和核算，將到北京上訪而不報姓名的法輪功學員和各地被非法拘捕的法輪功學員，統一分配集中營，並驗血編號，輸入電腦系統，以備查用。

總後利用軍車、軍航、專用警備部隊和各地軍事設施和戰備

工程作為集中營，統一關押，統一管理被抓的法輪功學員，使其成為國家級的「活體器官庫」。

在進行器官移植的過程中，如果器官移植失敗，被移植器官人員的資料和屍體必須在 72 小時內全部銷毀，其他的則保留 18 個月。整體的資料和屍體，甚至是活人焚毀必須經軍事監管人員認可。軍事監管人員有權逮捕、關押、強制處決任何洩露消息的醫生、警察、武警、科研人員等。軍事監管人員由中央軍委授權相關軍事人員或軍事機構執行。

據明慧網報導，總後勤部通過各級管道將供體調配到軍方醫院和部分地方醫院，其運營模式是向醫院提供一個供體直接收取現金（外匯）的血腥交易，醫院付帳給總後勤部後自負盈虧。軍方高層通過總後勤部直接牟利，來自活摘器官的金錢是沒有成本的純利潤。軍隊移植是大頭，賣給地方的器官只是額外牟利，目的是把地方醫院作為向海外攬客的櫥窗和廣告，否則只有中國軍方做移植手術對世界將難以掩蓋。

瀋陽老軍醫還透露，中共大大隱瞞了器官移植數量，官方公布的 3 萬移植量，實際可能是 11 萬。

由於活摘法輪功學員器官，中國成了國際活體器官交易的中心，2000 年以後一直占世界活體器官移植總數的 85％以上。該數據是軍委上報資料的一部分，幾個人因此升為將軍，原因就是該領域的所謂「成績」，其中一人就是原總後勤部政委孫大發，原總後勤部部長廖錫龍也參與了此事，不過據李長春透露，周永康對活摘最清楚，「有事找他（周永康）」。

第三節

重慶醫大附屬醫院涉嫌活摘器官

目擊供體被活押 暗道運屍

中國大陸活摘器官猖獗的事實，越來越受到各界譴責與關注。2013 年 2 月，「重慶醫科大學附屬第一醫院」被指稱在 2006 年涉嫌對至少七名法輪功學員進行活體摘取器官的罪惡。該院一位工作人員表示：「醫生做手術不是救人，是在殺人。」

重慶醫科大學附屬第一醫院位於重慶市渝中區袁家崗友誼路一號，是國營三級甲等綜合醫院。簡介中稱：本院是重慶市唯一一家同時獲肝、腎移植技術准入的地方醫院，形成了器官移植等優勢技術。

2006 年冬天，李金珍（化名）因事在重慶醫科大學附屬第一醫院停留了三個月。她說：「2006 年那個冬天，我看到從醫院內

靠近操場的一個側門開進來七輛警車，車上下來 20 多個便衣警察，從警車押下來七個人，雙手在身前帶著手銬，其中有男有女，年歲從 30 至 40 多歲不等，看上去身體很健康。」

「這些人被押進一棟兩三層矮矮的廢舊獨體小樓裡，小樓安了鐵門，樓門口站著兩排便衣把這七人全數押進去。」

她表示，當時一位重慶醫科大學英語教授對她說：「這些是犯人，從監獄押來治病的。」但如果是來治病，就該去門診，而不是被關押在廢舊的小樓裡。

這名重慶醫大教授有兩個學生同在該院做醫生，其中一個說另一個常做手術的醫生：「他都成屠夫了，整天就知道拿手術刀殺人，都麻木了。」

數日後，醫院一位 40 多歲的男保潔員對李金珍說：「這裡的醫生哪裡是動手術，簡直就是在殺人，血噴得到處都是，手術室的地上全是血，我們用水管沖，都要沖兩個小時才乾淨，他們（手術醫生）經常這樣的。」該保潔員說，手術地點就是對面大樓的三樓和四樓手術室。

但一位醫生對此表示，給病人做器官移植手術時是否會經常弄得滿地都是血，這位醫生表示：「一般不會這樣，做手術時醫生有止血方案，比如用止血鉗子等止血。」「如果弄得滿地是血，那就是醫療事故，更不會經常這樣。」

李金珍還說：「我有幾次在半夜很晚的時候看到，醫院大樓禁用的電梯裡四、五個 40 多歲的男人往外推死人，那個電梯平時是禁止使用的。我看到推出來的屍體很奇怪，都用醫用綠布包紮著，包的非常緊，也非常厚，超過對普通屍體的處理程度，這些屍體很可能就是被活摘器官後死亡的。平常死的人，都從普通

的電梯裡往出推。」

　　李金珍表示，那七名被押進醫院的是法輪功學員，做為器官移植的活供體，而在手術過程中，由於醫生的野蠻摘取，使他們的血大量噴濺出來，其遺體在午夜從密道偷偷運出去銷毀。

第四節

長沙是中共活摘器官的調配中心

湖南省長沙市附近有四、五所大型勞教所和監獄，關押著數千名法輪功學員。圖為遠眺湖南株洲市白馬壟女子勞教所。（AFP）

中國「器官等病人」 免費移植來源引質疑

2013 年 7 月 12 日，湖南長沙中院沒有通知家屬就匆匆對原湖南三館房地產開發集團有限公司總裁曾成杰執行了死刑。三天後家屬只領回了骨灰和一分被質疑的假遺囑，不過外界更加懷疑的是，為何長沙法院要那麼匆匆地處死曾成杰，「莫非哪個高官等著要用曾成杰的器官來延續生命？」

早在 2006 年 4 月，《大紀元》就發表了系列文章，曝光湖南長沙是中共衛生部重點推出的器官調配中心。

如 2006 年 4 月 30 日《大紀元》發表的《湖南醫院免費移植肝腎 法輪功冤情深》（http://www.epochtimes.com/gb/6/4 /30/n1303279.htm）一文引述了 2006 年 4 月 28 日湖南《瀟湘晨報》

發表的《免費進行 20 例器官移植》的報導，人們質疑說，「在活摘法輪功學員器官的蘇家屯集中營事件曝光以後，中共加速銷毀一切罪證，有消息稱許多醫院趕在（2006 年）6 月前用法輪功學員器官做移植手術，這個時候的這篇『免費』報導就讓人懷疑：這是不是整個罪惡行徑中的一部分？」

有專家分析說，湖南醫院這次到處打廣告，並以免費地方式招徠病人，讓人覺得他們那有器官在等著，不用就「浪費」了，不如免費做幾十例，一則有廣告效益，二則也是積累經驗，增加資歷。

據醫學博士龐玉濱分析，中國的器官移植是與世界其他國家截然不同的「反向配型」狀態，一般國家的正向配型是病人等器官，一等好幾年才能幸運的找到一個供體，而中國卻是反向配型——器官等病人，中國許多醫院的官方網站明確提出一般一周之內就能找到活的供體。

長沙關押數千法輪功學員 四所大醫院從事器官移植

2006 年 5 月 30 日，《大紀元》還發表了《一天 17 台移植 長沙有器官調配中心？》的調查文章。（http://www.epochtimes.com/gb/6/5/30/n1333932.htm）僅在湖南省長沙市區就有四家大型三甲醫院從事大器官移植。

他們是中南大學湘雅醫學院第一附屬醫院（簡稱湘雅醫院）、中南大學湘雅醫學院第二附屬醫院（簡稱湘雅二院）、中南大學湘雅醫學院第三附屬醫院（簡稱湘雅三院）、還有湖南省人民醫院，免費實施 20 例肝、腎移植的就是最弱的湖南省人民醫院。

目前已知在湖南省長沙市附近就有四、五所大型勞教所和監獄，裡面關押著數千名法輪功學員。包括長沙市新開鋪勞教所（男子）、長沙市女子勞教所、湖南省女子監獄（長沙）、株洲白馬壟勞教所、湖南省赤山（男子）監獄。

湘雅三院成中國首家移植醫學研究中心

2003 年 9 月 18 日，大陸媒體報導了湖南省移植醫學工程技術研究中心在湘雅三院成立，2005 年新華社又報導了湘雅三院升級為中國首家移植醫學研究中心，2006 年 4 月，衛生部肝膽腸外科研究中心大樓又在長沙湘雅醫院破土動工。「長沙湘雅」成了中共移植領域異軍突起的黑馬。

具有百年歷史的長沙湘雅醫院最早由美國耶魯大學（當時翻譯為雅禮）的基督教會創辦，後來陸續分支成立了三家獨立的附屬醫院，湘雅三院是其中最主要的一個。

2005 年湘雅三院院長黃祖發受訪時披露說：「2001 年，我院投資約一億元建成移植醫學研究中心，並引進一批達世界先進水準的醫療設備。2002 年，以器官移植專家葉發教授為首的八名高層次器官移植人才加盟我院⋯⋯」「我院曾經同時進行兩台肝、五台腎的移植手術，已經擁有同時開展六、七台移植手術的能力，年手術量達 200 多台次。」「供體器官網絡也逐漸擴展到了大江南北，與國內十多個移植中心建立了器官資源共用關係。」

在 2003 年 9 月 24 日一篇《國內外專家匯聚長沙 器官移植法呼之欲出》的報導中還透露，「7 月底在長沙完成的我國《人體器官移植管理條例》中，首次提出了判定死亡的兩種標準。⋯⋯

9 月，衛生部副部長、著名肝膽外科專家黃潔夫教授，在中南大學湘雅三醫院就我國器官移植法工作進行了專題講座。」

中共隱瞞大量器官移植數

據報導，黃潔夫在湘雅三院的講座中談到，「截至 2001 年，我國實行的各種大器官移植手術就有四萬多例次。」這與當時官方公布的數據相差了兩、三倍，明眼人不難看出，中共隱瞞了大量器官移植數量。據國外人權組織調查，至少有四萬個器官中共無法解釋其來源，從而被懷疑是活摘了法輪功學員的器官。

另據知情人透露，在 2005 年 10 月衛生部的一次會議上，黃潔夫說過還要讓湘雅三院承擔全國器官移植供體的協調工作。

關於湘雅三院器官移植的規模，在網上基本上查不出任何資訊，原因在於湘雅三院對外十分低調保密，他們對上網資訊實行嚴格的審核制，不但要科室主任簽字，而且要院領導簽字審核後才能上網。然而網上不難查出湘雅其他幾個附屬醫院的移植手術情況，從而不難推算出湘雅三院這個衛生部器官移植的龍頭老大的移植規模，只會比這些小醫院的更大、更驚人。

據湘雅醫院網站報導，該院於 2004 年 9 月專門成立了器官移植中心，2006 年 4 月 28 日就能同時為 17 名患者完成移植手術，其中兩台肝移植、七台腎移植、八台角膜移植。該院稱：「如此多的大型移植手術在一天完成，標誌著我院器官移植手術已成為常規手術。」

不難看出，被周本順、周永康控制的湖南政法委，在器官移植方面還隱藏了很多黑幕，有待知情人士的進一步曝光。

第五節

中國紅會器官賣錢 小巫見大巫

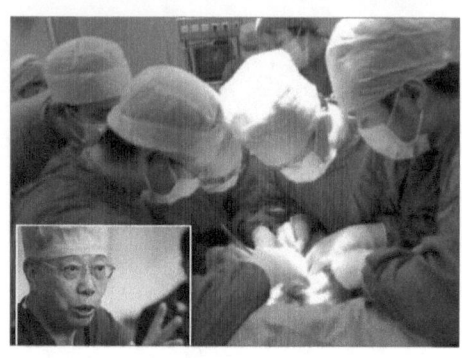

黃潔夫與紅十字會共同推行的器捐試點、OPO、COTRS系統，旨在消除國際社會對中共活摘法輪功學員器官的撻伐。（大紀元合成圖）

紅會拿捐獻的器官賣錢

2013年7月8日，《新京報》發表了《中國三分之二捐獻器官由紅會掌控 醫院使用需先捐款》的深度報導，質疑紅十字會涉嫌利用民眾的器官捐獻來私下謀利。文章稱，「三分之二器官未進入衛生部的系統分配，地方紅會占有器官捐獻資源，被指向移植醫院認捐，未公開款項。」

中國每年至少有30萬人在醫院等待器官，但只有一萬人有幸找到匹配的器官進行移植手術。儘管法律規定器官是無償捐獻，但由於管理混亂，大陸「器官因缺而貴」，在一些地方，病人要接受一個肝臟移植手術，器官費用約四、五十萬元，在南京是十幾萬。

在廣東，深圳紅十字會有三位專門的器官協調員，他們和醫院聯繫，當有病人瀕臨死亡而且有可能捐出器官時，他們就把這些人的資訊告訴能做移植手術的醫院。但移植醫院必須捐款紅十字會後，才能得到這些器官。

據廣州軍區廣州總醫院的器官獲取組織 OPO 的工作人員介紹，深圳紅會一般介紹一個器官，收取醫院 10 萬元的「強制性捐款」，而且捐款後沒有用途明細表，不知這 10 萬元中多少是救濟了捐獻器官者的家屬（大陸一般給捐獻器官的死者家屬兩萬元的人道救助資金），多少支付了紅十字的手續費（一般說是5000 元），多少用於償還捐獻者生前欠下的醫藥費（這是紅十字會的解釋藉口，不過據知情人透露，紅會尚無專項救助基金來支付醫藥費欠款，只能通過媒體呼籲好心人捐助），多少去向不明。

在江蘇，移植醫院給當地紅十字會「捐獻」價目：一個器官是五萬元。不過紅十字會得到捐款後，「並不做事」，很少見他們宣傳鼓勵民眾捐獻器官。按照大陸政府的規定，「醫院自己做不了捐獻，必須有紅會做第三方見證和監督。」以免有器官交易出現，不過諷刺的是，如今拿器官做買賣的正是紅十字會。

捐贈器官僅三分之一進入分配系統

文章還談到器官分配中的亂象。國際上通行的是按照患者的病情和等候時間來決定，「為解決這些亂象，2009 年，衛生部委託香港大學李嘉誠醫學院的研究人員，研發一套自動分配器官的計算機系統，以做到器官分配的公平、公正，期望改變器官移植領域背後被公眾質疑『有權有錢才能獲得器官』的潛規則。」

「這套系統要求醫院 OPO 在獲取器官後，將器官的相關資訊輸入電腦。隨後系統會根據一定原則進行分配。該系統已投入運行兩年，但它並沒發揮人們所預想的作用。中國人體器官捐獻管理中心提供的捐獻數據顯示，截至 2013 年 5 月，全國完成器官捐獻總數 2250。而深圳 OPO 會議上的一份報告顯示，只有約三分之一的捐獻進入自動分配系統。」比如在江蘇，全省實施的器官捐獻，基本不是由計算機自動分配，而由省衛生廳進行人為地協調分配，基本都去了同一家醫院。

文章還說，來自國家器官分配與共用系統研究中心的消息顯示，目前有 70 多家醫院的 OPO，使用了分配系統。而按衛生部規定，164 家有器官移植資質的醫院，都應該設立 OPO。也就是說，其中有超過半數的醫院違背了國家規定。業內人士稱，衛生部於 2012 年已開始擬定文件，將對繞開系統、自行分配器官的進行處罰，但至今沒見這個文件出台。

這篇文章主要從揭露紅十字會貪腐黑幕的角度來寫，然而紅會只能觸及到 2010 年後衛生部掌管的民眾自願捐獻器官這一小塊，相對於軍隊、司法系統獲取的器官，衛生部拿到的器官不到總數的三分之一，而紅會只能拿到這三分之一中的三分之一，即九分之一，更多器官的來源還是黑幕重重。 紅十字會常務副會長趙白鴿透露，中國自 2010 年 3 月人體器官捐獻試點工作開始以來，截至 2013 年 2 月 22 日，共實現捐獻 659 例，捐獻大器官 1804 個。而在此之前，特別是 2003 年到 2006 年，大陸器官移植總量是幾十萬，這 1804 相對於幾十萬，百分之一不到，可見大陸器官黑幕之深。

官方公布的移植數量至少壓縮了 47 倍

2013 年 5 月 11 日，在深圳首屆器官獲取組織（OPO）會議上，前衛生部副部長、中國器官移植（OTC）的掌門人黃潔夫放聲宣告，依靠「器官分配與共用系統（COTRS）」的建立和使用，今後大陸器官分配皆可溯源，用民眾的遺體器官捐獻，在兩年內取代過去的死囚犯的器官剝奪。

然而，黃潔夫這番話只能欺騙愚弄外行人，大陸人體器官的來源與分配早已有案可查，能夠溯源所有的來龍去脈，只不過很多是非法強制摘取所謂「死刑犯」的器官，從而無法公開。

據《大紀元》專欄作家陳思敏調查，大陸在器官移植科學登記系統方面，早已建立了「中國肝移植註冊」和「中國腎移植科學登記系統」。前者由香港大學外科學系瑪麗醫院肝臟疾病研究中心管理，後者由解放軍第 309 醫院（解放軍總參謀部總醫院）全軍器官移植中心負責。按規定，各移植醫院應將進行手術的情況上報給器官移植科學登記系統，但現實中卻存在監管疏漏與不透明。

這裡提及的香港瑪麗醫院肝臟研究中心，其實就是《新京報》提到的香港大學李嘉誠醫學院，其負責人王海波是中國器官分配與共用系統「總設計師」。2009 年他們受黃潔夫的衛生部委託，開始搞了這套計算機分配系統，但並沒有真正用起來。

比如大陸做肝臟移植最多的醫院：由沈中陽主持的天津市第一中心醫院（東方器官移植中心）的器官移植中心，該中心官方簡介中稱，在 2010 年該中心進行約 330 例肝臟移植手術，但顯示在「中國肝移植註冊」網站首頁上的只有 7 例。兩者相差了 47 倍。

王海波和沈中陽都拒絕解釋為何差距這麼大。但知情人說，

是因為這 330 例中，只有 7 例能夠拿出檯面，其餘可能都是強制摘取法輪功學員或其他人員的器官。

2011 年 1 月 27 日，《光明日報》網站「光明網」發表了題為《沈中陽：移植希望，讓生命堅強》的文章，裡面稱，從 1999 年到 2011 年，沈中陽「他所領導的移植中心創下了連續 12 年成功完成近 6000 例肝移植術的奇蹟，數量占全國肝移植總例數的四分之一。」12 年移植了 6000 個肝臟，平均每年 500 個，扣除節假日，一年的工作日大概是 220 天，也就是說，一個小小的天津一中院，平均一天完成兩台肝移植，這麼多肝臟從何而來？這些移植手術都不敢公開其來源和移植走向。

大陸除了有香港醫院搞的肝移植登記系統，還有軍隊搞的腎移植登記系統。官方資料顯示它是「根據國務院令第 491 號《人體器官移植條例》和衛生部 2008 年 8 月 11 日下發的《衛生部醫政司關於建立肝臟、腎臟移植數據中心有關問題的通知》精神而設立的。」「解放軍第 309 醫院（解放軍總參謀部總醫院）為腎移植科學登記管理系統（CSRKT）數據中心。」

不過這個數據中心卻從不對外公布其收集的數據。309 醫院全軍器官移植中心主任石炳毅受訪時宣稱，他們的系統覆蓋全國所有具備腎移植資質醫院的全部手術資料，當然也包括「器官來源的資訊」，但他說：「所有的資料都不公開，從 OTC 得到允許才能看。」但 OTC 從來不允許人查看這些資料。

按照國際慣例，這些數據中心都應該將每例器官的獲取、分配和移植手術的詳細資訊，公開發表在網上供外界檢閱查詢。衛生部在 2009 年搞出的這兩個肝、臟腎臟登記系統都不能對外公開，為何今日又要和臭名昭著的紅十字會搞出新的 COTRS 系統呢？

其實答案不複雜，就像我們前面分析的，這個建立在民眾捐獻器官的 COTRS 系統是能夠拿到檯面上的器官，而背地裡真實進行的那些器官移植，就被隱藏起來了。就如天津一中院那樣，把醫院簡介裡的 330 例，只上報了 7 例，隱藏 47 倍。其實，醫院簡介裡的數字已經比真實移植數量壓縮了很多倍。這樣虛假的登記制度，還有什麼信用可言？

勞教所、監獄、軍隊活摘法輪功學員器官

自從 1999 年中共打壓法輪功以來，大陸器官移植數量就呈現蘑菇雲一樣的劇烈增長，唯一原因就是強制摘取了法輪功學員的器官，把人害死的目的就是要摘取器官。大量證據證明，這是這個星球上前所未有的邪惡。2012 年 2 月 6 日王立軍出逃美國駐成都總領事館時，就攜帶了中共活摘法輪功學員器官的證據。

2006 年 3 月，繼兩位證人指證蘇家屯醫院活體摘取法輪功學員器官之後，一位瀋陽老軍醫給《大紀元》獨家爆料說：「蘇家屯地區的醫院僅僅是全國 36 個類似集中營的一部分，在我接觸的資料中中國最大的法輪功關押地在吉林，僅代號是 672-S 一處，關押人數超過 12 萬。」

瀋陽老軍醫透露說，由他經手、假冒法輪功學員家屬在器官移植書上偽造簽名的，就有六萬份。他表示，官方公布的移植數量只是真實數量的十分之一不到。

2013 年 4 月 24 日，在美國國家記者俱樂部舉辦的一場新聞發布會上，曾於 2009 年 10 月期間遭受馬三家勞教酷刑的法輪功學員王春英以親身經歷指證說：「2009 年的 6 月份，我和信淑華

關在馬三家一大隊的二分隊。她跟我說她那次進馬三家的時候，什麼酷刑她都沒有轉化。最後馬三家女二所的政委叫王乃民就跟她說，妳不是修『真善忍』的嗎？做好人啊，那妳就把心臟獻出來吧。信淑華說，那不行，我心臟獻出去，那我不就死了嗎？我就不能修煉了。王乃民說：獻不獻由不得妳，就給妳送到蘇家屯去。這時候王乃民就在房間裡就拿起電話，就給蘇家屯血栓醫院打電話。

蘇家屯血栓醫院是大陸第一家被指控活體摘取法輪功學員器官的醫院，位於瀋陽的西南郊區，和位於瀋陽西北郊區的馬三家教養院，距離大約 34 公里。王乃民當著信淑華的面毫無顧忌地打電話。然而車庫沒有值班的隊長，也就是沒有司機。後來打了兩、三次都沒有打通，最後就不了了之了。信淑華跟我說：如果當時電話打通了，那個車過來，她就被拉走了。」

中共勞教所、軍隊如此猖狂地活摘法輪功學員器官，數量在數十萬人的規模上，而紅十字會拿民眾捐獻的幾百個器官賣錢，相比之下，紅會的惡行真是小巫見大巫，或者說是捨卒保帥，捨棄小鬼保大鬼。

令人痛心的是，自從 2006 年中共活摘法輪功學員器官罪行曝光之後，大陸的活摘器官依然在黑暗中進行，而外界依然被粉飾太平所欺騙。人類還能在這個星球前所未有的邪惡中存活多久呢？

第六節

韓片《同謀者們》曝真實故事

揭露中共活摘器官的韓國電影
《同謀者們》，2012 年 8 月 30 日
起在韓國各地 450 多個大型影院
同時上映。圖為該電影的海報。

韓國一對看似恩愛的新婚夫婦乘船去中國旅行時，新娘被一個販賣人體器官的黑社會團伙綁架，黑幫醫生在為她開刀時，說她的心臟能賣到八億（韓幣）。

面對一連串的追殺，最終發現這位受害新娘的丈夫也是這個黑幫的成員。他們事先策劃了一場車禍，將這位受害女子撞成下肢癱瘓的殘疾人，然後安排這位外表俊俏的黑幫成員與她結婚，再以旅遊的名義將她騙至中國活摘器官。

這就是最近在韓國爆紅的影片《同謀者們》的部分片斷。這個黑社會組織與中國海關、醫院、公安等部門，從綁架人員到活摘器官的一系列血腥犯罪中，都是「同謀者」。

源於一個真實的故事

影片《同謀者們》源於一個真實的故事：2009 年韓國媒體報導，韓國一對新婚不久的夫婦去中國旅遊時，新娘被綁架。當再次找到這位新娘時，已經是一具屍體，而且所有內臟器官不翼而飛。

獲悉此事後，韓國導演金泓善震驚之餘，決定以此為題材拍攝一部影片，揭露並制止這種超出人類想像的罪惡。接下來，他收集了 1000 多篇關於活摘器官的報導，並往返於韓國與中國之間，通過 300 多天的祕密跟蹤採訪，最終完成了他的處女作《同謀者們》。

金泓善表示，希望通過這部電影，能把全面扎根於社會深層、祕密進行器官販賣的事實真相披露出來。

票房同期居首 觀眾震驚

《同謀者們》自 2012 年 8 月 30 日開始在韓國各地 450 多個大型影院同時上映。截至 9 月 6 日，觀看該部電影的觀眾已經超過 100 萬人，在韓國同期推出的電影作品中，票房連續數日占居首位。

金泓善此前透露，針對犯罪團伙活摘器官牟取暴利的血腥犯罪場面，擔心觀眾難以接受，所以把原來已經製作完成的部分，比如活摘心臟的場面剪掉了。

儘管如此，觀眾仍然直呼這種罪行實在「太殘忍，太可怕，簡直令人無法相信。」金泓善說：「有觀眾表示電影（活摘器官

的內容）實在太殘忍了。但是也有的表示對販賣器官這類事情，應該進行更赤裸裸地呈現，從而讓人們產生警覺心理。」

「也有人覺得販賣器官的事實簡直令人無法相信。這種事情如果真的發生的話，真的是太可怕了。」金泓善說，許多觀眾反映看完影片後大吃一驚。

血腥場面超出想像 演員犯難

在《同謀者們》的主要演員中，扮演黑社會成員的男主角都是韓國演藝界的實力派演員。在這次詮釋劇中角色的時候，他們感到了前所未有的難度。因為對他們來說，扮演一般的黑幫角色時，可以根據一些有據可查的犯罪事實去模仿、學習，以便盡快進入角色。

而這一次，當他們站到一個被綁架者面前，要把她活生生地開膛破肚盜取器官時，在這種血淋淋的場景中如何詮釋犯罪者那種扭曲的心態和麻木邪惡的表情，讓他們倍感詮釋角色難度之大，因為這種怵目驚心的犯罪活動超出了人的想像。

正如扮演黑幫老大的男主角任昌丁所說：「無視人性的尊嚴，做那種事的那種人，如果真的存在的話，那根本不是人，是畜生！」

攝製組中國「歷險」

導演金泓善說，在拍攝這部片子的過程中，從選拔演員、獲取資金到尋找拍攝場地時，遇到很多困難和波折，導致演員和工

作人員們吃了不少苦，特別是在中國。

由於劇本中詳細描述了活摘器官等更加驚人的內容，而實施這種犯罪的黑窩就在中國，因此去中國大陸拍攝時，攝製組很難得到中國方面拍攝場地的協助。

因此，在中國拍攝時，有的部分無法拍攝，有的中國醫院的單位名稱和標誌物等，攝製組通過電腦繪圖都將它們變換處理掉了。

特別是在拍攝過程中有需要在中共大使館拍攝的場面，金泓善說：「大使館方面沒有給予協助。這個電影要是進入中國的話估計那時該來壓力吧。」

導演談初衷 何為「同謀者」

金泓善接受記者採訪時說：「據悉在韓國每年需要器官移植的患者約有 10 萬名左右。可是每年通過腦死或者捐獻器官而獲得的器官數量連 100 個都不到。在這樣的情況下，去中國接受非法器官移植的事情日益頻繁，現在已成為韓國備受關注的社會問題。」

而在中國，「因為要用死刑犯們的器官，聽說為了不損壞器官把槍適當的打偏一點然後好使用於器官買賣。原來也想加進那些場面，但是又覺得這樣的話有點像紀錄片，就去掉了這部分。其實從我個人立場上來說，我覺得實在是太殘忍了。」

金泓善表示，看到關於器官移植的小廣告隨處可見，以及大量赴中國接受器官移植的病例，還有這種有組織地摘取器官謀利的大型犯罪集團，如果面對這一切都漠不關心，那麼旁觀者與參

與者都是幫凶。

這就是他這部電影揭示的主題《同謀者們》。

通過電影留給人們的思考

電影中的男主角永奎（任昌丁飾）是販賣器官的總負責人。他明知在做著喪盡天良的事情，可最終還是為了錢、為了得到自己所追求的戀人，實施著犯罪。到最後，良知尚存的他似乎開始醒悟。

導演金泓善說，通過這個角色就是引發人們反思：「為了錢、為了自己的利益，就什麼壞事都可以做嗎？我覺得社會的很多問題都是因為自私心理而產生的。祕密販賣器官也是為了自己的家人或自私心理而默認了他人的犧牲。」

「但最終還是想要講述希望。潘朵拉的盒子打開時，出現了各種災難和不幸，儘管如此，可還留有希望。所以通過這部電影希望能喚醒人們的善念和良知，讓人們懷著希望去生活。」

做為一名韓國的新導演，金泓善選擇了這種令人震驚且沉重的題材，來拷問著人們的道義和良知。他說，希望這部電影能夠啟悟人們面對罪惡時多一份關注，不要漠不關心，否則與幫凶無異。

實際上《同謀者們》披露的僅僅是中共活摘器官的冰山一角，更多更慘烈的犯罪事實，早已在被非法關押的法輪功學員身上發生著。

中共活摘器官－－這個星球最大的邪惡

第六章

王立軍
活摘器官數千例

王立軍（右一）自曝涉幾千例器官活摘，圖為他在錦州市公安局
現場心理研究中心進行「無創傷解剖研究」。（追查國際提供）

第一節

獨家曝光王立軍交給美國的材料

薄熙來心腹、重慶公安局長王立軍2012年2月6日在中國成都闖進美領館，交給美國一批中共機密資料，其內容一直是國際及中國社會關注的焦點。《新紀元》在2012年6月28日出刊的第281期雜誌中，獨家報導了王立軍交給美國政府的材料內容，包括下面六個方面。

一、薄熙來及其家屬的貪腐證據。（僅從海伍德案中就已得知，薄熙來和妻子薄谷開來轉移到國外的資金高達60億美金。）

二、薄熙來到任重慶後收買軍隊高層的證據。（重慶市長黃奇帆倒戈後，揭發出薄熙來的罪行之一就是，薄聲稱至少可以調動兩個集團軍。國防部長梁光烈、原成都軍區政委張海陽，是薄熙來在軍中的支持者。）

三、薄熙來指示處死文強等重慶高官，及下令逮捕李莊的證據。

四、薄熙來、周永康聯手搞掉習近平、密謀奪權的計畫與證

據。薄熙來把計畫透露給王立軍，並告訴王整個計畫是得到「老頭子」支持的。（老頭子指江澤民。周、薄要奪習近平的權，正是江澤民和曾慶紅一手安排的：江澤民原定的 18 大繼承人是薄，而不是習。習只是江為了讓薄有時間爬上來的過渡人物。）

五、薄熙來入政治局常委掌握實權後，計畫製造民意把重慶模式推向全國，以胡溫派系、民間資本家、異議人士、宗教信仰者為清洗對象，開展一次文革式政治運動，「不惜犧牲 50 萬人，也要確保紅色江山不變天」。（這就是王立軍事件發生後，薄熙來為什麼要冒天下之大不韙包圍美國駐成都領館，向黃奇帆下達「不惜一切代價讓王立軍消聲」的命令的根本原因。烏有之鄉的人早在 2011 年就公開提出恢復反漢奸法，企圖把清洗對象歸為漢奸而加以屠殺。）

六、薄熙來指示及參與活體摘取法輪功學員器官的相關證據（錄音、密件等）及政法系統下達的對法輪功及異議人士的鎮壓文件。（這是中共網路封鎖及過濾的最高級別的關鍵詞、親共媒體最忌諱的敏感內容。）

美國國務院向多位議員通報王立軍事件

2012 年 2 月 7 日王立軍走出美領館。2 月 17 日，在國會議員的強烈要求下，美國國務院表示將報告王立軍進入美國領事館的經歷。2 月 21 日，《華盛頓自由燈塔》報導稱，中共要求美國歸還王立軍交給美方的材料。直到 4 月 25 日下午有消息傳出，美國國務院已經於當天上午在眾議院召開簡報會，向國會議員通報王立軍事件。不過只有國會議員才能參加這一簡報會，連議員

助手都不能出席。

　　由於美國在北韓核武、伊朗核武等國際事務上需要中國的幫助，奧巴馬不想得罪中共，於是至今白宮沒有對外公布王立軍到底遞交給美國哪些材料，不過從白宮的一系列動作中，人們不難找到一些推測線索：美國官方早就知道中共活摘器官的罪行，並採取了相應措施。

美國人權報告首提「活摘法輪功學員器官」

　　2012 年 5 月 24 日，美國國務院發布 2011 年度國別人權報告。報告首次正式提及在中國、海外和國內媒體及人權團體繼續報告有關法輪功學員被活摘器官的案例。法輪功學員繼續被強制抓捕、監禁和騷擾，甚至被關進精神病院進行折磨，報告指出還在關注中國著名人權律師高智晟的案例。

　　顯然，美國政府的這份官方報告背後是有大量證據的，若沒有百分之百的把握，白宮不敢斷然寫上這幾個字，因為活摘器官是比希特勒的法西斯罪行還要邪惡的、「這個星球上前所未有的邪惡」。面對這樣的邪惡，人們一定還記得當年在納粹集中營前人類的莊嚴誓言：「Never Again ！」絕不重蹈覆轍！可如今更邪惡的事發生了，而且至今仍在持續。

美國簽證申請表 DS-160 拒參與非法移植器官者入境

　　早在 2011 年 6 月，美國政府更新了非移民簽證申請表 DS-160，變更的內容新增加了六個關於「安全和背景資訊」問題，

其中之一是：「你是否曾經直接參與非法移植人體器官？」（Have you ever been directly involved in the coercive transplantation of human organs or bodily tissue ?）該問題屬於核查不得入境的理由類問題，即如果答案是肯定的，申請人通常不能獲得簽證。

在這之前，「安全和背景資訊」問題中已經有諸如：你是否加入過納粹組織、是否加入過共產黨、是否參加過恐怖組織、是否參與過犯罪等，由此可見，美國已經把中共活摘器官與納粹的法西斯屠殺類比，而且共產黨在西方社會是一個很不光彩的罪惡代名詞。

《大紀元》報導中共活摘法輪功學員器官 全球震驚

自從 1999 年 7 月 20 日開始公開迫害法輪功以來，江澤民不斷給專職鎮壓法輪功的「610 辦公室」下發密令。由於怕留下證據，江每次只寫白條，不署名，但「610」的人知道這是江的「最高指示」。江下令說，對待法輪功，要「名譽上搞臭，經濟上截斷，肉體上消滅」，「打死白打，打死算自殺」，「不查身源，直接火化」，這樣的政策已經被法輪功學員以「國家恐怖主義實施的群體滅絕犯罪」告上國際法庭。

2006 年 3 月，《大紀元》獨家報導中共大規模活體摘取法輪功學員器官並販賣牟利的罪惡後，全球震驚。

在江澤民鎮壓法輪功政策背景下，加上中國社會經過中共幾十年破壞已失去中華傳統文化的道德約束，因此在巨大利益誘惑下，中國醫療市場又奇缺人體器官來源，大量被關押的法輪功學員即成為不法暴徒的天然人體器官庫，於是便發生了人類自產生

文明以來最駭人聽聞的活摘器官慘案。

2012 年 5 月 29 日，追查迫害法輪功國際組織（追查國際）發布了一份驚人的報告，指控中共軍隊、武警醫院系統涉嫌參與活體摘取法輪功學員器官以供移植。

報告顯示，軍醫院、武警醫院的器官移植數量超常，供體來源奇足，在中國大陸多個省市開展了大量的器官移植，從而讓中國一夜間成為全球移植大國。報告中舉出多項由「追查國際」的調查員以「為家人或朋友尋找移植腎供體」為由，打電話到軍醫院之現場錄音，錄音中很多醫生直接說他們的器官來源就是法輪功學員，這也間接證實了活摘法輪功學員器官罪惡的真實存在。

中共從來不宣傳軍隊如何參與鎮壓法輪功，但從 1999 年到 2006 年 5 月，中共中央軍委開過六次「處理涉外宗教問題」專門性會議，主要針對法輪功。此後，以中共軍隊後勤部為首的軍隊系統，層層開動中共建政以來形成的活摘器官系統，開始按照軍委主席江澤民的旨意活摘法輪功學員器官，達到其「肉體上消滅」的迫害目的，而販賣器官成了一條被江澤民默許而鼓勵的軍隊生財之路。

軍隊和武警是活摘的主要凶手

1999 年 7 月 20 日中共公開宣布鎮壓法輪功的幾天後，總政治部即下發文件要求全軍和武警部隊在反法輪功的鬥爭中，「深入進行馬克思主義唯物論和無神論教育」，引導官兵認清「同法輪功的鬥爭，是捍衛共產黨人的根本信仰，捍衛共產黨的領導」。

總後勤部利用軍隊系統和國家資源，把到北京上訪而不報姓名的法輪功學員和各地被非法拘捕的法輪功學員驗血編號，輸入

電腦系統，利用軍車、軍航、專用警備部隊、各地軍事設施和戰備工程來運送和關押法輪功學員，形成了一個個國家級活體器官庫。總後勤部還統一分配調度，非法授權軍事監管人員逮捕、關押、強制處決任何洩露消息的醫生、警察、武警、科研人員等，而中共總參謀部則利用其情報系統，全力阻擋真相向世界傳遞。

各級地方醫院在巨大的利益驅動下也加入活摘器官行列，形成了以中共「中央610」和軍隊醫院為主，地方公、檢、法和醫院為輔，遍布監獄、勞教所的一個個國際活體器官交易中心。2000年後中國一直占世界活體器官移植總數的85％以上，該數據是軍委上報資料的一部分。

「追查國際」調查顯示，中國大陸多個省市大部分軍隊、武警醫院涉嫌參與活摘法輪功學員器官罪行，包括中央軍委直屬軍隊醫院，軍區總醫院、海軍401醫院、解放軍第二炮兵總醫院等各大軍兵種總醫院，以及各地武警醫院，無一例外的積極開展器官移植手術。活摘從1999年的零星個案開始，2003至2006年進入高峰期，涉及23個省市自治區，全國數百家醫院。2006年3月以來，多位證人指證中共大量活體摘取法輪功學員腎臟、肝臟和眼角膜等器官牟利，瀋陽一名老軍醫還揭密中共活摘器官的流程，據他所知，至少有六萬人被活摘器官。

「追查國際」的調查報告最後指出，鑒於中共軍隊自成系統的特殊性，一條龍黑箱操作系統掩蓋著軍隊醫院全面參與活體摘除法輪功學員器官的黑幕，報告所涉及的僅是冰山一角，更多黑幕可能要等類似王立軍這樣的黑幫內訌才能曝光出來。

第二節

王案背後被切割的最大黑幕

2012 年 9 月 24 日王立軍被以徇私枉法、叛逃、濫用職權、受賄罪判處 15 年，但其涉及活摘器官的內幕被掩蓋了。（AFP）

2012 年 9 月 19 日，新華社發表了長篇報導《王立軍案件庭審及案情始末》，披露了王立軍如何配合薄谷開來殺人。令人震驚，薄谷開來是深諳法律的律師，王立軍是熟悉法律的執法人員，但他們那樣輕輕鬆鬆就把一個人外國人殺了，簡直比法盲還法盲，好像這個世界根本就沒有法律這樣的概念和詞彙。

然而，王立軍還有很多罪行被官方掩蓋著，特別是他的反人類罪行。

薄谷開來充當周薄政變核心人物

薄谷開來被捕後為避免一死，曾曝光周永康、薄熙來主謀推翻習近平的政變計畫，並且供認，她是薄熙來與周永康之間的聯絡人，周永康知曉她做的一切。

　　薄谷開來稱，周永康、薄熙來授意，在海外進行對外聯絡公關，收買海外媒體，利用這些媒體發布消息，給薄熙來和周永康的政治利益抬高身價，同時抹黑胡溫習，並為日後推翻「儲君」習近平進行輿論攻勢。

　　自薄熙來被中共宣布立案調查後，據說，薄熙來和妻子薄谷開來都曾大罵周永康，並指認周永康是後台老闆。

　　有消息人士曾披露，周永康和薄熙來在北京、重慶和成都進行了五次會面，策劃薄熙來晉升政法委書記，並在上位兩年內強迫習近平下台。為此，周永康協助薄熙來和王立軍從德國購買最先進的竊聽設備，對中共九常委和其祕書、家人的機密資訊及很多談話進行監聽。已受審的重慶市渝北區原副區長、公安分局局長王鵬飛，就是王立軍對到重慶視察的中南海高層進行竊聽的具體執行者。

王立軍自曝涉幾千例器官活摘

　　此外，2012 年 2 月 6 日王立軍逃館事件後，《大紀元》獨家獲悉，王立軍交給美國政府大量中共各類機密資料，包括中共鎮壓法輪功、活摘法輪功學員器官內幕的祕密資料。

　　王立軍參與活摘器官、屍體工廠，海伍德也被捲入，結果他們被中共祕密調查並幾次約談，讓薄谷開來、薄熙來非常害怕，擔心這兩人成為他們的污點證人。海伍德知道的內幕太多，因此被殺人滅口、毀屍滅跡。王立軍害怕落到同樣下場，最終選擇出逃美國領館。

　　作為重慶市副市長、公安局長的王立軍曾是薄熙來的得力副

手，與屍體工廠和活摘器官罪行有著直接關係。

王立軍還獲得過中國光華科技基金會頒發的「光華創新特別貢獻獎」，該網站稱：「光華創新特別貢獻獎」是授予現場心理研究中心在「車輛爆炸現場重建研究」和「藥物注射後器官受體移植研究」方面取得的突出科研成果。《遼瀋晚報》曾報導，王立軍還講述了親臨摘取器官的過程。

2006 年 9 月 17 日，位於北京、直屬共青團中央的「中國光華科技基金會」，為王立軍設立的錦州市公安局「現場心理研究中心」授予「光華創新特別貢獻獎」，並資助科研經費 200 萬元，其頒獎成果之一就是藥物注射後器官受體移植研究。

王立軍在頒獎大會上發表「感言」：「大家知道，我們所從事的現場，我們的科技成果是幾千個現場集約的結晶，是我們多少人的努力。……當一個人走向刑場，在瞬間幾分鐘轉換的時候，將一個人的生命在其他幾個人身上延伸的時候，都會為之震撼，這是一項偉大的事業。」

美國死刑服務資訊中心（Death Penalty Information Center）執行主任 Richard Dieter 2012 年 8 月 8 日向《大紀元》表示，有關前重慶公安局長王立軍（向犯人）注射死刑針後幾分鐘摘取器官，是摘器官令其死亡。他說：「看起來摘取器官成為其死亡的原因，如果此人在因藥物死亡之前就這樣做的話。」

Dieter 說，美國判斷死刑犯人是否死亡需要等待更長的時間。死刑犯人在注射死刑針後，「通常在 25 分鐘之後才宣布其死亡。」他表示，鑒定死亡的醫生不能參與死亡注射針行刑過程。

瀋陽老軍醫：強摘器官被「合法化」

2012 年 5 月 12 日，「追查國際」調查員以王立軍專案組的名義，對錦州解放軍 205 醫院泌尿外科主任、退休軍醫陳榮山（手機：13841666988）進行了電話調查，調查中陳榮山承認，和王立軍協作的 205 醫院的器官移植供體來自在押的法輪功人員，並經過法院這道程序。

此前，《大紀元》獲得遼寧瀋陽老軍醫的證詞，稱法輪功學員被中共作為「階級敵人」，其器官活體移植被「合法化」。

瀋陽老軍醫指證：「中共中央軍委在 1962 年就行文，省級政府有權在所轄軍區的監管下，設立重刑犯的資源再回收機構，這政策一直沿襲至今。據 1984 年補充規定，重刑犯的器官移植被合法化。……中共中央已同意將法輪功學員作為『階級敵人』，法輪功學員不再被當作人類而是被當作生產原料，成為商品。」

瀋陽老軍醫還揭露：「實際上，在中國進行的地下非公開的器官移植數量要比公開的多幾倍：如果官方公開數是一年 3 萬例，那麼實際數量應是 11 萬例。由於有巨大的活體供體來源，許多有軍事背景的醫院在公開上報的同時，也大規模私下進行器官移植。」

害怕被滅口 王立軍出逃美領館

2012 年 9 月 19 日，《大紀元》總編輯郭君在日內瓦聯合國 21 屆人權理事會期間，聯合國人權會議會場內舉辦的播放活摘法輪功學員器官真相電影會上介紹說，中國正在發生的政治醜聞的核心人物王立軍、薄熙來和薄谷開來都涉入了活摘器官的黑幕。

郭君說：「薄熙來當時為了獲得時任中共總書記的賞識，接納了大量前往北京上訪的法輪功學員，將他們關押在遼寧大連和瀋陽的集中營中。這些法輪功學員被驗血和血液配型。大連當時是活摘罪惡發生最早和最嚴重的地方。薄熙來因此獲鎮壓法輪功的元凶江澤民的賞識，從大連市長升遷到遼寧省省長，之後到北京任中共商務部部長。」

郭君說：「雖然薄熙來現在下台了，他的太太薄谷開來被判死緩，但是他們涉及活摘器官的內幕被掩蓋了。」

郭君表示：「我們看到媒體報導薄谷開來為滅口殺了英國人海伍德，當時國際社會，包括英國、美國，甚至中共中紀委員都在暗中調查海伍德與薄熙來和薄谷開來的關係及相關涉案。薄熙來為了滅口殺掉英國人海伍德，王立軍感到自己也會被薄家夫婦謀殺，這是王立軍在今年 2 月帶著包括有關於活摘法輪功學員器官在內大量內幕資料闖入美國領事館的背景。」

「找出活摘器官的每一個罪犯，將其繩之以法。」

2012 年 9 月 12 日，美國眾議院外交委員會舉辦題為「中共強制摘取宗教與政治異議人士器官」的聯合聽證會。與會人士說，王立軍直接參與活摘法輪功學員器官的罪行依然被掩蓋，而這正是當前中共權力鬥爭的核心。關於活摘的罪行早已被多國政府與組織證實與提及。

美國會眾議院外委會資深議員達納‧羅拉巴克（Dana Rohrabacher）說：「這是反人類罪行。我們應該盡最大可能找出從事活摘器官的每一個罪犯，將他們繩之以法。」

　　學者、保衛民主基金會客座研究員伊森・葛特曼（Ethan Gutmann）指出，王立軍直接參與活摘法輪功學員器官的罪行依然被掩蓋，中共了解活摘器官一事，但即使王立軍事件爆發，他們對外還會一直掩蓋真相。

　　伊森・葛特曼說：「我們知道王立軍應該對法輪功被活摘器官中的上千例移植負責。就在同一時間，法輪功被活摘器官比例達到最高。他在成都（領事館）的那晚說了什麼嗎？這都是問題。我們聽說（美國）國務院對此知道很多，可能比我知道的還多。」

　　2012 年 9 月 10 日至 28 日期間，聯合國 21 屆人權理事會在日內瓦萬國宮召開，期間講述法輪功學員受迫害與器官被活摘及盜賣的驚人內幕，成為會議期間各國際人權機構駐聯合國代表、各國大使、外交官討論的焦點話題。

　　專家們以大量事實證明活摘器官的廣泛存在，人們在震驚之餘表示，非常有必要在世界範圍繼續大力曝光中共活摘器官罪惡，並願加入這一曝光罪惡的行列，共同推動聯合國和國際社會進入中國調查此案，將涉入其中的罪犯繩之以法。

　　國際教育發展組織（International Educational Development，IED）首席代表派克（Karen Parker）博士在日內瓦聯合國人權理事會大會現場，曝光及要求調查中共活摘器官罪惡。

第三節

王立軍肆意蹂躪女性 活摘器官

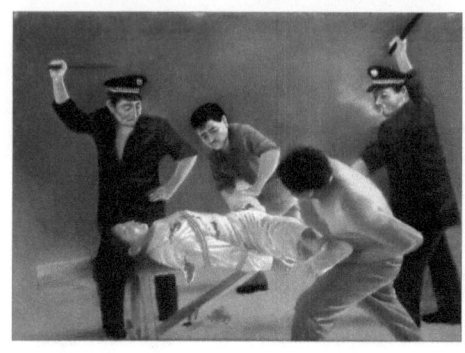

揭露中共惡警摧殘女法輪功學員的美術作品「酷刑」系列《對婦女迫害》。

胃腸排泄研究對象的唯一可能

作為「學術帶頭人」，重慶前公安局長王立軍主要發表的學術論文有《無創傷解剖》重大課題的研究、中國首次《注射藥物後器官受體移植研究》及《中國女性（北方）胃腸排泄與時間關係的研究》等。為此，「2006 年 9 月 17 日，中國光華科技基金會在北京舉行隆重的頒獎儀式，向全國公安系統唯一的『現場心理研究中心』主任、錦州市公安局局長王立軍教授頒發了『光華創新特別貢獻獎』。」

按中國女性的傳統觀念，哪一個中國婦女會自願讓一個男人研究自己的胃腸排泄？因此王立軍相關研究的採樣對象極有可能是被強迫的，而身為公安局局長，王立軍具備此一條件。即使是

監獄中普通女刑事犯也有自己的尊嚴底線，如果她們被迫供其研究腸胃排泄，出獄之後也會告發，聰明的王立軍不會去冒這個險，因此剩下一種最大的可能——研究對象是那些被作為器官移植供體的女法輪功學員。

王立軍論文標題特別強調被研究胃腸排泄的中國女性來自北方。而大量赴北京上訪，不報姓名被轉移到遼寧關押的法輪功學員主要來自北方。

中共司法系統肆意蹂躪女性

讓我們看看高智晟律師致胡溫的第三封公開信的片段：「此時此刻，我用顫抖著的心、顫抖著的筆記述著那些被迫害者六年來的慘烈境遇，在這次令人難以置信的野蠻迫害真相中，在政府針對自己的人民毫無人性的殘暴記錄中，其最持久地震盪著我的靈魂的不道德行為記錄，即是『610』人員及警察的、完全程式化的幾乎無例外地針對我們女同胞女性生殖器攻擊的下流行徑！幾乎是百分百的女同胞的女性生殖器、乳房及男性的生殖器，在被迫害過程中都遭到了極其下流的攻擊，幾乎所有的被迫害者，無論你是男性還是女性，行刑前的第一道程式那就是扒光你的所有衣服，任何語言、文字的功能都無法複述清或者再現我們的政府在這方面的下流和不道德！我們還尚存一絲體熱的民族成員誰還有條件在這樣的真實面前沉默下去？！」

王立軍手下的一名警察在 2009 年曾對「追查迫害法輪功國際組織」舉報了中共活摘法輪功學員器官的罪行。這位警察作證說，2002 年 4 月 9 日，在瀋陽軍區總醫院 15 樓的一間手術室內，

他親眼看到兩個軍醫將一名30多歲的修煉法輪功的中學女教師，在沒打麻藥的情況下，活生生地摘取了她的器官，將她活活害死。

　　這位女性法輪功學員被活摘器官之前，經歷了一個月的嚴刑拷打、強暴。這位警察作證：「在這之前，她受過的羞辱更大。我們的民警有不少就是變態的那種，給她進行，用鉗子、用窺視器，都是不知道哪來的儀器……反正我都親眼所見，我當時沒照照片就是遺憾，對她進行猥褻，她長的有點姿色，比較漂亮，對她進行強暴……太多了。」

數千被研究對象從人間消失

　　中共司法系統對中國女性的肆意踐踏早就有相關記載，如文革期間的「異議人士」張志新在被關押期間遭肆意輪姦。那些被江澤民定位要肉體上消滅的女法輪功學員，在被活摘器官之前，被王立軍之流肆意踐踏和做活體實驗就不足為奇了。王立軍學術論文還有《無創傷解剖》、《注射藥物後器官受體移植研究》，這應當是為什麼還沒有中國女性出來指證王立軍的原因，因為被研究的中國女人已被活摘器官了。

　　王立軍只觀察中國女性的排泄器官嗎？王立軍的論文《中國女性（北方）胃腸排泄與時間關係的研究》裡面提到了胃腸，很有可能涉及到對女性胃腸的解剖。

　　作為一篇學術論文的論據，研究對象肯定具備一定數量。王立軍自己在「光華創新特別貢獻獎」頒獎典禮上談到器官受體移植時稱：「我們所從事的現場，我們的科技成果是幾千個現場集約的結晶，是我們多少人的努力……」

全國公安戰線「一級英雄模範」可謂不務正業，既研究女性胃腸排泄，又研究器官移植，最令人可怕的是他是公安局長，幾千個被研究對象之後都從人間消失了。

如果王立軍不是針對女法輪功學員做的研究，那麼應當有研究記錄，現在王立軍在中央手裡，那麼請王立軍向全國人民交代一下，對誰家姑娘研究了胃腸排泄！對哪家媳婦摘取了器官，做了器官移植手術！「中國十大傑出民警」竟對中國女性有這極不正常的嗜好，試問中國民間有女眷的家庭如何能安寢食？

中共活摘器官－－這個星球最大的邪惡

第七章

薄谷開來和薄熙來的屍體生意

《大紀元》獨家獲悉，薄谷開來是活摘器官、販賣屍體的主謀。在她和薄熙來的運作下，薄熙來主政的大連成為最早活摘法輪功學員器官的地方。（新紀元資料室）

第一節

薄谷開來用謀殺掩蓋活摘與販屍

薄谷開來殺死海伍德（右一）的主要原因，是為了掩蓋其活摘法輪功學員器官和非法販賣屍體的罪行。（大紀元合成圖）

　　2012 年 8 月 9 日，薄谷開來涉嫌殺死英國商人尼爾．海伍德（Neil Heywood）一案在安徽合肥中級法院開庭。庭外五步一崗，警備森嚴。包括海伍德的親友、英國駐華使領館官員、部分媒體記者、中共人大代表和政協委員等 140 多人，出席了這個被稱為中共審判「四人幫」30 多年來最引人注目的案件，眾多記者和民眾被阻擋在外，官方稱，「這是政治事件，不要參與。」

審判現場：沒穿囚衣的殺人嫌疑犯

　　兩年前在重慶「唱紅打黑」時，當原重慶市公安局長文強被審判時，他被套上了一件醒目的橘紅色囚犯背心，李莊律師受審時也被穿上了一件綠色軍用棉大衣，而殺人嫌疑犯薄谷開來卻身著雪白的高級名牌襯衣搭配黑西裝，還是一副偶爾眼露

凶光的貴夫人模樣，儘管在押期間她可能因為「心寬」而體胖。按慣例，殺人犯出庭一般要帶腳鐐手銬，最多坐到被告席上才鬆開手銬。

起訴書稱，薄谷開來及其子薄瓜瓜與海伍德因經濟利益發生矛盾，她認為海伍德已威脅到其子的人身安全，決意將其殺死，遂安排重慶市委辦公廳工作人員、同案被告人張曉軍邀約並陪同海伍德從北京到重慶。2011 年 11 月 13 日晚，薄谷開來到海伍德所住的重慶南山麗景度假酒店 16 棟 1605 室與其飲酒、喝茶，趁海伍德醉酒嘔吐後要喝水之機，將事先準備並交給張曉軍攜帶的毒藥倒入海伍德口中，致其死亡。

庭審後，合肥法院副院長兼發言人唐義幹稱：「薄谷開來辯護律師認為，海伍德在案件起因上有一定責任，薄谷開來在作案時行為控制能力弱於正常人，並且在檢舉他人犯罪上有重大立功表現等，請求法庭判決時綜合考慮；張曉軍辯護律師提出，張是協從犯，請求法庭依法減輕處罰。」

官方所稱重大立功表現是指薄谷開來舉報了四位曾經包庇她的人：重慶市公安局原副局長郭維國、重慶市公安局刑警總隊原總隊長李陽、重慶市公安局技術偵查總隊原總隊長兼渝北區公安分局原局長王鵬飛、重慶市公安局沙坪壩區公安分局原常務副局長王智。合肥中級法院在審理薄谷開來的第二天審理這四位王立軍的親信。

外界評論說，薄谷開來無情無義地舉報保護過她的人，而這些人都是因為薄熙來的威權才被迫這樣做的，她自己被審，反過來還把王立軍的人馬整了一把。

谷是活摘器官販賣屍體的「惡魔」

不過，官方這一天的演戲或許能騙過普通百姓，卻騙不過懂法律、懂政治的人。一位西人讀者質疑說：「假如海伍德教唆薄瓜瓜幹壞事或威脅到他的安全，薄谷開來既然自稱是中國最好的律師，她為什麼不去報警？任何警方都會重點處理這類騷擾、恐嚇、勒索案。薄瓜瓜的父親比紐約州州長還有權些，她為什麼不叫總檢察長、民政局局長以恐怖分子的名義處理此事？」

而更多了解中國官場黑幕的人明白，像薄谷開來這樣志在讓丈夫奪江山、當中國頭號人物的人，是不會在乎海伍德提出的那點錢財的，什麼偷情、貪腐，全是煙幕彈，一個在海外已有了幾十億美元、幾輩子都花不完的女人，會為了多少錢去殺一個外國男人呢？一個女人要狠毒冷酷到什麼程度才會親自動手殺人呢？連王立軍那樣奉命監聽中共最高領導人談話的心腹都不能信任，可見薄谷開來要掩蓋的祕密比「謀反」更重大，一定是涉及到她的生死才不得不親自動手殺人。

果然如此。《大紀元》獲悉：薄谷開來殺死海伍德的主要原因，是為了掩蓋其活摘法輪功學員器官和非法販賣屍體的罪行。這事一旦被曝光，死的不光是薄谷開來，薄熙來也必死無疑。

薄谷開來是活摘器官、販賣屍體的主謀。在她和薄熙來的運作下，大連是最早活摘法輪功學員器官的地方。薄谷開來和海伍德在英國開了家合資公司，專門負責把器官和屍體賣到海外。當發現中紀委、美國及英國等情報部門都在追查此事後，薄熙來、薄谷開來將海伍德滅口。

《大紀元》還獲悉，王立軍出逃美國領館的根本原因是為保

命，他若不逃出來，就會死在薄谷二人手上了。王立軍給美國使館的材料主要涉及薄谷二人活摘器官、販賣屍體的罪行。薄谷開來被稱為「十惡不赦的惡魔」。

薄谷夫婦靠鎮壓法輪功「脫穎而出」

尼爾·海伍德（Neil Heywood），1970 年 10 月 20 日出生在英國曼城，據說是前英國駐天津總領事翟蘭思（1929 年至 1935 年）的後代。海伍德 22 歲時就來到北京語言大學學習中文，1994 年到大連金沙灘楓葉國際學校教英文，並先後在幾個貴族小學任職。在那裡，他認識了自己的中國妻子王露露，兩人結婚後生了兩個孩子。

那時薄熙來任大連市長，和大連市委書記曹伯純鬥得正酣。曹伯純抓捕了為薄熙來盜賣土地從中牟取巨額利潤的代理人：大連房地產開發辦主任鄭惠。薄谷開來收取巨額諮詢費後，那些商人提出想要哪塊地，薄熙來就寫張條子給鄭惠，鄭惠就把那塊地批給那個商人。只要查下去，曹伯純就能查出薄谷兩人獲得的數十億乃至數百億人民幣的非法收入，從而把薄打下台。薄谷兩人如驚弓之鳥，於是開始請海伍德等人幫忙把資產轉移到海外。

到了 1999 年 7 月 20 日，江澤民不顧中共中央政治局其他六人的反對，悍然發動了對修煉「真善忍」的法輪功學員的文革式鎮壓。當時中國很多省份的中共官員及幹部都對迫害政策持保留或抵制態度，但唯獨薄熙來所在的大連「與眾不同」。

1999 年 8 月 10 日到 15 日，江澤民巡視遼寧來到大連，薄熙來為了戰勝政敵、升官發財，竭力討好江。薄公開違背「活著的

領導人不豎紀念碑、不掛巨幅畫像」的黨內規定，在大連掛出了江的巨幅畫像。江一到大連，看到自己的巨幅照片赫然懸掛在大連市中心的人民廣場，忍不住心花怒放，手舞足蹈起來，不過真正讓薄得到江歡心的是他在法輪功問題上的積極效忠。

據薄最信任的司機王某某披露，江對薄講：「你對待法輪功應表現強硬，才能有上升的資本。」認識薄谷開來的人都說她非常精明能幹，思維縝密、深謀遠慮、行事果決，這位北大政治學碩士，女太子黨，被稱為「中國的杰奎琳‧肯尼迪」、「大連的江青」，她非常清楚此時大連只有在鎮壓法輪功方面「脫穎而出」，薄熙來才能「鶴立雞群」。

於是，大連很快成為全國迫害法輪功的「急先鋒」，薄熙來也因此迅速升官。1999 年江澤民巡視後不久，薄被提拔進了遼寧省委，2000 至 2001 年間薄當上了遼寧省委副書記、代省長，2002 年成為省長。明眼人知道，這一路都是踏著法輪功學員的鮮血爬上去的。

大連建監獄城關法輪功 屍體廠貨源充足

當時去北京上訪的法輪功學員非常多，北京附近的監獄、勞教所都裝不下了，而薄熙來最先在大連擴建、新建大型監獄和勞教所，如大連監獄、南關嶺監獄、金州監獄、瓦房店監獄、莊河監獄，還有周水子教養院、姚家看守所等，把大連建成了一個「監獄城」，不光大連的法輪功學員被關在那兒，許多其他地方的法輪功學員也關在那兒。等薄熙來當上遼寧省代省長後，他又新建、擴建了瀋陽馬三家勞教所、龍山教養院、瀋新勞教所等，很多新

建的勞教所專門關押法輪功學員，那時全國各地因為不願株連他人而不報姓名的法輪功學員都被薄熙來「接納」，祕密關押在薄掌控的監獄中。

就在江巡視後不久，薄谷開來就開始謀劃如何在鎮壓法輪功、撈政治資本的同時，也能在經濟上獲益。從公開資料看，1999 年 8 月，中國第一家屍體加工廠在大連成立，這家德國獨資企業是經大連市外經貿局和大連市工商局批准，由薄熙來親自點頭辦的。註冊資本 800 萬美金，一期投資 1500 萬美金，預計五年後再追加投資，地點就選在大連高新技術開發區依山傍海的地方。

當時這家屍體工廠的老闆還得意地告訴中外記者，工廠之所以選在大連，理由非常簡單：政府支持、政策優惠、優秀的勞動力、低廉的工資，以及豐富的屍體來源。由於利潤豐厚，大連的一個中國人隋鴻錦創辦了第二家屍體加工廠，等到了 2003 年，中國大陸出現了十多家屍體加工廠，中國成了全球最大的人體標本輸出國，同時，中國器官移植數量也呈蘑菇狀的急速增加，迅速成為器官移植大國。

2000 年，薄谷開來住在英國的伯恩第斯（Bournemouth）。據英國內政部的公司登記資訊顯示，她以英文名字「Horus Kai」註冊了「Adad Ltd.」公司，2003 年該公司解散。同是 2000 年，海伍德在英國以他母親在倫敦的家庭住址，註冊了一家名為「尼爾‧海伍德聯合公司」（Neil Heywood & Associates）。英國媒體懷疑這是海伍德幫助轉移資產的途徑，但這些公司的內幕絕不這麼簡單。

從 2000 年薄谷開來與海伍德在英國開辦公司以來，海伍德

就直接參與了薄谷盜賣屍體的罪行。

據海外人權組織調查，從 2000 年到 2006 年，中國至少有四萬多例甚至高達九萬多移植器官來路不明。遼寧多達五個在海內外做廣告宣傳的網站上，人的器官被分類標價，眼角膜被標價 3000 美金，一個心臟被標價 18 萬美金。其中最大的網站就位於遼寧省瀋陽。

「天網恢恢，疏而不漏」，雖然薄谷開來把這些罪惡勾當掩蓋得很深，但老天爺還是在種種「巧合」的背後讓其露出蛛絲馬跡。

遼寧一農家小院驚現 30 多具屍體

2006 年 5 月 20 日《遼瀋晚報》報導，遼寧丹東市郊區樓房鎮小孤山七組的村民向當地公安局報告，在村裡一個出租的農家大院裡發現了 30 多具人的屍體，主要是中年人和年輕人，男女都有，但沒有老年人的屍體。

這些屍體是從哪來的呢？遼寧官方馬上稱是醫學標本，但一位曾在大連醫學院工作的醫生介紹說這絕對不可能。標本來源一般有三種，一是病人在醫院去世後，同意捐獻遺體，二是由死刑犯捐獻的，三是公安提供的一些不明屍體。但這些屍體都會在醫院及時處理，不可能流失到農村，而且一次就在偏僻農家大院發現 30 具人體，數量之多，必有黑幕。

此前《瞭望東方周刊》女記者于津濤先後兩次報導了大連有個神祕的屍體加工廠。在 2003 年 11 月的《屍體工廠調查》和 2005 年 10 月的《大連屍體工廠依然神祕》的報導中，揭示了很多異常現象。

這家坐落在大連市高新技術開發區七賢嶺附近的德資企業，占地近三萬平方米的廠房、六層行政辦公樓孤零零地矗立在荒草叢生的院落裡，看不到人走動，工廠用圍牆圈著，也沒有掛任何廠牌，來往車輛都走地下通道，很隱祕，連開通勤車的司機都經常更換，生怕外人知道。

公司對外宣稱是從國外進口屍體，在大連加工後再運出國，不過這家公司在沒有拿到中共衛生部及國家質檢總局的出入境批文的前提下，就已經完成了 13 批次的進出口業務。而且當記者採訪時，發現其廠房內就有 600 多具屍體，而他們一次就出口上百具屍體，規模之大，令人震驚。

據中國人類遺傳資源管理辦公室及衛生部科教司的人介紹，當時中國還沒有任何一家從事人體生物塑化技術的生產廠家辦理過准出入境證明，以及「出入境特殊物品衛生檢疫審批單」，衛生部科教司衛生技術管理處的劉爽表示，「讓我們感到震驚的是，這些屍體公司為何能在中國海關和進出口檢疫部門如履平地，它們又是依據哪一條規則辦理通關和檢疫手續的？」據悉，此事的背後就是薄熙來和谷開來的暗箱運作。

且不說薄熙來的後台中共「八大元老」之一薄一波，薄谷開來的父親谷景生是中共 1950 年代的少將，曾任新疆烏魯木齊軍團政委。在太子黨中，北京大學畢業的政治學碩士薄谷開來算是佼佼者，加上別有用心的苦心經營，她在中共高層、特別是中共軍隊很有人脈，很多薄熙來辦不到的事，她出面周旋就能辦成。

在薄熙來被抓初期，坊間傳出消息說，薄谷開來自己招供，她是薄熙來與周永康之間的聯絡人，周永康和薄熙來密謀政變，她是主要參與者。其實薄熙來很多事都是薄谷開來幕後策劃指使

的，這點薄熙來自己都公開承認，「唱紅打黑」中谷給了他很多「幫助」，至於重慶打黑中拿李莊開刀，也有薄谷開來有意針對其老闆、原政法委書記彭真的兒子傅洋這個因素在裡面，早年薄一波和彭真是政治盟友，但薄谷開來和傅洋卻是競爭對手。

《瞭望周刊》報導出來時，就有人質疑大連這家違背人倫、備受爭議的屍體加工廠公開接受採訪的真實目的，是想藉媒體報導來為自己開脫，從而掩蓋真相。由於沒有經過進出口檢測，加上直接從大連進出口，是否真的從國外運來屍體很值得懷疑，完全有可能只是在報關單上假裝從國內運來屍體，而實際是把大連的屍體運出國。

獨家調查發現一個神祕女人

小孤山農莊屍體案（2006 年 5 月 20 日經《遼瀋晚報》報導）在網上傳出後，引起國內外普遍關注。兩天後，大陸媒體統一口徑稱是商業用標本出口到國外。《華商晨報》5 月 22 日以《遼寧丹東神祕小院將屍體做標本銷往海外》為題，暗示屍體不是出口做教學標本，而是用來參加屍體展。

丹東位於瀋陽與大連的三角形上，小孤山就在 201 國道旁邊，到大連高科技開發區很順路。從瀋陽蘇家屯到小孤山屍體院，再到大連屍體加工廠，都是只有兩個多小時的車程。

由於此前兩個月的 2006 年 3 月 9 日，《大紀元》披露了遼寧蘇家屯曾經有過活摘法輪功學員器官的祕密地點。為調查屍體來源和去向，《大紀元》派出特別調查員到小孤山進行了實地調查，並在 2006 年 10 月 31 日發表了《遼寧農家院 30 多具屍體大

案更多發現》的調查報告，裡面就提到一個女人的事。

據村民介紹，當時丹東樓房鄉各村政府已收到指示：不許談論此事，嚴密監視外來了解真相的人，一旦發現必須立即舉報，特別是法輪功學員來調查。若舉報一名法輪功學員，鄉「610」即給予一萬元獎金。外界評論遼寧官方的這個通知是「此地無銀三百兩」，更讓人懷疑屍體加工點與活摘法輪功學員器官相關。

據調查，這個偏僻山溝的小村莊只有 20 多戶人家，發現屍體的大院大約占地三畝，曾經是個養牛場，最後一次來租房的是個 40 多歲的女人，村民描述說，此女老闆長得不錯，自己開一輛小車，雇了七、八個年輕人。

據村民講，被《遼瀋晚報》5 月 20 日曝光的那 30 多具屍體，是 5 月 17 日拉來的。裡面有大人和小孩，主要是中年和年輕人，男女都有。村民發現，院子裡的人經常在前院架起幾口大鍋煮屍體，煮得惡臭熏天，他們把廢水倒在院子的坑內，時間長了，院裡的一口井都臭了，因為地下水是相通的。而在後院，他們在解剖人體，村民們看到過城裡來的大學生，還有帶眼鏡的女學生。

《大紀元》去調查時發現，以前存放屍體的大冰箱和煮人的大鍋都還留在前院沒搬走。為什麼屍體裡沒有老年人呢？年輕人的紅色肌肉纖維比較豐滿肥大，脂肪含量少，塑化製作起來更容易。

2006 年 7 月，一位曾在大連屍體加工廠工作過的職工投書明慧網：他們廠是由薄熙來親自批准成立的，屍體主要是來源不明的中國人（這跟《瞭望周刊》說的是外國進口屍體的說法不一致了，但跟人們看到的屍體展中的中國人體態相吻合）。他們的主要工作是把屍體首先放入福爾馬林液中浸泡，再在低溫下用丙酮置換掉冰凍體液中的福爾馬林，這樣屍體就能永久保存，並能進

行各種切割和雕塑了。浸泡屍體後的福爾馬林直接排到大海裡，據大連電視台報導，近年來那段海域污染十分厲害，海水都發紅發渾，養殖的海產品全都被毒死了。

中國刑事訴訟法第 348 條規定：對於監獄勞教所犯人死亡或死刑犯的屍體，「通知罪犯家屬在限期內領取罪犯屍體；有火化條件的，通知領取骨灰。過期不領取的，由人民法院通知有關單位處理。」很多大陸律師質疑說，這條法律漏洞百出，由於中國火化條件很成熟，家屬很可能只能領取骨灰，卻見不到屍體，這就給偷盜屍體帶來了可能。當薄谷開來蹚出把屍體加工塑化後出口這條路後，據大陸網友曝光，很多殯儀館都出現了盜賣屍體現象，而家屬收到的說不定是別人的甚至是動物的骨灰。

《大紀元》獨家獲悉，最早出現活摘法輪功學員器官的罪惡是在大連，同時薄熙來、薄谷開來是最早從事販賣法輪功學員器官、屍體的罪人。據一位瀋陽老軍醫此前透露，在東北有很多關押法輪功學員的祕密場所，在軍方的押送看管下，數十萬法輪功學員「被失蹤」。當有需要器官的病人出現時，醫院就根據此前獲得的體檢驗血數據，將符合組織配對的法輪功學員押送到一個無人知曉的房間，迅速對其開膛破腹，取出所需的心臟、肝臟、腎臟等器官，在 15 分鐘內冷凍後，再拿去給那個病人做器官移植手術，一個器官賺取數萬、數十萬美金，剩下的屍體薄谷開來等人就販賣到大連等地的屍體加工廠，然後賣到國外做標本或屍體展覽。

根據「追查國際」和《大紀元》獲得的信息，活摘法輪功學員器官的罪行開始主要是由解放軍和武警的醫院操刀實施，而薄谷開來在軍方很有影響力，而且她和兩任政法委書記羅幹、周永

康都很熟，加上中共黨徒很多都是見錢眼開、沒有人性的惡棍，只要薄谷開來一提出來利益均沾，很多人就跟著她一起幹。

當時王立軍就在「錦州市公安局現場心理研究中心」參與活摘法輪功學員器官，其罪行是他自己在 2006 年 9 月 17 日「中國光華科技基金會」頒獎大會上致詞時無意中洩露出來的。他主要研究如何用藥物延長死亡時間的注射液以及器官冷藏液的配方，如何改進才能保證器官存活時間更長、更鮮活，更有利於移植手術的成功。美國藥理學博士王文怡指出，國外給死刑犯靜脈注射藥物，是為了讓他們無痛苦地離開人間；而王立軍他們研究的是人被注射藥物後逐漸死亡過程中的心理、機能變化及研究如何延長死亡的時間等。這是比納粹用猶太人做活體實驗還要殘忍的罪行，是嚴重違背國際醫學倫理準則的，是人類文明絕對不允許發生的事。

「追查國際」還公布了 2002 年 4 月 9 日在瀋陽軍區總醫院 15 樓的一間手術室內，一位警察親眼看到兩個軍醫將一個活著的 30 多歲的修煉法輪功的中學女教師，在沒打麻藥的情況下，活生生地摘取了她的器官，將她活活害死。（更多事實請見《新紀元》出版的新書《中南海政治海嘯全程大揭祕（上）圍繞習近平接班的政變陰謀》）。

關於屍體的不明去向，明慧網上也有大量報導，很多法輪功學員被非法抓捕後，很快被折磨致死，而家屬卻無法看到親人的遺體最後是如何被火化的。

如 52 歲的哈爾濱市紅旗鄉果樹示範廠木工郭士君，2004 年 2 月 13 日被判勞教三年，2005 年 2 月 1 日，長林子勞教所將被酷刑折磨得奄奄一息的郭士君放回家，但兩天後，勞教所警察又

到家中將郭士君弄到勞教醫院說做什麼檢查，八天後官方宣稱郭士君去世。但 2005 年 3 月 29 日深夜，在家人毫不知情的情況下，警察拉走遺體，說是去火化，但家屬很懷疑遺體的去處。

遭酷刑迫害致死的郭士君（右）
生前與妻子女兒合影。（明慧網）

更奇怪的是 33 歲的女法輪功學員李梅的遺體。李梅是山東省萊陽市龍旺莊鎮溪主村人，2001 年 4 月中旬，李梅被強行帶到萊陽市黨校洗腦。其間李梅因堅持煉功，被打碎脊椎骨導致下肢癱瘓，後被送到萊陽中心醫院，5 月 28 日李梅在醫院死亡。事後，鎮政府給李梅的家屬三萬元並強迫家屬簽字，讓她家人對外說是自殺。

李梅去世後，家人想從醫院領回她的遺體安葬，但官方要求

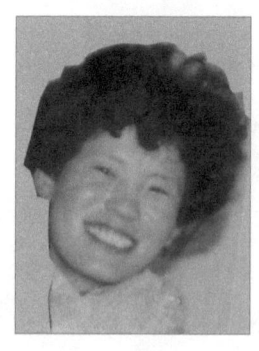

33 歲的法輪功學員李梅遭迫害致
死後身體被人盜賣。（明慧網）

家屬支付六萬元才給遺體。李家根本拿不出這麼多錢，李梅的丈夫不服，曾請過律師，但無人敢接此案。後有知情人透露，李梅年輕的身體被人盜賣了。

類似這樣的案例在中國比比皆是。當時江澤民發出密令，對法輪功學員要「名譽上搞臭，經濟上搞垮，肉體上消滅」，「打死算自殺」。由於政法委同時掌控公安局、檢察院、法院和律師協會以及宣傳機器等，薄熙來等人的違法行為不但沒有被懲罰，反而被獎勵。比如薄手下的馬三家教養院，2000 年 10 月曾把 18 名女法輪功學員剝光衣服投入男牢房，任人強姦，這樣的惡行卻得到中共的大力嘉獎，其所長蘇境被獎勵五萬元、副所長邵力獲獎三萬元。

海伍德被各國情報部門緊盯

回頭再說海伍德與薄谷開來。從 1990 年代，海伍德就成了薄家的圈內人，表面上他幫助薄谷開來把兒子送到英國留學，並成為薄瓜瓜在英國的法定監護人，但海伍德主要工作是幫助薄谷開來在海外洗錢，其中包括販賣器官和屍體的黑心收入。據悉，谷薄在海外的資產高達數十億美金。

早在 2006 年 3 月《大紀元》就獨家報導了中共活摘法輪功學員器官的黑幕，有多位證人公開站出來作證，隨後，加拿大人權律師大衛·麥塔斯和加拿大前國會議員、亞太司長大衛·喬高進行了獨立調查，並將調查結果彙集成書《血腥的活摘器官》（Bloody Harvest, The killing of Falun Gong for their organs）。他們兩人詳盡調查後證實，中共犯下活摘法輪功學員器官的罪惡。

於是，從那時起，各國政府都責令各自的情報部門祕密調查中共的活摘器官罪行，不過由於商業利益，目前各國都沒有公開調查結果，但很多國家採取了相應措施，以免今後罪行被公布，本國民眾追查起來，他們難有開脫的藉口。

據美國消息人士透露，海伍德因為捲入活摘器官和販賣屍體的反人類罪行，被多國情報部門祕密調查。

海伍德曾為英國哈克路特公司（Hakluyt & Company）提供過服務，這是由一位前英國軍情六處特工與他人創辦的企業情報諮詢公司，因而有傳聞稱海伍德是軍情六處（MI6）特工，由於是個007迷，海伍德的二手灰色捷豹車牌號就是N007W3。

消息稱：「其實人們搞顛倒了，不是海伍德為特情工作，而是他被特工用這種方式給盯上了。」

2006年4月，就在《大紀元》獨家披露中共活摘法輪功學員器官罪行後不久，英國天空電視台Sky TV派遣一位喬裝病患的記者至中國，證實了在中國所發生的非法器官移植販售的事實。

當時，Sky TV也是從MI6得到確切資訊才決定派出記者暗中製作現場調查報導的。Sky TV派了一位祕密記者，帶著一架隱形相機，喬裝成一位需要肝臟移植的病患到中國東方器官移植中心（天津第一中心醫院）調查，是否有MI6特工跟隨拍攝組到現場，那就不得而知了。東方器官移植中心的工作人員聲稱器官來自於死刑犯，但他同時表示，移植中心有「最好的門路」，不需要等待，只要出得起價，馬上就可以進行。據稱這位記者以大約5萬3000美元購買了一個人的肝臟。

一向保守的英國人歷來都不願在國際糾紛中率先表態，但在

2006 年 4 月 19 日，英國器官移植學會率先發表聲明稱：「不斷增加的證據顯示，中國有數以千計的死囚器官，在『沒有得到本人同意』的情況下，被摘取用於移植手術。」他們強烈譴責中共的惡行，這也是在得到確切資訊後才敢公開表態的。

就在海伍德被殺一年前的 2010 年，他竭力想讓持有中國護照的妻子王露露取得英國護照，以便全家逃至英國。他們的兩個孩子都有英國護照，當時就讀於英國杜維琪學院（Dulwich College）的北京分校，但王露露的英國護照卻令人驚訝地被英國內政部拒絕了。當時海伍德非常氣憤，他的朋友們也為他鳴不平。其實這背後是有原因的。

美國政府也同樣採取了措施來表明他們對器官罪行的譴責。

2011 年 6 月，美國政府修訂非移民簽證申請表 DS-160，新增了移植器官的問題，要求每位來到美國的訪問者，必須聲明自己沒有參與活摘器官的罪行，就跟過去必須聲明自己不是納粹成員一樣。2012 年美國公布的 2011 年度中國人權報告中，提到中共活體移植器官的罪行，在 2012 年 7 月 20 日的法輪功集會上，美國多位國會議員也公開譴責中共活摘法輪功學員器官。

2012 年 7 月出版的《國家器官》（State Organs: Transplant Abuse in China）一書中，多名醫學界權威探討了中國以國家機器的方式參與器官移植濫用的現象。其中被譽為科技界最有影響力的十大人物之一、美國賓夕法尼亞大學生物倫理學中心主任亞瑟·卡普蘭在書中提到：中國大陸活摘器官依照訂單「按需殺人」的現象「普遍存在」。

所有這些都說明，薄谷開來、薄熙來、王立軍等惡人犯下的十惡不赦的反人類罪行已無法掩蓋，各國政府都不得不面對這個

令本國民眾震驚的國際事件。

溫家寶嚴肅查辦活摘器官案

不光國外在調查薄谷開來、薄熙來的罪行，中國國內也在調查。

2007 年因被法輪功學員在海外起訴並在澳洲宣判有罪之後，薄熙來被溫家寶和吳儀聯手貶到重慶。據維基解密網站透露，有消息人士在 2007 年 11 月 9 日表示，時任中共商務部長的薄熙來將被下放至重慶市任市委書記，且重慶市委書記將是薄政治生涯的最後一站；薄不會再獲得晉升，因為溫家寶稱：「薄的明顯負面的國際形象不利於擔任任何更高級職位。」

王立軍逃館事件發生後，《大紀元》獨家報導說，王立軍交給美領館的資料有六大類，其中之一就是活摘器官。有消息稱，溫家寶在中南海內部會議上說：「不施麻藥，摘活人器官，還拿去賺錢，這是人幹的事情嗎？這種事情發生多年了，我們要退休了，還沒解決……」「現在出來王立軍這件事，全世界都知道了，藉處置薄熙來把法輪功的問題解決了，應該是水到渠成……」

溫家寶還提出將薄熙來送入監獄，溫說：「前六、七年，其實更早時候，鎮壓法輪功給中國帶來的可怕後果就已經看到了，我們經過調查發現江澤民使用令人震驚的國家財力去鎮壓一個手無寸鐵的民間團體，非常荒謬，一直到現在，這個問題中央都沒有去面對、去解決。」

2012 年，3 月 14 日兩會結束後的記者會上，溫家寶說出不少意味深遠令人回味的話。他說：「對於我在任職期間中國經濟和社會所發生的問題，我都負有責任。為此，我感到歉疚。」「努

力以新的成績彌補我工作上的缺憾,以得到人民的諒解和寬恕。」

之後,第二天 3 月 15 日,胡溫即拿下薄熙來,切斷了鎮壓法輪功的血債幫後繼保護權力的血脈。到了 3 月 19 日晚,北京傳出槍聲,坊間傳說「天線寶寶」(溫家寶)大戰「康師傅」(周永康);4 月 27 日,山東盲人律師陳光誠又非常神奇地從數十人的 24 小時監控中,勝利大逃亡至北京美國大使館,令世界再度關注政法委周永康的惡行。

中紀委調查王立軍、薄熙來和海伍德

中共中紀委對薄谷開來、薄熙來的調查,是和對王立軍的調查同時進行的。當時薄熙來想藉治理重慶之際,抓住原任重慶市委書記賀國強和汪洋的把柄,以便為自己撈取政治資本。在文強案、李莊案上,谷薄二人展示的黑心手法,讓時任中紀委書記的賀國強非常氣憤,於是在公心私心的結合下,加上胡溫也通過全方位的圍堵,迫使重慶在「唱紅打黑」方面不要做得太出格,還有傳說中令計劃等人對 18 大的人事密謀等因素,於是,中紀委用了非常強硬的方式調查此事,海伍德都被中紀委約談了幾次。

第二節

大連屍體廠驚天黑幕

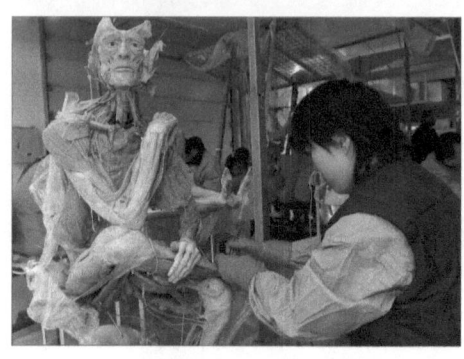

海伍德幫薄家向海外轉移貪腐資金和洗錢的同時，還參與了薄谷夫婦盜賣人體器官和屍體的罪惡勾當。圖為大連一屍體加工廠。（AFP）

　　2012 年 8 月 9 日，安徽合肥中院用了七個多小時審理薄谷開來、張曉軍故意謀殺英國商人海伍德案，並於 20 日宣布判決結果。與當年審判江青用了六周相比，同樣的「世紀大案」卻被演成了兒戲。儘管官方竭力把薄熙來、王立軍、薄谷開來一案切割成三個孤立的案子來淡化處理，但國內外媒體和民眾卻看得很分明：薄谷開來殺海伍德的背後，還有驚天黑幕被掩蓋著。

薄谷開來被審判 器官屍體案震驚全球

　　8 月 9 日谷案一審還沒結束，海內外已經噓聲一片了。身為殺人重犯，薄谷開來竟沒有穿囚衣、帶手銬。人們質疑，她殺人僅僅是因為海伍德寄給薄瓜瓜的一份電子郵件中有恐嚇的話語「你會被毀滅」嗎？海伍德身在英國，能綁架在美國讀書的薄瓜

瓜嗎？何況海伍德自己跟中國籍的妻兒都生活在薄家的眼皮下，靠薄家發工資呢！

說這場審判為兒戲是有根據的。英國《電訊報》引述知情人的話說，谷案審判是經過反覆精心排練的，兩名中國官員甚至穿上西服模仿兩名被邀請的英國外交官，以訓練谷在眾人審視下如何舉手投足⋯⋯儘管如此，還是有旁聽者在網上洩密說「看見她的手在抖」。

據多家外媒報導，海伍德幫忙管理薄家在海外 60 億至 80 億美金的資產。稍微有點常識的人都不相信，谷這樣一個想「幹大事」的女能人，會為了一點錢而親手殺死一個健壯的外國男人？這背後一定有經濟之外的其他黑幕。

果然如此。就在谷案開審的同一天，全球最大新聞集團《大紀元》中文網站，獨家揭密了谷案背後的血腥黑幕：海伍德幫薄家向海外轉移貪腐資金和洗錢的同時，還參與了薄谷夫婦販賣人體器官和屍體的罪惡勾當。在國外情報機構和中紀委的緊密調查下，薄谷夫婦密謀殺人滅口，於是海伍德被殺。後來王立軍與薄熙來出現裂痕，谷又想殺王，這才導致王立軍夜逃美領館，引發中南海巨大的政治海嘯。

《大紀元》的報導一傳出就在海內外引起巨大震動，大陸民眾、特別是大陸良心知識分子，紛紛公開站出來譴責大連的屍體加工廠。幾天內，推特、論壇上關於屍體展黑幕的帖子一浪高過一浪。8 月 15 日，大陸推特上出現一個帖子，上面是美國一家屍體展覽公司的免責聲明，說其展出的屍體都是中國人，而且他們都不知道屍體的來源。此帖一出，激起華人世界的極大關注，在網路上迅速熱傳。

美國公司的免責聲明：屍體來自中國警方

在美國舉辦「人體展覽」（Bodies The Exhibition）的展覽承辦方「第一展覽公司（Premier Exhibitions）」，2008 年 5 月其網頁上刊登一份免責聲明。當時這個公司在紐約舉辦屍體展，遭到很多美國民眾的強烈抗議。紐約總檢察長調查後，責成第一展覽公司公開向民眾聲明其屍體來源，該免責聲明不但免除了展覽公司的責任，也免了紐約警察的責任，但把疑問留給了公眾。

聲明全文如下：「人體展展示的中國公民或居民的遺骸來源於中國警方。中國警方可能從中國監獄獲得。第一展覽公司無法獨立證實他們不屬於來自於中國監獄被處死的人。」

「展覽的全身屍體以及人體各部分、器官、胎兒和胚胎來自於中國公民或中國居民的屍體。有關您正在觀看的人體各部分、器官、胎兒和胚胎，第一展覽公司完全依賴中國合作夥伴的稱述，我們無法獨立證實他們不屬於中國監獄被處死的人。」

這個聲明一下把全球的注意力轉向該公司的中國合作夥伴「大連醫科大學生物塑化公司」。免責聲明明確表示，屍體來源於中國警方，並暗示有的屍體並不屬於死刑犯。這份含糊其辭的聲明當然受到中國民眾的強烈關注，人命關天，假如屍體不是死刑犯，那會是誰的呢？

大連屍體加工廠與薄谷開來的關係

美國第一展覽公司在 2007 年的一份文件中顯示，屍體來源和大連醫科大學的教授隋鴻錦直接有關。隋鴻錦的人體展在美國

是由第一展覽公司代理。這家公司不僅經營人體展，同時還在網路上出售塑化的人體和人體器官。網上顯示一張屍體展的門票大約 20 美金。

大連至少有兩個屍體加工廠，一個是由德國人獨資興辦的，一個是由華人隋鴻錦創辦的「大連醫科大學生物塑化公司」。

前者是 1999 年 8 月江澤民開始鎮壓法輪功一個月後，在薄熙來、薄谷開來的批准下成立的中國首家屍體加工廠，當時隋鴻錦擔任這家德資公司的工廠經理。1994 年隋曾赴德國師從該公司老闆學習生物塑化技術。一年後隋鴻錦獨立出來成立了新的屍體加工廠，兩家工廠變成競爭對手的關係。前者一直聲稱其屍體來源不是中國人，後者卻公開說所有屍體都是中國人捐獻的。

那個德資企業曾以八個不同的展覽在全球展出，展出的全屍至少上百具，2006 年一年觀眾就達 1400 萬人次，獲利近 10 億美金。

1965 年出生的隋鴻錦在其博客中轉載了一篇《中國經營報》的文章來自我介紹說：「2002 年 6 月，隋鴻錦走上了自主創業之路。同年，他建立了中國第一個生物塑化研究機構——大連醫大生物塑化有限公司。2004 年隋鴻錦教授成立了大連鴻峰生物科技有限公司，2006 年他們引入港資，成立中港合作企業。」

隋鴻錦的屍體展有各種不同的名稱，除在美國等地舉辦外，2004 年 4 月 8 日至 5 月 25 日，還在北京中國建築文化中心首次展出，展品包括 17 件完整人體標本和近 200 件人體器官標本，門票為 50 元人民幣，學生半價。雖然報導裡吹噓展覽如何受歡迎，但實際情況恰恰相反。直到 2007 年底他們才在成都舉行第二次巡迴。

給屍體獻花的谷女士

新浪網 2004 年 5 月 6 日的一篇報導中提到一位谷女士的事：「昨天，『人體世界』科普展覽收到了一份意外的禮物———一位前來參觀的女士特意帶來的一束紅玫瑰。她說，這 17 朵玫瑰花是獻給正在展出的 17 具人體標本的，以表達作為一名普通參觀者對生命的尊重。」

「這位獻花的女士姓谷，家住北京。在進門的時候，她把花交給了門口的工作人員。工作人員起先還以為她是寄存，就告訴她說鮮花可以帶進去，這時谷女士才說鮮花就是送給展覽的。」

「谷女士獻花的舉動使塑化人體標本的製造者、大連醫科大學解剖學研究室副主任、大連醫大生物塑化公司總經理隋鴻錦博士大受感動。『這是本次展覽從 4 月 8 日在京開展至今收到的第一束鮮花，也是據我所知此類展覽在世界各地展出以來收到的第一束鮮花。』」

從照片上人們無法斷定這位谷女士與薄谷開來是否同一人，不過薄谷開來眼看屍體展不能吸引人來看，親自出馬製造新聞，這是非常可能的，因為她此前就顛倒黑白地製造過很多虛假新聞，如《我給馬俊仁當律師》、《勝訴在美國》等，都是騙人的謊言。

隋鴻錦的話還道出了一個實情：屍體展即使在國際上也沒有真正受到過歡迎。2002 年在倫敦的人屍展覽大廳裡發生了兩起襲擊展品的事件。一位 50 來歲的男子手持鐵鎚，將一具正在展出的屍體打翻在地。那個男子一邊砸，一邊喊，罵這個展覽是對人類的「猥褻」，「喪失了體面」。世界各地很多人看了展覽都覺

得不舒服，有的人非常噁心，據說剛開始時，平均每天都有人因為噁心而暈倒。

大連屍體來源成謎

關於屍體的出處，隋鴻錦說，用來做標本的屍體全部是利用醫學院校原有的屍體來源，是通過有關部門合法渠道提供給醫科大學用於醫學解剖實驗的，基本上是自然死亡、無主或被棄屍體。

這個說法與美國第一展覽公司的免責聲明矛盾。一個說來自醫院，一個則說來自警方。

《新紀元》周刊在 2012 年 8 月 16 日出刊的 288 期報導中指出，薄谷開來故意鑽法律空子，把「最高法院關於執行《中華人民共和國刑事訴訟法》若干問題的解釋」裡面的 348 條肆意亂用。這條說，法院執行死刑後，「（二）通知罪犯家屬在限期內領取罪犯屍體；有火化條件的，通知領取骨灰。過期不領取的，由人民法院通知有關單位處理。對於死刑罪犯的屍體或者骨灰的處理情況，應當記錄在卷。」然而，中共的法院從來拿不出屍體捐獻展覽的記錄。

揭露中共活摘法輪功學員器官的瀋陽老軍醫曾說，他經手的所謂法輪功學員自動捐獻器官的捐獻書上，都是同一個人的簽名筆跡，中共編造所謂的捐獻書，能夠欺騙國際上想從屍體展牟取利益的商人，但卻無法真正掩蓋真相。每年全中國的死刑犯才 1000 多人，而大連屍體加工廠一次就被發現 600 多具屍體庫存，這些屍體的不明來源足以讓每個人深思。

有大陸網友評論說，一個人遭受了不公而去上訪，結果被殺

了不說，還被偷盜了器官，遺體都得不到安寧，這樣的命運有可能降臨到我們每個人身上，「我今天要是不吶喊，那我就不是人，而是幫凶了。」

東方文化並不輸西方

對於生死與身體，東西方人的觀點大不相同。在生死兩分的西方宗教思想中，死後一切歸於上帝，加上法國哲學家笛卡兒提出的「身心二元」學說，身體更被視為一種工具，所以西方捐獻遺體、捐獻器官、獻血的人比較多。

然而，在「祭神如神在」、「身心合一」的東方文化裡，身體是一種身、心、靈並存的媒介，祖先死後魂魄依然常相陪伴後代子孫，因此必須全屍厚葬，民間更認為先人的屍體要是遭到侵害，不僅會託夢告囑，還會影響子孫運途，這也是風水學的主要部分。在中國古代，一般死刑犯只採用絞刑（上吊）或令其服毒自盡，只有罪大惡極的才會被砍頭或五馬分屍，但最後也會把身體各部分縫合在一起埋葬。即所謂死要全屍。死者與生者只是陰陽相隔，都是要尊重的。

大陸人盲目崇拜西方實證科學，而西方越來越多的人卻發現，中國人掌握的人體知識比西方人要先進幾千年，比如經絡學說，中國在幾千年前就發現人體有解剖看不到的、能量通過的經絡，奇經八脈等，而西方直到最近幾十年才認識到這一點。現在西方科學發現，人腦的90％都沒被利用，或者說，人腦用途的90％都是西方科學無法探測研究的，而中國古人對「第六感官」的認識，對生命在陽間死亡後進入陰間的認識，就比西方豐富很多。

　　對於不認知的事物我們是沒有資格去評價的。我們不能說，中國人不捐獻身體就是愚昧落後，因為真實情況比這複雜得多。即使在西方，也沒有多少人願意把自己的身體切割成各種碎片、加工成各種形狀、擺弄成各種姿勢而供活人觀賞的。德資公司老闆的說辭中稱，他有一萬多人願意死後捐獻身體的名單，其中有一千人已死亡，但他從中得到的屍體也就幾百具。

孕婦母子屍體受質疑

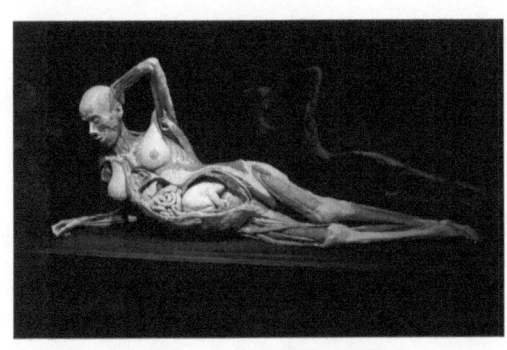

廣泛遭到國際輿論質疑和譴責的屍體標本。孕婦不可能被做死刑處置，那麼這具標本從何而來？（AFP）

　　屍體展覽還挑戰了人類傳統道德觀念。其中最受爭議的是一名年輕孕婦和她肚中八個月大胎兒的真人標本。據德資公司老闆稱，這是他妻子的朋友捐贈的，但有觀眾從死者的骨骼、體型、顴骨推測那是中國人，儘管塑化技術能把亞洲人的鼻梁整容成歐洲人模樣。按照中國法律，懷孕的婦女哪怕犯下死罪也不能處以死刑，因為她腹中的孩子是無辜的。懷孕婦女和在哺乳期的婦女也不能判勞教。因此說這具標本來自中國警方，也是解釋不通的。

　　那麼是否來自醫院呢？即使母親生病、面臨死亡，醫生也會

在她死前把孩子剖腹救出來，即使是車禍死亡，家屬也絕不會允許用自己的兩個親人做人體標本。誰家的丈夫，誰家的父母，會忍心讓妻子、讓女兒、讓孩子以這種方式站立在世人面前呢？

而中共鎮壓迫害法輪功 14 年以來，在江澤民對法輪功學員「肉體上消滅」、「打死算自殺」、「不查身源直接火化」等滅絕政策肆虐下，確實有不少懷孕婦女被迫害甚至致死的案件。

2003 年 8 月 4 日，在第 55 屆聯合國人權委員會上，專題發言人指出：「在勞教所，惡警對法輪功女學員說：『妳說妳忍，我強姦妳，看妳忍不忍？』他們當眾扒光女學員的衣服毒打；用鐵絲穿乳頭；用多把牙刷插刷陰道；用電棍電擊乳房和陰部；在馬三家勞教所，18 名女學員被扒光衣服推入男牢遭受摧殘；為將一位懷孕七個月的婦女送勞教，惡人將嬰兒害死於母腹，這位孕婦也即刻被送勞教……。這種野蠻的迫害每天都在中國發生。」

黑龍江萬家勞教所裡，一名懷孕約七個月的孕婦，雙手被警察綁在三米高的橫梁上，然後墊腳的凳子被蹬開，使其整個身體懸空，粗繩子一頭連接掛在房梁的滑輪上，一頭在獄警手裡，手一拉，人就被懸空吊起，一鬆手人就急速下墜。這位孕婦就這樣在無法言表的痛苦下被折磨到流產。更殘忍的是，警察讓她的丈夫在旁邊看著他妻子受刑。（詳見明慧網 2004 年 11 月 15 日對在萬家勞教所遭受一百多天酷刑的王玉芝的採訪報導）

在光天化日下勞教所都會發生這樣的暴行，那麼被祕密集體關押在醫院地下室的法輪功學員，中共還有什麼事幹不出來的呢？

第三節

官方不敢公布的薄谷罪行

在中紀委掌握的薄熙來犯罪檔案中，活摘器官、販賣屍體這一滔天罪惡被深深掩蓋。（大紀元合成圖）

　　這些年，大連已經成為中國最大的屍體加工基地。那些「便宜」的屍體到底是從哪來的呢？按照中國法律規定，不能買賣屍體，哪怕是死刑犯的身體未經允許也不可隨意使用。即使有人向醫院捐獻了遺體，也只是同意把身體捐獻給醫院供教學用，而不是拿來製成商業標本到處展覽。毫無疑問，假如中國的法院、警察、醫院、殯儀館，參與了人體的非法買賣，那他們都是有罪的。

薄谷開來做事特點：親力親為

　　《新紀元》報導過有人發現遼寧丹東一農家小院有 30 具屍體，老闆是個長得不錯的 40 多歲女人；而在北京第一個屍體標本展覽時，那個自稱「谷女士」的短髮中年婦女專程去獻花，之

後還被報導出來，間接鼓勵大家看屍體展覽。兩件事難道沒有聯繫麼？

媒體尚無法確認這兩個女人是否都是薄谷開來，但很多人發現，薄谷開來做事有個令人驚訝的特點：喜歡親力親為。很多事原本可以交給別人做的，她卻一人包攬，親自去做，無論是給馬俊仁打假官司，還是謊稱勝訴在美國，哪怕是處理薄熙來的二奶張偉杰，薄谷開來也是親自到看守所以律師的身分審訊了張，隨後下令「處理」了她。最有力的佐證就是親自殺死英國人海伍德。

現在回頭看，薄谷開來的很多事都是有預謀、有計畫親自去做的。比如為了掩蓋充當第三者、破壞軍婚的事實。薄谷開來公開對大陸媒體說，她是陪中國著名藝術家傅天仇去金石灘考察時，才第一次見到薄熙來，看到他那麼勤奮地工作，她被感動後才和他談戀愛的。不過，海外很多報導已經證明那不是真的，早在北大期間兩人就談戀愛了，甚至薄谷開來還因此做過人工流產。

那薄谷開來陪傅天仇去金縣幹什麼呢？據《新紀元》調查，她是為了幫助薄熙來建成金石灘旅遊區，而親自出面陪同年近八旬、中國最高級別的雕塑家到金石灘，鑒定那裡的石頭是否具有觀賞價值。

金石灘原名涼水灣，雖然海水澄澈凝碧，沙灘柔軟金黃，礁石生動奇特，但卻是金縣最窮的鄉鎮。不會搞農業的薄熙來想依靠旅遊業搞政績，於是他動用一切關係推廣金石灘，跟中央美院一點不沾邊的薄谷開來專程請來傅天仇，想利用他的名氣宣傳這個窮鄉僻壤。

2012 年 2 月，作家徐鐸在大連《海燕》雜誌上發表了長篇回

憶文章《金石灘，永遠的黃金海岸》。那時薄熙來不但利用關係在《半月談》雜誌上用「鄭重」的筆名發表風景照片，還請來很多中國知名文人、藝人，要求他們每個人為金石灘題詞作詩、給景點命名等。在 100 多個景點中，薄熙來親自命名的就有「貝多芬頭像」、「刺蝟覓食」、「大鵬展翅」、「仙人肘」、「神龜尋子」等。傅天仇認為，金石灘是神做的雕塑，「神力雕塑」一詞還寫進了他主編的《美術大辭典》裡，他多次到金石灘，為金石灘地學美學大會的召開奔走呼號。

當時薄熙來待在遼寧，薄谷開來就在北京幫他「公關」。

一年後，薄熙來得到了胡耀邦、江澤民、張愛萍等十幾位高官給金石灘的題詞。薄熙來還下令讓 20 多萬金州人到金石灘植樹，由於風高浪大，土質鹽鹼高，樹種了一茬又一茬，死了再栽，不計血本地投入。

相對而言，讓金石灘充滿「文學之美」、「藝術之美」，就比種樹等硬件容易，於是那時的薄谷開來跟大連文藝界人士走得很近，通過他們，邀請了莫言等一大批作家歌頌金石灘，很快就讓金石灘有點名氣了。

徐鐸寫道：「許多人不知道，1985 年的春節，薄書記與愛人一起回到北京過年。就在大年初三這一天，薄熙來與愛人一起推著自行車手裡提著糨糊，拿著金石灘的招貼畫，走到顯眼處，就貼上一張。招貼畫上是一行醒目的大字：『百聞不如一見，一見必遊金石灘』。在北京，旅遊局的同志們看到了這一幕……」薄、谷二人的「親力親為」還讓不少人感動。不過，假如親力親為幹的是殺人的勾當，那就令人唾棄了。

薄熙來扶植下 大連成中國最大屍體塑化加工基地

大連是中國最早出現屍體塑化加工的地方，全世界沒有哪個城市像大連那樣具有兩個大規模的人體加工廠，用德資廠老闆馮·哈根斯的話說：「這是得到當地政府大力支持的。」

儘管德國籍塑化技術發明人馮·哈根斯的兒子魯力克否認他父親和薄熙來有私交，但人們看到的事實是：1995年至1999年間，哈根斯多次訪問大連。之後，其在大連投入2500萬美元，創辦了中國第一家生物塑化公司。

中國大連有媒體報導，大連市長薄熙來授予德國醫生哈根斯榮譽市民稱號。

那時想在大連高新技術開發區投資的外商很多，許多外商找到了成功投資的「訣竅」：只要聘「谷開來律師事務所」為投資諮詢顧問，只要薄谷開來肯收下價值不菲的顧問費，那自己的投資就能得到大連官方的批准。

那時，薄谷開來一般對前來諮詢的公司每家每年收取50萬人民幣的諮詢費，光這一項薄谷開來每年就能為薄家掙來數千萬的收入。不過據說薄谷開來在投資方面很有眼光，她推薦的生意大多能掙錢，薄熙來的死黨、財政管家徐明的發家史就是個例子。

1988年徐明第一次見到薄谷開來時，谷剛剛違規開設了她的律師事務所，而那時的徐明還只是個靠漁業掙錢後想搞建築工程的包工頭。由於徐明看準這位區委書記、新任副市長夫人「枕邊風」的效力，他一次就給了薄谷開來50萬人民幣的諮詢費，谷隨後也真的給他指明了「錢進道路」。

短短十多年裡，徐明從建築業改行成立大連實德機械工程公

司，1995 年又轉型到化工建材業，2000 年又收購了萬達足球俱樂部，同時開始向石化產業轉型，同年還成立了生命人壽保險公司，2001 年入股大連商業銀行，涉足金融業。

依靠薄谷開來的這些「成功運作」，昔日一文不名的窮小子變成了大富豪。2011 年在胡潤發布的《東北財富報告》中，徐明以 130 億元資產位列第五。對於薄谷開來「高瞻遠矚」的創業能力，徐明佩服得五體投地，當薄谷開來到歐洲旅遊時，他帶著十萬美元現鈔陪同，令旁邊的人很詫異。

薄熙來對妻子的「才智」也佩服有加，言聽計從，甚至不惜在兩會上公開向全世界宣布他對谷的「感謝」，據說薄的「唱紅打黑」就是谷開來一手策劃出來的。

1999 年 8 月江澤民到大連，薄熙來夫婦為討好江澤民，做了「要積極鎮壓法輪功才能有提升機會」的政治定位，之後大連監獄關押了大批法輪功學員，包括大批外省市去北京上訪而被捕的法輪功學員。

一個月後的 1999 年 9 月，哈根斯從薄熙來手中接過「星海友誼獎」，薄市長還授予他「大連榮譽市民」稱號，不久大連醫學院還聘請他為「客座教授」。在大連建市百年活動及第 11 屆服裝節期間，哈根斯還成為市政府特邀嘉賓參加慶祝儀式。

在外商雲集的大連，哈根斯為何如此頻繁地得到薄熙來的「禮遇」呢？而且哈根斯很快建了屍體加工廠，大連高新技術開發區批准其在七賢嶺建廠。

《瞭望東方周刊》深入調查哈根斯大連屍體加工廠

2003 年 11 月和 2005 年 10 月，《瞭望東方周刊》女記者于

津濤先後兩次深入調查了哈根斯在大連的屍體加工廠，發現從1999 年 8 月到 2003 年 11 月，該廠從國外進口屍體八個批次（平均每個批次進口上百具屍體），出口五個批次（沒有出示出口屍體的數量，因為除了完整的塑化標本外，還有很多器官，人們也無法統計是否進出量相當）。第一次採訪後該廠沒再進口屍體，只是出口兩個批次的塑化標本，但數量不詳。

2003 年大連市經濟技術開發區檢驗檢疫局一位負責人對於津濤說：「上百具浸泡在福馬林溶液中的屍體從大連海關入境？絕不可能！」哈根斯的回應則是他們有海運、空運兩條路徑，也並不僅僅從大連市進出口。針對哈根斯公司未拿到衛生部及國家質檢總局的出入境批文，就得到了十多次「出入境貨物通關單」，遼寧省出入境檢驗檢疫局的解釋是，「國家 230 號文件是 2003 年 8 月 26 日下發的，在此之前沒有此規定。」

不過此說法不成立，按照中國海關管理條例，凡是生物製品的進出口一定要經過檢疫局批准，出過國的人都知道，為了防止傳染病的擴散，國與國之間，別說人體了，動物、植物（包括植物種子）都不准隨便進出口，必須經過檢疫局驗證沒有傳染病。230 號文件只是再重申了一次而已，而且 230 號文件是 2003 年 8 月 6 日下發的，不是 26 日。

2005 年 9 月，遼寧省出入境檢驗檢疫局衛生檢疫處處長李建訓對於津濤說：「你們的報導出來後，2004 年中國新年前後，國家質檢總局、衛生部相關主管部門下派了一個調查組，對哈根斯公司的生產、產品進出口等環節進行了調查。」文章沒有說這個國家級別的調查結果如何，比如哈根斯不是從大連進口的屍體，那是從哪個城市進口的？哪些海關官員放行的？都有哪些批文？

　　誰能抗衡國家質檢總局的調查呢？答案很清楚，一定是在大連有實權的頭號人物，而薄熙來正是這個難脫干係的人物。

　　不過有人進一步調查發現，哈根斯公司的屍體可能不都是從國外進口的，而有直接在大陸收集的，這裡面聲音最大的是德國雜誌《明鏡》2004 年的報導。

德媒《明鏡》：哈根斯、隋鴻錦密電曝光

　　2004 年，《明鏡》周刊記者花了幾個月的時間發表了調查報告《與死亡交易》，其中呈現了不少證據顯示，哈根斯公司的很多屍體來自於中國大陸。不過，由於該雜誌在其網站的一個新書預告中措辭不嚴謹，被哈根斯公司提告，《明鏡》對此道歉，但對《明鏡》記者的調查，該雜誌保留其真實性，哈根斯公司對此也沒有提出異議。

　　《明鏡》文章稱，2001 年 12 月 29 日，哈根斯的郵箱裡收到一封加密郵件，發件人是他的大連工廠的總經理隋鴻錦。隋鴻錦向他的老闆報告：「獲得兩件新鮮的屍體，很高的質量，今天早晨到達公司。」隋另外提到：「這兩具屍體的肝臟幾個小時前，在醫院被摘除。」

　　德國記者通過現場調查還指證說：在哈根斯的三個「死亡工廠」中，僅大連的屍體工廠截止至 2003 年 11 月就庫存了共 647個已完工的完整標本屍體，3909 個肢解屍體部分如：腿、手、陰莖，另外還有 182 個胚胎、胎兒和新生兒。

　　哈根斯還從隋鴻錦那裡收到一張「完整屍體價格表」，發現在中國購買屍體的價格比他想像的更貴。在一個註明八個城市價

格列表中，重慶「第三軍醫大學」屍體報價為 308 歐元（約 3000 元人民幣），最便宜的是位於四川南充的川北醫學院，價格為 254 歐元（約 2000 多元人民幣）。2003 年 8 月 5 日，大連的一位經理克里斯蒂娜（Christina Bannuscher）向哈根斯彙報，還有 446 公斤沒有使用價值的肢體需要火化。克里斯蒂娜稱火化費用相當於約「七具屍體」的費用，共 1700 元，這樣算來，到 2003 年該公司每具屍體的價格僅為 242 歐元。

對於屍體來源的質疑，哈根斯公司曾多次把一些媒體告上法庭，並在法庭上拿出了全套捐贈資料，證明他們用來展覽的人體都是捐獻的，都有合法的捐贈證明。

隋鴻錦在大連的「大發展」

在大連，哈根斯 1999 年成立的生物塑化公司，與隋鴻錦 2002 年創辦的大連醫科大學生物塑化有限公司（後更名為大連鴻峰生物技術公司），兩家公司咫尺之遙，都設立在大連高新技術園區內。按城市規劃的常理，一山容不下二虎，在同一個城市批准成立兩個類似企業來競爭，這種情況很少見。這說明一是大連屍體行業很興旺，二可能是為了「扶持民族工業」。

據大陸公開報導，在短短幾年裡，鴻峰公司在海內外做屍體展覽，觀眾達 2000 萬人次，超過了哈根斯公司。官方沒有透露鴻峰公司的盈利情況，不過據說隋鴻錦從一名窮教師變成了億萬富豪，還先後獲中共教育部科技進步一等獎、遼寧省科技廳、教育廳科技進步獎多項。2004 年末，隋鴻錦被中國科學院下屬的《科學時報》和科學網評選為「科普十大公眾人物」之一。

不過難堪的是，這兩家公司遭遇了兩次法律訴訟。起因是2008年隋鴻錦接到美國第一展覽公司的電話稱，美國ABC電視台披露了九張死刑犯照片，爆料人自稱是大連鴻峰生物科技有限公司雇員，專門負責幫鴻峰公司在大陸收購屍體。他給出的九張照片清楚地顯示出幾個死刑犯被槍決後的身體處理過程。

2008年2月一篇題為《中共的創收「創舉」——利用死囚犯屍體製作塑化人體標本》的文章在網路上被大量轉載，文章不但有這九張照片，還介紹這位舉報人叫孫德強。孫也證實自己大學畢業後，負責為鴻峰公司收購屍體。

2010年2月，鴻峰生物分別在大連市旅順口區法院和美聯邦法院立案，起訴哈根斯生物和ABC電視台。他們拿出證據稱，孫某從2000年到2009年一直在為哈根斯公司工作。2011年1月22日，隋鴻錦收到了ABC電視台的最終和解文本，ABC也在官網上發布消息，對其原報導的事實真相做出了澄清。2011年7月20日，隋鴻錦在他的博客中寫下了《一封來自大洋彼岸的道歉信》，裡面稱「勞改基金會負責人吳某也終於沉不住氣了。……此次和解談判歷時12個小時，最終吳某不得不在真相面前向我方低頭認錯，並公開發表了道歉聲明。」

不過在中國國內的訴訟卻有所不同。2010年9月，大連旅順口區法院作出一審判決，駁回了隋鴻錦和鴻峰公司的訴訟請求，隋隨後上訴。2012年6月，大連市中級法院作出終審判決，認定哈根斯生物侵權成立，判決該公司賠償鴻峰生物經濟損失450萬，賠償隋鴻錦精神損害撫慰金50萬元。

人們很好奇，誰在幕後幫隋鴻錦打贏這些官司的呢？孫德強的工作單位在兩年後怎麼從鴻峰變成了哈根斯呢？他到底為誰工

作？由於外界無法看到法庭文件，只能假設法庭判決是基於事實的公正決定。

幾個時間和人物的巧合

2012 年 8 月 20 日，正當薄谷開來受審的敏感時期，一則有關屍體工廠的免責聲明在網上被廣泛轉載討論。大陸財經網更把「薄谷開來一審判處死緩」與「屍體工廠」同時放上當天焦點圖片新聞的第四條與第五條；22 日，大陸各大門戶網站同一時間刊載人民網文章《哈根斯公司疑用死刑犯做人體展覽引爭議》，同一天，《南方都市報》對屍體工廠的兩大巨頭：哈根斯公司公關負責人和大連鴻峰公司總經理隋鴻錦進行採訪報導。

《南方都市報》稱，哈根斯生物塑化（大連）有限公司位於大連市高新園區七賢嶺產業化基地高能街 27 號的兩棟廠房，已被雜草包圍，大門上貼著「2012 年 2 月 29 日封」的封條。而不久後這兩棟房子就將被拆，不留一絲痕跡。儘管二審勝訴五個月了，但隋鴻錦還沒有拿到賠償款，因為哈根斯的工廠關門了，銀行帳號裡只有八萬元；最後在保稅區一個隱祕的角落發現了哈根斯還沒來及運走的集裝箱，裡面有一些設備和塑化標本。

哈根斯的公司被貼上封條的時候，正是重慶市副市長、重慶公安局長王立軍 2 月 6 日進入美國總領事館事件後不久。調查發現，王立軍作為薄熙來曾經的得力副手，也和相關「人體應用」有很深關聯。他曾在大陸首次進行「注射藥物後器官受體移植試驗研究」。在《遼瀋晚報》一篇文章中，王立軍還講述親臨摘取器官的過程。2006 年王立軍獲得中國光華科技基金會頒發的「光

華創新特別貢獻獎」，他獲獎的原因之一是在錦州現場心理研究中心搞的數千例「藥物注射後器官受體移植研究」。

專家發現，王立軍做的所謂移植研究，就是研究不同的致死藥物注射液、不同的冷凍液配方、不同條件下，延長用藥物結束生命的死亡時間，從活人身上摘取器官後，如何讓器官在冷缺血狀態下盡量保持新鮮，以便移植進他人身體後，能產生最小的排斥效果和最大的生命力。

因為器官被摘取後，必須在 15 分鐘內冷凍到零下 20 多度，並在 24 至 48 小時內移植到另一人體上。簡單的說，王立軍的研究，就跟當年納粹毒氣室和日本侵華 731 部隊搞的生物實驗一樣，是徹底反人性的罪惡勾當。

就在對薄谷開來被宣判的同一天，大陸網路博客作者「素顏格格」特意前往位於高能街的哈根斯工廠進行探訪，在聊天中，她從當地一名哈根斯工廠前員工口中獲知，「德國老闆跑了，時間應該是去年（2011）的 6 月份。天天有工人到工廠鬧事要薪水，一連鬧了幾個月，但根本找不到人負責。可是鬧到去年 11 月，忽然一天晚上，來了一群人，給了所有工人的工資，連補償都很豐厚，有的工資開到 10 月份。工人一夜之間全部被遣散，只留下幾個工人裝車，僅僅用了兩個晚上，這裡面就全部搬空。而後就開始找人消除這裡的痕跡，地下冷庫什麼的都被砸爛。」

「到了今年（2012）的 2 月下旬，政府忽然出面，收回了這片土地，而後貼上封條。這片土地未來很可能被當做建設用地。但是據這位工人說，原來有很多建築商來看地，但自從哈根斯出名了，一個來看的都沒有。」這位曾在定型車間工作的員工告訴素顏格格，「每天加工的屍體不一樣，有的時候十幾具，有時候

兩、三具。屍體看來各種年齡都有，還有八、九歲的小孩。這裡除了屍體，還加工動物。」

2012 年 2 月王立軍出逃 23 天後，哈根斯在大連的屍體加工廠門被貼上封條。2012 年 4 月，隋鴻錦的生命奧祕博物館從大連旅順開發區搬遷到金石灘，新址展覽面積 6000 平米，是大陸最大的私營博物館，全球最大的塑化標本博物館。

據一位參與薄谷開來毒殺海伍德案審判的旁聽者透露，薄谷開來 8 月 10 日在法庭上突然說了一句耐人尋味的話：這案子「終於讓這黑幕撕開了一角」。到底她指的是什麼黑幕呢？

相對於貪腐、謀反、殺人等「惡人」的罪行，參與活摘器官和人體販賣，涉及的是反人類、反天理的罪行，幹這樣事的人，已經不是人。連禽獸都不會把自己的同類開膛剖肚，更不會以此來展示給同類。能幹出這種邪惡之事，讓世人失去對生命的敬畏，只有魔鬼。

第四節

中共一度洩露薄、谷活摘罪行

　　2012 年 9 月 28 日，就在中共政治局會議決定雙開並審判薄熙來消息傳出之前，大陸民眾驚訝地發現，被官方嚴密控制的微博解禁了「活摘」、「器官活摘」等詞，讓大陸人不翻牆就能看到一些驚人的黑幕。適逢「十一」長假，頓時很多網友聚集在微博上，熱烈討論薄熙來參與活摘器官的罪行。

薄被雙開 微博解禁器官活摘

　　當時在新浪微博用「活摘」二字作關鍵詞查詢，搜索到 4 萬 1756 條結果，用關鍵字「器官活摘」可以搜索到 319 條結果，但關鍵字「活摘器官」未解禁。不過早在 2012 年 3 月 23 日左右的幾天時間內，大陸百度、新浪等搜索引擎一度解禁了「活體摘取器官」等詞，很多大陸人看到了中共活摘法輪功學員器

官的暴行。

　　早在 2006 年 3 月，《大紀元》率先披露了中共利用勞教所、監獄、祕密軍事基地等關押數十萬上訪被抓的法輪功學員的獨家消息。在軍方、政法委和薄谷開來的運作下，大連首先開始從活著的法輪功學員身上摘取心臟、肝臟、腎臟、眼角膜等器官，做器官移植手術，並將屍體用來製作展覽用標本等，從中牟取暴利。國際社會調查稱，至少有四萬多器官來源不明。

　　此前《新紀元》周刊曾撰文分析說，當局這種試探性的解禁是在探測民意，看民眾得知周永康、薄熙來之流參與這一反人類罪行後會如何反饋。結果，網路上譴責聲一片。

　　一位大陸讀者回憶第一次看到這些消息時的感受說：「幾天沒睡著，衝擊太大了，難以想像，難以接受。」這次活摘器官再度部分解禁也讓人們思考：「微博能夠解禁是什麼信號？讓國人逐步知曉以便到時減少衝擊嗎？」「是要變天了嗎？」此前大陸很多雜誌，如《財經》、《南方周末》、《瞭望周刊》等，也公開質疑移植器官來源以及大連屍體加工廠的黑幕，有網友留言說：「不搞清楚屍體來源，我們都有可能成為標本。」

　　這次解禁後，人們還看到 2012 年 9 月 18 日聯合國 21 屆人權會議期間，全球《大紀元》總編郭君和聯合國國際教育發展組織首席代表派克（Karen Parker）博士的發言，他們曝光了中共活摘法輪功學員器官的罪惡，並呼籲國際社會立即對中共進行調查。兩部講述法輪功學員遭遇並獲得國際大獎的影片《自由中國》和《生死之間》，都給與會上百個國家的代表和非政府組織成員帶來極大震撼，他們對此表示了高度關注。

民間器官黑仲介成了替罪羊

如今中共藉大力鼓勵親屬間活體捐獻來模糊人們的注意力，但大陸報導的器官非法買賣案例的偵破也讓官方無法自圓其說。2012 年 8 月 4 日新華社報導說，大陸公安在打擊非法器官買賣過程中，在北京、河北、安徽、山東、河南、陝西等 18 個省市，共打掉出賣人體器官黑仲介團伙 28 個，抓獲犯罪嫌疑人 137 名。新華社沒有公布這些犯罪團伙將多少原本毫無親屬關係的人假冒偽造成具有捐獻資格的親屬，以及共「捐獻」了多少器官。

2012 年 2 月《財經》雜誌發表了題為《198 醫院被曝為黑市手術提供場所》，並對兩名器官黑仲介以及參與活摘器官的醫生周凱章提起訴訟。2012 年 9 月《財經》雜誌還報導了一起涉及 51 顆活體腎臟、買賣金額超千萬元的器官買賣罪行，北京解放軍 304 醫院泌尿科和山東法院也參與其中。

不過，中共目前只把器官買賣罪行的訴訟期追溯到 2011 年 10 月之後，在那之前的罪行就不再追究，而法輪功學員被活摘器官高峰期發生在 2001 年到 2006 年。顯然，中共想藉披露民間器官黑買賣犯罪，來掩蓋發生在 300 多個勞教所、30 多個軍隊祕密集中營、由官方主導的絕大部分活摘器官大罪。

隨著薄谷開來主謀活摘法輪功學員器官的黑幕被《大紀元》等獨立敢言媒體曝光，中共高層意識到，僅拿出民間黑仲介已經無法解釋了，於是薄熙來繼而成為所有參與活摘器官凶手的替罪羊，也就成了中共各派的共識。

揭開薄熙來的活摘罪行當然是明智的，但「捨車保帥」，想把所有屎盆子都扣在薄熙來身上完事，以便應對國際國內的憤怒

聲討，想用一個薄熙來就為所有中共、特別是欠下法輪功血債的江派人馬開脫，那是做不到的。道理很簡單，持續了 14 年的殘酷迫害是江澤民一手發動的，薄熙來只是為了討好江，為求升官發財而走了江澤民期待他走的路，薄再邪惡也只是江的走卒，江澤民、曾慶紅、周永康之流才是活摘器官滔天大罪的幕後凶手。

時事評論員夏小強表示，江派想以這種方式與薄案切割，用江氏面對香港記者發狂時的「名言」來講，就是：「Too simple ！ Sometime naive ！」

七次反覆 習近平下令重判

自 2012 年 2 月 6 日王立軍夜逃美領館，到薄熙來一審被宣判無期徒刑，薄案每一步都驚心動魄、起伏跌宕，極具戲劇性而吸引了全球的目光。有人說，薄案具有了好萊塢大片的所有元素：政變、毒殺、色情、陰謀、內鬥、三角戀、變態、追擊、外交衝突、巨額財產、貪腐、庭審、狡辯等等。如今，當國際主流媒體聚焦薄熙來將如何把「牢底坐穿」、其同謀者周永康將何時被宣判時，回頭再看《新紀元》的報導，每一步的分析預測都成為現實。

《新紀元》一開始就分析了在薄熙來案中，「保薄派」是以江澤民為首的血債幫和毛左為主體，「倒薄派」以胡錦濤、溫家寶、習近平、李克強、王岐山為主體。兩派表面上看勢均力敵，因此在一年半的激烈交戰中，先後出現了七次大的轉折點，這令很多媒體和讀者還「一時轉不過彎」來，跟不上局勢的變遷。

第一次轉折點：溫家寶的兩會答問

2012 年 3 月 14 日第一次交鋒的結果是由鬆變嚴：王立軍出逃後，薄熙來還去雲南拜訪 14 軍，還去滇池餵紅嘴鷗，而且還參加了兩會，重慶代表團還舉辦了記者招待會，會上薄熙來還聲稱有人故意朝他潑髒水，薄谷開來早就為他犧牲了事業，在家當家庭婦女，兒子留學全部靠的是獎學金，自己如何清白等。當時很多人認為薄熙來平安無事了，周永康還專門去看望重慶代表團，力挺薄熙來。哪知 3 月 14 日溫家寶在外國記者招待會上一直回答問題不休息，直到西方記者問到王立軍事件才肯結束提問。溫家寶強調中央要徹底調查重慶事件。第二天 3 月 15 日，薄熙來就被解除了重慶市委書記職務。

第二次轉折點：5 月京西賓館會議

然而到了 5 月京西賓館會議後，薄案又出現第二次轉折：由嚴到鬆。因為溫家寶的倒薄建議遭到中共退休大佬們的反對，而且中國經濟出現「硬著陸」的危機，於是，一心想平安交接的胡錦濤決定放薄熙來一馬，縮小打擊面，凡是參與薄案政變的人，只要公開切割，就不再追究，薄案也盡量留在 18 大後從輕處理。

這下薄熙來黨羽、特別是政變主謀周永康、曾慶紅樂壞了。9 月 3 日，周永康高調到合肥中級法院「調研」，並在海外中文媒體放風說「谷開來沒有殺海伍德」，「薄熙來同志一定會看到太陽出來的日子」。一時間，保薄派大舉反撲，特別是周永康指使各地政法委藉釣魚島事件，煽動抗日遊行，為薄熙來翻案。很

快「九一八」遊行變成了打砸搶暴動。不過這個陰謀被胡錦濤溫家寶識破，9 月 28 日薄案出現第三次轉折：由鬆再變嚴，因為胡溫意識到，不懲治薄熙來，今後誰都可以跳出來挑戰中共中央。

第三次轉折點：9 月 28 日政治局會議

這其中感受最深的當然是「未來新君」習近平。從 9 月 1 日開始，習神祕「失蹤」了 14 天。習近平之所以撂攤子，是因為他看到了如果讓薄「軟著陸」，薄黨以及毛左會隨時跳出來炸傷他習近平，於是習提出要辭去中共接班人的安排。

習近平的辭職如同一顆炸彈，炸亂了中共高層，各派不再爭執，經過各方的討價還價，最後按照習近平的要求，在定下 18 大時間表的同時，於 9 月 28 日宣布開除薄熙來黨籍和公職，並稱薄犯下七大罪，徹底結束了薄的政治生命。懂政治的人都知道，從開除黨籍那天起，薄熙來已經是隻死狗了，他無論在後面庭審中如何演戲，都是徒勞的，「也只剩餘生」苟延殘喘了。

9 月 28 日，聯合國人權會議上，世界各國紛紛譴責活摘法輪功學員器官是人類無法容忍的罪行時，江澤民發現再繼續挺薄，自己也會跟著搭進去，於是江馬上改變態度，力圖與薄切割，斷臂求生，江派媒體也馬上放風說，江澤民也認為薄熙來犯下「反人類罪，突破了人類底線」，應該嚴懲。9 月底，大陸網路一度解禁對「活摘器官」的封鎖，民眾能看到薄熙來參與活摘的罪行。

然而，周永康、薄瓜瓜之流並不甘心被拋棄，他們拚命做最後的掙扎，於是薄案出現第四次轉折，再度由嚴變鬆。

第四次轉折：《紐約時報》的攻擊

2012 年 10 月 26 日，《紐約時報》拋出了「溫家寶家族貪腐 27 億美元」的重型炸彈，雖然海外的人都知道這裡面很多不實之詞，是故意編造謊言詆毀政治對手，但很多大陸百姓卻相信了。就在 26 日當天深夜，儘管胡溫馬上通報薄熙來被立案偵查，並送進了秦城監獄羈押，但中南海高層見識了什麼叫亡命徒的垂死掙扎。

周永康作為中共情報頭子，對幾個常委以及家屬在過去十多年的所作所為瞭如指掌，因為他一直指使手下監視、偷聽和祕密記錄他們的一舉一動。這就出現一個矛盾：一旦把周永康逼急了，周會利用他控制的海外媒體，把所有這些醜聞曝光出來。如此，中共用幾十年謊言塑造的「偉光正」形象不就徹底毀了嗎？中共統治的合法性也就隨之喪失了。

按照薄熙來的罪行，他害死了那麼多法輪功學員，判他死亡幾百次都不冤枉的，儘管當時海外輿論一直呼籲要判處薄熙來死刑，至少判處死緩，但為了保黨，中南海屈服了。

於是人們看到，2012 年 11 月 8 日，胡錦濤在中共 18 大開幕式上講話，不但多次提到「毛澤東思想」，「堅持四項基本原則」，還首次提出了「既不走封閉僵化的老路、也不走改旗易幟的邪路」。由於有了毛左的共同語言，人們開始猜測胡錦濤是否會從輕處理薄案，令薄案出現第四次轉折。

第五次轉折：薄周政變令高層震驚

不過，到了 2013 年 3 月中共兩會上，薄案又出現由鬆再嚴

的跡象。當時不斷有中共高層給海外媒體爆料，說中紀委已經從薄熙來北京的家中搜到 2270 萬元人民幣，而且得到薄熙來的金主徐明的供詞，大量證據顯示，薄熙來確有奪取中國最高領導權力的圖謀，薄案查出的一些問題令胡溫和習李王極為震驚。薄黨不但有政綱、步驟，甚至也有財源策劃和長遠新聞宣傳綱領，在軍中也和部分將領達成某種默契共識。當時就有跡象顯示，薄案可能從一般貪腐問題，升級到政治問題。這是薄案的第五次轉折。

第六次轉折：濟南起訴只有三項小罪

然而到了習近平、李克強、王岐山開始推行他們政策的半年裡，特別是在為李克強的經濟改革開路「打老虎」的過程中，習李王三套馬車無論如何想往前跑，但遇到的阻力之大是他們沒想到的。首先是習近平想廢除勞教制度的想法被江派張德江的人大給拖延否決了，王岐山讓他掌控的《財經》雜誌推出兩萬字的調查報告《走出馬三家》，也被江派劉雲山的中宣部定性為「不實之詞」，兩派矛盾十分尖銳。

眼看矛盾越來越突出，為了防止左派與右派的嚴重分裂和對立，最後出現蘇聯共產黨那樣的土崩瓦解的局面，於是習近平似乎有了一個「左擁右抱」的折中想法：既不否定前 30 年，又不否定後 30 年，哪怕這前後 30 年是根本對立的。

於是人們看到，原本在 2012 年 9 月 28 日宣布薄熙來犯下七大罪，並含反人類罪行，但到了 2013 年 7 月濟南中級法院提出的公訴書上，只剩下了涉嫌受賄、貪污、濫用職權三項罪。這就是薄案的第六次轉折：從嚴再變鬆。這從《新紀元》報導習近平

與薄熙來達成的三大協議中可以看出，官方想輕判薄熙來。

第七次轉折：薄翻供引來重判

然而等到了鄧小平生日那天的庭審法庭上，薄熙來翻臉不認人，薄用詭辯術否定所有控訴。儘管薄否定不了事實，但薄的翻供演出，大大貶低了中央的權威性，令習李王非常沒有面子，於是，官方把原定的 15 至 20 年的刑期，變成了無期徒刑，這可以說是薄案的第七次轉折：到了溫家寶生日那天，薄熙來被宣判在遙遙無期的牢房裡「日薄西山」。

接下來也許還有第八次、第九次轉折，因為薄熙來在重慶審判李莊律師時，提出要「追加審判遺漏的罪行」，因此不排除官方在今後追加他的其他罪行，或因其檢舉揭發周永康、江澤民有功，而改變刑期。

很多人根據中共官場潛規則和薄熙來的性格分析說，假如一審前薄熙來就坦白了，還檢舉揭發他人，那上面的人就不會保他，等一審後發現他期待的人沒有保他，薄熙來一定會反撲，檢舉揭發很多人，按照黑幫規矩來看，你們不救我，就別怨我不講哥們義氣了。而且薄熙來深知習近平最想要的檢舉揭發是什麼，只要把周永康、江澤民這些大老虎檢舉揭發出來，薄就能自救。從周永康的眾多親信被相繼除掉來看，民憤極大的周永康在劫難逃了。

據香港媒體報導，薄案開庭前，薄家已放風，假如判刑太重，不排除「爆大鑊」（放出猛料）。從此角度看，法庭在判決書上牽扯到江系大佬江澤民，也就不是偶然的了。

第八章

周永康、江澤民的罪行

積極配合江澤民鎮壓法輪功，周永康、薄熙來、薄谷開來等人都參與了活摘法輪功學員及販賣法輪功學員遺體的罪惡。（大紀元合成圖）

第一節

周永康殺人網在美國曝光

在習近平 2012 年 2 月 13 日訪美期間，王立軍 事件在國際曝光，美國、加拿大人權機構和法輪功團體要求美國政府公開王立軍給美國領館「材料」裡，涉及周永康、薄熙來庇護下活摘法輪功學員器官的殺人網內幕。美國國會議員同時公開呼籲就王立軍給美國材料內容召開聽證會。

據北京知情者稱，雖然中南海高層一直掌握關於周永康、薄熙來殺人網罪惡，但 2 月中旬習近平在美國期間，看到訪美團中有專人收集相關各類消息這一幕時，習對於王立軍事件觸發美國社會各界高度關注感到很震驚。

王立軍 2 月 6 日逃到美國駐成都領事館，滯留了 20 多小時，至今中美雙方都沒有公布他說了什麼。然而不斷有知情人向媒體提供消息指，王立軍揭發了薄熙來貪腐、勾結周永康謀反、一整套計畫欲整垮習近平，並曝光「活摘器官」黑幕。

震驚中外祕密殺人網消息美國曝光

近期，隨著涉及薄熙來及周永康的一系列政治醜聞出現，中國網路不斷出現「解禁」和「封殺」的矛盾現象，包括「轉法輪」、「器官活摘」等法輪功真相在百度一度解禁。2012 年 46 日，新浪微博上可以搜索到上千個「活體器官摘除」的結果。

王立軍出逃美國領館被中方帶走時說將拚個「魚死網破」，人們以為只是跟薄熙來內訌，然而，兩個月後，不但薄熙來被推倒，周永康被牽連，江系更是潰不成軍，分崩離析，媒體紛紛報導王薄周的醜聞，鋪天蓋地。事件不僅僅涉及中共高層內鬥，一直被掩蓋的震驚中外的祕密殺人網，美國也被牽扯其內，中共周永康政法委系統涉及的「反人類」暴行正在一幕幕揭開，「活摘器官」是最慘烈的一幕。

接近北京高層的知情者透露，中共內鬥的核心問題，就是如何對待江澤民、周永康控制的「610」、政法委系統迫害法輪功這十多年來犯下的反人類殺人罪證。證據都在中共高層掌握之中，因事態嚴重，大多數中共高官不願為江氏集團背黑鍋。這也是周永康最恐懼的事情，周永康策反的目的，就是為掩蓋政法委治下中國各地勞教所出現的黑白兩道聯手犯下的活摘器官殺人網罪惡，因利益巨大，故黑幕驚人。

美國教授：中共「按需殺人」

曾被《發現》（Discover）雜誌譽為科技界最有影響力的十

大人物之一、國際知名專家、美國賓夕法利亞大學生物倫理學（Bioethics）中心主任卡普蘭（Arthur Caplan）教授強烈譴責中共「按需殺人」的反人類罪行。

2012 年 3 月 13 日他在美國費城醫學院以「使用囚犯遺體做器官來源的道德倫理問題（The Ethics of Using Prisonersas Sources of Cadaver Organs）」為題的學術演講時說：「特別是對器官移植旅遊者，如果你到中國去，要在你停留的三周內完成肝移植手術，這就意味著得安排殺掉一個人，要通過血液和組織配型來找到一個合適的器官供體，然後在你要離開之前殺掉他們。如果你只是乾等有人在監獄裡死去，你不可能在三周內就等到一個肝；而且這個肝還要配得上你的血型和體質。你只能去找合適的供體，然後在器官移植旅客還在的時候把他們殺掉。這就是根據需求來殺人（Kill on Demand）。」

卡普蘭教授認為，能夠許諾在三周內替你找到一個肝，只有「按需殺人」才能做到，而中國許多家醫院，特別是軍用醫院，一度就是這樣公開招攬顧客的。在美國或澳洲等國，一般需要好幾年、甚至十來年才能等到一個器官。

第二節

「啞巴證人」含冤巡展 控訴活摘

巡迴屍體展中展出的某些屍體可能來自中國的政治和宗教良心犯。（AFP）

　　前美國智庫研究員、資深調查記者伊森‧葛特曼（Ethan Gutmann）在 2013 年 7 月 29 日最新一期出版的《標準周刊》（Weekly Standard）上撰文，描述了圍繞哈根斯全球巡迴人體展覽的詭譎疑雲，並追蹤這些塑化屍體的神祕亡魂是誰，以及王立軍夜奔美國領館踢爆的大祕密。文章如下：

走進怪異「人體世界」

　　我已經邁出了我的第一步，走進「人體世界」（Body Worlds）在維也納自然歷史博物館的一個展覽，它點燃了我的記憶。我站立的這個房間——幽暗、陰沉、奇怪的寂靜。這裡展示著各個發育階段的胎兒，放在一圈豎立的石頭上。這個展覽的策劃者，德國醫生岡瑟‧馮‧哈根斯（Gunther von Hagens），從

他們的小小身體當中吸走了所有的體液和脂肪，然後通過巧妙的「塑化過程」向軟組織中填充硬塑膠。

通常，如果你在博物館裡看到一個胎兒，它是漂浮在一個液體的罐子裡，顏色是紅或者黃並且透明。然而這些身體似乎是灰色，這讓我回想起我兒子的一個超現實的凍結畫面，他是剖腹產早產一個月：當醫療人員把他拉出我妻子的子宮，在一秒之內，他的肉體看起來是灰色的。

我帶著批判的眼光來到維也納，來質疑是否這個巡迴展覽最新版本展出的某些屍體可能來自中國的政治和宗教良心犯。

他的展覽陳述的目的是健康教育，我聽到科學的理由在輕聲的說：這不就是生命的神祕嗎？你的好奇心是好的，這足以讓你開脫自己。走近一步，走進去。我同意了，並且走進了哈根斯的怪胎秀。

神祕亡魂們是誰？

開始是一個男子，一絲不掛，但是穿著靴子和滑雪板。他在表演一個完美的劈腿。他的皮膚被摘掉，露出每一個肌腱，每一塊肌肉。他的眼睛專注的直視地平線。然而，從他的頭顱往下，他的身體被劈開，被鋸掉一半。

讓我關注的是，有一個女性腿特別短。再加上小小的精緻的顱骨和小小的骨架，讓她看起來像是中國人。

在展覽中照道理不會有任何中國人的遺體，但是問題複雜之處在於：實際上有兩個互相競爭的展覽在全世界巡迴，哈根斯的「人體世界」（Body Worlds）和「人體展出」（Bodies：The

Exhibition），後者由美國娛樂公司第一展覽所主辦。後者的遺體是由哈根斯的徒弟、中國大陸華人隋鴻錦提供。

回溯到德國的 1980 年代末期，哈根斯夢想塑化遺體，他的學生隋鴻錦說服了他，稱這個過程在中國將更加便宜。

第一展覽承認：屍體來自中共公安局

1999 年，哈根斯大連塑化公司得到大連市官方的批准。2001年，在哈根斯的指導下和隋鴻錦的管理下，這個工廠開始劈開塑化身體製作切片，一些醫學機構支付幾十萬美元來購買一件標本。同時，隋鴻錦設立了他自己的祕密塑化工廠，其最終成為大連鴻峰生物技術公司。哈根斯發現之後大為光火，把隋鴻錦趕出他的公司，然後隋鴻錦推出了「人體展覽」。

2008 年，在美國 ABC 新聞網的「20／20」調查性新聞節目上，一位匿名人士聲稱，隋鴻錦的這些標本來自於中國囚犯。告密者之後收回這個聲明，說哈根斯操控了他來詆毀隋鴻錦。但是第一展覽此後被迫在它的展覽入口張貼一份免責聲明說：「這個展覽展出中國公民或居民的遺體，它們最初來自於中國公安局。中國公安局可能從中國監獄接收這些遺體。第一展覽無法獨立證實你在觀看的人類遺體不是那些被關押在中國監獄裡的囚犯。」

哈根斯本人避免了這個義務。他一年前關閉了在中國的運營，在「20／20」節目上他眼淚汪汪的聲明，他已經單方面火化了他所有的中國標本並代之以那些合法捐獻他們遺體給科學的白人。

也許，無疑有的白人也有短腿。但巧合的是，在維也納的展

覽上，這些短腿人物的臉部肌肉都被系統性的剝除，以至於眼尖的解剖學家也看不出亞洲特徵。在一個案例當中，除了骨胳，一個女性遺體所有剩下的只是精細的蜘蛛網似的神經。這是一個令人屏氣凝神的景象。站在哈根斯的角度設想一下：他會僅僅因為叛徒隋鴻錦，或者是一個叫法輪功的團體的抗議而摧毀他精心製作的手工藝品嗎？

法輪功指控中共「活摘器官」

對整個屍體塑化業的新一輪質疑環繞著法輪功，其中隋鴻錦的塑化業務是關注的焦點，因為他已經賣出了約 1000 具塑化了的中國人屍體。

在 1990 年代風行中國的法輪功是一種佛家功法，被中共鎮壓前其人數達 7000 萬，甚至超越了共產黨員人數。該功法修煉中國傳統的「真善忍」價值，這似乎在嘲弄著共產黨統治下「新中國」的原始法西斯追求。法輪功很快就成為中共政權偏執心理作祟的犧牲品。

在 2006 年，法輪功指控共產黨從活著的學員身上摘取器官用於移植。我那時候並不完全相信這個指控。但是在經過廣泛的調查，包括對法輪功難民和全世界醫療人員的 100 多次採訪之後，我得出的結論是，這個指控不能忽視。

在中國，從死囚身上摘取器官是一個確鑿的事實，手術摘取腎臟、肝臟、心臟、肺臟和眼角膜通常發生在軍隊醫院，並得到當地公安局的授權。

理想狀況是，這個過程是在囚犯極度驚嚇（比如槍決）或高

度鎮靜的情況下進行。這兩種方式的任何一種，如果囚犯在摘取器官完成之前仍然活著，器官受體排斥的機率大大下降。有一部分器官是為滿足老幹部「訂單」的情況下摘取。其餘的被出售給有錢的中國病人或者來自日本、歐洲和北美的器官旅遊者。

維吾爾人也被摘取器官。很可能西藏人和家庭教會人士也被摘取器官，雖然他們跟法輪功的數字比起來微不足道。我估計有 6 萬 5000 名法輪功學員被祕密置於刀下。這些程序沒有任何法律可言，即使按照中共陰暗的法律標準，沒有任何法輪功受難者犯下死罪。

塑化身體上肝臟和腎臟似乎不見

在我得到這些結論之前，老年女性法輪功學員耐心地告訴我，哈根斯和隋鴻錦展覽的遺體是法輪功學員的，令人髮指的展出博人們娛樂。我忽略了她們。我想，這太聳人聽聞了。但是在維也納，我注意到，從某些展出的塑化身體上，肝臟和腎臟似乎不見了。

是否可以認為，他們把這些身體做了雙重用途，器官在塑化之前被摘取？這些腎臟和肝臟是否可能仍然活在年老的中國人和日本人、歐洲人和美國人的身上？

現在問題是：現場的展覽是一個啞巴證人，而來自中國的舉報人又被保密。不過，中國共產黨去年的一個事件也許可以多少解開這個謎團。

王立軍事件踢爆「活摘器官」謎團

回到 2012 年初，中共領導人交接預計將平穩進行。中共當時的黨魁胡錦濤將在秋天卸任，而不同的派系彼此鬥爭，爭奪下一代領導人的位置。習近平是一個在派系妥協下出線的候選人，但強硬派江澤民的一些死黨推舉薄熙來——重慶市委書記，他通過打黑打造了一個民粹主義形象。

薄熙來的角色被他長期的得意門生——重慶警察局長王立軍致命地打碎。在 2012 年 2 月 6 日晚上，王立軍裝扮成一個老婦人，坐上一輛轎車，直奔美國駐成都領事館。在 30 個小時當中，王立軍吐露了有關他老闆的機密資訊，要求庇護，而薄熙來用警車把領事館團團包圍。最終，美國國務院把王立軍交給中共當局。幾乎所有的西方媒體都報導了這一事件，以及薄熙來在一個月之後被撤職。

標準的媒體解讀是，薄熙來的妻子謀殺了英國僑民尼爾·海伍德。不尋常的是，中共國家媒體被允許報導這個謀殺；同樣不尋常的是，西方和中國媒體報導的基本上是同樣的故事。這應該告訴我們一些事情。儘管事件充滿聳人聽聞的元素，但並沒有因此而顯著的威脅到共產黨。

另外一種調查者可能會問一個問題：這個謀殺是否是在轉移視線？在王立軍對世界披露的有關他自己和薄熙來的內容當中，是否實際上有其他的事情，對共產黨的形象破壞更為巨大？

遼寧省是「活摘器官」的震央

中共在 1999 年開始鎮壓法輪功，即使以中國人的標準，中共對法輪功學員進行的騷擾、逮捕和酷刑的凶猛程度，仍令人震驚。「追查迫害法輪功國際組織」在海外成立。多年來，他們辛勞地出版詳細的調查報告。在王立軍逃亡美國駐成都領事館幾天之後，該聯盟的調查員 Lisa Lee 在網路上找到王立軍 2006 年在一個授獎儀式上的一條高度不尋常的聲明，「……當一個人走向刑場，在瞬間幾分鐘轉換的時候，將一個人的生命在其他幾個人身上延伸的時候，都會為之震撼……令我們感動。」

遼寧省是薄熙來和王立軍的原始根據地。隨著薄熙來從大連市市長升為省長，王立軍也成為錦州市警察局長並指揮錦州市公安局現場心理研究中心。根據對 2006 年頒獎典禮的中共官方報導，王立軍和他的中心接受了光華創新特別貢獻獎，因為開創性的使用了一個死刑毒針，解決了十年來困擾中國器官摘取的一個問題：怎樣從活著的囚犯身上摘取器官而不要激起非自主的肌肉抽搐或損害腎臟或肝臟。王立軍和他的機構督導進行了「幾千個（器官移植）現場集約」。

薄熙來在 2012 年 3 月 15 日被撤職。四天之後的北京，夜晚有一個奇怪的軍隊調動，暗示著派系爭奪共產黨領導權的鬥爭激化。第二天，「活摘器官」和「王立軍活摘」的詞組突然在百度上解禁，摘取器官的報導當天晚上不受審查。三天之後，中國衛生部門領導人高調宣布，說他們將在三到五年內停止摘取死囚（未提及良心犯）器官。

首先是在百度上稍微地放鬆管制，然後是衛生部領導人的宣

布。這顯然是中共領導層對王立軍在薄熙來指揮下運營中國最大的器官商店的這樣一個指控做出回應。我對勞教所法輪功難民的採訪提供了間接的證據：證人一致指出，從 2001 年到 2005 年，遼寧省包括特定位置比如蘇家屯和大連，是法輪功活摘器官的震央。錦州也屬於這個名單。

薄熙來、王立軍在遼寧省系統性「活摘器官」

哈根斯在大連的工廠在 1999 年遇到問題。哈根斯當時抱怨，中國人不捐獻遺體。塑化工廠可能使用無人認領的屍體，比如流浪者，但是中國屍檢法規要求這樣的遺體要存放在太平間 30 天。成功的塑化要求在死亡之後很快注射福爾馬林以及隨後的矽膠。器官摘取的蔓延有可能挽救了塑化工廠，從 2001 年開始，遼寧省出現了四個有利於這兩個程式的條件。

第一，新鮮屍體的供應：隨著大規模法輪功囚犯的湧入（我估計從 2000 到 2001 年大約有 50 萬到 100 萬學員被拘禁，並且我相信，進行了大量的祕密手術），介於 25 至 40 歲沒有外傷的成人屍體的供應突然變得充足——這正是哈根斯要求的。當薄熙來升為遼寧省省長之後，他命令大面積擴建形形色色的拘留機構，特別是在錦州、大連和現在靠近瀋陽的臭名昭著的馬三家勞教所。維吾爾人、某些基督教家庭教會成員和西藏人可能成為器官摘取的對象，但是證人一致報告說，遼寧省成為「無名」法輪功學員——那些拒絕透露自己身分以避免家人陷入麻煩的學員——的巨大拘留場所。

第二，國際銷售：隨著器官摘取行業的增長，遼寧省發展了

謹慎的程式來銷售「醫療商品」給來自歐洲、日本和北美的器官旅遊者，且遼寧省還邀請外國的醫療投資。1999 年，哈根斯在星海友誼頒獎典禮上親自從薄熙來手中接受了頒獎證書和獎牌，根據隋鴻錦說，哈根斯誇耀他跟薄熙來的密切關係。

第三，公安局的同謀：追查迫害法輪功國際組織的調查員打電話給隋鴻錦，他承認他塑化的大多數屍體來自大連公安局。王立軍是錦州市公安局局長，擁有遠遠超過他職務的影響力。其他遼寧省公安局官員似乎跟薄熙來代表的派系充分保持一致：這個派系是江澤民的死黨。反對法輪功的運動如火如荼。那些想要升官的人必須顯示他們有多賣力。

第四，器官摘取和塑化工廠協同：王立軍的器官摘取中心需要穩定的囚犯來源，塑化工廠也需要。但是王立軍不一定跟哈根斯和隋鴻錦爭奪，他們可能共用。《明鏡周刊》報導了一封被截取的隋鴻錦在 2001 年寫給哈根斯的電子郵件：「今天早上，兩具新鮮的、高質量的屍體抵達工廠。肝臟僅僅幾個小時之前被摘取。」從這個陳述中顯然可以推斷，遺體在抵達塑化工廠之前在另一個地方被摘取了器官。塑化業務的盈利巨大，一具屍體可賣到 40 萬美元，他們沒有理由不願意在錦州摘取完器官之後，再驅車四個小時送到大連。只要屍體在死亡 24 至 48 小時內運抵，就可以被塑化。

或者是否良心犯的屍體專門被用來摘取器官？我們可以確切知道嗎？可能不能。哈根斯可以說他燒毀了所有塑化的中國人遺體，而隋鴻錦也可以說，塑化遺體中沒有良心犯。但是如果這個問題值得追究的話，實際上有一個辦法來尋找答案：測定 DNA。

DNA 比對可以找出真相

根據我諮詢的醫學專家，線粒體 DNA 可以從固化的解剖標本當中提取並用於證明親屬關係。換句話說，一個人可以向「反強摘器官醫生協會」或其他有關機構提供 DNA 樣品，測試哈根斯展品的 DNA，來看是否所有的遺體都是白人的。也可以測試隋鴻錦的展品，然後把這些 DNA 跟中國因為宗教和政治信仰被公安局抓捕的良心犯的家人的 DNA 對照。

可以發現配對嗎？最初，它可能像大海撈針一樣難。但是法輪功網站明慧網公布了一個強大的遼寧省法輪功學員失蹤名單。他們的家人可以聯繫到。如果足夠的家庭意識到這個努力並提供樣本———一點點唾液是最好的——那麼發現配對的機會將大幅增加。

當然，國際機構也應該扮演一些角色。歐洲議會副主席愛德華·麥克米蘭·司考特建議建立一個數據庫，異議人士可以準備記錄誰抓捕他們、誰審判他們、誰酷刑折磨他們，以便當改革或革命到來，可能伸張正義。

但是現在，DNA 測試將要求合作。也許哈根斯將同意，很樂意清洗對他的揮之不去的懷疑。如果他意識到可以從他的標本上採集 DNA 標本而又不會損害它們，他或許會合作。

隋鴻錦的情況稍有不同。運輸謀殺被害人給整個自由世界的醫生和醫學院校，可能被證明是一個錯誤。「人體展覽」和「第一展覽」可能最終被認為是反人類罪的共犯。通過合作，也許他們可以減輕他們的罪責，在全世界人的眼中，最重要的是，在中國人的眼中。

　　讓我們更實際的來看看中國人！他們已經經歷太多磨難了。更何況，最先進的中國實驗室可能將在 10 至 15 年裡培養出肝臟。所以對他們來說，移植器官的來源不再是讓人心痛的道德問題。對我們也不是。然而，我們在此真正憂心的是千古一同的道德困境：雖然生命難免一死，但是人類總是無可避免的墮落到大規模謀殺的罪惡中，這才是讓我們最擔憂的。

伊森·葛特曼簡介

　　伊森·葛特曼是《失去新中國》和《屠夫》（2014年即將出版）的作者，曾獲哥倫比亞大學人文學士、國際關係碩士及博士學位，1980 年代在美國著名智庫布魯金斯研究所擔任外交政策研究員，1990 年代曾任「美國之聲」電視網路的首席調查員，現為《亞洲華爾街日報》、《標準周刊》和《投資者日報》撰稿人。

第三節

法輪功學員器官被「全國批發」

黃潔夫：35％的移植使用活體器官

　　財新《新世紀》雜誌 2012 年 9 月 17 日報導，中共衛生部副部長黃潔夫接受專訪稱，中國的器官移植從上世紀 60 年代開始起步，到現在每年大約有一萬人次接受器官移植手術。黃潔夫還說，衛生部統計數字顯示，至 2009 年年底，65％的器官移植是從死亡者遺體中獲取，其唯一來源是死囚。另有 35％的移植使用活體器官。

　　2009 年 8 月 26 日的《中國日報》首次公開承認，大部分器官來自死刑犯。國際社會解讀為，這是北京政府在盜用死刑犯器官上的正式表態。此後，中共再沒有就死刑犯是主要供體進行過否認或反駁，這成為在各種場合的標準說法。

活體器官源自哪裡？官方承認「潛規則」

報導說，近年來，中國的死刑判決年年都在減少。死囚的器官數量也大約每年降低 10％。但 35％的活體器官從哪裡來？中國 2007 年的《條例》嚴格規定將活體器官移植限制在近親屬之間。黃潔夫解釋，活體器官來自捐獻。

黃潔夫說，國際上普遍認為器官捐獻必須滿足「死亡」、「自願」、「無償」三個條件。而在中國目前的捐獻試點，第一，是將國際上腦死亡和傳統的心死亡概念結合一起，推動捐獻開展——腦心雙死亡器官捐獻（DBCD）。第二，中國捐獻體系由獨立的第三方，即紅十字會來操作，避免器官使用上的利益衝突。第三，對相應的器官捐獻者的家庭也有救助。

黃潔夫還宣稱：「我們規定必須符合下面三個條件之一方可實施捐獻。第一，捐獻人生前以書面遺囑或其他方式表明同意捐獻；第二，捐獻人近親親屬書面同意，且死者生前沒有做出相反的意思表示；第三，捐獻人生前意識清醒，且有同意捐獻的口頭意思表示，並有不參與該人體器官摘取和植入的醫師兩人以上及律師和公證人員書面證明，且近親親屬不反對，醫院倫理委員會要確保符合上述標準。」

黃潔夫承認，由於極端旺盛的需求、有限的器官供給和巨額利益驅動，中國活體器官黑市在各地湧現。而且，目前中國是唯一一個系統性利用死囚器官進行移植的國家。儘管死刑犯也享有捐獻與否的選擇權，但死刑器官獲取方式卻很難保障其權利，難免存在法律漏洞和「潛規則」。

中國器官移植大熱與迫害法輪功同步

　　然而，官方的說辭跟人們看到的事實完全不一樣。2006 年 3 月，《大紀元》首次曝光，一位女士以生命作證：她的丈夫曾親自操刀，活摘法輪功學員器官，後來不堪忍受心理壓力而逃亡海外。一位瀋陽老軍醫也作證，全國約 36 處關押法輪功的軍方集中營，為「活摘器官」所用。

　　實際上，中國發生著大規模活摘法輪功學員器官的事實。1999 年 7 月，江澤民發起鎮壓法輪功後，法輪功學員不斷去北京上訪。明慧網報導，一位法輪功學員曾回憶 2001 年初在北京看守所，一些不願連累親友、不報姓名的法輪功學員被轉移到東北：「每隔兩天凌晨就送走一批，都是用大客車裝的。後來警察也不瞞了，也是說都往東北送。」

　　加拿大著名人權律師大衛‧麥塔斯（David Matas）和加拿大前亞太司司長大衛‧喬高（David Kilgour）共同發起調查有關法輪功修煉者被活摘器官的真相。這些調查報告之後被收錄到《血腥的活摘器官》（Bloody Harvest, The killing of Falun Gong for their organs）一書中。麥塔斯認為：「中共過去的做法是槍決，現在他們以注射藥物來代替槍決。實際上，注射藥物的目的不是致人於死，而是用來麻痺人，然後從活人身上摘取器官。」與中共迫害法輪功同步的是，中國「器官移植」行業發展迅速。《南方周末》曾報導，「急劇膨脹的業務，讓（天津）東方器官移植中心獲得巨額營收。據此前媒體報導，僅肝移植一項，一年即可為中心帶來至少一億元的收入。」2006 年 9 月，東方器官移植中心新大樓啟用，這棟投資 1.3 億、擁有 500 張病床，總「病床年

周轉率」可達上萬次，外科手術中心可同時進行九台肝移植及八台腎移植手術，成為亞洲規模最大的器官綜合立體移植中心。

法輪功學員器官被「全國批發」

僅取兩位「追查國際」組織調查員報告中的一例：在與廣西民族醫院醫生盧國平對話的電話錄音中，盧國平多次親口承認移植的供體來自法輪功學員。他說：「有些是法輪功，有些是家屬捐獻的。」

盧國平還向調查員推薦廣州中山大學第三附屬醫院自己的同學繆醫生。盧在錄音中承認，器官的來源是全國範圍的，盧還透露了交易的細節，即「要熟路子」、「打通各種關節」、「賄賂司法部門」才能拿到「批發價」。

他還交代了廣州中山大學第三附屬醫院能拿到器官的原因：「因為它牌子大嘛，因為它是以整個學校的名義跟司法系統接觸嘛。」「全國都有他們的點，……他們是專門有一批人馬專門在外面跑的。」「國內好多（基本上）醫院都能夠做……」

盧國平在電話錄音中還說：「如果你想快的話，我建議你上廣州去，他們那兒器官很容易拿。他們在全國範圍內都可以找，他們在做肝移植的時候就順便就幫你拿腎了，所以他們拿器官是很容易的。」他承認以前做過這類移植手術。

盧國平還承認：移植手術前，醫生親自挑選要被摘取器官的法輪功學員。雖然盧在之後接受鳳凰衛視採訪時否認。不過，他留下的「聲音證據」卻是抹不掉了。

國際關注中共「活摘器官」

幾年來，兩位大衛的足跡遍及全世界，他們不辭勞苦地告訴人們「這個星球前所未有的邪惡」，至今還在繼續，以致國際上越來越關注中共系統性的「活摘法輪功學員器官」的事實。

2012 年 2 月，重慶前公安局長王立軍出逃美國領館，引發中共高層的醜聞曝光。《大紀元》獨家報導，王立軍、薄熙來、薄谷開來及被谷滅口的英國商人海伍德等，都深深地捲入「活摘法輪功學員器官」的罪惡。

5 月，美國國務院發表各國人權報告，首次明確提到中共強制摘取法輪功學員器官的暴行。7 月，法輪功反迫害 13 周年，美國政要在集會發言中紛紛譴責中共活摘器官的罪惡。9 月 12 日，美國眾議院外交委員會舉辦聯合聽證會，題目是「中共強制摘取宗教與政治異議人士器官」。

9 月 17、18 日，聯合國人權大會、國際組織舉辦一系列會議，專家們以大量事實證明活摘器官的廣泛存在，並一致呼籲聯合國和國際社會調查及共同制止中共的反人類暴行。就在同一時間，9 月 17、18 日王立軍被成都法院公審，被訴「四宗罪」。

昔日中共「財富」變被告

蹊蹺的是，中共法院也開始審理一些「非法買賣器官」案。8 月 31 日，廣東首宗涉嫌組織出賣人體器官案在東莞開庭。據大陸媒體報導，周某章在該案中系主刀醫生，負責移植手術和手術指導，另外還有七名被告。該案將擇日宣判。然而，媒體的報導

語焉不詳。

《大紀元》記者通過一名被告辯護律師了解到,周某章全名周凱章,原是廣州醫學院第三附屬醫院(前身廣州市第二人民醫院)腎移植專科主任,是第一被告。公開資料顯示,周凱章是國內第一批器官移植專家,專職從事心、肺、肝、腎、胰等生命大器官移植近 20 年,尤其是臨床腎移植 1000 多例。

2006 年 6 月 20 日,「追查國際」發布的《關於第二批追查取證對象的公告－－追查取證涉嫌迫害法輪功學員的中國大陸醫院》,周凱章及其執業的廣州市第二人民醫院名列其中。

2012 年 2 月《財經》雜誌曾發表一篇題為《198 醫院被曝為黑市手術提供場所》的報導稱,湖南郴州警方 2010 年曾破獲一個賣腎仲介窩點並抓獲兩名仲介。根據報導提供的資料,知情人士推斷,此案件的主刀醫生就是周凱章。但警方查處該案時,有關方面批示:「這樣的醫生是需要國家保護的財富。」最後周凱章「平安無事」。

不過,2012 年 9 月開庭審理的東莞出賣人體器官案,公訴機關起訴的只是 2011 年 10 月後發生的案件,不涉及前面的事。周凱章由昔日的中共「財富」一下變成被告,這是否與目前「活摘法輪功學員器官」在國際曝光有關?

國際壓力下 中共急找替罪羊求「裸退」

之後,中國被公開起訴、最大規模的一宗非法買賣人體器官案件曝光。2012 年 9 月 10 日,《財經》雜誌報導,這起案件涉及 51 顆活體腎臟,涉案金額超過 1000 萬元,16 名被告

包括組織者、仲介、掮客和醫護人員。報導說，中共知名的軍方醫院北京解放軍 304 醫院泌尿科和山東法院也牽涉其中。

這一涉案器官販賣團體的組織者鄭偉，得到解放軍 304 醫院泌尿科主任葉林陽的承諾，葉林陽對外將鄭偉介紹為醫院工作人員。鄭偉開始自己組織人馬摘取活人腎臟，來冒充死刑犯腎臟。

據《財經》記者徐凱獲得的卷宗，北京海淀區檢方的統計表明，從 2010 年 3 月至 2010 年 6 月間，在鄭偉的組織下，他雇傭的醫生周鵬、趙健等人在江蘇省徐州市銅山區火花社區衛生服務中心，一共手術摘取了 20 餘顆活體腎臟運往北京出售給尿毒症患者。

此案還涉及一家山東法院出賣死刑犯腎臟的黑幕。報導說，2010 年，鄭偉在中間人趙某的介紹下，結識了山東省一家地方法院的工作人員劉軍。在預先配型之後，鄭偉在死刑執行當天，被劉軍帶至刑場，等待犯人被注射執行死刑。在這裡等待的還不止鄭偉一人。死刑犯的器官除了腎臟，還有肝臟、角膜等都會被取出來。與之對應的掮客，同鄭偉一起等待拿器官。

通過這一管道，鄭偉先後買到了四具死刑犯屍體上的八顆腎臟，共支付給對方 73 萬元，平均每顆腎臟九萬餘元。

分析認為，一些人和機構對「活摘法輪功學員器官」知道的太多，做的也太多，在國際社會強烈關注活摘法輪功學員器官罪行的背景下，中共當局或擔心曝光出更多黑幕，正在有選擇、有步驟地拋出「罪犯」，先將其收監聽審便於以後處置，最後找出合適的「替罪羊」以圖「全身而退」。

第四節

江澤民為販賣器官解除法律責任

　　江澤民為盡快把法輪功鎮壓下去，不但在 2001 年初命令羅幹從河南找了幾個人冒充法輪功學員在天安門點火「自焚升天」，編造了「天安門自焚偽案」，煽動民眾對法輪功的仇恨（《華盛頓郵報》還專門調查證實，那個被當場「燒死」的劉春玲，只是個夜總會女郎，鄰居從來沒看見她煉過法輪功），還密令「610」對法輪功要「名義上搞臭，經濟上搞垮，肉體上消滅」，對於不放棄修煉的法輪功學員，「打死算自殺」，「打死白死」，「不查身源，直接火化」。

　　這些密令是中共「610」系統的警察投誠後公布的，如天津市原「610」官員郝鳳軍 2005 年 6 月在澳洲申請政治庇護時公布此事，原中共駐悉尼總領事館政治領事、專門分管異議人士監控的陳用林，也多次證實這點。

　　江澤民的這些命令嚴重違反了中共的現行法律，但由於

「610」是類似毛澤東時代的「中央文革小組」，凌駕在法律之上，於是哪怕當時中共體制內人士反對，但都敢怒不敢言，連胡錦濤、溫家寶等人都只有默默屈服。據知情人透露，一次政治局開會，江澤民要擴大「610」編制，胡錦濤提到擴大編制就得多發工資，會給財政帶來困擾，結果被江咆哮大罵：「都要奪你權了，什麼編制不編制、經費不經費的！」

由於打死法輪功學員不會遭到任何處罰，有了這道顛覆所有法制的密令，中共對法輪功的迫害最後升級到拿法輪功學員器官賣錢的罪惡中。

相信所謂唯物主義的中共認為，人死了留下的屍體，就跟動物的肉一樣，想怎麼處理就怎麼處理，假如能把屍體用來換錢，那是「變廢為寶」的「好事」。早在 1960 年代，中共就把死刑犯的屍體拿來加以「利用」，比如，把人的腦髓拿來製成補品，給高級官員補腦，或拿人的屍體當生物原料等。

1984 年 10 月 9 日，中共頒布了《關於利用死刑罪犯屍體或屍體器官的暫行規定》，當法院判決犯人死刑時，醫院就會提前到監獄給犯人驗血，以獲取其器官資訊。到了法警執行死刑那天，檢察院還要派人現場監督，所以醫院還要獲得檢察院的默認。

2001 年 6 月，來自天津武警總隊醫院燒傷科的醫生王國齊，曾在聯合國和美國國會上公開作證：在過去 15 年中，他先後從 100 多名死刑犯身上摘取皮膚和器官用於移植手術。當時中共外交部否認中國醫院的移植器官來源是死刑犯，但又無法解釋器官的來源。直到 2005 年中共衛生副部長黃潔夫才被迫承認，因為中國器官捐贈幾乎為零，中國人由於傳統觀念的

影響，哪怕是死刑犯的遺體，家屬也希望能保存完整，以便來生有個好去處。

薄谷夫婦在大連和遼寧犯下活摘器官罪行

2000 年至 2005 年間，江澤民推動鎮壓法輪功遭遇所謂「最困難時期」，中國從中央高層到省部委官員消極抵制。由於薄熙來對江澤民迫害政策竭力配合，在薄熙來擔任大連市長和遼寧省長期間，大連最先發生活摘法輪功學員器官、盜賣被殘害的法輪功學員屍體的罪惡，此罪惡最嚴重的城市之一是中國瀋陽，最嚴重的省份在中國遼寧省。

因販賣法輪功學員器官、屍體獲利巨大，再加上殘害法輪功學員被薄熙來、薄谷開來在大連及遼寧省定為「廢物利用」，同時有江澤民親自承諾「打死法輪功學員算白死」的不追究免責保護，活摘器官、販賣屍體成為大連最賺錢行業。薄熙來、薄谷開來、王立軍當年跟大連醫學院緊密合作，大連、瀋陽及遼寧省委省政府高層，特別是遼寧省各衛生局、軍警、公安和醫學系統及黑仲介都參與其中。也都賺了大錢。因此，活摘、販賣法輪功學員器官和屍體在上述圈子內已不是祕密，知道的人很多。

據悉，2003 年前後，大連醫學院一位院方高層的女兒從海外留學回來，參與了活摘法輪功學員器官移植手術，因此患上憂鬱症跳樓自殺，薄谷開來也在這個時期患上嚴重憂鬱症，這些事情當時在遼寧高層引起轟動。

蘇家屯活摘指控發生在薄熙來主政遼寧時期

2006 年 3 月 6 日，《大紀元》率先報導瀋陽蘇家屯血栓醫院祕密參與活摘法輪功學員器官之後，中共用了 20 天銷毀證據之後，3 月 28 日，中共外交部才首次回應並否認該指控，還邀請國際社會去調查，但加拿大人權組織、美國華人媒體，如希望之聲電台、新唐人電視台等記者，去中領館辦理赴華調查的簽證卻被中領館拒絕。4 月 16 日美國調查團看到的只是被中共精心布置後的蘇家屯血栓醫院。

在外交部回應的前一天，2006 年 3 月 27 日，中共當局匆匆推出了《人體器官移植技術臨床應用管理暫行規定》，禁止人體器官買賣，但施行時間卻定在 7 月 1 日。外界質疑，既然人體器官買賣是非法的，應該立即執行，為什麼還要等上三個月？莫非有人需要時間來處理現有器官庫？

就在同一天，2006 年 3 月 27 日，一個叫魯道夫·弗爾巴（Rudolph Vrba）的 82 歲老人在加拿大悄然去世。身為當年逃離奧斯維辛集中營僅有的五名猶太人之一，弗爾巴於 1944 年 6 月首次向盟軍領導人披露了奧斯維辛集中營中的真相，讓毒氣室和焚屍爐等駭人聽聞的納粹殺人機器第一次為外界所知曉。

然而，由於過於善良而不願相信、麻木或被利益誘惑下的故意沉默，當時一些得知這一指控的高層人物卻隱瞞、封殺了這個罪行，於是接下來又有 43 萬 7000 名匈牙利猶太人被送入了集中營。

2006 年 4 月 7 日，《大紀元》在《蘇家屯事件曝光 奧斯維辛第一證人去世》的報導中，呼籲人們能從歷史教訓中得到勇氣，有評論稱，他此時的去世是上蒼在警示人類關注中國的蘇家屯，

不要讓延誤的悲劇再次發生。

　　然而，這樣慘烈地指控還是被很多國家的政要忽視了，直到六年後的 2012 年 2 月 6 日，薄熙來的手下幹將王立軍出逃美國駐成都領事館後，活摘器官的黑幕才再次擺在國際社會的面前。而且就在中共審判薄谷開來前夕的 2012 年 8 月 7 日，《大紀元》獨家獲悉，薄谷開來、薄熙來就是中共活摘器官最初的主謀。

中共軍方是活摘的主要凶手

中共解放軍總後勤部政委孫大發被舉報涉入活摘器官罪惡甚深。（新紀元資料室）

　　2006 年 4 月 30 日，遼寧瀋陽老軍醫再度披露中共盜賣法輪功器官的官方流程，以及活摘規模。他說，中共嚴重隱瞞了盜取器官規模，將 11 萬說成 3 萬。2000 年以後中國一直占世界活體器官移植總數的 85％以上，該資料是軍委上報資料的一部分，有幾個人還因此升為將軍。

　　2012 年 6 月，《新紀元》調查發現，這些被舉報的將軍就包括中共解放軍總後勤部政委孫大發、總後勤部部長廖錫龍，因為總後算管理軍隊醫院的最高上級。

2006 年 5 月 10 日，就在活摘器官被曝光兩個月後，大陸媒體報導說，「接上級指示，全軍器官移植會緊急推遲」。負責承辦該會議的長征醫院器官移植研究所（全稱：解放軍第二軍醫第二附屬醫院上海長征醫院解放軍器官移植研究所）在其緊急通知中寫道：「接上級通知精神，原定於 2006 年 5 月 12 日至 14 日在上海光大會展中心召開的全軍器官移植學專業委員會成立暨首屆學術會議因故推遲，具體時間另行通知。」

這個會議的幕後負責人就是總後政委孫大發。在會議籌備過程中，孫大發還專程到長征醫院視察。

據「追查國際」調查，在中國 150 多家部隊醫院中，絕大部分都開展了器官移植。隨意瀏覽這些軍隊醫院的網頁不難發現，軍隊實施器官移植手術量相當驚人。

全軍器官移植中心主任石炳毅曾公開表示，2005 年全國進行了近萬例腎移植、近 4000 例肝移植，到 2006 年達到歷史最高峰：二萬例，而 1999 年全國僅有 4000 多例腎移植，肝移植數幾乎為零。大陸所說的肝移植一般都是全肝移植；而且一個人把兩個腎臟都捐獻出來的只有死去的人，不過官方仍不解釋新增器官的來源，因為死刑犯沒有增加，中國也沒有腦死亡判定，也沒人捐獻遺體，那這些器官是哪裡來的呢？因此官方根本無法解釋。

這個星球上前所未有的邪惡

2006 年 7 月 6 日，由加拿大前亞太司司長、資深國會議員大衛·喬高（David Kilgour）和國際人權律師大衛·麥塔斯（David Matas）組成的獨立調查組，向國際社會公布了《中國活體摘取法

輪功學員器官指控的報告》。報告從 12 個方面彙集了調查的起因、方法、證據、反證、可信度、結論及建議等。

報告最後得出結論：活摘法輪功學員器官這項指控是真實的。這是「這個星球上前所未有的邪惡」。由於調查者在國際間具有極高的公信力，調查本身證據的真實、推理的嚴謹，使報告的發布給國際社會帶來巨大震動。在進一步調查中他們確認：從 2000 年到 2005 年期間，中國大陸至少進行了六萬例器官移植手術，其中至少四萬多個器官極有可能是從法輪功學員身上摘取的。

2007 年 8 月 9 日，由 300 多名各國國會議員、法律專家、醫生、教授、記者、知名人士等組成的「法輪功受迫害真相聯合調查團」（CIPFG），在希臘點燃了人權聖火，提出「奧運不能和反人類罪行同時存在」。在隨後一年裡，人權聖火經過歐洲－澳洲－紐西蘭－南亞－非洲－美洲－東南亞，傳至全球 39 個國家 169 個城市，受到國際社會的普遍關注。

第五節

薄熙來曝江澤民下令活摘器官

薄熙來如過街老鼠，在近 30 個國家被起訴。圖為 2007 年 4 月，薄以商務部長身分隨溫家寶訪韓時，遭遇法輪功學員呼籲法辦人權惡棍薄熙來。（AFP）

2013 年 8 月 27 日，《大紀元》獨家獲取的一份錄音文件，披露了時任中共商務部長的薄熙來 2006 年 9 月 13 日隨總理溫家寶訪問德國漢堡時，親口承認「江澤民下達了活摘法輪功學員器官的命令」。

錄音中一名自稱是中共駐德國使館一祕的人向薄熙來詢問，是誰下達了活摘法輪功習煉者器官的命令。以下是電話錄音記錄：

接線生：晚上好！漢堡 Atlantic Kempinski 酒店。我的名字是 xxx（從錄音上聽好像是德語 David Monte 的發音）。

一祕：晚上好！請給我接房間 5……不，252 號（從錄音上聽好像是 252 的德語發音）。

接線生：客人姓什麼？

一祕：薄。

接線生：請稍等。

薄熙來：喂，喂，喂，誰呀？

一祕：是薄熙來部長嗎？

薄熙來：您是哪呀？

一祕：我是使館，我是使館一祕呀。

薄熙來：嗯。

一祕：有點緊急事呀，今天德國外交部下午跟我們說了一下，有一個事情得澄清一下。

薄熙來：嗯。

一祕：就是，就是說呀，當初您在遼寧這個當省長時，因為這涉及到明天的會見嘛，他們想澄清一下。

就是說，當初您在遼寧當省長時候，就是，是江澤民、江主席下的命令，還是您參與的，就是說這個，關於把這個法輪功這個活體摘除器官這個事情，是您的命令還是江澤民的命令？

薄熙來：江主席！

一祕：他們德國外交部要核對。就是說，如果要是，您要是參與了這個事情，他們有一些會見，他們出席的規格可能就有所變動。就說，因為是他們法輪功遞交了一份……（被薄熙來打斷）

薄熙來：你不要再說了，你找你們馬大使（時任中共駐德國大使馬燦榮）說。

一祕：不是，馬上這個事情，他們今天下午剛遞交了，給我們了一個照會，就說……（又被薄熙來打斷）

薄熙來：你就找馬大使，你不要找我。這事你們的馬大使處理不了嗎？

發布這個錄音（短網址 http://s.ymk.im/w/b5-5uq1）的鮑光先生說：「如今中央高層繼續掩蓋薄熙來真正罪行，我將進一步公

布所掌握的更驚人相關證據！中國的軍隊、武警、醫院、公安、監獄、勞教所、政法委都參與了活摘法輪功習煉者器官的罪惡！參與者眾多，在此也呼籲那些參與者和知情者，為了良知、自己和中華民族未來，勇敢曝光證據！」

薄熙來庭審攪局 後台是周永康、江澤民

薄熙來出庭受審時為何如此「傲慢」，戲劇化地翻供？時評員華風表示，王立軍出奔美領館後，曝出薄熙來與周永康操控政法委，策劃政變等內幕，尤其是中共活摘法輪功學員器官的罪惡。被殺死的英國商人海伍德，因捲入了薄熙來夫婦在國際販賣器官、屍體等事件，被毒殺滅口。大量材料與證據的公開將會置薄於死地，也必將追剿周永康及至江澤民。但這些重大真相，卻被中共當局一直掩蓋，唯恐曝光後引發黨內混亂、人民抗暴，促使其政權迅速垮台。

然而，在保黨的「大局」之下，中共高層就處置薄熙來達成協議，竭力回避薄案的真相，將周永康與薄案切割，將薄案去政治化作為個案輕判，罪名縮減為「受賄、貪污和濫用職權罪」，誘使薄熙來配合服軟。

華風分析，薄熙來敢翻供，當然是他也料想中共當權者投鼠忌器，不敢揭開此案真相。不過，善惡有報是天理，中共殺人如麻，江澤民集團鎮壓法輪功罪不可赦，血債不償還，罪惡不清算，想掩蓋真相保江山，此路絕對不通。今後無論怎樣精心設局，也都將「意外」迭起，都會應了那句老話「人算不如天算」。

法輪功教人向善 江澤民鎮壓法輪功遭消極抵制

1999 年 7 月 20 日，江澤民發起鎮壓法輪功，據悉因遭到從中共中央高層到省部委官員的消極抵制而陷於困境。有知情人士透露，江澤民鎮壓法輪功的決定從一開始就受到中共政治局多個常委的反對。而鎮壓一開始，又受到全中國各地包括政府官員和民眾的抵制，因為人們普遍知道法輪功是好的。

法輪功 1992 年 5 月 13 日由李洪志先生從吉林長春傳出，是一種教人按照「真、善、忍」來提高自己的修煉功法，通過五套簡單的動作，能迅速讓人淨化身體和心靈。據北京、廣州等地醫務工作者實地調查顯示，法輪功祛病健身有效率高達 98% 以上，人們學煉法輪功後，都成了社會上的好人，好人中的好人。

江澤民與薄熙來的交易

為了推行鎮壓政策，尋找地方代理人，鎮壓開始一個月後，1999 年 8 月 20 日，江澤民連續 10 天到大連視察，這種中共最高領導在地方城市視察 10 天之久的例子極其罕見。時任大連市長的薄熙來與江澤民做了一個「心照不宣」的黑幕交易：只要拚命鎮壓法輪功，薄熙來就可以升官發財。

在江澤民視察後的第二個月，1999 年 10 月，薄熙來升為大連市委書記。幾個月後，薄熙來又提升為遼寧省委常委，一年不到就升為代省長和省委副書記。

在此之前，因薄熙來野心勃勃，心狠手辣，在中共官場名聲極差，江澤民雖然跟薄熙來父親薄一波有交易：把薄提到大連當

市長，但江一直心存疑慮，沒有進一步動作，薄熙來在「大連市長」任上一待 10 年。而對於「鎮壓法輪功」，江薄一拍即合，之後薄熙來官途得意，「青雲直上」。

江澤民與薄一波的交易

江澤民與薄家還有一個交易。早在 1995 年春，鄧小平收到北京市委書記陳希同為首的七個省級幹部舉報江澤民的信，信中揭露了江澤民的貪腐問題，還有大量史料證明江澤民具有「二奸（日本漢奸、俄羅斯間諜）、二假（假烈士後代、假地下黨員）」等嚴重身分問題。

鄧小平把信交給薄一波處理，哪知薄一波卻把信拿給江澤民看。江看後嚇得大汗淋漓、面如死灰。當時只要薄一波一句話，江澤民的政治生命就會徹底結束。

但奸詐的薄一波一心想扶持兒子薄熙來，於是他和江澤民做了個交易：薄一波隱瞞江澤民的罪行，換來江答應不斷提攜薄熙來。於是薄熙來到金縣鍍金後，很快就被提拔到大連當市長的實權位置。

大連成為中共迫害法輪功的「急先鋒」

大連很快成為中共迫害法輪功的「急先鋒」。特別是當薄熙來突破人類道德底線，活摘法輪功學員器官，並被法輪功海外起訴獲判有罪之後，江澤民把薄熙來看成了江派在 18 大後政變後的權力接班人。這些欠下法輪功血債的人被稱為「血債幫」，該

幫緊跟江澤民維持這場殘酷迫害。

據聯合國人權組織報導，2000年10月，遼寧省瀋陽市馬三家勞教所警察將18位女法輪功學員扒光衣服投入男牢房，任人強姦，導致至少五人死亡、七人精神失常、餘者致殘。此事件在國際媒體曝光後引起很大的反響。許多女學員告訴親人：「你們想像不到這裡的凶殘，邪惡……」

聯合國人權委員會的調查中記錄了這樣一個案例。王雲潔，女，40歲。遼寧省大連市人，2002年在商場工作時被綁架，劫持至遼寧省馬三家勞動教養院迫害，由於不放棄法輪功，遭到警察們的酷刑折磨和種種非人虐待，導致乳房潰爛，慘不忍睹，後來乳腺發生癌變，由於得不到及時治療，於2006年7月不幸去世。

類似酷刑在馬三家勞教所幾乎天天發生。女法輪功學員齊玉玲被電棍電乳頭，張秀杰被電棍電、打，還被電擊陰部，電得昏死過去。王曼麗被電棍電到失去知覺，李小燕被管教用四個電棍電頭、腳心，把肉都電糊了，逼她「轉化」，放棄修煉……

憑藉這樣的酷刑，馬三家成為全中國「轉化」法輪功學員的「優秀單位」。幹出這些惡行的管教人員卻得到江澤民、薄熙來的獎勵，被樹為英雄模範，給予二等功、長工資等獎勵。比如，馬三家的女所長蘇境，從北京領得獎勵五萬元、副所長邵力獲獎三萬元，各大隊長都得了獎金，全體獄警被評為「集體二級英模」。

薄熙來在遼寧最先「活摘法輪功學員器官」

《新紀元》報導，由於竭力配合江澤民迫害政策，薄熙來擔任大連市長和遼寧省長期間，大連最先發生活摘法輪功學員器官、

盜賣被殘害法輪功學員屍體的罪惡。而活摘法輪功學員器官罪惡最嚴重的城市在遼寧省瀋陽市，最嚴重的省份在遼寧省。

因販賣法輪功學員器官、屍體獲利巨大，非法盜賣被關押法輪功學員器官及屍體的惡行迅速在中國其他地區蔓延開來。

在中國各省市勞教所、看守所和臨時關押設施及監獄中，普遍發生了由中共政法系統、政府醫院（包括軍方及武警部隊醫院）和黑社會器官仲介聯手合作，活摘及盜賣被關押法輪功學員器官和屍體的駭人聽聞罪惡，中國從 2000 年到 2005 年間，器官移植手術像蘑菇雲一樣出現，一躍成為世界器官移植大國，僅次美國，排名第二。

中共官方數據顯示，中國 2000 年之前六年總共器官移植手術約 1 萬 8000 例，但 2005 年一年就有二萬個器官移植手術。

薄熙來被海外法輪功學員告上法庭

2004 年 4 月 20 日，薄熙來陪同時任中共副總理吳儀飛到美國，這是他任商務部長後的第一次出訪。4 月 21 日，國際非政府機構（NGO）「法輪功之友」致函美國國土安全部，要求美國依照移民法 212(a)(2)(G) 的條款，驅逐薄熙來出境。紐約法輪功學員也聚集紐約中領館，要求嚴懲人權惡棍江澤民之遼寧打手薄熙來，首都華盛頓也舉行了要求「立即驅逐人權惡棍薄熙來」的集會。

根據美國移民法 212(a)(2)(G) 條和 1998 年國際宗教自由法，任何外國官員，如果在 24 個月之內有嚴重違反宗教自由行為，其家屬及子女都不能進入美國。

此前，薄熙來原計畫 2004 年 3 月 25 日訪問德國，但行前被

德國的 40 名法輪功學員向聯邦最高檢察院提起刑事控訴，罪名是「群體滅絕罪、反人類罪、酷刑罪」。

同時，薄還遭到德國人權團體的廣泛抗議和譴責，要求德國政府阻止其入境，迫使中共暫停了薄熙來的那次訪問。在加拿大，薄熙來目前已被列入加拿大皇家騎警的監視名單之中。該名單上的人如試圖進入加拿大，即會受到調查，被拒絕發放簽證或被禁止入境。

2004 年 4 月 22 日，當薄熙來進入美國一家酒店時，被美國法庭遞交了訴狀，指控他在大連市長和遼寧省長任內迫害法輪功，當時他正前往參加以吳儀的名義舉辦的晚宴。

西方媒體報導說，在薄熙來任職遼寧期間，至少有 103 位遼寧法輪功學員已證實被迫害致死，居全國第四，在薄熙來的高壓下，遼寧省內多個勞教所、監獄，如馬三家勞動教養院、大北監獄、張士教養院、龍山教養院、大連教養院等，迫害法輪功學員的手段極其殘酷。

隨後，薄熙來如過街老鼠一般，處處遭人起訴，美國、英國、加拿大、德國、愛爾蘭等近 30 個國家的法輪功學員，以「酷刑罪」、「反人類罪」等起訴江澤民、羅幹、薄熙來、周永康等人權惡棍。

中共活摘器官－－這個星球最大的邪惡

第九章

一個千萬富翁的傳奇

深圳儒商李建輝白手起家，五年就掙得數千萬資產。後來他被人冤枉陷害，幾次差點死在牢獄中。經歷九死一生，李建輝始終微笑著，如一朵出淤泥自在綻放的淨蓮。如今這位企業家漂泊海外，又全身心投入另一場偉大事業中……

第一節

心繫教育的儒商

　　1990 年代，李建輝創建的「雅迪床上用品」在深圳家喻戶曉。他當過工人、學校輔導員、化工業總經理，他研發材料攻克中國洗衣機全部國產化的難題、開發寢具品牌等，沒幾年的功夫，白手起家的李建輝已是千萬富翁。

　　那是 1995 年一個仲夏夜。38 歲的李建輝在自己的深圳豪華大酒樓「海霸王漁村」裡，正和一群朋友聚會聊天，在座的都是深圳商界、政界有頭有臉的人物。朋友相聚開懷痛飲，數不盡的美味珍饈、道不完的千古風流。

　　煮酒論英雄，談論的中心慢慢移向東道主，因為他的談吐最有趣也最特別。「建輝，你現在開的是奔馳，住的是三層空中別墅，家裡錢財少說也值幾千萬，人還這麼年輕。下一步你想幹啥？說來大夥見識見識。」這位被朋友們稱道的李建輝，個頭不高，衣著簡樸隨意，說話面帶笑容，兩隻眼睛又黑又亮。

「各位見笑了。我一直有個心願。你看現在社會問題這麼多，歸根到底是人心變壞了。要改變人心，教育就是關鍵，其中中小學基礎教育最重要。我準備再幹十年就退休，專心辦大學，一個師範大學，專門培養老師的大學。我把學校的名字都取好了，叫『正本師範大學』。」

「好啊，正本清源，這個主意好！」「建輝，我說你的野心真不小，還要私人辦大學，有魄力！」「到時候別忘了告訴我，我也來入股！」「儒商就是不一樣，發了財也不忘了書生。」朋友們交口稱讚。

白手起家的書生

1957 年出生於海南三亞的李建輝，父親是農場普通幹部，母親是工人。高中畢業後李建輝開拖拉機種了三年橡膠，1978 年恢復高考，他以比全國重點大學錄取最低分數多兩分的成績被華南理工大學高分子材料工程系錄取。畢業時，成績優秀又是學生會幹部的他，放棄了去其他研究所的機會，留校當了輔導員。在接受本刊專訪時，李建輝談到了自己創業的故事：

「我一心想去深圳，我覺得大環境最重要。1982 年我們專業沒有深圳指標，我先留在廣州，1983 年調入深圳石化公司，一年後被提拔為下屬公司副經理。後來深圳市團委辦了個青龍化工公司，我任總經理。最初我們進口聚氨酯原料，在全國各地拿到了很多訂單，企業支付 30% 的訂金後我就大批量進口，掙國內外批發零售的價差。」

「沒想到到貨時正趕上國內銀行緊縮貸款，很多交了押金的

企業都沒錢再付款，他們都不敢來提貨。按合同我可以扣下他們的訂金來補償我的損失，其他進口商都會這樣做，但我沒有。我給他們挨個打電話，說交了多少訂金就來取多少貨。他們很感激。結果那批貨我整整賣了一年才脫手，但還是為國家掙了上百萬元的利潤。」

第一桶金 攻克洗衣機國產化難題

「1987 年深圳允許發展私營企業，我辭職成立深圳市宏達實業有限公司。1988 年夏天，一位朋友找到我，說電子工業部廣州研究所急需對全自動洗衣機程式控制電腦板密封技術，問我能不能幫忙研究這種密封膠。此前他們找過化工部研究所，由於難度大、任務緊，對方沒接。當時國產全自動洗衣機的電腦板都是從日本進口的。朋友把我帶去見了研究所的老總，看到他們急切的樣子，加之朋友拜託不好意思推辭，我說給我一個月試試看。」

「半個月過去了，我才開始試驗。沒有實驗室，我就從商店裡買了幾十個茶杯當試驗皿，每天反覆試驗，不斷調整配方，大約一周後終於找到了最佳配方，不但密封效果好，而且成本低，操作簡單。當時密封一個可掙五元的加工費，於是我跟研究所商量，借給我五萬元，今後從加工費中抵扣償還。我自己設計生產工藝，優化生產流程，大學裡學的東西都用上了，當年就賺了十多萬。廠家也很高興，終於能實行中國洗衣機的全部國產化了。」

抓住商機多種經營

有了這十多萬做本錢，李建輝真正開始做生意。1990 年又轉行做寢具。

「為什麼要轉行呢？就是跟著商機走。人們想改善居家過日子的質量，臥室用品就得升級，中國這方面落後國外幾十年，而且中國人注重婚禮的請客送禮，對高檔床上用品需求量很大。為什麼不做服裝呢？因為我對服裝不敏感，無法預測什麼會流行，床上用品相對而言變化少些。我先設計了商標，委託上海的工廠給我們生產，我們直接做市場銷售，效果還好，等我們掌握了部分市場後就自己生產。也就是先有市場後生產，這樣風險較小，容易起步。」

李建輝的生意越做越大，其生產的「雅迪床上用品」在深圳市家喻戶曉，許多商場都設有專櫃。1992 年他又涉足房地產業。他當時想從一位朋友那裡借 500 萬元，一個電話打過去說要借錢，朋友二話不說，第二天就轉過來 500 萬元，連借條收據都不要，就憑一個信，因為朋友了解他、信任他，知道借錢給他有保障，他有能力還。李建輝憑 500 萬元起步，很快做了幾個房地產開發項目，資產很快增加了幾千萬。

成功來得太容易了也讓人覺得乏味。1997 年的一件奇事對李建輝愛思考的性格帶來了挑戰。那時他的床上用品生意已很大。一家營銷策劃公司主動找上門，要用西方營銷管理的方式幫助他出一整套商標、外包裝、說明書、廣告詞等系列策劃。50 萬的策劃合同是 4 月 9 日簽訂的，當天就支付了 25 萬元策劃費，第二天，奇事發生了。

第二節

氣功師預測到的女孩

那天一個朋友請了位陝西來的韓姓氣功師看病，據說這位氣功師不但治病效果好，而且預測未來很準。李建輝在酒樓招待了他們，席間氣功師主動提出要給李建輝算命。「你啊，你的思維方式跟一般人不一樣，你對很多事的認識是對的，你要按照你的認識去做事。」對於未來，李建輝隨口問了句：「我正在搞公司產品的品牌策劃，不知結果如何？」只見氣功師閉目停了會：「你這事最好有位女的來幫你。她 30 歲左右，圓臉、短頭髮，眉毛比較黑，小眼睛，身高一米六，體重 100 斤。她跟你思維方式相近，你倆能溝通，她能幫你做好這事。」他問我，「你身邊有這樣的人嗎？」我說：「沒有。」

「我是學理工科的，但我相信氣功能治病，也相信人類的知識太少了。記得我小時候，每當與別的小朋友打架時，耳邊總有個聲音提醒我：別打人！聽到這聲音，我就停止與小朋友爭鬥。

我知道有人在管我，不許我幹壞事。對這些玄乎其玄的事半信半疑，我也從沒放在心上。」

「第二天中午，我路過公司展示廳，看見一個女孩正和我哥哥談論什麼，哥哥坐在地毯上專心地聽她講。我好奇地走過去，只聽她說什麼雅迪的產品包裝設計如何不符合潮流，應該怎麼改進等。我覺得她說的很有道理。這個女孩是來買床單給出國的朋友做禮物的，我從沒見過她。」

但這個女孩長得跟氣功師描述的一模一樣，起初李建輝還猜測是否是氣功師與女孩聯手演戲騙人，後來確認他們根本不相識，而且氣功師預測的其他很多事都應驗了。

「我很震驚。還沒有發生的事，氣功師怎麼能預測到呢？這說明事物是按照某種既定的軌跡在運行，也就是說，命運是存在的。從那以後，我對唯物主義、無神論這些相信了幾十年的東西開始打問號了。」

遲到的機緣 後進的努力

「四個月後的一件事改變了我的一生。1997 年 8 月我到北京出差，人民大學一位教授朋友一定要我住他家。教授夫人送給我一本厚書叫《轉法輪》，我看了兩頁覺得好，但做生意很忙，沒看下去。第二次去北京時，教授夫人又送我一本薄書：《精進要旨》。由於忙於出國考察，直到 10 月回國後的一個周六，我決定提前下班回家，一定要把這本薄書讀完。」

「讀完後我覺得太好了，從來沒看過這麼精闢的論述，把我幾十年人生的疑問都解答了。師父在書中說，傳法時間是有限的，

要抓緊時間實修。我真後悔自己怎麼這麼晚才看到這本寶書呢？我還來得及修煉嗎？」

「第二天一大早我就開車到深圳市人民公園找法輪功煉功點。沒人告訴我到哪去找，我就跟著感覺走，結果真的看見一群人在那坐著。我朝他們走去，還差 30 米遠時，就感覺一股熱流從頭頂灌到腳底，渾身暖融融地非常舒服。那些人都閉著眼睛在盤腿打坐。這時一位紅光滿面、滿臉笑容的白髮老太太朝我走來。我問她：『你們這是煉法輪功的嗎？』老阿姨連聲說：『對對對！我們這裡就是煉法輪功的。』聽她這樣一說，我的眼淚一下就奪眶而出，就像少小離家老大歸的人一樣，那種莫名的親切、安全感、幸福感讓我忍不住落淚，我終於找到了家！」

「老阿姨教我煉動作後，見我盤不上腿，就講她自己的故事來鼓勵我。她當時 80 多歲了，看上去才 60 多，人非常和善、非常精神。老人以前是單位有名的藥罐子，每天要吃好幾把藥。剛開始煉打坐時，由於全身僵硬，她根本坐不下來，於是就坐在板凳上煉，不斷降低板凳的高度、再從散盤到單盤，最後到雙盤。老人的經歷讓我很受感動，我當時心裡只有一念：我得法太遲了！得抓緊時間迎頭趕上！」

「從公園出來我急匆匆趕回公司。一見我哥激動地對他說：『從現在開始，我要修煉了，公司的一切都交給你了，我再也不管了，你愛怎麼處理就怎麼處理。』我哥睜大雙眼，一愣一愣地看著我，聽不懂我在說什麼。回到家，我也勸我太太學功。太太聽說我把所有財產都給了我哥，生氣地說：『你說不要就不要了？我還要我那一份呢！』」

讀完《轉法輪》後李建輝明白了，他什麼都不要了的做法是

起了「歡喜心」，也是不對的，法輪功學員應該正常的工作、生活，要在各種環境下做個好人。於是他更加用心的工作，生意也越做越好。從第一天煉功以後，他每天早上四點起床，五至七點在公園集體煉功，晚上在公園的長廊裡集體學法，不管颱風下雨，酷暑嚴冬，一天也沒間斷過，甚至颳颱風的日子他也背著錄音機到公園集體煉功，因為他認定了一個信念：人活著就是為了修煉，為了返本歸真。

第一次體會到善念的力量

李建輝和妻子在煉法輪功第五套功法。

後來李建輝的太太戴英也跟他一起學煉法輪功了。她以前身體很差，面如土灰，常冒冷汗，遍尋名醫也束手無策。煉功不久她的臉色就變紅潤了，李建輝的啤酒肚也消失了。後來女兒李達也學煉了法輪功，老師同學都誇她是難得的好學生。一家人其樂融融，公司運作得非常好，讓周圍人羨慕不已。

「那時才真知道什麼叫幸福，但這期間也有很多痛苦的事。記得剛煉功一周多，我太太因為一些小事總跟我吵架，家庭矛盾

非常激烈。我覺得很委屈、很痛苦，兩人爭吵得我連去死的心都有了。我很難受，正想還嘴，突然想起師父講的：『難忍能忍，難行能行』，就感覺一道金光照亮了我的心田，我一下平靜下來了，明白這是師父講的過心性關。」

「就這樣反覆了好幾次，我慢慢學會用修煉人的法理去想問題，用修煉人的標準去要求自己。一天太太又開始吵我，我在二樓，她從二樓吵到一樓。當時我已能做到打不還手、罵不還口了，但心裡還是有點憤憤不平。我正在心裡為自己爭辯，突然想起師父講的要修心，要時刻保持善念。於是我馬上拋棄那些埋怨的想法，對太太發出善念，沒想到她在樓下也突然不吱聲了。這是我第一次體會到自己的善念如何改變了別人的行為，也讓我明白了，我們身邊的事都是由於我們自己的心促成的。」

這些經歷讓李建輝感悟到了修煉的真實和玄妙。在工作、與人交往中，他按照法輪功的要求去做一個好人，更好的人，在利益上處處為別人著想，先他後我。不久人們也發現李建輝變了，他們常說的一句評價是：「像你這樣的人太難找了！」一天，曾因房地產三角債而跟李建輝有經濟瓜葛的郭總專門打電話過來：「建輝啊，我發現你跟以前不一樣了。你變了，你特別的善。」

第三節

恐怖大王從天而降

然而，幸福的日子到 1999 年 7 月 20 日就結束了。在江澤民一手操控下，一場對上億法輪功學員的無端迫害開始了。21 日，深圳市約 800 名法輪功學員自發的來到市政府上訪，他們想用親身經歷告訴政府法輪大法的美好。那天李建輝站在了上訪隊伍的最前列，被五、六個警察架起來塞進車裡，關進了圓嶺派出所，幾天後轉到福田區政府招待所軟禁。

「每天都有四個公安 24 小時看管我，強迫我放棄法輪功。法輪功帶給我真正的生命，我耗盡了一生才找到的真理真法，我怎麼可能放棄呢？一天我問看守我的警察：我想買本書看，可以嗎？我們來到馬路對面的書店，裡面都是些政策法規類書籍。我正準備離開，突然看到一本《聖經的故事》，我隨手翻開，剛好翻到『耶穌受難』這一章。看著看著我的眼淚唰地就下來了。我知道這是師父在點化我。師父和大法現在遭受的迫害，不就是跟

當年耶穌受迫害一樣嗎？表面上我一個人被關在這，但師父就在我身邊，時時刻刻看護著我，我有什麼理由不堅定呢？」講述到這，年過半百的李建輝哽咽著，眼淚在眼眶裡打轉，他對李洪志師父的感恩之情讓人動容。

「我沒有犯罪，不該關在這，我一直在找機會逃走。8月1日凌晨三點，我趁幾個公安熟睡後，悄悄走出房間，連鞋都沒穿。一下樓就看見有輛出租車路過，我順利逃出來了。10月1日，聯合國祕書長安南將訪問中國，我們95名法輪功學員準備以公開信的方式集體簽名，呼籲聯合國敦促中國政府停止迫害法輪功，9月29日我在家中被綁架到福田區看守所。」

寧願坐穿牢底也不放棄修煉

看守所裡三教九流什麼人都有，搶劫、殺人、強姦、偷盜、詐騙、拉皮條……李建輝從一個千萬富豪一下變成了階下囚，對比非常強烈。30多個人被關在一間20多平方米的小屋子裡，吃、喝、拉、撒、睡，全在裡頭，整天臭哄哄、亂糟糟的。屋子沒有窗戶，連一片天空都看不見，白天黑夜也分不清，警察通過監視器24小時監控著裡面每個人的行動。每天吃的是發黴的米和水煮的爛菜葉，吃不飽還要超負荷勞動，每天從早上七點半一直幹到半夜12點，甚至凌晨一、兩點，中間沒有任何休息，有一次連續幹了兩天半也不許睡覺，生產的都是出口歐美的高檔手工皮鞋。

李建輝的手被磨出了血泡、裂出血口子。但他每天都面帶笑容的對待每一個人，總是處處為別人著想。慢慢的倉裡的犯人都願意找李建輝說話，聽他講法輪功的道理。很多犯人說：「李叔，

我長這麼大，從沒見過你這麼善的人。你講的道理我都記住了，我以後再也不幹壞事了。」

一天，倉裡一個因經濟案進來的大學生走到李建輝面前誠懇地說：「我靜靜觀察你好幾個月了。我原來不相信法輪功能做得那麼好，現在我服了。好幾次幾個犯人在通鋪上跑來跑去地打架，你卻坐那煉功，一動不動。他們在你身上踩來踩去的，你連眼皮都沒眨一下，真是止水不動啊。我是服了！你們法輪功真了不起！」

一個月後的一天，專職迫害法輪功的「610」辦公室警察找到李建輝。「只要你點下頭，說一聲不煉了，馬上放你出去！你的公司和你的家人都在外面等你呢。」李建輝看著他的眼睛一字一句地說：「我寧願牢底坐穿，也絕不放棄法輪功。」警察聽了大吃一驚之後暴跳如雷：「那你就等著瞧吧！我們就讓你牢底坐穿。」

株連面前 金剛不動

從進看守所的第一天起，李建輝每天都要煉一遍法輪功的五套功法，管教、犯人怎麼打怎麼罵他也沒有停止過。那天管教把所有犯人召集起來訓話，惡狠狠地說：「你們所有人給我聽著，你們給我看好了李建輝，只要他再煉功，我不打他，我打你們！聽清了嗎？只要李建輝煉功，我就打你們每個人！」

那天犯人們都來求他別煉了，但半夜裡李建輝依然坐起來打坐，值班的犯人看見了也沒報告。第二天那犯人悄悄地說：「李叔啊，你坐那渾身發光，金光閃閃的，真好看。」

「我知道這是師父在藉他們的嘴鼓勵我。那時真的很難啊。就感覺一種東西壓在身上，讓人踹不過氣來。腦袋裡經常是『唰』

的一下，就像電視機沒調好之前那種雪花斑點往腦子裡灌。遇到這種情況我就不停地默念：真善忍、真善忍、真善忍！慢慢這些東西就消除了，腦子才清醒過來。就這樣反反覆覆地清理自己，堅定正念。」

「很多警察和犯人老問我：『你放著榮華富貴不要，偏要在這受苦，沒人像你這麼傻的。』一天有個管教找我談話：『你就表個態，說不煉了，馬上就能回家了，幹嘛要在這裡受苦？』他還說：『人在屋簷下，哪能不低頭？留得青山在不怕沒柴燒。』我笑著對他說：『我不會放棄修煉大法的。』我就跟他講大法的美好，大法傳出讓千千萬萬的人身心健康，人心歸正，道德回升，而對我來說是畢生尋覓才得到的，比我的生命都珍貴，我怎麼能放棄呢！」

法官說：「我們必須得冤你！」

幾個月後的一天，福田區檢察院的一個龍姓檢察官到看守所提審李建輝。他說：「你的很多朋友都打電話找我們，你的朋友很多嘛，看來你是個受尊敬的人。我們也知道你是個很好的人，你沒有罪，但沒辦法，中央「610」和公安部壓下來必須判你。這次我們必須得冤你了！」

李建輝的哥哥和他太太分別為他請了兩名律師。曲律師還把卷宗拿到北京，邀請法律界權威專家專門召開了一次研討會，專家們從憲法到法律全面論證了李建輝沒有犯罪，應做無罪辯護。開庭前兩天，法官看完律師的無罪辯護詞後覺得無懈可擊，於是轉而用威脅株連法，逼迫兩位律師放棄代理。曲律師被老闆找去

告知，如果為李建輝辯護，明年他們事務所 30 多位律師的執照就會被取消，而許律師所在的煤炭部每年調入深圳市的 200 多名戶口指標也將被取消。在這種高壓下，兩位律師被迫放棄了辯護。

開庭公審那天，福田區法院門外裡三層外三層的站滿了警察，到處是警車，法庭內坐滿了 400 多個深圳市的公務員，但李建輝的太太和女兒卻不讓進去旁聽。人們議論紛紛，從沒見過這麼大的陣勢，這個李建輝難道有三頭六臂，能讓警察如臨大敵。

「那天我在囚衣裡面穿上了西裝。我是名法輪功學員，不是犯人，我要堂堂正正地證實法。法庭上當我的手銬被解開後，我就把囚衣脫了，腰板挺得直直地站在那，很多人搶上來拍照、錄像，我用平靜的心、善心去面對這一切。」

「我知道法院給我指派的律師不會給我做無罪辯護，我必須自己給自己做無罪辯護。庭審時我大聲說到：『請公訴人舉證我到底哪裡違背了法律？』主訴檢察官竟跳起來說：『我知道我們沒有證據！有證據就不會這樣對待你了！』很顯然，中共對待法輪功根本不講法律。第二天，看守所裡有個警察來看我說：『昨天在電視裡看到了你，你很精神！』是啊，我們修煉的是真善忍，是堂堂正正的，沒啥可怕的。」

2000 年 3 月 30 日，李建輝被深圳市福田區法院判處有期徒刑四年，成為廣東省因修煉法輪功被判刑的第一人。

單腿蹲讓所有人驚呆了

2000 年 12 月 8 日，李建輝被送到英德監獄，隨後被轉送到四會監獄的嚴管隊迫害。四年的時光人們覺得很快，但在酷刑折

磨下，每分每秒都是那麼漫長。警察不讓他睡覺，用電棍擊打、罰單腿蹲、罰站，目的就是要摧毀他的意志，讓他放棄法輪功。

「一天正下雨，獄政科的張科長想要轉化我，我給他講法輪功的道理，說得他啞口無言。他很生氣，暴跳如雷，抓起長長的雨傘用傘尖就朝我狠狠地戳過來。我一動不動，依然用善心看著他。傘尖就在戳到我胸口時突然停住了，這讓我再次感受到了慈悲善念的力量，化解了邪惡的因素。」

「當天晚上他就罰我單腳立蹲。就是雙腿蹲下，雙腳後跟離地，然後把全身重量移動到一隻腳的前掌上，另一隻腳平放在地上但不受力。監獄裡犯人被訓話時有時就這樣蹲著，全身重量實際上只壓在一個腳的腳趾上，一般人蹲上半小時就疼得死去活來受不了，但那天晚上我蹲了三小時，第二天又繼續蹲了整整一天一夜，警察和犯人都驚呆了。」

「在監獄裡，除了幹活需要用腦外，其餘時間我都在背法。背法成了我獄中生活最重要的一部分。」

「記得那天罰我單腿蹲。剛蹲下就覺得五個腳趾頭被全身重量壓著很難受，很快就覺得疼，疼得鑽心。但我心裡沒有害怕，也沒有怨恨，我就默默地靜靜地一遍接一遍的背法，從《轉法輪》的引言《論語》到師父詩集《洪吟》，從《真修》、《再去執著》、《為誰而存在》到《走向圓滿》等幾十篇師父講法，反反覆覆地背。」

「『佛法是最精深的，他是世界上一切學說中最玄奧超常的科學，如果開闢這一領域，就必須從根本上改變常人的觀念，否則，宇宙的真相永遠是人類的神話，常人永遠在自己愚見所畫的框框裡爬行。……』當我完全靜下來背法時，就感覺一種力量、一股熱流，從全身灌到了腳尖，慢慢地我感覺不到腳尖的疼痛了，

好像麻木了，沒有這個肢體了。到後來我背法背得滿臉紅光，一點也沒感覺痛苦。」

「當時有個事務犯就坐在旁邊監視我，同牢房的其他犯人們在一邊幹活，他們也一邊幹一邊偷偷回頭看我。他們對單腿蹲的痛苦是有親身體驗的，他們很吃驚我能一直這樣蹲下去。那天晚上，一個平時惡狠狠的殺人犯走過來跟我說：『我簡直服了。以前我故意把你的衣服扔在地上，從沒見過你生氣，我今天簡直對你佩服得五體投地。我半小時都蹲不住，你卻蹲了十多個小時！簡直神了！我徹底服了法輪功了！』」

獄警不甘心就這麼失敗，於是再罰李建輝在夏天太陽曝曬的水泥地板上操練。廣東烈日下的水泥板溫度高達攝氏 60 度，60 多度是人能承受的極限，一般人站一小時就得脫水暈倒，而李建輝每天從早上七點半一直到晚上太陽落山都在水泥地板上操練，一練就是三個多月。皮被曬掉了一層又一層，人被曬得跟非洲黑人一樣又黑又亮。但他挺過來了，憑著對法輪功的堅信，他挺過了這 90 多天火焰山的煎烤。

牛皮癬的故事

「由於迫害一開始我就被關進了監獄，還不知道師父講的抵制邪惡、不配合迫害這些法理，那時我想到的只有一點：『證實法』，用我的一言一行告訴人們法輪大法的美好，『真善忍』修煉者的風貌。每次警察犯人折磨我時，我始終都用微笑對待，善言相勸，講清法輪功真相，因為我堅信法輪大法是宇宙的真理，什麼都不能讓我放棄真理。慢慢地，周圍的人也在跟著變。」

「監獄裡規定不允許其他犯人跟我說話。2001 年新年後的一天，監獄組織犯人觀看央視偽造的『天安門自焚案』，要求每一個人都寫思想彙報。一個姓郭的犯人這樣寫道：『法輪功自殺、殺人我沒見過，也不知道，但是電視上演的我不相信，因為我身邊的法輪功李建輝我見到了，他做得非常、非常好！沒有人能像他做得這麼好！我相信法輪功是好的！』警察把他找去問他為什麼這麼寫，他說他寫的是事實，他反問警察：『你說李建輝哪做的不好了？』警察啞口無言。」

「記得當時姓郭的犯人得了牛皮癬（銀屑病），嘴唇上下、雙手的虎口、屁股很多地方都長出厚厚的皮癬，每天癢得他恨不得用刀把那些肉割掉，白翻翻的層層掉皮，一抓就出血，流黃水黃膿，非常痛苦。醫書上說牛皮癬是無法治好的，最多用藥物控制症狀。而在監獄裡是沒有任何藥物治療的，其痛苦是不言而喻。」

「看他這樣有正義感又這麼難受，我就想幫他。於是在沒人看見時，我拉過他的手，用手摸了一下他手上的牛皮癬，告訴他很快就會好的。結果當天他就不癢了，三天後流血流膿的地方結痂了，第四天身上所有的牛皮癬都脫落了，長出了新鮮的皮膚。他高興壞了，對我非常感激，一再說法輪功太神奇了！出獄後他一定要煉法輪功！我叮囑他不要對別人提這事。後來犯人醫生知道他身上的牛皮癬好了都覺得神奇，牛皮癬怎麼可能自己就好了呢？！從那以後他再沒有復發過。」

「然而幾個月後我突然得了牛皮癬。我心裡明白，正如師父所說，你要想幫人，你就得替他承擔這份業力。那 20 多天裡，牛皮癬癢得我抓心抓肺般的難受，但我一直忍著，咬緊牙關就是

不去撓，20 天後也自然好了。從這事我更加明白，我能從監獄魔窟中走出來，全靠師父的救度，我單腿蹲時不難受，其實都是師父替我承受了。我所能做到的事，都是大法讓我做到的，都是大法的力量，師父的力量。」

用刀砍水 怎麼折騰也沒用

監獄為了轉化法輪功學員，警察經常強迫他們看誹謗法輪功的錄像，還有一些被轉化者的自白等。李建輝看到這樣的錄像常常會流淚。警察很納悶：「你為什麼掉淚？」我說：「人實在是太苦了，被迷得太苦了。本來已經得了法的生命，得到了世界上最珍貴的東西，他們卻放棄了，我真為他們難過。他們不知道他們失去了什麼，不知何時能出苦海。」

「2002 年我在四會監獄時，我的父母專門趕來看我，當時父母都 70 多歲了。那天在監獄會客室裡，母親一見到我就哭，父親也哭，他們沒想到自己心愛的兒子被折磨得皮包骨頭，面容憔悴，頭髮都花白了。」

「父母哭著給我跪下，我也哭著給父母跪下。我哭著對他們說：『你們覺得很苦，我比你們更苦。這世界要是沒有了真善忍，大家會更苦。你們知道兒子得到的是什麼嗎？怎麼可能放棄呢？』原本被警察安排來轉化我的父母聽我這樣一說，他們什麼也不說了，只是不停地流淚。他們也明白了，法輪功學員吃那麼多的苦，為的是能讓這個世界更美好。」

就這樣，儘管警察想盡各種方法來轉化他，李建輝始終不放棄法輪功信仰。在他四年監禁快結束的最後三個多月，氣急敗壞

的警察想出最後一招：把李建輝帶上手銬獨自關禁閉。禁閉室是一個很小的黑暗潮濕的地下室，只有三、四平方米。房間裡有一個小水泥台，是睡覺用的，一個蹲廁，滿屋臭氣，裡面有成百上千的蚊子，警察說：「就讓蚊子吸乾你的血，打死你像打死一隻狗一樣。」警察在地上畫了一個小圓圈，讓李建輝雙腳站到圈裡，不許動，每天從早上五點半開始站到半夜 12 點，每天站 18 個小時，警察 24 小時在後面監視，一動就往死裡打。

一般人站兩個星期小腿就會腫得像大腿一樣粗，變成紫色，再站下去腿上的肌肉就會壞死爛掉，而李建輝站了 100 天，直到期滿為止，他的腿沒有壞。「我站在那，還是不停地背法。一遍接一遍地背法，讓我感到溶於法中的快樂，那種感受是外人無法體會的。外界的環境如何已經不能讓我動心了。」

「後來有警察告訴我，他們一直想對我下手，對我動刑，但在我身邊轉來轉去就是下不了手。還有個犯人頭子對我說：『你就像水一樣，共產黨就像刀，用刀砍水，怎麼折騰也沒用。』我知道面對這巨難，能一步一步走過來，是大法讓我做到的。如果離開了大法和師父，我是寸步難行！這也證實了大法之偉大！師父之偉大！也更堅定了我信師信法的正念。」

2004 年 7 月 9 日李建輝刑滿獲釋了。出獄那天獄警對他說：「你就是出了這個門，還得進另外一個門。我們還會把你關進來的。」李建輝冷靜地回答說：「你說了不算！我不管走到哪裡，我都要堂堂正正地證實大法！」也有良知尚存的警察悄悄對他說：「建輝啊，你這次出去千萬要小心，千萬別讓他們（警察）再抓住你。我見過很多法輪功學員，他們個個都非常了不起，非常自律，沒有人能做的到，我從心底裡佩服你們。」

第四節

戴英在三水婦教所被驗血

妻子戴英慘遭折磨 九死一生

在李建輝被關的四年裡，太太戴英也被判刑三年後又勞教兩年。在福田看守所裡，戴英絕食抗議非法關押，被警察灌食時撬斷了好幾顆牙齒。在韶關監獄裡，她被警察電瞎了一隻眼睛。

戴英回憶說：「警察把灌食當成一種酷刑來折磨我們。每次他們四、五個人將我按壓在地上不能動彈，用很粗的膠管來插鼻孔，插得鼻子直出血。插不進時，他們就用螺絲刀將我的牙撬開，再將一根削尖的大竹筒用力插入我口中，當時我覺得口腔像裂開似的疼痛，接著他們開始強制灌食稀粥或濃鹽水，有時還灌辣椒水。當時我感到很憋氣，口鼻不斷往外噴食和鮮血，噴的滿身都是。每次灌完後，人就像死了一次一樣。每二、三天灌食一次。

我的牙齒都被撬壞了，直到現在吃東西只能囫圇吞。」「為了折磨我們，有次福田區看守所的惡警把我們20多名女法輪功學員的衣服全扒光，推到倉外去給男犯人觀看，以此來侮辱我們的人格、摧毀我們的意志。但很多學員還是堅持信仰不屈服。後來我被判刑三年，2001年3月8日被關進韶關監獄（今廣州女子監獄）。監獄派四個犯人一天24小時監視我，不許我跟任何人說話。每天十幾個警察輪班找我談話，整天強迫我看毀謗大法的錄影；長時間罰站，長時間不讓睡覺，還要長時間勞動，做皮涼鞋、繡花、聖誕飾品等出口手工藝品。由於我不轉化，他們連上廁所的手紙、婦女月經的衛生紙都不給我，血流得滿褲子都是。

有一天晚上，我被獄警和幾個犯人帶到地下室，他們把我推倒在地後，死死壓在我身上，然後用高壓電棍電擊我的人中穴、太陽穴及中樞神經，我頭痛得像裂開一樣，彷彿身體裡每個細胞都破裂開了，像幾萬條蛇在同時咬我一樣，痛徹心肺的疼痛，那種痛是語言無法描述的。我忍不住掙扎著大聲呼叫，但沒人聽得到，當時我想：我會被他們電死的，但我不能死，我要活下去。於是我拚命掙扎著。我不知道後來怎麼被拉回宿舍的，第二天醒來，我的左眼瞎了，什麼也看不見了，右眼看什麼都是霧茫茫的。同監室的人都不知道發生了什麼。後來到醫院檢查，左眼底視網膜出血並鈣化，視力為零，右眼視力為0.1。」

驗血體檢後，有些學員不見了

後來戴英剛從監獄被釋放兩個月後，又被非法強制勞教兩年，被關押在三水廣東省女子勞教所一區第三大隊。

「在三水勞教所，我被關到一個小房間裡進行迫害，門窗都用紙糊住，不讓外面的人看見，受到謝所長、唐所長、葛科長、陳科長、孫隊長、唐大隊長、張隊長、劉艾等惡警的迫害。她們不讓我給家裡人寫信，也不給家裡人來見我，對我強制洗腦，輪番談話，天天寫認識，不讓睡覺，不讓上廁所，這種在精神上的折磨和「洗腦」是最痛苦的，讓你昧著良心說假話，把好的說成是不好的，不好的說成好的，讓你謗神謗佛。這種痛苦是難以表達的。

有些學員被她們洗腦『轉化』後，人馬上得了重病，有些人連路都走不了，還有 30 多名學員被迫害成高血壓，一位法輪功學員被她們迫害得精神失常，仍不通知家人，還有的被迫害得骨瘦如柴。有的在被折磨得奄奄一息時，就轉移到別的地方。

每次轉移這些學員時，獄警把所有人都趕進房間裡關上門，然後由警察和吸毒犯用毛毯裹著生命垂危的學員從樓上抬下來偷偷摸摸送走，送到哪裡去沒有人知道。

在這裡每天還被迫勞役，從成堆的垃圾中將塑膠、金屬分揀出來，又髒又臭，這些活兒在外面是沒有人幹的，逼我們幹。每人每天還有任務，完不成的就加期延長勞教時間。

2004 年 5 月的一天，我們法輪功學員，約 160 多人，被集中關在一個大會堂，來了很多警察，由佛山市人民醫院的醫生來給我們打針、抽血、體檢，當時我還問孫大隊長：為什麼只給法輪功學員做，而不給吸毒犯和其他犯人（賣淫、偷盜等）做呢？她說：「她們想打針都不給打，這是政府對你們的關心。」

這時上來幾個警察，押著一個法輪功學員強制打針，這位學員當場就暈倒了。看到這情景我們大家都抵制不配合。幾天後，

警察就變換手法，化整為零把幾個法輪功學員帶到勞教所醫務室，仍由佛山市人民醫院的醫生來體檢、抽血、心電圖、照 X 光等。

這些設備是由佛山市人民醫院帶來的，有的安裝在豪華大巴車上。醫生給我做心電圖時，好像發現什麼，問我是不是心臟有問題？我說：我被迫害三年，遭受酷刑，心臟經常間歇。醫生還特意在我的腰部（腎部位）又壓又敲，還問我：痛不痛？我還被他們抽了很多血，我問醫生為什麼抽這麼多血，醫生說要做很多專案的檢查。最後全部法輪功學員都被他們體檢、抽血了，連精神失常的學員都不放過。而其他勞教學犯（非法輪功學員）卻不用做。當時我們就知道他們的體檢並不是為了我們的健康。

體檢後，我發現有些學員不見了，我不知道她們去了哪裡。獄警說：「如果你們不放棄法輪功，也會把你們轉移到別處去。」那些被轉走的學員，我再也沒有聽到她們的消息。結合最近曝光中共活體摘除盜售法輪功學員器官的惡行，我才知道他們的陰險。

在三水婦教所的長期的迫害下，使我的精神處於崩潰狀態，我的血壓高達 250，經常暈倒，勞教所知道我隨時都有生命危險，怕承擔責任，2004 年 9 月 30 日讓我家人來接我回去。」

逃出國門 重獲新生

2004 年 9 月，剛從監獄裡出來不久的李建輝夫婦又被警察追捕，幸好提前得到消息，他們前腳離開家門，警察後腳就到了，隨後還在全深圳市大搜捕。在朋友的幫助下，夫妻倆終於在 2005 年底來到了泰國，隨後被聯合國難民署安置到了挪威定居。

2006 年 1 月 23 日李建輝夫婦獲聯合國難民署安置，即將從泰國前往挪威定居，部分泰國法輪功學員到機場歡送。（新紀元）

2007 年觀看神韻演出中的《升起的蓮》這個節目後，戴英激動地說，節目中那個監獄的牆壁上變幻出五顏六色的場景，跟她在勞教所的經歷非常相像。當時她不停的在心中默念法輪功的教導，結果看見牢房的牆壁上呈現出玫瑰色的光芒，令她倍感溫暖。而李建輝感受最深的是《天安門廣場，請你告訴我》那首歌曲，至今只要一想起這首歌，他就想流淚，他想告訴天下所有的人，法輪功就是為我們每個人而來的，為你而來的。

如今李建輝夫婦在挪威過著忙碌的生活，每天忙著告訴中國人法輪功的真相。「因為中國人最缺的就是真相，真相能救命，這是多少萬億錢財也換不來的。」他們幾乎每天除了工作外還給國內打幾個小時電話，告訴人們：「法輪大法好，真善忍好」，「大難將至，三退（退黨、退團、退少先隊）保平安」，真心希望每個中國人都有美好的未來。這是他們用親身經歷見證的真理，是比人間任何事業都光焰燦爛的壯舉。

與此同時，作為企業家，在國外的自由天地裡，李建輝正在尋找商機，期望東山再起。

第五節

圖解法輪功大事記

編按：應大陸讀者要求，以下簡要介紹法輪功，進一步了解請詳見明慧網 http://www.minghui.org/。圖片來源：明慧網。

法輪功是佛家上乘修煉大法，以宇宙特性「真善忍」為原則，包含五套緩慢、優美的功法動作，1992 年 5 月 13 日開始在中國社會公開傳授。法輪功認為，「真善忍」是宇宙最高特性，也是衡量宇宙中好與壞的標準。修煉者只要反覆靜心通讀《轉法輪》，努力按照書中要求，提高個人心性並輔以煉功，短時期內就能達到意想不到的高層次，返本歸真。

據明慧網報導，法輪功一切活動都公開、免費，五套功法簡單易學，不分男女老少都可自願參加。目前《轉法輪》一書已被翻譯成 38 種語言，全球有 100 多個國家及地區的一億多民眾修煉法輪功。全世界有 110 多個法輪功網站，法輪功在海外獲得了超過 2000 項褒獎與支持議案。

　　然而在中國大陸，法輪功遭受迫害已經 14 年，上億民眾的基本人權被剝奪，數百萬人被害死，甚至被活體摘取器官。江澤民集團為鎮壓法輪功而動用的財力達國家經濟資源的四分之一。

■ 1992 年 5 月 13 日，李洪志先生首次在中國東北長春市開始公開傳功講法。到 1994 年 12 月 21 日，李洪志先生應中國各地官方氣功科學研究會邀請，先後在中國各地舉辦講法傳功班 56 次，每期約十天，數萬人次親自參加傳授班。

1993 年 3 月李洪志先生在武漢
第二期傳授班上講法傳功。

■李洪志先生 1992 年 12 月率弟子參加北京「東方健康博覽會」，成為該屆博覽會中榮獲獎勵最多的氣功師；法輪功的神奇治病效果在博覽會引起廣泛關注。

1992 年 12 月北京東方健康博覽會
期間法輪功展位所拍到的景象。

■ 1993 年李洪志先生再次率弟子參加北京「東方健康博覽會」，
榮獲博覽會最高榮譽「邊緣科學進步獎」和大會「特別金獎」及
「受群眾歡迎氣功師」的榮譽稱號。

■ 1994 年 12 月，李洪志先生出版《轉法輪》。截止目前，《轉
法輪》已被翻譯成 38 種語言，還有更多語種的翻譯正在進行中。

《轉法輪》已經被翻譯成 38 種
語言。圖為 2002 年的年度世界
書展在新加坡舉行。

■ 1995 年 3 月，李洪志先生開始到海外傳播法輪功，先後在法
國、瑞典、悉尼、美國、台灣、德國、新加坡、瑞士等國家和地
區講法。

1999 年 7 月參加歐洲法輪大法修煉心得交流會的學員們在法國巴黎集體煉功。

■至 1999 年，法輪功已廣傳 30 多個國家和地區，據中國大陸公安調查估計，煉法輪功的人數達到 7000 萬至一億。

1998 年 5 月瀋陽市法輪功學員在煉功。

■ 1999 年 6 月 10 日，在當時中共國家主席江澤民的個人意志和獨裁權力下，中國大陸成立了凌駕於國家憲法和法律之上的全國性恐怖組織「610 辦公室」，開始非法抓捕、迫害法輪功學員。

■ 1999 年 7 月 20 日，中共江澤民政權開始全面鎮壓法輪功，運用國家機器造謠、誣衊和構陷法輪功及法輪功修煉者。迫害範圍之廣，手段之殘暴為現代歷史所罕見。

2000 年法輪功學員在天安門廣場和平請願，遭到警察及便衣的毆打。

■ 1999 年起至今，法輪功學員在全世界和平講真相，全世界各國政府機構、議員、團體組織等對法輪大法和創始人頒發的褒獎及感謝狀達 2034 項。自 2000 年起，李洪志先生四度獲諾貝爾和平獎提名。

■ 2001 年 1 月 23 日下午天安門廣場發生了所謂的五人「自焚」事件。同年 8 月 14 日，國際教育發展組織（IED）發表聲明指控整個事件是由中共政府一手導演的。

警方在天安門自焚偽案中擺拍滅火毯。

■ 2003 年成立的「追查迫害法輪功國際組織」，由全球法律界

人士近百人組成。「追查國際」在各國控告迫害法輪功的凶手：中共國家主席江澤民已被告上聯合國及美國法庭，並已開始審理，目前江若出國即會被逮捕乃至引渡；另有九名對迫害法輪功負有責任的中共官員也已在歐洲和北美被起訴，其中湖北省公安廳副廳長趙志飛已被美國法庭宣判有罪，若其再入境美國，就會被逮捕。

2004 年 11 月 16 日，受迫害的法輪功學員在加拿大渥太華國會山公告已將江澤民告上法庭。

■ 2006 年 3 月，多位證人指證中共在遼寧省瀋陽市蘇家屯設立祕密集中營，關押數千名法輪功學員，活體摘取器官牟利並設焚屍爐毀屍滅跡。據透露，在中國類似的集中營有 36 個。消息傳出之後引起外界強烈關注。

2006 年 4 月 19 日法輪功學員於美國華府演示中共活摘器官。（AFP）

■ 2006年4月4日成立的「法輪功受迫害真相調查團」（CIPFG），成員由全球五大洲共 300 多位各國政要、律師、醫生、記者等社會菁英義務組成，旨在全面調查中共非法關押法輪功學員的勞教所和祕密集中營以及對法輪功的迫害真相。

CIPFG 成員、前加拿大外交部亞太司司長大衛‧喬高（左），CIPFG 華府代表基斯‧威爾（中）與美國國會眾議員伊麗安娜‧羅斯－雷婷恩。

■ 2006 年 7 月 6 日，中國集中營活體摘取法輪功學員器官並焚屍滅跡的暴行的獨立調查報告公布，結論為：「根據我們現在所知道的部分，我們很遺憾的得出了這些指控都是真實的結論。我們相信直到今天仍然持續不斷有大規模法輪功學員被摘除器官。」報告全文可從線上下載，網址為：http://investigation. redirectme.net。

■ 2007 年 8 月 9 日至今：「法輪功受迫害真相聯合調查團」在希臘點燃「人權聖火」，巡迴全球。在世人關注北京奧運之際，呼籲國際社會揭露並制止中共不斷加劇對人權的侵犯迫害，尤其是對法輪功群體的迫害屠殺。接力經過全球五大洲 30 國、包括香港和台北在內的上百座城市，喚醒國際社會重視中國的人權問題。

2007 年 5 月 3 日正在美國傳遞的人權聖火抵達南加州的聖地亞哥市，並於市中心的巴博雅公園舉行集會。

■ 2008 年 1 月 1 日，「法輪功受迫害真相聯合調查團」（CIPFG）在香港發起全球「百萬簽名」反迫害徵簽活動。到同年 7 月 20 日，已有橫跨歐、亞、美、非、澳五大洲，超過 126 個國家，共有 115 萬以上的民眾簽名支援反對中共迫害。

2011 年 7 月 9 日波蘭法輪功學員到波蘭西南城市 - 弗羅茨瓦夫（Wroclaw）市，進行反迫害徵簽活動。

■ 2013 年 6 月，由歐、美、亞專業醫師成立「反強摘器官醫生組織」（DAFOH）發起全球聯署，截至 12 月 10 日國際人權日前夕，DAFOH 將全球接近 150 萬人有效聯署，遞交聯合國人權事務高級專員納維皮萊（Navanethem Pillay）辦公室，籲請「要求中共立即停止強摘法輪功學員器官的罪行」。

中共活摘器官－－這個星球最大的邪惡

第十章

國際社會
強烈譴責活摘

2013 年 12 月 12 日，歐洲議會在法國斯特拉斯堡投票通過一項緊急議案，要求「中共立即停止活體摘除良心犯，以及宗教信仰和少數族裔團體器官的行為」。（AFP）

第一節

美國禁止參與活摘者進入美國

300 多國際精英加入真相調查團

自從 2006 年 3 月《大紀元》曝光中共活摘法輪功學員器官之後，全球正義人士馬上開始成立獨立調查團，取名為「法輪功受迫害真相聯合調查團（CIPFG）」。2007 年 2 月 12 日，他們分別在澳洲、亞洲、歐洲和北美洲成立了四個調查分團。聯合調查團由 300 多名國際社會各界精英組成，包括國家（聯邦）級政治家、省市級政府官員、宗教和社區領袖、器官移植專家和醫生、執業的國際人權和刑事律師、非政府組織和團體、國際媒體和人權活動家。

調查團成立聲明指出，將通過對中共謀殺法輪功學員盜取器官牟利指控的調查，揭示迫害真相，制止迫害，並對參與者追究

「反人類罪」等責任。澳洲和亞洲調查團已在 2007 年先後致函中國相關部門要求進入中國大陸，就法輪功學員被活摘器官事件展開獨立調查。

2002 年美國非移民簽證表新增禁令

近年來，漢語中多了一個新詞彙——「裸官」，是指那些妻兒都在境外，孤身一人在國內的貪官。他們先以種種名目將妻兒弄出境外，然後將非法獲得的巨額資產通過非法途徑轉移出境，以解決一家老小的後顧之憂，之後自己則暫時留在國內以掩人耳目。一旦擔心因為貪腐被調查或因為政治鬥爭被拿下，亦或擔心得罪了人而被報復，或者擔心大的社會變動，即可選擇投奔已定居在國外的妻兒。這樣的例子在過去幾年中成為中共官場潮流。

根據中共中央組織部的調查，已知移民海外的「裸官」家屬超過 108 萬，移民出去的這些人生活奢侈，不僅用現金買豪宅，而且高調買跑車。至於這些人攜帶了多少錢款出境可想而知。

另根據中國社科院法學研究所今年初發布的《「裸官」監管調研報告》顯示，接受調查的近一半公職人員認為，配偶子女「可以擁有」外國國籍或者外國永久居留權，其中，高級別公職人員對「裸官」更為寬容。這說明不安全感業已瀰漫到整個公職人員中，每個人都在想方設法尋找退路，當然最佳選擇是移民國外。

「裸官」們最為心儀的國家當然是美國、加拿大、澳州等移民國家。不過，「裸官」們要小心了，如果曾經做了惡事，那麼移民到美國等國家很可能會遇到麻煩。

針對中國人的簽證問題

從 2010 年 3 月 1 日起，前往美國的非移民簽證者都必須填寫 DS-160 申請表。由於針對美國的恐怖活動屢禁不絕，美國政府對於前往美國的外國人採取了相對較為嚴格的背景審查。這首先體現在要求申請人在填寫 DS-160 表格時對如下問題進行回答。比如在 2011 年 6 月前，申請表格中讓「裸官」們和希望前往美國訪問的官員們擔心的問題包括：

您是否屬於一個黨派或某個宗族？您是否曾經參與或意圖從事洗錢活動？您是否曾經或計畫為恐怖分子或恐怖組織提供經濟支援？您是否曾經指使、煽動、從事、協助或以其他方式參與過種族滅絕？您是否曾經從事、指使、煽動、協助或以其他方式參與刑訊逼供或虐待他人？您是否曾經從事、指使、煽動、協助或以其他方式參與司法外殺戮、政治謀殺或者其他暴力行為？在擔任政府官員期間，您是否曾經負責或直接執行過特定的嚴重違反宗教自由的行動？……

上述問題反映了美國政府的一個態度，即那些違反人道、迫害宗教信仰、從事或支持暴力及恐怖活動的申請者將很可能被拒絕進入美國。顯然，對於申請前往美國的中共官員以及渴望移民的「裸官」們而言，特別是那些參與過迫害法輪功以及從事、指使、煽動、協助參與種族滅絕或參與刑訊逼供或虐待他人的官員們來說，這樣的背景調查當然不是什麼好消息。而且，一旦撒謊，也許將面臨的是永久被拒簽。

美國從 2002 年開始要求中國人聲明沒參與活摘

值得注意的是，從 2011 年 6 月開始，DS-160 表格中針對申請人的背景審查部分除了新增強制墮胎、強制流產的問題外，還增加了活摘器官問題，即「你是否曾經直接參與強制移植人體器官或身體組織？」（Have you ever been directly involved in the coercive transplantation of human organs or bodily tissue?）

顯然，申請表中增加這一問題主要是針對中國人，因為活摘器官這一前所未有的罪惡大規模發生在中國，而且參與者不僅包括中共高層、地方官員、軍人、各級政法委下轄的公安及武警系統，而且包括軍隊、武警醫院以及與之有關的地方醫院。涉及面之廣、之大，涉及的人數之多，令人震驚。對上述所有涉案人員，包括所有參與器官移植的醫生、護士們來說，如果申請前往美國的簽證，將必須就此問題選擇「是」或「否」，並承擔相應的後果。那些參與非法器官移植到人要小心了！

將活摘器官納入 DS-160 表格，證明美國政府對於中共針對法輪功的迫害、對於活摘器官的罪行早已心知肚明。一位華人朋友講，她的媽媽 2002 年在美國辦理移民手續時，當移民官得知她是法輪功學員時，就主動告訴她，中國的確存在活摘法輪功學員器官的事，但請她不要往外講，因為擔心自己丟掉工作。

據《新紀元》記者向美國國務院查核，有關活摘器官的提問，源自 2002 年 9 月 30 日由美國國會通過、布希總統簽署的「對外關係授權法案」（Foreign Relations Authorization Act）第 232 條規定：中國和其他國籍國民曾涉及強制性器官或身體組織移植者將被拒入境美國（Sec. 232. Denial of entry into United States of

Chinese and other nationals engaged in coerced organ or bodily tissue transplantation.）。這條規定也被列入美國法典 8USC1182f。

也就是說，美國政府 2002 年就已知道中共在活摘器官。2002 年正是中共活體摘取法輪功學員器官最為猖獗的時期，很可能這個知曉內幕的移民官因為良心已無法承受這樣的罪惡，所以選擇說了出來。然而他的擔心很可能是美國政府就此警告過自己的職員不能外洩祕密。顯然，美國政府很早就對這樣令人髮指的罪惡有所了解。

美國的立國之本和捍衛普世價值、正義的精神讓政府對自己的沉默隱隱不安，因此通過簽證申請表格警告犯下上述罪行的中共官員，即美國反對這樣惡行的存在。這對那些身負血債、企圖入境美國的中共官員們敲響了警鐘。不過，對美國政府而言，制止罪惡的最好方式就是將罪惡公諸於眾，比如公布王立軍提供的材料，這樣才不負美國捍衛普世價值、維護世界正義的責任，這樣才會讓美國繼續贏得上帝的佑護。

第二節

國際移植界的強烈抗議

美國匹茲堡擁有世界最大器官移植中心。2013 年 3 月 28 日,器官移植在中國被濫用」(Transplant Abuse in China)研討會在美國匹茲堡大學舉行。(大紀元)

2013 年 3 月 28 日,擁有世界最大器官移植中心的美國匹茲堡大學舉行了一場「器官移植在中國被濫用」為主題的研討會,吸引了該大學醫療中心(UPMC)所屬 STI 器官移植研究所的肝臟移植和手術科主任、腎臟移植教授、匹茲堡大學公共衛生系教授和眾多專家參加。很多移植界權威和醫學專家紛紛表示,要將中共令人髮指的罪行,向器官移植研究醫學院的同事們通報,並重新檢討對中共的器官移植培訓的政策。

美國匹茲堡大學 STI 器官移植研究所是世界上歷史最久、規模最大、學術地位最高的器官移植研究所,成立於 1985 年。目前它是世界上唯一可以進行包括肝、腎、胰腺、小腸、心、肺等實體器官和骨髓在內的所有移植項目的中心。

研討會發言的專家包括《血腥的活摘器官》作者、加拿大著名人權律師大衛·麥塔斯(David Matas)、肝移植界權威克

里斯托弗·休格斯（Christopher Hughes）、反對強摘器官組織（DAFOH）發言人 Damon Noto 醫生、美國腎臟專家徐建超醫生等。

《血腥的活摘器官》作者：醫生需保證沒強摘過器官

《血腥的活摘器官》作者、著名人權律師大衛·麥塔斯專程從加拿大到美國匹茲堡來參加當天的研討會。他向在場聽眾講述了他和加拿大政府前亞太司司長大衛·喬高（David Kilgour）調查中共活摘器官事件的過程及細節，並詳細描述了幾例怵目驚心的法輪功學員被活摘器官後殺害的單獨案例。

麥塔斯說，除了手上掌握的具體數據之外，他們還調查到法輪功學員在監獄中被系統地抽血及檢查器官的事實，「法輪功學員在監獄裡被大量迫害致死，很顯然官方並不關心這些人的健康。但奇怪的是他們卻為這些人做非常系統的驗血和做各項器官檢查。」他還說：「我們也採訪過從中國監獄出來的不是法輪功學員的犯人，他們說只有法輪功學員需要接受這些檢查。」

他們的另一個證據來源是電話錄音：「我們的調查人員偽裝成需要器官的患者給中國多家醫院打電話詢問是否有取自法輪功學員的器官，因為法輪功學員都很健康。那裡的醫院管理人員都承認他們擁有來自法輪功學員的器官。」

綜合所有這些證據，最後發現這些證據都指向一個方向：大量法輪功學員正在被活體摘除器官後殺害。此後，他們開始在全世界呼籲停止這一血腥罪行。

麥塔斯表示，報告出來後反響巨大。「許多國家都改變立法，

器官旅遊變成非法。比如，以色列已經通過立法，台灣、澳洲正式提案。」

他建議，「匹茲堡大學也得這麼做。」「來匹茲堡大學醫療中心訓練的醫生，應該要求必須簽下協議，保證沒有參與強制性器官移植。」

肝移植界權威：器官來路不明 中共要負責

美國匹茲堡大學 STI 器官移植研究所肝臟移植和手術科主任克里斯托弗·休格斯（Christopher Hughes）教授在接受採訪時說，世界移植界對中共強摘器官都有所耳聞。但是，他們並沒有探究，在中國確切地發生著的這種器官移植意味著什麼。

休格斯教授說：「無論是否是法輪功學員，活體摘取器官本身就是違背了人的意願，這是錯誤的。無論有無宗教信仰，器官捐贈應該是以捐贈人同意為基礎進行的。法輪功是一個愛好和平的群體，他們跟任何其他人一樣，擁有許可捐贈器官的權利。如果他們不願意，就絕不能對他們做出這等行為。」

他說：「法輪功學員因被強摘器官而致死，這是非常令人難以想像的（罪惡）。這是發生在和平善良人群身上的悲劇！」

休格斯認為，美國進行移植培訓的醫生導師應該都來關注研討會的主題。「我們將進行對話，討論對於中國器官移植訪問學者的政策。」他說：「正如麥塔斯所說，器官移植數字（公布的和實際的）對不起來。那些來路不明的器官，中共要對此負責。國際社會要知道這些器官來自哪裡。」

DAFOH 發言人：死刑犯無法解釋中共器官來源

反對強摘器官醫生組織（DAFOH）發言人達蒙·諾托（Damon Noto）醫學博士表示，2010 年 3 月，中共時任衛生部副部長黃潔夫，在西班牙馬德里的器官捐獻和移植會議上表示，從 2008 年至 2009 年，中國每年完成一萬例器官移植，2008 年，腎臟移植為 6274 例，2009 年為 6485 例；2008 年，肝臟移植為 2334 例，2009 年為 2181 例。此外，他表示，超過 90％的器官來自死刑犯。

死刑犯的人數是中共的國家機密。「據『大赦國際』的數字，中國死刑犯每年的人數約為 1700 至 2000 人。從 2000 年至 2005 年間，有 4 萬 1500 個器官移植無法說明供體來源。」

諾托醫生表示，自從中共 1999 年開始鎮壓法輪功，器官移植的數量就開始飛躍。1999 年前，中國器官移植中心共有 150 個，至 2007 年早期，增加為 600 個。此外，進行腎移植的醫院 1999 年之前為 106 個，至 2006 年之前為 368 家；肝移植的醫院 1999 年之前為 22 家，至 2006 年之前為 200 家。1999 年之前，大約每年完成 3000 例移植，1999 年之後，每年約為一萬例。由於器官來源供給充足，在 2005 年和 2006 年，中國一家醫院還免費捐獻了 20 個器官。

腎臟移植專家：不法器官移植須立刻停止

亨克·譚（Henkie Tan）醫學博士擔任享譽世界的 Thomas E. Starzl 移植研究所活體腎臟移植外科助理教授，是美國匹茲堡大學醫學院第一位進行純腹腔鏡活體供腎切除術的外科專家，擔任

了 2005 至 2006 年度美國腎和胰腺移植委員會主席。

亨克・譚博士強調，中共活體摘取法輪功學員器官的惡行，受到美國醫學協會和美國器官移植委員會的強烈譴責。這樣的不法器官移植是根本不應該發生的。必須立刻停止！

亨克・譚博士提到他在不同的器官移植會議中也經常與很多中國大陸的外科醫生交談，提醒那些外科醫生做出正確的選擇。他希望自己能提供更多的支援。如果再有這樣揭露中共活摘法輪功學員器官的研討會，他願意發言以引起更多的關注。

美國知名衛生法學教授：阻止中共活摘罪行

「這是不能容忍的罪惡……應該停止。」中共活摘罪惡超越人類底線，美國匹茲堡大學公共衛生研究院的知名衛生法學（Health Law）教授內森・赫西（Nathan Hershey）表示，「我一定會盡力做自己能做的，來阻止器官活摘。這是一個非常重要的話題，我想參與進來。我有一些國會議員和政治家可以跟他們聯繫。」「我回去後，會做很多相關的研究。」

赫西教授說：「研討會專家講述的內容很好。我想，是中共決定讓哪些人成為器官供體。」他說：「美國醫生應該審視，中共器官移植的供體來自哪裡……中共這樣做是否有政治意圖。」「我了解，總體上，中共在全世界是不尊重人權的。」

內森・赫西教授 1972 年任職美國醫療律師協會（the American Academy of Healthcare Attorneys）主席，目前已退休。自 1993 年以來，赫西一直上榜最佳律師名單。

美國腎臟專家：國際反強摘器官初見成效

紐約詹姆斯‧彼得斯退伍軍人醫療中心（James J. Peters VA Medical Center）腎科主治醫師、兼任紐約西奈山醫學院助理教授徐建超表示，以色列政府於 2008 年訂定「器官移植法」，禁止以色列人到海外進行非法器官移植，該國器官移植旅遊從 2006 年的 155 例銳減到 2011 的 26 例，而以色列器官捐獻從 2010 年到 2011 年增加了 68％；馬來西亞也制定新規，已使該國到中國大陸進行器官移植的病人從 2004 年約 140 人減低到 2011 年約 40 人。

此前，台灣境外移植高達 88％都在中國大陸進行，2013 年 2 月 28 日，台灣國際器官移植關懷協會、台灣醫界聯盟基金會主辦了有關「國人赴境外器官移植之醫療安全及國際立法趨勢」的研討會，加拿大赫爾辛基觀察組共同主席暨人權律師大衛‧麥塔斯（David Matas）在會上呼籲，台灣政府及國會應勸告民眾不要前往縱容人體器官交易及非法摘取器官的國家做器官移植，立法或修法禁止跨國界強摘器官罪行共犯及使用死刑犯器官。

旅美華裔學者：拋棄對中共幻想

一位來自中國的旅美醫學工作者 Bochy 表示，現場的熱烈互動使他深有感觸。從前一天的主題研討會上，Bochy 了解了一些有關中共活摘器官的事實。因為他是學醫的，在六、七年前，他跟同事們一樣，就已經知道了有關對中共活摘器官所作的調查，了解到這一不人道、違反倫理的罪惡行徑。從那時起，他們對這

一問題一直保持著關注。

Bochy 表示，從現在來講，已經非常、非常明瞭，也就是說（活摘）這件事情是存在的。雖然中共從未明確作出反應，但是前衛生部長黃潔夫的屢屢辯稱，無疑就是在表明中共是「此地無銀三百兩」。因為沒有多少旁證能夠證明，事情的開始就像被捂在黑匣子裡一樣。但是 2006 年之後，有醫生因為良知或其他原因，陸陸續續從中國逃出來，逃到美國，他們才講出來。

對於中國的現狀，Bochy 表示，自己有時感到非常痛心。他說，但在中國，總有人在覺醒，也可能知道了真相。這就像種子，撒下去之後，不可能一夜之間就茁壯成長起來，但是慢慢地發芽，只要有適合的土壤和水分，它一定能成長。

學生被詳實證據說服：活摘罪行太可怕

匹茲堡大學化學系的一位學生 Alexander Krisko，在研討會進行過程中一直在認真做筆記。他透露自己有一些來自中國大陸的朋友，那些中國朋友告訴他活摘器官都是虛假的，從沒有發生過。所以他本來是抱著懷疑態度前來參加。當聽完研討會上專家的解說後，他表示，他被詳實證據說服，已經沒有任何懷疑了。

Krisko 說：「這些演講人都是這一領域的專業人士，還有華人醫生。他們都是真正醫學界這一領域的權威，對這一事件進行過詳細調查，還有那些非常詳實的數據與證據，我已經徹徹底底被說服了，這件事確實發生著。」

他認為，這種罪行實在是太可怕了。他正在思考怎樣才能停

止這場暴行。Krisko 說，他將給他的中國朋友最大的建議是，自己去認真了解這件事，真的去了解這些人的處境。

逾萬人簽名阻中共活摘器官

在此會議前後，有 1 萬 1000 多位民眾簽名呼籲美國阻止中共活摘法輪功學員器官，並有 350 多位中國留學生、中國訪問學者和華人聲明退出中共黨、團、隊。

數天內發生了很多感人的故事並出現了人們排隊簽名的現象。一位白人男士哭著喊著，激動地叫周圍的人來簽名；一位先生走過來跪下，脫下帽子，鄭重地簽下了他的名字。

有的人對法輪功學員表示：「感激你們，我相信你們，願上帝保佑你們。」有的人說：「謝謝你們讓我知道什麼是法輪功，為什麼法輪功受迫害。」有的人說，如果大家都來學習法輪功，那麼這個世界不就變得很美好嗎？

這份徵簽請願書上說，我們非常關注中共不道德的強制活摘法輪功學員和其他犯人的器官，我們要求美國總統和歐洲議會主席以及聯合國祕書長：一、公開要求中共立即停止強摘法輪功學員器官。二、公開呼籲中共停止對法輪功的血腥迫害。三、聯合美國、歐洲議會和聯合國採取國際行動，包括通過決議譴責強摘被關押人員的器官和啟動進一步的獨立調查等。

第三節

歐盟、美國政府的官方決議

歐洲議會通過「制止中共活摘器官」緊急議案

2013年12月12日，在2013年歐洲議會最後一次全體大會上，議員們投票通過了一項要求「中共立即停止活體摘除良心犯、以及宗教信仰和少數族裔團體器官的行為」的緊急議案。

決議要求：「歐盟對中國境內的器官移植，以及與這種不道德行為相關的迫害做出全面、透明的調查。」決議還呼籲，中共「立即釋放」包括法輪功學員在內的所有良心犯。

此議案由歐洲議會多個黨團共同提出，眾多議員在投票前的辯論會上發言呼籲，希望歐洲議會發出強有力的聲音，盡快制止中共這反人類的罪行。

歐洲議會最大黨基督教民主黨資深議員圖尼·克蘭（Tunne

歐洲議會最大黨基督教民主黨資深議員圖尼‧克蘭先生（Tunne Kelam）在辯論會上發言（歐洲議會網站提供）

Kelam）在辯論會上說：「中國已經發展出一個巨大的、黑暗的、不道德的器官交易市場，出售器官給外國人，這也引起了一些非中國醫生的警覺。我們要求中共政府立即停止這一行為，我們也要求歐盟成員國不止要向中國政府提及這件事情，還要公開譴責這種道德淪喪的器官交易，這已經使得眾多良心犯失去了生命。」

曾任愛沙尼亞外交部長的歐洲議會議員克里斯蒂娜‧奧尤蘭（Kristiina OJULAND）在辯論會上發言（歐洲議會網站提供）

　　曾任愛沙尼亞外交部長的歐洲議會議員克里斯蒂娜‧奧尤蘭（Kristiina OJULAND）在辯論會上清晰地提出了自己的觀點：「這種行徑必須立即停止，為了達成這一點，歐盟最起碼能做的是公開譴責所有中國發生的不道德器官移植行為，並告知所有去中國

移植器官的歐洲公民，他們手術用的器官很可能來自死刑犯。」

根據獨立調查的結果，現已經有超過 6 萬 5000 名法輪功學員因為被強摘器官而死亡，克蘭先生表示強烈支持此項緊急議案。他說：「我們一定要明白一點，這不只是中國的問題，這也是歐洲和美國的問題，因為太多太多歐美國家的人通過非正常的手段去中國換器官。」

制止中共活摘器官 歐洲議會副主席：這是五億人的聲音

2013 年 12 月 12 日，歐洲議會在法國斯特拉斯堡投票通過一項緊急議案，要求「中共立即停止活體摘除良心犯，以及宗教信仰和少數族裔團體器官的行為」。該議案指出，由中共政權支持的系統性的強摘器官的做法是不可接受的。

針對歐洲議會 12 日通過制止活摘器官的決議案，歐洲議會副主席愛德華·麥克米蘭·史考特（Edward McMillan Scott）說，「我認為這是正確的，歐洲議會應關注，並提出調查行動的要求，查詢、提醒去中國進行移植手術的歐洲人。」

史考特說：「歐洲議會代表的是五億歐洲公民的聲音，這種駭人聽聞的事情，良心犯，特別是巨大數量的法輪功學員被酷刑折磨，更糟糕的是，他們的生命，是被政府操控的可以大量斂財的活摘器官這種交易奪取的，這正是這個決議要譴責的。」

歐洲議會要求中共政府立即停止強摘器官

歐洲議會此項決議，要求中共政府「立即停止從良心犯和宗

教人士以及少數族裔群體成員身上摘取器官」，決議指出，中共「宣布將於 2015 年停止從死刑犯身上摘取器官」的做法是不能接受的。

　　歐洲議會呼籲歐盟針對中國的器官移植行為進行全面且透明的調查，並呼籲歐盟對那些參與違反器官移植倫理行為的人提出起訴。

　　決議說，1999 年 7 月中國共產黨發起了全國性的猛烈迫害，目的在於根除法輪功信仰團體，並導致成千上萬的法輪功學員被捕和被拘留。

　　決議對有關中華人民共和國在違反良心犯意願的情況下從他們身上系統性的、在國家支持下摘取器官的報告表示嚴重關切，其中包括大量由於信仰而被監禁的法輪功學員和其他宗教團體成員及少數民族人士。這些報告長期存在並且是可信的。

　　決議要求中共立即釋放包括法輪功修煉者在內的所有良心犯。

歐洲器官移植界的醫學權威：歐洲議會的立場很重要

　　歐洲器官移植界的醫學權威、西班牙國家器官移植組織創始人兼負責人拉斐・馬特桑斯（Dr. Rafael Matesanz）在接受採訪時表示，歐洲議會的立場很重要。代表著 28 國公民的歐盟在中共政府面前表達了一個共同的立場，要求他們立即停止所有這些不道德行為。這給很多國家和國際社會樹立了一個榜樣，應得到不容置疑的讚許。

　　馬特桑斯認為，中共活摘法輪功學員器官的事件已經得到多

方證實，是確實存在的；他表示，在中共體制內特定圈子裡的很多人，對於活摘器官的事實完全是心知肚明的。

馬特桑斯說，對於歐洲醫生和需要器官移植的病患來說，這個決議案的通過，意味著歐洲議會已經給出一個明確的定義：病患不能出國買一個以不道德途徑獲得的器官，歐洲醫生不能為病患理論上的利益而理解甚至推動這種做法。醫生和病患都應該知道，不道德行為不能被容忍，無一例外。

西班牙於 2010 年在刑法中加入新款，禁止本國公民（在包括中國的任何國家）接受已知是「非法的」器官移植，或推廣非法器官移植，犯罪者或可被判處 3 至 12 年的監禁。

馬特桑斯呼籲，不只是歐洲，世界各國與世界衛生組織，聯合國或歐洲理事會等國際機構一起，應遵循（與歐洲議會）相同的方向，給予中共國際上的壓力。

「西方國家和公民在這個問題上的責任是很清晰的。」他說，「如果主要國家制定這樣的法律，器官走私現象將在很大程度上會被清除掉。」

法輪功發言人：
該決議案可救人 最終解決辦法是中國拋棄共產黨體制

法輪功發言人張而平說，今天通過的歐洲議會決議，反對從中國良心犯尤其是從被拘留的法輪功學員身上活體摘取器官，它向中共政權發出了一個響亮的訊息，即反人類罪是文明社會的成員們所不能接受的。對於像中國這樣有著古老文明的國家，在當今時代，卻發生這種由國家政權支援的邪惡犯罪，這是一個恥辱。

歐洲議會此項決議案，以及正在審議中的美國國會決議案（281號決議案），將有助於制止正在進行的犯罪，可挽救許多無辜的中國人的生命。

張而平說，歐洲議會決議中所提及的具體要求，將對活摘器官的肇事者產生很大的影響。而這種罪行目前正在世界各地曝光。

張而平認為，中共針對法輪功所實施的「名譽上搞臭，經濟上搞垮，肉體上消滅」的滅絕政策，對活摘器官在中國的泛濫產生了直接的影響。它實質上是中共體制消除所有反對聲音的一種手段。而最終結束今天在中國的不公正的解決辦法，是改變中國體制，即沒有共產黨的中國，將使中國公民可以自由地實踐他們的個人信仰，並遵循他們的文化傳統。

歐洲議會對於中共強摘器官罪行的決議

歐洲議會在尊重以下決議的基礎上：

● 歐洲議會 2006 年 9 月 7 日的決議、2013 年 3 月 14 日歐洲與中國關係的決議、2012 年 12 月 13 日的《2011 年世界人權和民主以及歐盟相關政策的年度報告》、2010 年 12 月 16 日的《2009 年世界人權和民主以及歐盟相關政策的年度報告》以及 2010 年 5 月 19 日的《歐盟委員會通訊：器官捐獻和移植的行動計畫（2009 年至 2015 年）：強化成員國之間的合作》；

● 2012 年 12 月 18 日的歐盟《基本權利憲章》，特別是第三條人的完整性權利條款；

● 2009 年 11 月 21 日、2012 年 12 月 6 日、2013 年 12 月 2 日歐盟人權小組委員分會的聽證和加拿大前亞太司司長大衛 喬高

（David Kilgour）與人權律師大衛 麥塔斯（David Matas）的證詞，敘述了中國自 2000 年起在違反法輪功學員意願的情況下大規模摘取法輪功學員器官；

● 中國於 1988 年 10 月 4 日批准的《禁止酷刑和其他殘忍、不人道或有辱人格待遇或處罰公約》；

● 歐盟議事規則的第 122 條第五款和第 110 條第四款；

A‧鑒於中華人民共和國每年進行一萬起器官移植手術，並且中國有 165 家器官移植中心在廣告中表示，他們可以在二到四周的時間內找到匹配器官，但是中國沒有一個組織化或有效的公共系統處理器官捐贈或分配問題；鑒於中國的器官移植系統不符合世界衛生組織要求器官獲取途徑必須透明和具有可追溯性，並且中國政府拒絕外界對中國的器官移植系統進行獨立審查；鑒於捐獻者的自願和知情是符合器官捐贈倫理的前提條件；

B‧鑒於由於傳統信仰，中華人民共和國自願捐贈器官的人比例極低；鑒於 1984 年中國實施規定，允許從死刑犯身上摘取器官；

C‧鑒於中華人民共和國政府在收到聯合國前任反酷刑專員諾瓦克（Manfred Nowak）先生、加拿大人權律師大衛 麥斯塔先生和前加拿大亞太司司長大衛 喬高先生的問詢，卻無法充分的解釋合法捐獻以外的器官來源；

D‧鑒於中國器官捐獻委員會和前衛生部副部長黃潔夫在馬德里器官捐贈和移植大會上表示，2010 年中國超過 90％的移植器官來自於中國的死刑犯，並說到 2014 年中期中國要求所有具有器官移植許可證的醫院停止使用死刑犯器官，只能從一個新建的國家系統接受自願捐贈的器官；

E‧鑒於中華人民共和國宣布將於 2015 年停止從死刑犯身上摘取器官，同時開始使用電腦化的器官分配系統「中國器官移植應對系統」（COTRS），因而與它自己承諾的 2014 年中要求所有具有器官移植許可證的醫院停止使用死刑犯器官的說法相矛盾；

F‧鑒於 1999 年 7 月中國共產黨發起了全國性的猛烈迫害，目的在於根除法輪功信仰團體，並導致成千上萬的法輪功學員被捕和被拘留；鑒於有報導說維族和西藏的囚犯也受到強迫器官摘取；

G‧鑒於聯合國反酷刑委員會和反酷刑專員對器官來自於囚犯的指控表示了關注，並呼籲中華人民共和國政府增加器官移植系統的監督和透明度，並懲罰那些濫用器官移植的人。鑒於為移植目的出售人體器官而虐殺宗教囚犯或政治犯的做法是對人基本生命權的悍然以及無法令人容忍的違反；

H‧鑒於 2013 年 11 月 12 日，聯合國大會選舉中國從 2014 年 1 月 1 日起擔任聯合國人權理事會，任期三年；

茲決議：歐盟

1. 對於有關中華人民共和國在違反良心犯意願的情況下從他們身上系統性的、在國家支持下摘取器官的報告表示嚴重關切，其中包括大量由於信仰而被監禁的法輪功學員和其他宗教團體成員及少數民族人士。這些報告長期存在並且是可信的；

2. 強調中共承諾的從 2015 年起停止從死刑犯身上摘取器官的做法是歐洲政府所無法接受的；呼籲中華人民共和國政府立即停止從良心犯、宗教人士和少數民族人士身上摘取器官的行為；

3. 呼籲歐盟和其成員國向中國提出摘取器官的問題；建議歐盟和其成員國公開譴責中國濫用器官移植的行為，並且提高歐盟和其成員國去中國旅行居民對此問題的認識；呼籲歐盟對於中國

的器官移植行為進行全面且透明的調查，呼籲歐盟對那些參與違反器官移植倫理行為的人提出起訴；

4. 呼籲中國政府對聯合國反酷刑專員和宗教自由專員要求其解釋器官移植手術增加之後合法捐贈器官以外的器官來源作出詳盡的回應，並且允許他們在中國調查器官移植；

5. 呼籲立即釋放中國包括法輪功學員在內的所有良心犯。

6. 指示歐洲議會主席將這個決議提交給歐盟議會、歐盟委員會、歐盟委員會的副主席、歐盟外交和安全政策高級代表、歐盟人權專員、聯合國祕書長、聯合國人權理事會、中華人民共和國政府和中國人大。

中共活摘器官－－這個星球最大的邪惡

第十一章

「死刑犯」撐不起中國器官移植市場的蘑菇雲

文 | 歐陽非、孫思賢 、林展翔

　　從 1999 年到 2007 年，中國器官移植市場飛速發展。在 2003 年，中國器官移植數量突然大幅度成倍增長。2003 至 2006 年間在國際上掀起了到中國的器官移植旅遊熱潮。中國一些醫院的器官平均等待時間短到不可思議的一至兩周（國外要等兩至三年）。哪裡來的這麼多器官呢？

　　中共過去不承認，現在承認了，說大部分器官來自死刑犯。

　　但是，死刑犯的器官能滿足中國大陸 2003 至 2006 年間，器官移植數量的瘋狂攀升嗎？

　　2006 年 3 月，知情人曝光出中國大陸發生的活摘法輪功學員器官的慘案，另一個器官來源浮出了水面。

　　聯合國「酷刑問題」特派專員曼弗瑞德・諾瓦克（Manfred Nowak）在 2009 年 8 月接受一家美國媒體採訪時指出，「（中共）解釋說器官移植的來源主要是死刑犯是無法令人信服的，如果那樣的話，死刑犯的人數一定比認為的要高得多。」[1] 2008 年 11 月「聯合國反酷刑委員會」發布的一份報告指出，「中國器官移植熱的興起與迫害法輪功幾乎同步，這不能不引起人們的憂慮。」[2] 美國國會及行政當局中國委員會（CECC）在 2009 年度報告《大量法輪功學員被逮捕和迫害》中指出，「未經允許摘取法輪功學員器官的指控再次出現，進一步引起了對中國的器官移植業可能存在虐殺的關注。」[3]

　　中共一方面如同過去否認使用死刑犯器官一樣，否認活摘法輪功學員器官一事，另一方面又杜絕外界到大陸做任何獨立的調查。我們看到，2003 至 2006 年最高峰的中國器官移植市場具有

人類器官移植歷史上很多獨一無二的特徵。這是利用死刑犯器官很難實現和支撐起來的，而那幾年又正是被指控大量發生了活摘法輪功學員器官的時期。

從 2007 年起，中共政權開始了對混亂的器官移植市場的大力整頓，出台移植條例，器官移植醫院也從 600 多家縮減到 160 多家。中共的這些姿態受到了國際器官移植界的歡迎。但是，不管今天整頓後的器官市場如何，都不能成為隱瞞幾年前那個混亂時期犯下的罪惡。在國際社會關注活摘法輪功學員器官的這個大背景下，中共把多年來堅決否認的盜用死刑犯器官之事推到前台，高調承認，動機如何，耐人尋味。會不會是想用一個罪惡去掩蓋另一個更大的罪惡呢？

2009 年 11 月加拿大 Seraphim Editions 出版社發行了新書《血腥的活摘器官》（Bloody Harvest，The killing of Falun Gong for their organs），作者是著名人權律師大衛・麥塔斯（David Matas）及前加拿大外交部亞太司司長大衛・喬高（David Kilgour），該書公布了作者幾年來調查收集到的大量翔實的關於法輪功學員在中國被活體摘取器官的證據。

本文是從另外的角度，針對中共把長期否認的盜取死刑犯器官推出來企圖掩蓋活摘法輪功學員器官之事，進行了重點的分析。通過公開的數據和資料，站在宏觀的角度，估算出每年的死刑犯人數和被利用來取器官的死刑犯比例，進而算出每年來自死刑犯的器官有多少，把估算的數據跟歷史數據比較，發現相當吻合。我們的計算也表明，來自死刑犯的器官數量相對來說具有一定的穩定性。對比 2003 年至 2006 年期間突然增長的器官移植數量，說明光靠死刑犯的器官，遠遠滿足不了大陸移植市場。那幾

年其他已知的器官來源很少，多餘的器官來自何處呢？活摘法輪功學員器官給出了另一個解釋。也分析死刑犯器官的局限性，活摘法輪功學員器官的行為特點，以及摘取法輪功學員器官的演變過程。本章特別指出了 2003 至 2006 年高峰期的器官市場的不同尋常的特徵，這些特徵是死刑犯器官很難解釋的，而又恰恰符合活摘器官的模式。同時呼籲更多的知情者能提供線索，奉勸參與活摘器官者不再為中共死守罪惡祕密，用良心和智慧講出真相，減輕甚至抵消過去有意無意間所犯下的罪惡。希望大家都來給中共施加壓力，全面停止迫害法輪功，允許外界對活摘法輪功學員器官之事進行獨立調查，揭開歷史上最邪惡一頁的真相。

本文選擇 2003 至 2006 年作為分析的重點，是因為中共公開出來的數據顯示出這幾年器官移植數量有了突然性增長，並不說明迫害法輪功的其他年份就沒有盜竊法輪功學員器官之事。只要迫害還在繼續，就沒有理由相信罪惡已經停止。

第一節

死刑犯每年能提供多少例器官？

歷史數據提供的參考

2000 至 2008 年，每年來自死刑犯的器官有多少例？準確計算是不可能的，不過歷史數據可以提供一個參考。我們把 2000 至 2008 年分成三個階段：2003 年以前，2003 至 2006 年之間以及 2006 年以後。2003 至 2006 年是被懷疑大量活摘法輪功學員器官的時期，不便考慮，我們來看看 2003 年以前和 2006 年之後死刑犯器官的利用情況。如果這幾年來自死刑犯的器官數量比較穩定，就能以此推算在 2003 至 2006 年死刑犯能夠提供的器官數量，那麼這幾年多餘器官的來源，就將成為一個嚴肅的問題。

按官方報導，2000 至 2008 年器官來源的比例中，來自親屬間活體移植比例逐年增加，來自死刑犯的器官比例（不是數量）

在減少，死亡自願捐贈的仍然是微乎其微。河南省腎移植中心據數顯示，1999 年親屬間活體移植占 2％，2004 年是 4％ [4]，2006 年是 15％，到了 2008 至 2009 年，據《中國日報》引述權威人士說法，有 40％來自親屬間活體移植，60％多的器官來自死刑犯，而死亡自願捐贈的從 2003 年到 2009 年只有 130 人 [5]。大陸《財經》雜誌 2005 年第 24 期稱，中國「95％以上的供體是屍體，而屍體幾乎全部來自死刑犯。」[6]《三聯生活周刊》2006 年 4 月報導，「中國 98％器官移植源控制在非衛生部系統」[7]。 中國肝移植註冊網站上列出的 1999 至 2006 年肝移植中活體移植的數量遠遠小於總量（雖然是不完全統計，但相對比例具有參考價值），也說明活體的比例在 2006 年前非常小 [8]。

中共官方提供的器官來源比例可以簡單地用下圖表示。

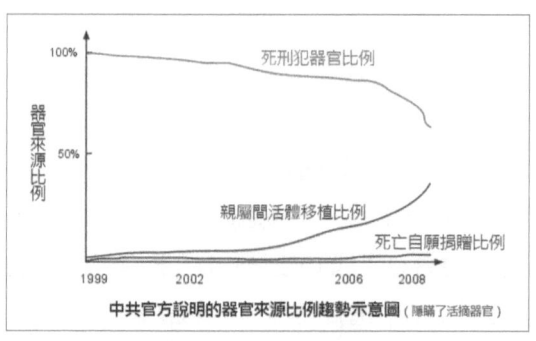

中共官方說明的器官來源比例趨勢示意圖（隱瞞了活摘器官）　2003 年以前和 2006 年之後來自死刑犯的器官數量

根據上面這些數據，可以認為，在 2000 至 2002 年器官來源 95％以上都是死刑犯，2008 年的器官有 60％左右來自死刑犯。以腎和肝為例，根據中共衛生部副部長黃潔夫提供的數據，2000 至 2002 年每年有 6000 至 6500 例 [9]。全軍器官移植中心主任石炳毅在 2009 年 9 月做客新華網時提供了一個 2008 年的數據，

2008年「完成肝臟移植3000多例到4000例，腎臟移植6000多例」[10]，那麼，如果根據《中國日報》目前有65％的器官來自死囚的官方說法，2008年的死囚器官應該有5850到6500例。

也就是說，從2000年至2002年和2008年的數據來看，死刑犯提供的器官大概在6000至6500例上下，如下圖所示。

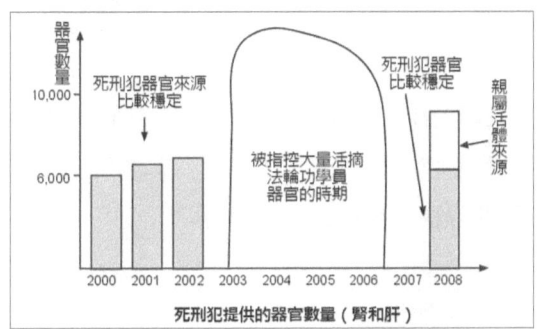

死刑犯提供的器官數量（腎和肝）

但是，在2003至2006年間，出現了一個很大的意外，器官移植數量大幅度上升，每年有1萬2000到2萬例。顯然，這是用死刑犯器官難以解釋的。

美國匹茲堡大學的經濟學家托馬斯・羅斯基（Thomas Rawski）曾對中國的GDP數字在2000年做過一項研究，根據中共公開出來的數據，發現1998至2000年三年間中國的GDP累計增長24.7％，但與此同時，能源消費卻下降12.8％，他認為這是不可能的，從而認為中共的GDP存在造假。雖然羅斯基的這項研究本身有很多爭議，但是，卻揭示出了一個重要現象，就是中共造假常常顧首顧不尾，如果對其數據相互之間內在關係進行一番推敲，很容易就讓中共露出馬腳。

同樣，中共為了掩蓋活摘器官之事，推出「死刑犯是主要器

官來源」這一說法上，也犯了類似的錯誤。2003至2006年器官移植數量的飛速增加是有目共睹的，但是，死刑犯能支撐起多大的市場份額，可以用其他相關數據進行分析估算而得。下面的計算就證明死刑犯的器官數量遠遠滿足不了2003至2006年間的高增長。

「估算公式」提供的數量

在前面我們用歷史數據給出了死刑犯能提供的器官的大概數量，在6000例左右。下面我們再用估算公式來計算一下，看看每年死刑犯到底能提供多少器官。相關的變量包括：

- 每年被處決的死刑犯人數
- 可供摘取器官的死刑犯比例
- 一個犯人能提供的器官數量
- 個人器官利用率

估算公式：

每年死刑犯器官數量（腎和肝）＝每年被處決的死刑犯人數 × 可供摘取器官的死刑犯比例 × 一個犯人能提供的器官數量 × 個人器官的利用率

由於中國器官移植專家提供數據時常常以腎和肝為例，本章的估算和討論中指的器官數量也只包括腎和肝，事實上其他大器官的移植數量相對很少，所以不會對結果造成什麼影響。

估算公式中變量的取值是根據很多公開資料設定的，為了方便說明問題，我們先用設定值做一個計算，看看結果如何。文章接下來有關於變量是如何設定的詳細具體解釋。

在這裡的計算中，設定每年被處決的死刑犯人數為一萬人，

可供摘取器官的死刑犯比例為 30％，一個犯人能提供的器官數量（腎和肝）是三個，三個器官能同時都被利用的比率設定為 75％。為了更有說服力，我們盡量採取變量可能範圍內的上限數值，計算出來的每年死刑犯器官數量應該有所高估。計算結果如下圖所示。

對中國每年死刑犯能提供的器官（腎和肝）的估算

	每年被處決的死刑犯人數	可供摘取器官的死刑犯比例	一個犯人能提供的器官數量（腎、肝）	個人器官的利用率	每年死刑犯器官數量（腎、肝）
估算值	10,000	30%	3	75%	6,750

估算公式：每年死刑犯器官數量（腎和肝）＝ 每年被處決的死刑犯人數 × 可供摘取器官的死刑犯比例 × 一個犯人能提供的器官數量 × 個人器官的利用率

估算結果是，每年死刑犯能提供的器官差不多在 6750 例（腎、肝）的水準。對比歷史數據，有相當高的吻合性。2000 年到 2002 年，還有 2008 年來自死刑犯的器官數量都在 6000 至 6500 例左右。我們的估算值有點偏高，如果扣除估算中變量取值盡量取上限的這個因素，我們的估算還是比較合理的，基本符合歷史數據。

當然，如何設定這些變量的數值，將是富有爭議的話題。由於中共對真實數據的高度保密，我們的計算只是為了象徵性地說明問題，不過，我們的估算的確說明了問題。本章還有相當篇幅對各種器官來源的機制以及市場特徵進行了分析，如果將各種因素綜合起來看待利用死刑犯器官的事情，就能較為準確地把握中國器官移植市場的全貌。

關於估算變量的說明

1. 個人器官的利用率

一個死囚可以貢獻兩個腎臟和一個肝臟（這裡只考慮腎和肝）。那麼，是不是這三個器官都能用上呢？當然不是。死刑犯作為一個特殊的供體來源，在不同的地方，不同的時間槍決，在沒有器官共用網絡的情況下，就算一個人有多種器官可利用，利用率也將大打折扣。《中國醫藥報》在《建立器官移植登記網絡》一文說，由於沒有器官移植登記網絡，有的只拿了腎，白白浪費了許多器官[11]。

儘管如此，在前面的估算公式中我們還是假設死囚個人的器官利用率達到四分之三，為 75%。

2.「每年被處決的死刑犯人數」與「可供摘取器官的死刑犯比例」

有人可能想了，為什麼死刑犯人數設定為一萬，而不是二萬？為什麼死刑犯被利用的比例取值 30%，而不是 50%，或者 80%？對於這個問題，我們在後面將有詳細說明。下面先講一下器官移植的配型問題，這個問題很重要，是我們進行估算的一個技術上的基礎。

第二節

器官配型問題

　　器官移植遇到的挑戰就是人體的免疫排斥反應。免疫排斥是人體的一種免疫機能，它像衛士一樣，忠實地守衛著人體安全，絕不允許「不明身分」的物質進入體內。不論發現進入人體的是「客人」，還是「敵人」，它會盡一切努力「請」它們出去。比如，新腎雖然能夠幫助患者解決排水、排毒等大問題，但在免疫排斥反應「心目中」，永遠屬「客人」。

組織配型

　　器官配型是為了減少排斥反應。對配型而言，主要有下面幾項。
　　‧血型（ABO 血型）：以 AB0 血型完全相同者為好，至少能夠相容，符合輸血原則。
　　‧交叉配血試驗（cross-match test）：是指用受血者血清與

供血者紅細胞（主試驗）以及受血者紅細胞與供血者血清（副試驗）交叉。即使血型相同，腎移植手術前也必須進行交叉配型試驗，只有當交叉配型實驗結果陰性，才能避免超急性排斥反應的發生。

・淋巴細胞毒性試驗：必須陰性。細胞毒性試驗是指受者的血清與供者淋巴細胞之間的配合，淋巴細胞毒試驗的細胞殺傷率小於 10％為陰性、10 ～ 15％為弱陽性、大於 15％為陽性。

・選擇性進行群體反應性抗體（PRA）檢查。

・HLA 配型：要求有盡可能多的 HLA 位點相同。HLA 是指人類白細胞抗原系統（Human Leucocyte Antigen），它是人體生物學「身分證」，由父母遺傳，能識別「自己」和「非己」，並通過免疫反應排除「非己」，從而保持個體完整性。子女與父母間的 HLA 總有一半相同，兄弟姐妹間有四分之一的機會可找到相同的 HLA 抗原。HLA 能夠反映接受器官移植的受者和提供移植器官的供者之間的組織相容性程度，與器官移植術後的排斥反應密切相關，故又將 HLA 稱為移植抗原。在非直系血緣關係的人群中，幾乎不可能發現 HLA 完全相同者，因此，一般非血緣關係的人之間的匹配程度都屬不完全匹配。「可允許的不相容匹配法則」法則規定，必須相配的位點包括 10 個 I 類和 5 個 II 類 HLA 位點，其餘的位點均為「可允許的不相容配型位點」。HLA 是影響器官存活的主要因素。

HLA 配型幾率

HLA 分型有常見、少見、罕見之分，常見的 HLA 分型，在

300 至 500 人就可以找到相同者，少見的 HLA 分型可能是萬分之一的機率，而罕見的就要到幾萬甚至幾十萬的人群中尋找[12]。

從醫學角度說，直系親屬之間完全配型的概率是 50%，而兩個親屬之外的人最終達到醫學上的移植，完全配型的只有幾百萬分之一的機會。

美國的「全國骨髓捐贈計畫」（National Morrow Donor Program， www.marrow.org）網站上有提供一組有關 HLA 匹配的數據，大概 4000 個捐贈者中有 200 個成為潛在的供體，而在這 200 個潛在供體中，平均 4.5 人才能匹配一個病人。如果以潛在供體來算匹配幾率，大概是 5%，要是以更準確的匹配要求來看，那就只有 1% 了。

免疫抑制劑的出現和大量使用，能在一定程度上緩解 HLA 不完全配型帶來的排斥反應。腎移植需要的 HLA 配型，共六個點，目前在中國大陸基本上患者要求的配型點都在四個點左右，配型點的多少，意味著移植後期，患者排斥的幾率和用藥的多少，最好的就是六個點全部配對。從媒體報導上看，大陸移植界提供的非直系親屬的配型幾率大概在 20 ～ 30% 之間[13]。 上海市第一人民醫院移植泌尿外科副主任范昱在接受《新聞晨報》記者採訪時，也說到這個比例在 20 ～ 30% 之間[14]。

血型配型幾率

中國人的血型分布比較複雜，如果按南北來分的話，下面列表顯示的是以廣東和北京為代表的 ABO 血型南北分布[15]。

根據上面的數據，可以計算血型完全相同的概率。廣東人是

33％，北京人是 28％。所以，可以大致認為，中國人血型完全匹配的幾率在 30％左右。

中國人的血型分布比例（％）

人群	O	A	B	AB
廣東人	46	23	25	6
北京人	29	27	32	13

（資料來源：RACIAL & ETHNIC DISTRIBUTION of ABO BLOOD TYPES, Bloodbook.com）

肝移植的配型要求

從免疫學角度看，肝具有「免疫特惠器官」的性質，供受者選配可以不如其他器官移植那麼嚴格。肝移植供受者血型最好是同型，至少需符合輸血原則，但是對淋巴細胞毒交叉配合試驗要求不嚴格，臨床上一般仍作細胞抗原（HLA）配型，但都不具有實際臨床意義。

不過，肝移植對供體還有一些非免疫學的要求：一、年輕，年齡不宜超過 50 歲，為了有較好的肝再生能力和從熱缺血損害中恢復的能力，供者越年輕越好；二、肝健康無病，HBSAg 陰性，無各類活動性肝炎，也沒有可能累及肝的全身性疾病，如高血壓、動脈硬化；三、沒有結核病；四、非腫瘤患者；五、沒有全身性明顯的或潛在的感染或局部化膿性病灶；六、非長期休克後死亡者，即要求臨終前肝有足量的血流灌注；七、從肝體積來講，要求供肝和受體肝大小相似而略小為適宜。

中國是肝炎病毒攜帶者多發區。乙肝治療專家、南京市第二醫院趙偉副院長在接受《揚子晚報》接受記者採訪時說，乙肝病

毒在我國人群中的總感染率很高，約為 57.6％，真正的乙肝病毒攜帶者約為 1.2 億〔16〕。中共衛生部 2006 年 3 月 16 日印發的《人體器官移植技術臨床應用管理暫行規定》的第 31 條也規定了肝炎病毒攜帶者等患有經血液傳播疾病者的器官，不得用於人體器官移植。

所以，肝移植雖然在 HLA 配型上要求不嚴格，但是，基於以上提到的諸多要求，肝臟供體在移植市場上的短缺現象仍然非常嚴重。

更多關於器官移植的背景資料，詳見 411 頁【附錄 1 】。

第三節

死刑犯人的數量

　　在估算公式中，我們把每年的死刑犯人數設定為一萬人。下面就說說如何選定的這個值。

　　對於器官移植市場的瘋狂增長，人們可能猜測是不是中國的死刑犯的人數有突然的增加呢？根據中國新聞網 2007 年 9 月 6 日在「中國死刑數量明顯下降」一文中的報導，「十幾年來，人民法院一直堅持嚴格控制和慎重適用死刑，死刑數量持續保持下降的趨勢。」〔17〕雖然中共的言論沒有可信度，但是，在 2003 至 2006 年間的器官移植高峰期，死刑犯沒有出現突然的大規模增加應該是事實。

　　下面我們根據外界和中國大陸內部一些專家的估計來看看中國的死刑犯人數。

中國每年有多少死刑犯

首先明確一個概念，被判處死刑的人數與被執行死刑的人數還不是一回事，判死刑但是緩期執行在中國也占有很大的比例，這部分死緩的大都能免於死刑。在上面提到的中新網的報導中還引述最高法院副院長姜興長的話說，「近年來，不少地方判處死刑緩期二年執行的比例，已經接近甚至超過判處死刑立即執行的比例。」

外界有關中國被執行死刑的人數從一千到一萬的都有。國際特赦組織發布有關 2006 年的死刑報告說，中國有至少 1010 人被處決，估計真正處決的犯人可能多達 7500 至 8000 人[18]。「義大利反死刑組織」發表報告《Hands Off Cain》稱，2006 年全世界有 5628 人被處決，其中中國被處決人數達到 5000 人[19]。 中國社會科學院法學研究所教授劉仁文曾經接受媒體採訪時透露，學術界一般估計，中國每年大約處決 8000 名被判處死刑的人。大陸學者王光澤在《中國死刑執行人數之謎》中披露，一位長期在河南省從事刑事辯護工作的律師推算，在非嚴打的年份，河南省每年執行死刑的人數在 500 人以上，嚴打的年份更會高達 800 人左右。他說，如果據此類推，中國有 30 個省份，每年執行死刑的人數大約在一萬人左右是完全有可能的[20]。 2004 年 3 月，《中國青年報》報導說，全國人大代表敦促最高法院覆議所有死刑案件時稱，大陸每年判處執行的死刑犯約有一萬人。

這些死刑數據的估算是出自於反對濫用死刑的那些機構或個人，當然不排除會盡量往高說。綜合各種數據，一萬人應該是處決死刑犯的上限。

有人想到了，有沒有全國性的「嚴打」呢？那殺的人可就多了。

2003 年後沒有大規模「嚴打」

1983 年到 2002 年，中國組織開展了三次大規模的嚴打專項鬥爭，分別是「1983 至 1987 年全國嚴打鬥爭」、「1996 至 1997 年全國嚴打鬥爭」、「2001 至 2002 年全國嚴打鬥爭」。嚴打槍斃的人數外界不知道，但是第一次嚴打是稱得上「濫殺」。當時提出的口號就是：可抓可不抓的，堅決抓；可判可不判的，堅決判；可殺可不殺的，堅決殺。這樣做造成了很不好的後果，後來的嚴打就改「從重、從快」為「寬嚴相濟」，一直到「少殺慎殺」，「疑者不殺，殺者不疑」。2003 年以後，沒有這樣規模的「嚴打」。也就是說，「嚴打」並沒有在器官移植市場的成倍增長中扮演什麼角色。

基於這些原因，在本章第一節死囚器官數量的估算公式中，採用了上限數值一萬作為每年處決死刑犯的人數。

第四節

可供利用的死刑犯比例

　　我們在估算公式中把可供摘取器官的死刑犯比例設定為 30%，下面講講這是怎麼來的。

1. 組織配型要求是利用死刑犯的一大瓶頸

　　前面講過，相同血型匹配的比例在 30% 左右；從醫學角度說，直系親屬之間 HLA 完全配型的概率是 50%；而一般陌生人之間的配型概率在 20 ～ 30% 之間。換句話說，可利用的死刑犯不會超過 30%。

2. 「冷缺血時間」的限制

　　器官離開人體後細胞會死亡，一個人心臟停止後，其器官若

不馬上處理並存放在超低溫的特殊培養液中，15 分鐘後器官就不能再用。即使摘取後馬上存放在低溫的特殊培養液中的器官，必須在有效的缺血時間內進行移植手術。目前腎臟的冷缺血時間不得超過 24 小時，肝臟不超過 15 小時，心臟不超過六小時。所以，死刑犯的器官除了組織配型的限制外，還必須要盡可能的縮短冷缺血時間。在器官移植上，不存在儲存器官以備日後利用的問題。

　　事實上，除了技術上的要求之外，利用死刑犯器官在客觀上還有來自方方面面的其他限制，下面將詳細說明。

3. 死囚器官是「過期作廢的一次性資源」

　　死刑犯是一次性資源，如果與這一批病人的組織配型不高，這次沒有用上，也就沒有下一次機會了，因為人已經被押赴刑場處決了，就如同流水一樣，逝者如斯乎。所以，死刑犯是一種沒有「儲備能力」的「一次性資源」。其他活體的器官來源，就沒有這個局限性。這次不行，返回到器官供體庫裡儲備著，等下次再用。當然，我們也看到一些報導說，某個法院有時故意不確定執行死刑的日子，等醫院找到病人再說。這種情況是存在的，但是，殺死刑犯是中共的政治任務，是為了維護政權的，不可能為了每個死囚的器官能被利用，而一個個的留著不殺等著備用。相反，中共為了政治目的，號稱要「大快人心」，有在節假日（元旦、「五一」、「十一」等）集中槍斃一批犯人的習慣。在沒有器官共用體系的情況下，這種行為也會導致器官的「浪費」。一名天津武警總隊醫院燒傷科的醫師王國齊，曾在美國國會的國際運作及人權委員會舉行的聽證會上就盜取死囚器官出庭作證，他

在《我在死囚身上剝皮》的自白書中，也描述了他親自參與的到
刑場取器官的過程。四個犯人，只有一個被取器官。他被要求在
聽到槍響後 15 秒內必須把囚犯抬到救護車內，他同另外一名醫
生用了 13 秒[21]。

4. 死囚器官是「時空分割的小樣本資源」

死刑犯是在不同時間、不同地區（時空分割）被處決，由
於中國沒有如同美國那樣的器官共用網絡（United Network for
Organ Sharing，簡稱 UNOS），所以死刑犯作為器官來源，組織
配型是在小範圍或者當地進行的，屬「小樣本資源」。有學者指
出，地方法院與當地醫院形成了地方利益，這種地方保護主義使
得外地醫院要來本地弄器官也就更不容易（到了 2009 年 8 月，中
國才公布將在境內 10 個省和城市試點推行人體器官捐獻體系）。

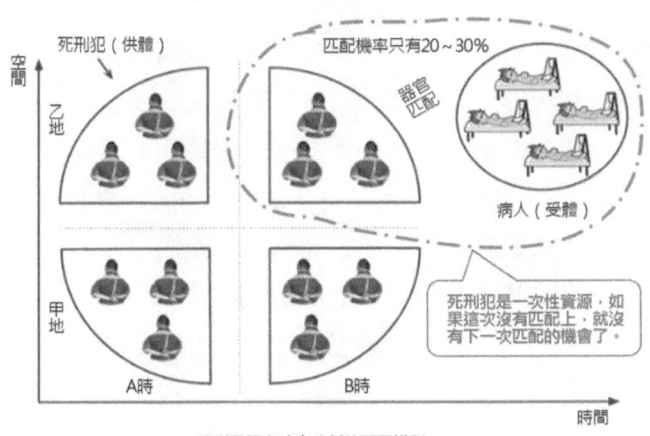

死刑犯器官時空分割的匹配模型

　　下面的簡化圖顯示，時間上的 A 月、B 月，地方上的甲地、
乙地，把死刑犯器官分割成了四個部分，對某月、某地而言，死
刑犯器官原則上只能跟那個時間、那個地方的病人受體進行器官
匹配，所以，匹配率不高造成的器官浪費是很明顯的。與死刑犯
的「一次性小樣本資源」相反，活摘法輪功學員的匹配模式具有
「儲備型大樣本資源」的特點，後面將有詳細說明。

5. 利用死刑犯人器官是「法院主導的模式」

　　1984 年 10 月 9 日，最高法院、最高檢察院、公安部、司法部、
衛生部、民政部頒布實施了《關於利用死刑罪犯屍體或屍體器官
的暫行規定》，賦予了利用死刑犯器官的所謂法律依據。

　　法院、檢察院、看守所和醫院，是利用死刑犯人器官的幾個
不可缺少的單位，最關鍵的就是法院。法院判處死刑，同時也是
執行死刑的機構。死刑犯在待決前，要通過驗血獲取其生理資訊，
這必須經過看守所同意；法院執行死刑，檢察院負責監督執行，
他們共同負責現場戒嚴，協助醫生在刑場上的手術車上摘取死刑
犯器官。中共的這個流程是在器官移植手術剛剛起步時，就基本
確定下來了，並且制定了法理依據，就是上面提到的 1984 年的《暫
行規定》。中共政府作為一種官僚機構，在摘取死囚器官上這些
年來一直是這個程式。《鳳凰周刊》引述一位知情者的話說：「如
果不獲得司法部門的許可，醫院對死刑犯取器絕無可能。」[22]

　　天津武警總隊醫院醫師王國齊在《我在死囚身上剝皮》的自
白中也講述了這個流程。

　　「法院」主導的這種模式，使得利用死刑犯器官走的是比較

公開的（中共雖然長期否認，在國際上也是公開的祕密）、程式化的過程，必須按照固定的、甚至官僚化的程式走，是法院、檢察院、看守所和醫院聯合參與的一件事情，中共的各個部門都有自身的利益和利害關係，不能說醫生偷偷就跑到看守所跟獄警合夥就把死囚器官給摘了。環節和利益單位的增多，客觀上也使得摘取死刑犯器官並不是一件高效率的事情。

6. 法律依據上要求「無人收殮」

1984 年《暫行規定》確定了以下幾種死刑罪犯屍體或屍體器官可供利用：

- 無人收殮或家屬拒絕收殮的；
- 死刑罪犯自願將屍體交醫療衛生單位利用的；
- 經家屬同意利用的。

當然，在巨大的經濟利益的刺激下，該《暫行規定》對死刑犯取器管開的「小口子」不斷被人為突破，逐漸變形。比如，不通知家屬什麼時候槍斃，故意造成「無人收斂」等。但是，不管怎麼說，無人收殮或家屬拒絕收殮這樣的要求畢竟造成了對盜用死刑犯器官的一種法律上的限制。

對於中共瞞著家屬盜取死囚器官的做法，從 2000 年開始就有家屬公開反對這一做法，並且提起法律訴訟。這為利用死刑犯器官增加了不確定因素。

2000 年 9 月，山西太原人于勇剛因搶劫殺人罪被判處死刑，其母堅稱醫院和法院私自取走兒子的器官，並寫下《一個公民血與淚的控訴》，控告相關部門。

　　江西一媒體曾披露，2000 年 5 月，江西農民付信榮因殺人罪被槍決。當地法院偷偷將其腎臟賣給江西某大醫院，付父悲憤自殺。付信榮的姐姐為此委託律師起訴法院。

　　2003 年 9 月 23 日，《蘭州晨報》揭露甘肅某看守所在未經死囚同意的情況下，行刑後將其器官「捐贈」。後當地法院對此事作出判決，看守所向家屬賠償 2000 元。看守所負責人向媒體承認，死囚必須透過書面申請捐贈器官，但是看守所並未持有自願捐獻的文字記錄[23]。

　　家屬的反應在一定程度上也使得利用死刑犯器官有所顧忌，至少不能把死刑犯器官當作一個任意開發的資源。

　　其他考慮因素還包括年齡（20 至 30 歲最好）和健康狀況等等。很多囚犯都有抽煙、酗酒、吸毒、焦慮等不良習慣。

　　總結一下，上面的討論是為了說明死刑犯中，可供用來摘取器官的比例有多大。匹配不好的器官直接影響手術質量，作為操刀的大夫來說，如果他的病人總是死在手術台上或者存活期過短，那會很嚴重傷害他的名聲和前途。所以，一般來說，器官移植醫生不會隨便弄來一個器官就去移植。根據非直系親屬匹配的幾率在 20 ～ 30％以及上面論述的這些方方面面的限制要求，我們認為死囚被利用做器官供體的比例也應在 20 ～ 30％。在文章開頭的估算公式中，死刑犯被盜取器官的比例我們採用的數據是上限 30％。

　　上面幾部分就估算公式中參數的取值進行了說明。我們認為，利用死刑犯器官的這些局限性使得每年來自死刑犯的器官數量大致在 6000 例左右。而在 2003 至 2006 年間，中國器官移植市場發生了一個飛躍式的增長。死刑犯器官顯然滿足不了這個膨脹的市場需要。

第五節

2003 年：
器官移植市場「蘑菇雲」升起

　　中共衛生部副部長黃潔夫說：「在過去 10 年間（1997 至 2007 年），中國器官移植數量飛速增長。」[24] 他是這樣具體描述的：「全國一共有 600 多家醫院、1700 名醫生開展器官移植手術，太多了！」[25] 相比之下，在美國，能夠做肝移植手術的只有約 100 家醫院，從事腎移植的不過 200 家；而香港能夠從事肝、腎和心移植手術的醫院僅各一家。對於中國器官移植發展速度，從兩家與軍方關係密切的醫院「天津東方器官移植中心」和「解放軍第二軍醫大學第二附屬醫院（上海長征醫院）」在其網站上公布的手術成果飛速增長圖就可略見一斑（參見附錄 2）。

　　中國移植專家對外公布的器官移植數量，雖然具體數字有所出入，但是都能顯出大陸器官市場在過去十年的瘋狂發展（具體數字參見附錄 3）。在 2003 至 2006 年間移植醫院泛濫的時期，還出現了不少地下醫院，也擠進器官市場牟取暴利。這些地下醫

院移植的器官，很可能是沒有計算在公開的器官數量中，那麼，這期間的實際移植數量應該超過我們公開談論的數據水準（參見第 415 頁【附錄 4】）。

　　從總體層面上看，不管各家各派如何估算，有一個重要特點是肯定的，就是 1999 年到 2008 年間的發展，從數量級上來說，可以粗略地劃分為三個階段。

1999 至 2008 年　中國器官移植市場的三個階段

	時間段	每年器官移植數量	主要供體來源
第一個階段	2003 年以前	23	25
第二個階段	2003-2006 年	1 萬 2 千例 -2 萬例	死刑犯＋未知來源
第三個階段	2006 年以後	不到 1 萬例	死刑犯、親屬活體

　　根據衛生部副部長黃潔夫和全軍器官移植中心主任石炳毅提供的數據以及大陸媒體的各種報導，大致可以勾畫出來中國器官

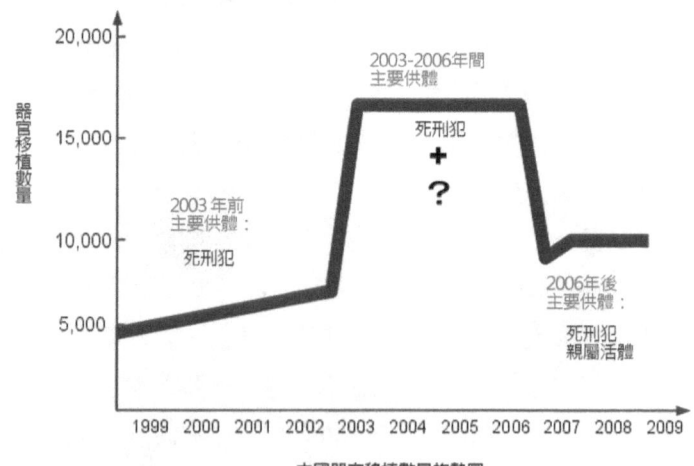

中國器官移植數量趨勢圖

移植數量的趨勢圖，如下所示：（詳細情況和來源請參見第 416 頁【附錄 5】）

在 2003 年前後，移植數量有一個大幅度的飛躍，2007 年又降了下來，但是，仍然維持在比 2003 年前高的水準，按中共的說法，那是因為 2007 年之後，大力宣傳親屬間活體移植，有了效果，目前親屬活體移植比例已經有 40%[26]。

更形象地表示，我們可以用一個類似核爆炸的「蘑菇雲」來表示中國器官移植市場的變化，2003 年就是那個「蘑菇雲」的膨脹點：

2003 年：中國器官移植市場「蘑菇雲」升起

那麼，這個器官移植市場的「蘑菇雲」需要的供體，是來自哪裡呢？

世界各國移植的數量在這 10 年間基本都是比較穩定的。加拿大從 1997 年到 2007 年的器官移植數量大概是從 1500 例增加到 2200 例，美國的移植數量從 1997 到 2008 年是從二萬例增加

到 2 萬 7000 例（參見第 418 頁【附錄 6】）。中國在穩定了幾年以後（1997 至 2002），突然大幅度增長，然後在外界質疑活摘器官之後，又突然降了下來。這種現象不符合世界器官移植發展的正常過程。

第六節

2003 至 2006 年：
器官移植史上絕無僅有的市場

　　看到上面的這個大大的「蘑菇雲」，讀者也許已經開動豐富的想像力，為多餘的器官到底來自哪裡，琢磨著各種各樣的答案。請不要急於下結論，先來看看中國大陸 2003 至 2006 年間的器官移植市場所具有的在移植歷史上獨一無二的特徵，然後再判斷到底什麼樣的器官來源才能撐起這一朵血色的「蘑菇雲」。

特徵 1：超短的器官等待時間

　　美國衛生部的數據表明，在美國，肝的平均等待時間是兩年，腎的平均等待時間是三年[27]。而中國的一些醫院說，他們的器官等待時間短到只要以周來計算。

　　下面列表顯示了中國幾個大的器官移植中心在 2003 至 2006 年期間正式公布的平均器官等待時間，最右邊一欄是美國衛生部

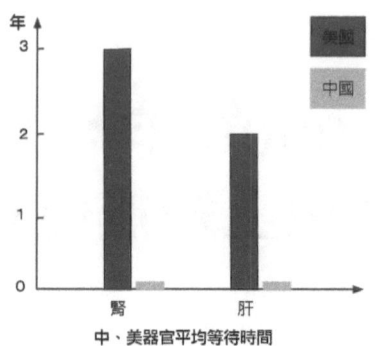

中、美器官平均等待時間

公布的器官平均等待時間。可以看出，美國是二至三年，中國是一至兩周，天壤之別，可以說是開創了器官移植歷史上的一個特大意外。意外的等待時間，就意味著有意外的器官來源。

中國與美國的器官平均等待時間

東方器官移植中心（天津第一中心醫院）	解放軍第二軍醫大學 第二附屬醫院器官移植研究所（上海長征醫院）	國際移植網路支援中心（瀋陽中國醫科大學第一附屬醫院）	美國衛生部數據 www.organdonor.gov
病人平均等待時間為「兩周」	肝移植病人平均等候供肝時間為「一周」	肝移植最快只需「一個月」，最慢不超過「兩個月」。腎移植最快「一周」，最長不超過「一個月」。如有問題在「一周之內再次進行移植手術」	等待心臟：230 天 等待肺：1068 天 等待肝：796 天 等待腎：1121 天 等待胰腺：501 天

（資料來源：請參見第 419 頁【附錄 7】）

特徵 2：昂貴的費用，器官移植成暴利行業

各大醫院的收費標準可能不一樣，但是昂貴的程度從中國醫科大學第一附屬醫院的國際移植（中國）網絡支援中心的費用表中可見一斑。

器官移植費用表（美元）

腎移植	$62,000
肝移植	$98,000 ～ $130,000
肝和腎移植	$160,000 ～ $180,000
腎和胰移植	$150,000
肺移植	$150,000 ～ $170,000
心移植	$130,000 ～ $160,000
角膜移植	$30,000

國際移植（中國）網路支援中心（設在瀋陽中國醫科大學第一附屬醫院）

腎移植六萬多美元（約合 40 多萬人民幣），肝移植 10 萬美元（約合 70 萬人民幣），肺和心臟器官更貴，要 15 萬美元以上（數據來源和詳細費用列表請參看第 421 頁【附錄 8】）。

據《鳳凰周刊》2006 年報導，隨著國外患者與日俱增，移植

手術費用也逐漸上漲。2004 年初，天津市第一中心醫院（東方器官移植中心）的肝臟移植手術費用為 3.2 萬美元（約合人民幣 25 萬元）左右，到 2005 年，治療費用已經超過了四萬美元（約合人民幣

33 萬元）[28]。

高額的收費（背後是廉價的供體來源），使得器官移植成為暴利行業。解放軍第 309 醫院器官移植中心在其介紹中稱「移植中心是我部重點效益科室，2003 年毛收入 1607 萬元，2004 年 1 至 6 月份為 1357 萬元，今年（2005 年）有望突破 3000 萬元。」[29]

天津的東方器官移植中心更是大發器官財。據《南方周末》報導，「急劇膨脹的業務，讓東方器官移植中心獲得巨額營收。據此前媒體報導，僅肝移植一項，一年即可為中心帶來至少一億元的收入。」[30] 2006 年 9 月，東方器官移植中心新大樓啟用，這棟投資 1.3 億、擁有 500 張病床，總「病床年周轉率」可達上萬次，外科手術中心可同時進行九台肝移植及八台腎移植手術，成為亞洲規模最大的器官綜合立體移植中心。

當器官移植變成了暴利行業，後果是嚴重的。一方面有錢人願意花大錢買器官，另一方面，巨大的暴利就會推動醫院為追求經濟效益而不顧一切地去開闢新的器官來源。那麼，在特定的政治氣候下，某些群體就會成為這個器官來源的犧牲品。

特徵 3：中國成為全球器官移植旅遊中心

昂貴的費用使得病患的主要來源是有錢人階層，局限於一個特定群體：

- 海外的病人（流行一時的「器官移植旅遊熱」）
- 大陸有錢的生意人、明星和中共官員
- 少數傾家蕩產的普通病人

據《三聯生活周刊》2004 年報導，國內的病人大多是「有自

己的產業，做生意的」，也有部分「有職務的」。報導還稱，短短幾年間，更有數萬海外病人赴中國移植器官，掀起了「器官移植旅遊」。該文章描述了器官移植旅遊的盛況：「除了韓國人外，天津市第一中心醫院（又稱東方器官移植中心）還有來自日本、馬來西亞、埃及、巴基斯坦、印度、沙烏地阿拉伯、阿曼和港澳台等亞洲近 20 個國家和地區的患者前來就診。在該醫院四樓，經常可以看到圍著頭巾，穿著長袍的阿拉伯人，病區中心的咖啡廳儼然成了『國際會議俱樂部』，不同膚色、不同種族的人在此交流看病心得。」[31]（2007 年 7 月，中共衛生部聲稱要求各醫院停止為外國人做器官移植手術。）

特徵 4：小市場中的大市場，出現「蘑菇雲」

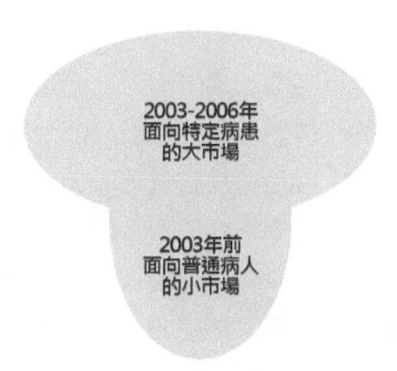

2003-2006年
面向特定病患
的大市場

2003年前
面向普通病人
的小市場

高昂的費用，病人來源的局限，並沒有使器官移植市場「曲高和寡」。相反，2003 年後中國器官移植數量是大幅上升的，每年突然增加了 5000 到一萬例甚至更多的器官移植，形成了一個意料之外的「蘑菇雲」。

中國每年大約有 150 萬人因末期器官功能衰竭需要移植，供體短缺現象要比美國等移植大國嚴重得多。但是，從 2003 年開始中國成為了一個供體豐富，吸引國際病患源源不斷來到中國作器官移植旅遊的世界移植中

心。東方器官移植中心副主任鄭虹在 2004 年接受《三聯生活周刊》採訪時自豪地說：「中國的供體短缺其實比國外好了太多。」〔32〕

這是怎麼回事呢？

原來，在中國混亂的總體上器官嚴重短缺的移植市場中（小市場），卻存在著一個「市場中的市場」——面向特定病患的供體豐富的另一個市場（大市場）。只有了解了中國器官移植「小市場中的大市場」，才能明白中國器官移植市場狀況到底是怎麼回事。

中共在否認活摘器官的指控時，就抬出過這樣的理由，說中國有 100 多萬人等著器官移植，怎麼可能在很短的時間內等到器官呢？其實，就是在混淆這兩個「市場」。

特徵 5：國產的器官，出口的質量

中國這個階段的移植市場有很多反常的現象，除了上面提到的超短的器官等待時間，面向特定的小群體，數量規模反而大增等等之外，還有一個值得注意的特點，就是器官數量的增加並不是靠犧牲器官質量換來的。恰恰相反，這個時期的器官供體質量非常好。中國人都明白，大陸出口產品的質量是要遠遠好於國內市場的。這一波國際器官旅遊熱中，中國器官移植的大客戶是海外病人，給他們換器官，類似於出口產品，當然對器官質量的要求是很高的。

中國醫科大學第一附屬醫院的國際移植（中國）網絡支援中心在其網站上的「問答」中，對於質量問題，是這麼說的：「在中國開展的是活體腎移植與各位在日本的醫院及透析中心聽說的

屍體腎臟移植完全不同。」「腎臟移植最重要的是組織配型問題。進行活體腎移植前，首先要檢測供體腎臟的功能及供體者的白細胞，以確保移植用腎臟的安全性。為此可以說比起日本的屍體腎臟移植，這裡更為安全可靠。」（參見第 422 頁【附錄 9】）活體，成為招攬海外病人的重要廣告。

海外的獨立調查機構曾以病人或者病人家屬的身分打電話到中國大陸的移植醫院，詢問器官情況，得到的答覆大都是「供體是健康的」「一般在 30 歲」「保證質量是最好的」等等。[33]

也就是說，正因為等待時間短，器官質量高，才造成了大陸的國際器官移植旅遊熱。

特徵 6：2006 年之後豐富的供體來源突然消失

器官來源一般來說比較穩定，這也是前面我們提到的加拿大和美國的器官在十幾年中沒有太大的增幅，當然更沒有突然的下降。中國大陸在 2003 至 2006 年的瘋狂增長之後，隨著 2006 年 3 月活摘法輪功學員器官的指控在國際上造成越來越大的壓力，中國大陸 2007 年的器官移植大幅跌落。

活摘器官曝光之後，中共一方面予以否認，另一方面加快了對器官市場的整頓，頒布了人體器官移植條例，對移植醫院實行准入資格，600 多家醫院中，只有 160 多家醫院獲得資質。

移植醫院的減少是不是造成器官移植數量下降的原因呢？當然不是的，至少不是最根本的原因。准入醫院少了，醫院對於供體來源的競爭也應該大大減少。對於那些大醫院來說，如果供體來源沒有大的變化，供體應該更加豐富，但是，實際情況是，許

多大醫院的器官移植例數急劇下滑。所以,問題出在供體的消失,而不是醫院的多少。

2007 年 5 月,中華器官移植學分會常委、全軍器官移植中心主任石炳毅對《科學時報》的記者說:「我國器官移植的數量,在 2006 年達到了歷史最高峰,完成了近二萬例的器官移植手術;2007 年 1 至 5 月份,與去年同期相比卻出現明顯的下降,主要問題仍然是供體短缺。」[34]

《南方周末》2007 年 7 月刊登的一篇文章更是生動地說明了這個問題。文章稱,「做移植手術的大夫抱怨供體突然短缺了。」「朱志軍是東方器官移植中心副主任,在東方器官移植中心二樓辦公室裡,朱志軍顯得有些憂心忡忡。他對記者說,從春節後到現在,近半年過去,這家號稱亞洲最大的器官移植中心總共才做了 15 例肝移植手術。而在 2006 年,東方器官移植中心創造出了一年完成 600 多例肝移植手術的紀錄。」[35]

死刑犯器官的相對穩定性

從本章開頭簡單的估算中,可以看出死刑犯提供的器官具有一定的穩定性。在 2003 年前和 2006 年後,基本上都維持在 6000 例左右。事實上,這個穩定性是由幾個因素造成的:

1. 移植技術和免疫抑制劑在 1990 年代末已經成熟,不存在技術上的突破造成數量大增的現象。

2. 器官移植需要有配型要求,這是一個技術上的瓶頸,使得同一器官來源能相對地保持著一定的穩定性。

3. 中國缺乏器官共用體系,一般是當地醫院和當地的死刑犯進行匹配,還有地方保護主義的考慮,匹配範圍有限,不太會有

大起大落。

4. 死刑犯本身是要經過司法系統的固有程式來判決的,除非嚴打年份,死刑犯的人數是比較穩定的,甚至逐漸地在慢慢下降。

5. 利用死刑犯器官的「合法性」,以及社會上普遍有一種對死刑犯還能對社會盡點貢獻的「道德認知」,造成了中國移植醫院可以不在乎外界的壓力。

這就是說,來自死刑犯的器官,相對來說是比較穩定的器官來源。

最高法院收回死刑核准權後,對死刑犯器官來源的影響

最高法院自 2007 年 1 月 1 日從省級高級法院收回死刑核准權,導致死刑犯案例下降。這是不是造成 2007 年器官供體嚴重短缺的原因呢?當然有這個因素,但影響並不大。據新華社 2008 年 3 月 10 日的報導,高院收回死刑核准權後,2007 年全國死刑的不核准率只有 15%[36]。這個比例(很可能高估)也說明死刑犯器官來源並沒有受到嚴重影響。從實際的移植數量上看,也是如此。《中國日報》報導稱,目前(2008 至 2009 年)65% 的器官來自死刑犯,這兩年每年有近一萬例左右器官移植。那麼,差不多也就是每年有 6000 多例器官來自死刑犯,基本上與 2000 至 2002 年的水準差不多。

所以,2007 年器官數量的大幅下降,必然是由於其他的器官來源的突然消失造成的(不過,並不確定是不是完全消失)。

綜上所述,中國大陸在 2003 至 2006 年突然出現又很快消失的器官移植市場,是歷史上絕無僅有的市場。利用死刑犯器官不會表現出以上那些非常特徵。

　　順便提一下，從 2007 年起，由於器官短缺，親屬間的活體移植成為另一種器官來源。媒體上也大肆宣傳，試圖改變中國人對給親人捐器官的恐懼和認識。據人民網報導，天津東方器官移植中心在 2007 年完成了 84 例親體肝臟移植手術（親屬可以捐出一部分肝）〔37〕。不過，2006 年以後親屬間活體器官成為另外一個重要來源之事，與本章節關注的 2003 至 2006 年的器官移植「蘑菇雲」市場沒有什麼關係。

第七節

多餘的器官從何而來？

如果死刑犯能提供的器官在 6000 例左右，我們在前面也說明了在 2003 至 2006 年來自親屬間活體移植比例又非常低，而每年器官移植數量超過 1 萬 2000 多例，甚至多到 2 萬例，那麼，瘋狂增長的器官來自哪裡呢？

新的器官來源應該具備的簡單特徵

我們可以設想，這個器官來源應該具備幾個簡單特徵：

· 人數要足夠多，能形成一個至少超過現有的利用死刑犯器官規模的供體庫。

· 沒有「合法性」依據，這樣才能突然出現，一旦被外界發現，又能很快消失。

· 雖然不合法，但是參與者又不用負擔法律責任。也就是說，

政府當前的政策又是容忍對屬這個來源的群體進行「往死裡整」，摘器官就如同「化廢為寶」。

· 同時，這些人要集中在某幾個地方，有利於提高配型率。

· 最後，對於盜取器官、殺害供體之類的犯罪行為，醫生們不但沒有法律責任，也沒有什麼道德上的負罪感。

一個新的器官來源：非法集中關押的法輪功學員

利用死刑犯器官必須要經過司法部門的許可和參與，導致醫院不能到監獄隨便摘器官。但是，如果這時出現了一個在司法系統之外的、被政府鎮壓、摸黑、醜化、被仇恨的群體，而且這個群體被非法集中關押，人數巨大，那麼，這個群體就很可能成為最好的活體器官庫，特別是被擁有特權的軍隊和武警移植醫院開闢成為新的器官來源。這個新的器官來源會是什麼呢？

1999 年 7 月 20 日中共開始全面迫害法輪功之後，出現的大量非法集中關押的法輪功學員，便是一個這樣的群體。這個群體作為器官來源，有幾大特點：

· 繞開了司法系統。很多學員是被抓後直接送去勞教所（送勞教所不需要審判，公安可以直接送）。很多上訪的學員，為了不株連家人、單位和地方政府，不報姓名和住址，從而被大量非法集中關押。

· 一個巨大的活體器官庫，坐以待斃，能把國外幾年的等待時間縮短到一至兩周，最適合讓中國大陸成為國際器官移植旅遊的中心。

· 器官移植的關鍵之一就是供體的質量，活體器官遠遠好於

屍體器官，這樣的器官最適合要求高質量、願出高價錢的洋病人。

・ 當然也最滿足急於提高存活率的中國移植醫生們追求名利的貪婪。

相比死刑犯常常酗酒、抽煙、吸毒，法輪功學員不喝酒、不抽煙，少有不良習慣，身體健康，特別是大量去上訪的、年輕的來自農村和小城鎮的法輪功學員，成為被盜取器官的重要對象。

大量失蹤的法輪功學員，他們去了哪裡？

1999 年 7 月江澤民一夥對法輪功的迫害開始後，法輪功學員清澄事實的主要方式就是去當地和北京有關部門上訪，說明真相；或者到天安門廣場打橫幅，希望引起世人對法輪功人權的關注。據明慧網報導，北京公安內部消息稱，截至 2001 年 4 月為止，到北京上訪被抓捕的、有登記記錄的法輪功學員達 83 萬人次（不包括許多不報姓名和未作登記的）[38]。《美國國務院 2008 年宗教自由報告》提到中國勞教所裡關押的人中法輪功學員占人數的一半以上[39]，至少數以十萬計。

古有「株連九族」，中共再加一族：株連單位

有一個非常值得注意的現象就是，中共對上訪學員採取了非常惡劣的株連政策：迫使家人下崗，讓單位領導受罰，讓全單位職工都沒有獎金，甚至讓地方政府部門承擔責任，以烏紗帽相威脅。這樣一來，中共實際上就是把法輪功學員周圍的一切環境都動員起來參與迫害法輪功。單位裡本來對法輪功學員有同情心的同事，因為獎金被扣，也被煽動起對學員的怨氣，對法輪功的不

滿。地方政府部門為了保住官職，從消極態度變為不顧一切的阻擾法輪功學員上訪。地方公安被派到北京信訪辦門口截訪，「駐京辦」變成了各級地方政府在北京抓捕當地法輪功學員的派出所。

不報姓名地址，大量學員失蹤

於是，從 2000 年左右起，很多上訪的法輪功學員就不報姓名，不報家庭地址。從當時明慧網上的學員交流文章就可以看到，「不報姓名地址」成為了法輪功學員抵制株連迫害的一種廣泛流行的做法。這些學員後來怎麼樣了？很多人失蹤了。外界只知道他們很可能被集中起來關押到一些地方。現在回顧起來，這種集中關押就為大規模活摘器官製造了條件。

在《血腥的活摘器官》一書中，作者大衛·麥塔斯和大衛·喬高在世界各地調查採訪了很多被中共非法關押過的法輪功學員，這些學員提到在看守所遇到了許許多多不願說出姓名和住址的法輪功學員。這些學員最後都不知去向。同時，這些失蹤學員的家屬很多並不知道自己的親人去上訪，更不知道親人被誰抓捕，被關在哪裡。嚴酷的現實是，想要人都不知道跟誰去要。

目前身居海外的郭國汀律師說：「他親自辦理的上海黃雄案件就是這樣的。黃雄在上海交通大學的宿舍失蹤，沒有任何資訊，我們也查過好多地方都沒有。」

據明慧網報導，一位法輪功學員回憶起 2001 年初在北京看守所看到許多不報姓名的法輪功學員被轉移到東北的經歷。她說：「2000 年 12 月 20 日以後，被送到看守所裡的學員突然增多，每天都有好幾十人，甚至上百人，不報名的就被編上號。沒幾天監室裡就放不下這麼多的人，警察每天也是在提審追問她們到底叫

什麼名字，並使用電棍等刑罰，警察教唆監室裡其他犯人打她們，可她們基本上都不說。後來警察也不怎麼問了，就說妳們不說就把妳們送到能讓妳們說的地方去。果然在 2001 年初每隔兩天凌晨就送走一批，都是用大客車裝的。我們監室有個十八、九歲的山東女孩，編號是 K28，有一天早晨因叫錯號了上了大客車又回來了，說都是往東北拉。後來警察也不瞞了，也是說都往東北送。那一段時間北京往東北送了很多人。[40]」

揭開了「集中營」的蓋子

據在大陸檢察院工作的人士告訴筆者，中共的勞教所和監獄這些地方，不會長期接受沒有姓名、住址的犯人，因為沒有辦法按照程式辦理登記手續，這些人當然會被轉移到其他地方去。

那麼，這些失蹤的學員，去了哪裡呢？2006 年 3 月首次被知情人曝光出來的遼寧瀋陽蘇家屯案，掀開了這個蓋子的一角。據稱有數千名法輪功學員被集中關押於蘇家屯，並被活摘器官。

隨後，「集中營」這個詞開始在媒體上出現，用來描述那些用於非法關押大量法輪功學員的地方。

除了不報姓名、住址的學員被關到集中營外，據從看守所、勞教所出來的學員講，有一些在裡面特別堅定、拒不轉化的法輪功學員，也被轉移到不知什麼地方去了。這些集中關押地的存在提供了另一個線索。

軍隊掌控「集中營」

既然司法系統不能接受沒有姓名、住址的所謂「犯人」，按照中共的慣例，交由軍隊處置也就是意料之中的了。中共內部的

知情人傳遞出來的消息也證實了這一點，「集中營」與軍事監管區有關。

在 2006 年 3 月活摘器官案被曝光以後，瀋陽軍區後勤部下屬的一名老軍醫曾投書《大紀元》網站，說在全國各地類似的關押地（集中營）有幾十處，並提醒外界「注意力應該放到軍事設施上，器官移植的管理系統是軍隊，其意思就是該類事情的管理及機構的核心是軍事系統。需要將一定的注意力關注到許多的軍事設施上，那才是真正的集中營。」[41]

我們在後面將談及軍隊醫院在獲得器官來源上的巨大優勢，這也是與軍隊掌控器官來源分不開的。

給關押的法輪功學員普遍驗血，出於什麼目的？

名義上說，中共有些監獄是有所謂的「定期要給犯人體檢」的制度，但是，實際上很難落到實處，而且對普通犯人的檢查項目與對待法輪功學員不同。據 2004 年關於上海提籃橋監獄的報導，監獄體檢項目主要有「測血壓、聽心肺、摸肝脾、拍胸片」等，平均花費近 60 元[42]。可見，對普通犯人而言，驗血並不普遍，而對關押的法輪功學員，抽血卻是很普遍的。抽血是摘取器官必不可少的一步。

新唐人電視台 2009 年 7 月製作的電視片《生死之間》，採訪了幾位法輪功學員，提到了他們在關押期間被抽血的經歷。

目前居住在加拿大多倫多的甘娜來自北京，曾經是首都機場海關官員。2001 年甘娜第三次被關押在北京新安女子勞教所時，被進行驗血、X 光照像、心電圖及眼部檢查等等。甘娜說：「當

時我感覺很奇怪，勞教所的警察根本不把我們當人看，給我們做這種全面的體檢，我就感覺很奇怪。」

原對外經貿部國際司外事處處長張亦潔，因修煉法輪功，被前後關押七次。最後一次是在 2001 年的 6 月，她被投入北京市女子勞教所。張亦潔說：「原來我們部裡邊每半年都要給幹部查體一次。像這種常規的肝功化驗，一般的都是那種通常的小玻璃管，量都是一樣的。在勞教所抽血時候，我覺得量比平時要大的多，我們就說怎麼抽這麼多。」

鄒玉韻是來自廣州的法輪功學員。她曾於 2000 年 1 月被投入廣州槎頭女子勞教所，非法關押一年十個月，後又被抓捕，輾轉於廣州的五個洗腦班被反覆折磨。鄒玉韻說：「轉到最後一個洗腦班又沒有別的肯收了，就轉到天河區那個洗腦班去了，那個醫生就專門帶我到醫院去檢查，檢查很詳細，還有腦電圖，當然抽血是必然的哪。」

大衛在《血腥的活摘器官》中也就驗血問題採訪了幾位被中共非法關押過的法輪功學員。這種抽血和體檢的確是一個令當事的法輪功學員本身都感到很困惑的現象。一方面，法輪功學員在關押期間受到各種非人的折磨和待遇，強制轉化，逼簽「三書」甚至「五書」（保證書，悔過書等）。因為轉化率直接同政績掛鉤，所以，酷刑就是家常便飯，有的學員就被折磨致死。可是，中共對於法輪功學員又有一個普遍的、系統性的驗血和檢查器官的舉措。很多法輪功學員提到，對他們驗血不是對所有犯人都做的例行措施，常常是專門針對法輪功學員做的。給他們抽血和體檢時，並沒有同時對其他犯人做。更可疑的，真要被查出什麼毛病來了，又沒人理會。就是說，檢查身體只是想要挑身體好的，沒有毛病

的。那時候，沒有人想到這與摘取器官有什麼關係。

　　當然，能知道的只是在勞教所、監獄驗血的情況，對於被轉移到其他地方大量非法集中關押的法輪功學員，他們是如何被驗血的，他們的處境是如何，目前還無從知曉。

「活摘法輪功學員器官」的匹配模式：「儲備型大樣本資源」

　　前面提到，死刑犯是「一次性小樣本資源」。死刑犯只有一次配型機會，這次沒有用上，人已經死了。同時，死刑犯是在不同時間、不同地方被處決的，有「時空分割」，在沒有器官共用體系的情況下，死刑犯的組織配型是屬「小樣本配型」。

　　而被非法關押的法輪功學員與此不同。這次沒有配上，留著，儲備起來，下次再跟另外的病人配型，直到某一次被配上型為止，是「儲備型資源」。大量法輪功學員又是集中關押的（這樣的關押地在中國有多處），是「大樣本資源」。這樣，作為供體來源來說，供體數量和配型幾率就大大增加。

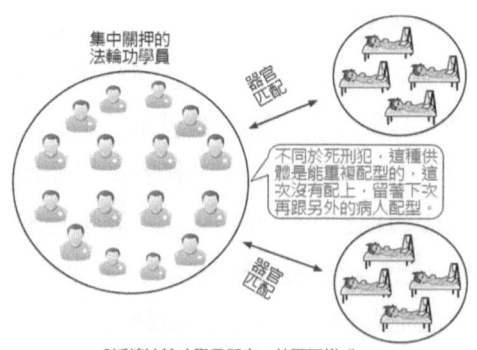

「活摘法輪功學員器官」的匹配模式

可以看出，前面提到的大陸器官移植市場的那些特殊性恰恰是活摘法輪功學員器官能很好解釋的。

活摘法輪功學員器官的流程：缺少「法院」

利用死刑犯人器官的流程中最重要的一環就是「法院」，而活摘法輪功學員器官的流程中卻缺少了「法院」這一環。大量法輪功學員是不經司法審判直接送勞教的，或者關押到集中營。同時，中共還給律師打招呼不允許為法輪功學員作辯護，這在客觀上促成了正常的司法體系在很大程度上被排除在外了。活摘法輪功學員器官就繞開了「法院」這個機構，是醫院與非法關押地之間的直接行為，這樣的後果是非常嚴重的。

1. 容易形成潛在的巨大供體庫。大量法輪功學員上訪，被非法關押，公安不經過司法程式，直接就把人判勞教或者集中到某地，產生很大的一個沒有基本人權保障的群體。

2. 沒有「法院」，醫院或者器官仲介直接與關押法輪功學員的地方（看守所，監獄或者集中關押地）打交道，不用走一系列的法律形式，沒有傳統的在刑場摘取器官的種種不方便，客觀上導致了效率的大大提高。

3. 沒有後顧之憂。在走法院的形式時，就得曝光，會有來自外界和家屬的制約。沒有法院，很多法輪功學員失蹤了，人從此不見了。在外界根本不知道如何幫助他們的時候，他們就成為了任人宰割的對象。

有一點要說明，缺少了「法院」，只是說在對法輪功的迫害中，沒有正常的法律程式上的保護，並不意味著司法系統就沒有

參與活摘器官。

活摘法輪功學員器官是「軍隊主導的模式」

器官來源由軍隊掌控，參與的醫院以軍方或者與軍方有聯繫的器官移植醫院為主，是活摘法輪功學員器官的一個重要特點。因為軍隊機密的緣故，外界更難知道事情的全貌。

中共有龐大的軍隊衛生系統，包括解放軍總醫院，各軍醫大學附屬醫院，軍區、軍兵種總醫院，等等。器官移植是中共軍隊醫院發展最活躍的領域之一。解放軍總後勤部衛生部部長、原第二軍醫大學校長張雁靈 2008 年 12 月在新華網上說，「1978 年，全軍只有三所醫院能做腎臟移植。現在全軍能開展肝臟、腎臟、心臟、肺臟移植和多器官聯合移植的醫院已經有 40 所，占全國總數的四分之一。」[43]

軍隊醫院器官移植的大發展，最重要的保障就是能掌握足夠的器官來源。

《三聯生活周刊》2006 年 4 月報導，「中國 98％器官移植源控制在非衛生部系統」。實際上從利用死刑犯器官到活摘法輪功學員器官，軍隊醫院，也包括武警醫院，都占盡「先機」。一些能把器官移植做得規模很大的非軍方醫院，很大程度上也是由於主刀醫生與軍隊醫院關係緊密，甚至本身就是軍隊、武警醫院的醫生。

軍隊、武警醫院和沿海醫院是活摘器官的重要推手

原天津市第一中心醫院器官移植中心，在幾年內迅速發展，

更名為「東方器官移植中心」，成為目前亞洲最大規模的器官移植中心。該中心主任、創辦人沈中陽，於 2003 年（這個特殊的年份）在北京武警總醫院成立了「武警部隊肝移植研究所」，並擔任所長。與武警部隊的密切聯繫，是沈中陽所負責的幾個移植單位獲利於新的器官來源的重要因素。

另一個在大陸器官移植界非常活躍，經常接受各種媒體採訪的人物，就是石炳毅，他是什麼人呢？他是全軍器官移植中心的主任。全軍器官移植中心設立在解放軍總參謀部總醫院（也稱解放軍總醫院第二附屬醫院，解放軍第 309 醫院）。

在大衛的《血腥的活摘器官》一書中，採訪到了一些曾到大陸做器官移植的病人。這些病人的主刀醫生很多都有軍方背景。一位病人入住上海市第一人民醫院，其主刀醫師譚建明同時也是南京軍區福州總醫院（原九三醫院）的主任醫師，譚建明還在南京軍區駐上海的中心醫院（解放軍第八五醫院）做手術。

書中提到的另一位病人先去了上海華山醫院（復旦大學附屬醫院），準備換肝，接待他的是醫院肝病中心副主任錢建民。等了幾天之後，還是沒有合適的器官。錢建民就建議病人轉院到上海長征醫院，說那裡更容易弄到器官。上海長征醫院就是第二軍醫大學的附屬醫院。病人轉到長征醫院的當天就找到了一個肝臟。

《血腥的活摘器官》還訪問了一位去廣東省東莞市太平人民醫院做腎移植的病人，他的主刀醫生是高偉。太平醫院是非軍方的普通醫院，但是，主刀醫師高偉是第一軍醫大學珠江醫院腎移植科的大夫，同時還在廣東省深圳武警邊防醫院兼職。

希望之聲國際廣播電台在 2009 年 9 月採訪了廣州華僑醫院一位配合做移植手術的麻醉科醫生彭雪梅。彭雪梅透露，供體器官的來路很多，「很多是南方醫院拿了腎以後還送到我們醫院來。就說會有一些門路，但是這不能講嘛，不能公開講嘛。」南方醫院是南方醫科大學的第一附屬醫院，而南方醫科大學的前身是解放軍第一軍醫大學，2004 年移交給了廣東省。衛生部 2008 年 8 月啟動的「腎移植科學登記管理系統」（CSRKT，www.csrkt.org）的數據中心就是由石炳毅所在的解放軍總醫院第二附屬醫院負責。軍隊醫院在中國大陸器官移植領域的地位可見一斑。

在大陸的國際器官旅遊熱潮中，沿海城市的大醫院得天獨厚，更容易招徠病人。如何廣泛地「開闢」器官來源，建立與軍方或者軍方背景的醫院的關係，就是這些醫院的器官仲介所極力鑽營的。

外界對於軍隊如何摘取器官和調配器官，所知不多。但是，軍隊、武警醫院在器官移植上的活躍程度，器官來源上的巨大優勢，與軍隊掌控這些集中營、控制器官來源有著密切關係。

其他有關器官來源的問題

「賣腎廣告」是怎麼回事

談到器官來源，讀者可能想到了電線桿上的「賣腎廣告」。這種因生活所迫賣腎到底能成為多大的器官來源呢？

首先，這種器官買賣是明文禁止的非法交易，一旦發現要吃官司的。賣腎者是在鑽一個法律漏洞，就是親屬之間是可以做活體器官移植的，那麼，賣腎的就可以去偽造直系親屬關係，當然

這本身就有風險。在利益驅使下，賣腎廣告還真的很猖獗。2004年《新聞晨報》在一篇採訪中說，「賣腎」廣告張貼最為「壯觀」的，是病房區的廁所。一名護士無奈地告訴記者：「沒辦法，到處都是捐腎、賣腎廣告，水根本洗不掉，只有鏟掉、刮掉。」[44]

不過，有多少人賣出腎，就是另外一個問題了。事實上，器官匹配幾率低是最大問題。專家稱，「兩個陌生人之間偶然相遇，配型的機會更少，除非雙方在醫院化驗前已經做了充分的前期準備，但還有一關是任何一個中國醫生都不會慫恿、更不會直接插手這種私下交易，因為那是犯法的。」[45]

有醫生介紹說，「摘死囚的成本很低，幾分鐘就解決了，供體不要錢，而且取走器官後不用關心供體本身的康復（活摘法輪功學員器官也是如此）。要是從賣腎者那裡取器官，成本就高了。賣腎的通常都要你十幾二十萬元，還要負責他的生命安全，總得讓他住幾天院恢復吧，等等。」中國醫科大學第一附屬醫院器官移植科副教授吳剛在 2004 年底接受《華商晨報》採訪時說：「僅因廣告就貿然非法購買陌生人的腎臟，會『賠了夫人又折兵』的！」[46]

應該說，賣腎的現象是存在的，也確有人通過這種方法去弄到腎。但是，這並不能成為一個多大規模的器官供體來源。如前文所述，連中共當局都不否認，中國大陸器官移植的發展，很大程度是被移植市場的巨大利益所驅動，如果使用賣腎者的腎臟，因為成本昂貴，醫院獲利必然大打折扣。所以賣腎廣告雖然滿天飛，賣腎者作為一種器官來源不可能驅動中國大陸器官移植業的「蓬勃發展」。更重要的是，在 2003 至 2006 年期間，有了更好的來自法輪功學員的器官來源。吳剛在上面提及的《華商晨報》

採訪中透露，「因為目前瀋陽市腎源是完全充足的！那些賣腎廣告，是幾乎沒有市場的！」

吳剛所在中國醫科大學第一附屬醫院的國際移植（中國）網絡支援中心在網站上公開宣稱，他們那裡要腎臟的話最快一個禮拜，不超過一個月。如果手術失敗，還可以在一周內再做第二次手術，還稱等待肝臟器官不超過一個月（見第419頁【附錄7】）。這些充足的器官是哪裡來的呢？顯然不是電線桿和醫院廁所的賣腎廣告能帶來的。還有，大家要看到，2003至2006年中國器官移植市場的發展中，肝移植的增長是個重要因素。賣肝的廣告，很少見。

2007年之後，隨著大規模活摘法輪功學員器官這一來源的消失或減少，為了開發新的器官來源，政府開始大力宣傳和鼓勵親屬活體移植，這為假造親屬關係製造了方便，地下賣腎是不是更為猖獗，這是另外一回事，本章節關注的是2003至2006年的器官移植蘑菇雲市場。

移植醫院增多，會造成移植數量增加嗎？

有人可能想，是不是那幾年開闢移植手術的醫院大增，特別是三甲醫院的評定要有一定數量的器官移植手術作考核指標，從而造成器官數量大增呢？其實不然。因為供體短缺是器官移植的最大瓶頸，在醫院少的時候都不夠用，醫院多了，只是造成供體的分流，並不能製造出更多的供體。而且，我們在前面的估算公式中計算的，是死刑犯能提供的器官總量，總量只有那麼多，醫院再多也造不出供體來。

第八節

活摘器官的演變過程

零星個案

盜取法輪功學員器官的事情，經歷了一個過程。對法輪功的迫害開始於 1999 年 7 月，最早的器官例子發生在勞教所被打死的法輪功學員身上。在 2000 年就逐漸披露出一些懷疑被摘取器官的迫害致死案例（這可解釋從 2000 年開始大陸器官移植數量上已經出現一些增長）。

2000 年 12 月 22 日，明慧網登出一條來自於中國的消息，「一些邪惡警察正在與貪財黑醫密謀出售法輪功學員人體器官，據悉，僅石家莊某中醫院已分得六個指標。」[47] 這大概是最早提到中共在盜取法輪功學員器官的報導了。因為這條消息沒有提供更進一步的細節，而且透露出的資訊殘酷得令人難以相信，所

以，當時並沒有引起許多人的關注。

2001 年 2 月 16 日，黑龍江省哈爾濱市第三火力發電廠技術員任鵬武（男，33 歲）因散發關於天安門自焚偽案的真相材料被捕，遭關押於呼蘭縣第二看守所，五天後即 2 月 21 日凌晨死亡。警察在未經家屬的同意下，將任鵬武的器官摘取，然後強行火化〔48〕。

廣州白雲區法輪功學員郝潤娟，女，2002 年 2 月下旬被非法抓捕，在廣州白雲看守所遭受殘酷折磨，於 3 月 18 日被奪去生命。在家屬毫不知情的情況下，郝潤娟被解剖了屍體，弄得面目皆非〔49〕。

福建省寧德市法輪功學員孫瑞健，男，29 歲，2000 年 11 月進京上訪時遭北京公安拘留。12 月 1 日家屬被告知孫在公安押解情況下「跳車死亡」。當孫瑞健的妻子見到遺體時，遺體已被剖腹解剖，死者眼睛異常突出〔50〕。

貴州省開陽縣第一小學高級退休教師、53 歲的大法學員傅可姝和 34 歲的遠房表侄徐根禮，2005 年 11 月在江西井岡山失蹤後，於 2006 年 4 月底，在井岡山五指峰發現他們的屍骨。兩人的屍體均無頭髮，雙眼凹陷，沒有眉毛，眼球被人挖走，懷疑被盜取了眼角膜。徐根禮身體的腹胸部被切開，家屬認為受害者可能遭

貴州省開陽縣法輪功學員傅可姝（左）和金沙縣法輪功學員徐根禮（右）在江西井岡山遭謀殺，疑器官被盜。（明慧網）

到謀殺並被盜取器官[51]。

　　一位曾在廣州白雲區戒毒所遭關押的男子透露，有一次他看見幾個「白粉仔」（吸毒犯）在毆打一名法輪功學員，正好被戒毒所的一名醫生看見。醫生說：「不要打腰部，腰子有用。」他幾次聽到戒毒所的醫生對那些吸毒者說，打那些法輪功要注意不能打腹部和眼睛[52]。

大規模活摘器官

　　從零星個案盜取器官發展到大規模活摘器官，是在幾個條件的支援下進行的。

條件一：「集中營」的出現

　　前面講到了很多學員不報姓名住址被轉移到某些地方集中關押地。這種游離於司法系統之外，被軍隊控制的「集中營」式的關押地，為大規模活摘器官準備好了物質上的條件。

條件二：「名譽上搞臭、經濟上截斷，肉體上消滅」的政策

　　這場迫害是江澤民個人首先發動，進而利用共產黨的整部國家機器，發展為江澤民和共產黨相互利用迫害法輪功。中共對法輪功實行的是強制轉化，把轉化率同政績掛鉤，不轉化就往死裡整。「610辦公室」（中共迫害法輪功的專職機構）對法輪功有一個系統性的滅絕政策，叫做「名譽上搞臭、經濟上截斷，肉體上消滅」。

　　據當時北京市規劃委員會勘察設計管理處處長李百根（現居

美國）說，1999 年 11 月 30 日，「610 辦公室」的三個負責人召集了 3000 個政府官員在人民大會堂開會，討論鎮壓法輪功之事。鎮壓幾個月了，但進展很不順利，法輪功學員仍上訪不斷。在這次會上，「610 辦公室」的頭目李嵐清，口頭傳達了江澤民對法輪功的新政策，「名譽上搞臭，經濟上搞垮，肉體上消滅。」

這個政策中共當然沒有寫在文件上，而是屬口頭傳達下去的。外界主要是通過法輪功學員在洗腦班、勞教所和監獄裡的經歷得知這個政策。在明慧網上的迫害真相報導中，很多法輪功學員都提到聽迫害他們的警察或者公安局政保科的人說起過這個滅絕人性的政策。

從這個政策延伸出來的就是，「打死白打死，打死算自殺」，這成為了一些警察對付堅定的法輪功學員的口頭禪。所以不管多少法輪功學員在非法關押期間被折磨致死（到 2009 年，明慧網收集到的有名有姓的就有 3300 多例，實際數字會高得多），中共從來不懲罰肇事的警察，反而樹立成反法輪功標兵，升官加爵。

條件三：器官移植帶來的巨額金錢利益

如前面所論述的，移植費用異常昂貴，器官移植成為非常賺錢的暴利行業。在中國今天的社會裡，傳統的信仰被死死壓制，結果「掙錢」就成為了許多人追求的信仰。不信神的人，沒有了來自神對人行為的約束，為了錢，就敢於無惡不作。

條件四：用謠言煽動仇恨，從「自焚騙局」到「活摘器官」

自迫害開始，中共就製造了無數的謊言抹黑法輪功。2001 年的「天安門自焚偽案」是最邪惡的一個騙局，煽動整個社會對法

獲 51 屆哥倫布電影節榮譽獎的影片《偽火》，根據央視《焦點訪談》錄像節目做慢鏡頭分析，揭露天安門自焚偽案是中共導演的一場騙局。

輪功的仇恨。而活摘器官正是在這種仇恨驅使下，在金錢的誘惑下對法輪功學員進行的肉體滅絕。我們知道，中央電視台自焚節目的慢鏡頭顯示，現場死亡的劉春玲是被公安用物體擊打致死的[53]。在聯合國「促進與維護人權小組委員會」第 53 屆會議中，非政府組織（NGO）「國際教育發展（IED）」發表了對天安門自焚案件的調查報告，報告中指出，天安門自焚案件是中共一手導演的[54]。新唐人電視台 2002 年 1 月製作的英文錄像片《偽火》（False Fire: China's Tragic New Standard in State Deception），就是根據中共中央電視台《焦點訪談》的錄像節目做慢鏡頭分析，揭露了這場自焚是中共導演的騙局[55]。2002 年 3 月 5 日長春電視插播的錄像片就是放光明電視台製作的長達 25 分鐘的電視片《是自焚還是騙局？》，中共從來沒有告訴百姓這次插播的片名和真實內容。

中共對法輪功鋪天蓋地的誣衊和誹謗，在老百姓中煽動起莫名的仇恨，這為後來幾年活摘法輪功學員器官做好了心理上的準備，使參與者喪失了殺人的「道德負罪感」。

正是中共的迫害和巨大的經濟利益的誘惑，使得零星個案發

展到大規模活摘器官。據知情人透露，2001 年底就開始有規模化的活摘法輪功學員器官的事情出現了。

十幾年來，在中國數百家勞教所裡關押著大量法輪功學員。即使是中共 18 屆三中全會決定廢止勞教之後，勞教所只是悄悄換牌改名監獄，法輪功學員被轉移到法制學習班、洗腦班、黑監獄，或是被直接判刑。迫害並沒有停止。明慧網上有很多報導提及被虐殺的學員家屬見不到屍體，已被警察強行火化。在酷刑折磨之中，被打死的學員被盜取器官的現象至今仍然存在。只有徹底制止這場迫害，釋放所有的法輪功學員，才能徹底消除盜取法輪功學員器官之事。

從「利用死刑犯器官」到「活摘法輪功學員器官」只需一小步

很多人聽到活摘法輪功學員器官之慘案的直覺反應是，這怎麼可能呢？醫生下得了手嗎？

如果說中國有著同西方一樣的器官捐贈系統，而且從來沒有盜竊死刑犯器官這種做法，那麼，要說中國大陸在活摘法輪功學員器官的話，這中間的跳躍可能就實在太大了。可是，在中國不是這樣情形。盜竊死刑犯器官已經有了幾十年的歷史，形成了一套固定的程式，被利用的死刑犯常常還沒有斷氣，相當於是變相活摘。在這種背景下，當中共把法輪功學員當作國家的敵人，當作比死刑犯還不如的抹黑目標和迫害對象時，從利用死刑犯器官到活摘法輪功器官「邁出」的就只需一小步，而不是那麼不可思議了。

安妮的證詞：前夫參與活摘器官的過程

《血腥的活摘器官》（Bloody Harvest，The killing of Falun Gong for their organs）一書的作者之一大衛・喬高，在從政之前曾是出庭律師，也做過檢察官，擁有豐富的調查取證的經驗。大衛・喬高調查詢問過一位前夫曾參與活摘法輪功學員器官、化名安妮（Annie）的女士。書中有對話記錄。從安妮的證詞中，可以大概了解一下醫生是如何參與及其參與的過程的。

安妮的丈夫從 2001 年底開始參與，負責摘取眼角膜。摘取器官的醫院與做移植手術的醫院是分開的。安妮的丈夫本身是神經外科醫生，但被招募來幫助取眼角膜（從供體上摘取器官與給受體做移植是不同的手術）。供體被推進手術室之前，被注射了一種導致心力衰竭的藥物。在一開始，安妮的丈夫並不知道被摘取的是法輪功學員，而且醫生們是分開摘取器官的。每次手術後，安妮的丈夫就得到巨額的金錢回報，要比一個普通醫生的工資收入多出數倍。時間一長，反正有大錢可賺，慢慢就不怎麼害怕了，醫生也開始合作在一起摘取器官。安妮的丈夫就是從合作的其他醫生那裡才知道供體是法輪功學員。安妮到了 2003 年從丈夫口中知道事情的原委，後來，忍受不了就離婚了。

我們看到，盜取死刑犯器官的慣例在這裡起到了決定性的作用。對待摘取法輪功學員器官，一來因為有對法輪功「打死算自殺」的那些政策，二來也聽信了中共對法輪功的誣衊宣傳，所以醫生們已經習慣不管器官是何來源，都當作死刑犯去對待就行了。一旦在外界的壓力下意識到了這是在殺人，是在犯大罪，他們很多人又守口如瓶了。

活摘器官的一條龍作業

根據安妮的說法，活摘器官的過程大致如下圖所示。

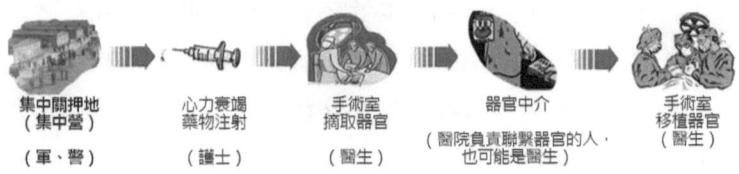

集中關押地 （集中營）	心力衰竭 藥物注射	手術室 摘取器官	器官中介	手術室 移植器官
（軍、警）	（護士）	（醫生）	（醫院負責聯繫器官的人， 也可能是醫生）	（醫生）

活摘器官的一條龍作業環節圖

在這個鏈條上，不同環節有不同的人參與，摘取器官的醫生同移植器官的醫生，可能是同樣的人，也可能是不同的人。所以，並不是每個醫生都知道事情的全貌。如果去問醫生器官來源是什麼，得到的答案也許不一樣，就是因為他們在這條器官鏈上所處的位置不同造成的。更重要的是，器官來源是由軍警控制，外界很難知道其運作的整個過程。

以「死刑犯」解脫責任

從已了解到的情況看，大陸器官移植醫生的普遍心態都是不願意去了解供體的真正身分和案情。只要手術做得越多，掙錢就越多，名聲就越大，發表論文也越多，升主任當官就越快，不願去多想器官來源，反正認定是死刑犯就心安理得了。因為是一條龍作業，到時候按照流程來通知了，說明天誰取器官誰就去，至於這「死刑犯」是真是假，是不是法輪功，究竟是什麼案情，是否自願捐獻，他們認為事不關己。

在這個一條龍作業的鏈條環節上，各個角色都希望能用「死刑犯」來解脫自己的責任。

1. 關押法輪功學員的軍警，在中共的封閉式洗腦下，把法輪功學員當作精神病患者，或者死刑犯對待。

2. 去摘取法輪功學員器官的醫生，面對手術台上的「死」人，他也就認為那是死刑犯。即使發現供體還沒死，也豁出去了。因為中共槍斃死刑犯時，為了取器官，也常常故意不把死囚打死，已經習慣於這種做法了。

3. 給病人移植器官的醫生拿到法輪功學員的器官，如果他並不是直接取器官的人，他就更認為那是死刑犯的器官。

如同安妮的前夫一樣，剛開始真以為是死刑犯，等到後來知道是法輪功學員以後，也早已麻木了，有錢賺就行了。利用死刑犯器官是中共早已成形的慣例，在活摘法輪功學員器官的各個環節中，參與者自覺不自覺地仍然把被摘取器官的對象當作死刑犯。

但是，這些被活摘器官的法輪功學員並不是死刑犯，活摘器官等於殺人。當事情被揭露出來後，這些參與者又因害怕而替中共守口如瓶，這實際上是罪上加罪。

做移植做到著魔

中共的《解放日報》在 2005 年 1 月 26 日發表了一篇題為《乾坤挪移九小時》的文章，講述了上海仁濟醫院肝移植中心主任夏強做肝移植上癮著魔的事蹟。夏強親自開車來回 140 公里把 72 歲的病人接到醫院做手術。為什麼對 72 歲的老人這麼有興趣呢？因為老人身體狀況極差：肝硬化外加肝癌、雙腎結石、腎功能衰

竭，黃疸 500 多，腹水 5000 多，臥床已兩個月，需要做肝腎聯合移植。夏強的目的是要衝擊亞洲肝腎聯合移植 65 歲的高齡紀錄。夏強對記者說：「對肝移植我是著了魔的」，「我現在簡直像上癮一樣，一天不到病房看病人，心裡就會不踏實；每周至少做二至五台肝移植，失敗了也不怕，認真總結分析，第二天就會繼續做。」[56]

醫生敬業是好事。為了名利，在事業上去追求，也不是什麼問題。但是，我們看到了一種移植醫生的心態，他們在這種著魔上癮的狀態之中，每周要做數台手術，渴求的就是源源不斷的供體保障。這樣的情況下，有多少人會去關心供體到底是什麼人，是不是法輪功學員呢？

不關心並不說明活摘就不存在。

「沒有生命價值的生命」：納粹「大屠殺」是怎麼發生的

上個世紀 40 年代納粹對猶太人的「大屠殺」（Holocaust）在外界看來，很突然，很不可思議，但是，歷史學家認為，「大屠殺」是德國實行的種族分類清洗運動的自然延伸。早在 1920 年德國就有人出版了《允許消滅沒有生命價值的生命》一書[57]，該書首次提出了「沒有生命價值的生命」的概念（life unworthy of life）。

一些屬「社會動亂」的人群被劃分為「沒有生命價值的生命」，這些人包括精神病患者、殘疾人、政治異見者、罪犯，還包括猶太人、羅馬人、非白種和非高加索人。心理學家羅伯特·利夫頓在其著作《醫療屠殺和種族滅絕的心理學》[58]一書中提

出了納粹消滅「沒有生命價值的生命」逐漸演變的五大步驟：一、強制絕育；二、消滅不健全的小孩；三、消滅不健全的成人，主要是精神病醫院的患者，採用的是一氧化碳毒氣；四、擴張到猶太集中營裡關押的不健全者；五、演變到對集中營所有被關押的猶太人的大規模屠殺。

很明顯，從「有著對所有生命的尊重」到「大規模屠殺猶太人」是一大步，而從已存在並正在進行的「消滅沒有生命價值的生命」到「大規模屠殺猶太人」邁出的就只需一小步。

同樣道理，從沒有「利用死刑犯器官」到「活摘法輪功學員器官」是一大步，從有「利用死刑犯器官」到「活摘法輪功學員器官」所需要邁出的只是一小步。

第九節

廣義的死刑犯

對於活摘法輪功學員器官，有的人總是覺得不可思議。對於器官移植數量的大幅度增長，慣性思維使得他們還是願意在死刑犯裡尋找答案，甚至提出了「廣義的死刑犯」的說法。那麼，哪些本不是死刑犯，卻能被擴大化成「死刑犯」呢？下面的一些對話就很能說明問題。

什麼樣的弱勢群體會被當作死刑犯

這是朋友聚會上的一場討論。

甲：「中共幹過很多壞事，但是，要說活摘法輪功學員器官，不太可能，畢竟現在時代不一樣了。」

乙：「時代的變遷，並不一定就總是往好裡變。過去哪裡有那麼多假冒偽劣？毒食品、毒牛奶，可都是時代發展的產物。敗

壞的人心，加上對金錢的狂熱追求，現在的人什麼事幹不出來？說到器官，總不會從天下掉下來，那麼多的腎啊、肝啊，哪裡來的呢？」

甲：「哎呀，死刑犯唄，就是從死刑犯身上來的，公開的祕密。活摘法輪功，太離譜。」

乙：「人家等幾年，中國等一、兩個禮拜，成為了全球移植旅遊中心，這是不是更離譜？這麼更離譜的事不也發生了嗎？」

甲：「中國的事兒，太複雜。你呀，不要狹義地理解中國的死刑犯。你以為法院判死刑，拉到刑場挨槍子的才算死刑犯？告訴你，監獄裡弄死幾個人容易得很。不是死刑犯，往死裡打，不就打成了死刑犯嗎？這叫『廣義的死刑犯』，是不是？就是打啊，不順眼的，沒有後台的，打得你半死，弄到醫院，最後就把器官給摘了，比去刑場還方便。中國人多聰明，就像你說的，只要有錢賺，什麼事幹不出來！」

乙：「你不是說時代不一樣了嘛！現在你能在監獄裡隨便打死人？這可不是打死一、兩個，要打死一批一批的，才能保證器官移植市場的供應。」

甲：「你想啊，有後台的也不用進去，進去的多是弱勢群體，無權無勢，弄死你不跟玩似的，打官司都沒人理你。」

乙：「要說弱勢群體，目前誰是最大的弱勢群體？人格上、名譽上、政治權利上、經濟上、法律保障上，找不出幾個比法輪功學員更弱勢的了，法輪功是中共最大的敵人，中共鋪天蓋地的誹謗把他們抹黑得不當人看，怎麼整他們都行。他們關在裡面的少說也有多少萬人，你說的廣義的死刑犯，他們不就是最大的、最方便的廣義目標嗎？」

甲：「嗯……要這麼想下去，那就可能真是這樣。」

活摘器官的慘劇與白宮前的「高興時刻」

那是 2006 年 4 月份，活摘器官的事曝光不久，又逢中共黨魁訪問美國白宮。中共大使館組織了一批歡迎隊伍，馬路對面就是抗議人群，包括很多要求調查活摘器官指控的法輪功學員。當時有西方媒體採訪歡迎隊伍的一個組織者，問道：「你看對面啊，有兩千多人的抗議隊伍，你怎麼看這件事情啊？」

他回答說：「中國領導人來訪是一個很高興的時刻，我不知道他們說的事（指活摘器官）是真是假，但是，在這個時候抗議領導人，是不合時宜的。」

活摘器官這麼邪惡的事情是每個國家的領導人最應該馬上知道的，至少中共政權應該馬上容許進行獨立的調查，是真是假查個水落石出。就因為受害的是法輪功學員，在被中共的仇恨宣傳洗腦後，該組織者心裡根本就沒有同情心，更沒有對人的生命的起碼的珍視。他的「高興時刻」比起修煉真善忍的法輪功學員的生命重要多了。活摘器官為什麼能發生，就是因為有這樣的土壤。

「格雷欣法則」的啓示：「妖魔化宣傳」鼓勵人們漠視生命

400 多年前，英國經濟學家格雷欣（Gresham）發現了一有趣現象，兩種實際價值不同而名義價值相同的貨幣同時流通時，實際價值較高的貨幣，即良幣，必然退出流通——它們被收藏、熔化或被輸出國外；實際價值較低的貨幣，即劣幣，則充斥市場。

人們稱之為格雷欣法則（Gresham's Law），亦稱之為「劣幣驅逐良幣規律」（Bad money drivers out good）。

在這場迫害中，遵循「真善忍」做好人的法輪功學員被妖魔化為了「劣幣」。本來，中共搞了幾十年的無神論教育已經使得很多人難以接受有神的信仰，認為是封建迷信，信的都是傻子；而中共的那些鋪天蓋地的「自殺」、「殺人」、「自焚」和「精神病」的造謠誹謗，更是在社會上煽動起了對法輪功的巨大仇恨；加上後來把法輪功反迫害的正當權利貼上「擾亂秩序」、「反華勢力」、「反動組織」等各種政治帽子，使得法輪功學員在社會上的名譽受到極大破壞。

在這場迫害中，侵犯法輪功學員基本人權、包括打殘打死法輪功學員的警察，不用受到制裁。法輪功學員不能上訪，他們被隨意開除公職，開除學校。法輪功學員還不能像其他人那樣請律師（敢於站出來的律師也會受到迫害）。不但工作單位和政府機構要把法輪功批倒、批臭，就連從小學到高中的教科書裡，都明目張膽的有妖魔化和誹謗法輪功學員的專門章節。在勞教所和監獄裡，死囚犯的地位都要比被非法關押的法輪功學員優越，甚至讓死囚犯來看管和毆打法輪功學員，他們比死囚犯更沒有最基本的人權保障。

一個不是法輪功學員的犯人在出獄後講述了一個監獄裡的故事，讓人刻骨銘心。一位法輪功老人，不放棄修煉，絕食抗議，後來被扔到牢房的過道裡。獄警們來來回回的走動，就像他根本不存在一樣。老人在人們漠視的眼皮下蜷曲著，衰竭著，幾天之後，終於沒有了聲息，隨後被抬出去了事。那是一個生命的終結啊！這個故事中透出的中共執法人員對法輪功學員生命的冷漠和

輕視，讓人心裡感到無比的窒息般的沉重。

　　一個沒有暫住證的大學生被收容所打死，可以引發一場互聯網上對當事警察和收容制度進行譴責的網路風暴；而對這場慘無人道、曠日持久、波及千千萬萬善良百姓的屠殺，人們卻聽不到幾聲回音。人們不相信這場迫害，面對活摘器官的指控，就因為原告是法輪功學員，許多人就在沒有任何調查的基礎上一味的盲目否認。這不相信本身就是這場迫害得以發生和繼續的巨大保護傘。

　　於是，中共的劊子手們發現，摘取法輪功學員的器官更方便和安全，更沒有法律責任，更容易下手，而且是活體。「格雷欣法則」的「劣幣驅逐良幣」就這樣起作用了，而且「劣幣」比起「良幣」還有更高的市面價值。「活摘器官」此等邪惡的事情，就這樣在中共滅絕性迫害法輪功運動中發生在大量年輕健康的法輪功學員身上。

　　正是中共散布誹謗法輪功的謊言造成了一個「活摘法輪功學員器官」的外在環境。哪裡來的「廣義的死刑犯」？被中共當作最大敵人的、大量被非法關押的法輪功學員就是「廣義的死刑犯」。

　　「格雷欣法則」還給了人們一個暗示，在迫害法輪功的這些年中，傳統的死刑犯器官的利用率有可能下降，而更多地利用法輪功學員的活體器官。

第十節

「乞丐和流浪漢之死」
揭示醫生的道德底線

　　如果有人還從道德底線上去懷疑白衣天使怎麼可能做出活摘法輪功學員器官的事情，那麼，中共媒體上曝光出來的醫生參與或涉案殺死乞丐和流浪漢盜取器官的案例，給了人們一個參考。「道德值幾個錢？器官才值錢！」在中國那片被中共統治的「神奇」土地上，原來什麼可怕的事情都可能發生。

乞丐之死背後的器官交易

　　2007 年第 14 期的《南風窗》登載了一篇題為《乞丐之死背後的器官交易》的報導。河北行唐縣乞丐同革飛被當地人王朝陽夥同武漢同濟醫院的博士後研究人員陳杰以及其他幾個來自武漢和北京的醫生，在一個廢棄的變電站，藉著手電筒的光線，用 20 多分鐘活摘了同革飛的雙腎、一肝、一脾、一胰腺共五個

器官。事後其中一名參與的醫生自己報案了。武漢同濟醫院的陳杰送給同家 6.5 萬元賠償，望同家不再追究醫生責任。據稱，王朝陽欺騙醫生說同革飛是被法院判處的死刑犯。對於幾名涉案的醫生來說，應該知道摘取任何人的器官，都需要看到法定機構判定同革飛已經死亡的證明，要看到同革飛本人的捐贈志願書。這些當然都沒有。如果是被槍決的死刑犯，摘取內臟器官一定會在刑場進行，因為手術必須在犯人槍決之後的幾十秒之內開始。被告王朝陽在法庭上供述說：「正切割時，同革飛突然抬起手臂抓了一個醫生的臂膀一下，有名醫生踩住同革飛的胳膊，很快就弄完了。」這是活摘器官！《南風窗》報導中用了「驚悚故事，聞者莫不色變」來描述這場活摘器官的慘案。很多人可能想像不出「白衣天使」們怎麼會為了金錢利益做出活摘器官這種喪盡天良的事情。[59]

德國之聲中文網記者曾深入追蹤這起殺害乞丐摘取器官的慘案，報導說，此案以把一個無關緊要的副所長免職應付了事。據知情人士透露，同濟醫院器官移植研究所在原所長陳忠華（2000 年至 2006 年 7 月在任）任職期間，該所器官來源獲取不按規定、不顧常規，存在非法獲取器官的情況。德國之聲記者打通了陳忠華的電話，記者希望陳能夠解釋一下相關的情況，但是陳忠華表示不能接受採訪。可見該所對器官來源的問題已經極度敏感，所有的工作人員都不敢輕易走漏風聲[60]。

這則《乞丐之死背後的器官交易》報導，也許會提供給讀者想像的空間。在一個物慾橫流的社會，什麼慘劇不可能發生呢？

《器官何來？》：為盜器官，流浪漢被殺

　　2009 年 8 月 31 日出版的大陸《財經》雜誌封面報導《器官何來》，披露了發生在貴州省黔西南州興義市威舍小鎮的一起「殺人盜器官」案。一位名為「老大」的流浪漢被殺，棄屍水庫，後被漁民無意間撈出，但只剩一個空空的軀殼，全身可用的器官消失無蹤。文章提到，在遇害前幾天，一向邋遢的「老大」衣服忽然變得很乾淨，雜草般的頭髮和鬍子也剃光了。人們回憶起來才明白那是被人帶到醫院去抽血做配型了。據稱公安機關在屍體內，發現了來自廣東中山三院的醫用材料，最後鎖定中山三院肝移植科副主任醫師張俊峰和另外兩名醫生。張俊峰是醫學博士、博士後、副主任醫師、碩士生導師，《中華現代外科》雜誌常務編委，主要參與完成的「肝臟移植應用研究」，獲 2007 年「教育部科技進步獎推廣類一等獎」。另外涉案的還有當地威舍鎮一個名叫趙誠的私人診所醫生。威舍醫院一名醫生告訴《財經》記者，作案後幾天，趙誠去當地的農村信用合作社存了 20 萬元，露出了馬腳[61]。

　　就是這樣的以救人為天職的醫生，為了金錢和名譽，對活摘那些他們認為命不值錢的人（乞丐、流浪漢，或者被中共打成最大的敵人們）的器官，卻是心狠手辣。

　　這些案例還證明一件事情，有人質疑說活摘法輪功學員器官必須要有多高的醫療衛生條件，其實不然。河北行唐縣乞丐同革飛的器官是在一個廢棄的變電站，藉著手電筒的光線完成摘取的。

第十一節

更多證據

活摘器官之案的曝光者

2006 年 3 月 9 日，一位知情人士向《大紀元時報》披露中共在瀋陽市蘇家屯區設立了一個類似法西斯的祕密集中營，關押著法輪功學員[62]。2006 年 3 月 17 日，一個曾參與摘取法輪功學員眼角膜器官的主刀醫生的太太透露，蘇家屯集中營設在瀋陽蘇家屯遼寧省血栓中西醫結合醫院[63]。3 月 31 日，瀋陽軍區後勤部下屬的一名老軍醫投書《大紀元》，指證摘取器官的蘇家屯地下集中營的確存在。至此，中共活體摘取法輪功學員器官之事被揭露了出來[64]。

電話調查錄音

活摘器官之事曝光後，一些海外機構很快著手了電話調查，以病人家屬的身分向中國很多醫院的器官移植科打諮詢電話，詢問醫院能否搞到法輪功學員的器官。調查結果進一步證實了中共活體摘取法輪功學員器官的真實存在。

■廣西民族醫院醫生盧國平承認有器官來自法輪功學員

獨立調查員、加拿大前亞太司司長大衛・喬高（David Kilgour）和國際人權律師大衛・麥塔斯（David Matas）發布的《大衛調查報告》（www.organharvestinvestigation.net）中公開了與廣西民族醫院醫生盧國平對話的電話錄音，在電話錄音中，盧國平多次親口承認移植的供體來自於法輪功學員。他說，「有些是法輪功，有些是家屬捐獻的。」

對話片斷：

調查員：那你的同學有沒有跟你說過，他們做的都是這種法輪功的，是不是啊？

盧醫生：有些是法輪功的，有些是家屬捐獻的。

調查員：喔。那現在就是說，我想找這種，給我的孩子找這種法輪功的，你估計他能幫我找到嗎？

盧醫生：肯定能夠找得到。

調查員：你們以前用的，是從哪裡找的？是從看守所，還是到那個監獄哪？

盧醫生：從監獄裡面找的。

調查員：監獄裡啊。他那種都是那種健康的法輪功是吧？

盧醫生：對對對。肯定是選好的，才能夠做吧。因為這種東西做了要保證質量。

電話錄音來源：http://organharvestinvestigation.net/Dr.Lu-Voice-Recording/2006-05-22-Dr.Lu-guangximinzuyiyuan.mp3

對話全文：http://organharvestinvestigation.net/Dr.Lu-Voice-Recording/Guangxi-mingzu-ch.pdf

■解放軍 307 醫院利用法輪功學員活體器官

「追查迫害法輪功國際組織」（www.zhuichaguoji.org）的調查員以替家人朋友尋找移植腎供體為由接觸了中國人民解放軍307 醫院腎源仲介經紀人，前後交往時間達數周，累計談話時間達數十分鐘。「追查國際」保存有這些對話的完整錄音和其他形式的證據，如有相關組織或人士需要進一步了解，可與「追查迫害法輪功國際組織」聯繫。

對話片斷：

調查員：你就給我打聽一下……

仲介：以前呢我跟你說過吧，以前就是說我們這邊跟你說實

話，是做過兩例，知道嘛，搞過這兩例。

調查員：是兩個法輪功學員的？

仲介：對，搞過這兩例，監獄裡面呢就是說像法輪功搞過，我也跟以前那個大姐說過，是搞過，現在呢，比以前來說難度比較大一點。

⋯⋯

調查員：你原來搞的那個是在哪個地方搞的？

仲介：嗯，是在那個西城。

調查員：對。還有，你怎麼確定他是法輪功學員，這一點你了解過嗎？

仲介：怎麼確定法輪功學員，到時候——到時候我們這邊，頭兒上邊有人給你會給你出現資料，知道嘛，他會出資料給你，這您放心。

調查員：噢，那好。

電話錄音來源：http://www.zhuichaguoji.org/cn/upload/audio/Investigation_Organharvest.mp3（發布時間：2007 年 7 月 25 日）

對話全文：http://www.zhuichaguoji.org/cn/index2.php？option=content&task=view&id=1437&pop=1&page=0

■清華大學玉泉醫院李宏輝主任坦承移植法輪功活供

希望之聲國際廣播電台（www.soundofhope.net）記者 2006 年 4 月 28 日採訪了清華大學附屬第二醫院（玉泉醫院）腎移植中心主任李宏輝。李宏輝坦承活摘法輪功學員器官的事情。

對話片斷：

李宏輝：這個法輪功的事情是前幾年的事情了。

記者：那前幾年的話這種腎源比較好找嗎？

李宏輝：應該是。

電話錄音來源：http://media.soundofhope.org/
audio01/2006/4/30/tsendu_military_hospital.mp3

對話全文：http://epochtimes.com/gb/6/5/1/n1304909.htm

■更多電話錄音

「追查國際」陸續發布了更多的電話調查結果。包括：

天津市第一中心醫院（又名：東方器官移植中心），宋文利
主任，電話 13920128990，2006 年 3 月 15 日。

上海復旦大學中山醫院，電話 64041990，2006 年 3 月 16 日。

山東千佛山肝臟移植中心，電話 82968900，2006 年 3 月 16 日。

上海交通大學附屬醫院，戴醫生，電話 63240090，2006 年 3
月 16 日。

武漢市湖北省醫科大學第二附屬醫院，電話 67813104 分機
2960/2961，2006 年 4 月 2 日。

武漢同濟醫院，電話 83662688 轉泌尿外科。

電話錄音和文字參見：http://www.zhuichaguoji.org/cn/index2.
php？option=content&task=view&id=789&pop=1&page=0

仲介證言

2006 年 11 月 17 日，以色列最大的報紙《Yediot Achronot》
發表了一篇題為《器官仲介人逃稅》的報導。文章說，一周前以
色列警方逮捕了四名器官仲介人，他們是 Medikt 公司總裁雅倫·

以色列最大報紙《Yediot Achronot》報導一起器官中介逃稅案件，疑犯承認：器官來自於中國大陸的死囚及良心犯，包括法輪功修煉者。

尤杜丁（Yaron Izhak Yodukin）和他的同夥。他們被捕的原因是沒有申報為以色列人到中國和菲律賓移植器官作仲介而賺取的數百萬元，涉嫌逃稅。報導說，被逮捕的主要疑犯向以色列一家報紙承認：器官來自於中國大陸的死囚及良心犯，包括法輪功修煉者。

法輪功學員和犯人的證言

從勞教所和監獄裡出來的不少法輪功學員都提到了他們遭關押期間被抽血的經歷。此外，2008 年 7 月，《血腥的活摘器官》的作者之一大衛・麥塔斯在美國找到一位曾被關押在江蘇省某監獄的人。他不是法輪功學員，從 2005 年 3 月至 2007 年初，兩年的關押期間裡，曾被換了 17 個監號。在裡面關押時間長的犯人告訴他，在 2002 年到 2003 年期間，每個號裡面都至少發生過兩、三起活摘法輪功學員器官的事情。新唐人電視台 2009 年 7 月製

作的電視片《生死之間》裡面有對該證人的電話採訪[65]。

大衛的調查報告

加拿大前亞太司司長、皇家檢察官大衛·喬高（David Kilgour）和著名人權律師大衛·麥塔斯（David Matas）就中國大陸活摘法輪功學員器官進行了多方調查，發表了調查結果《血腥的活摘器官——關於摘取法輪功學員器官的報告》（常被稱為「大衛的調查報告」）（Bloody Harvest）。作者根據一些公開的數據，認為中國器官市場高速發展的幾年中，有4萬1500宗移植手術的器官來源是無法解釋的。該報告收集到了能夠證明指控的幾十類證據。2006年7月，他們發表第一版調查報告時，已經收集到了足以證明指控的18類證據。2007年1月底發表的第二版調查報告中，收集到的證據已經達到33類。從2006年7月起，喬高和麥塔斯到40多個國家發表公開演講，公布他們的調查結果，同時不斷地收集到新的證據[66]。

2009年11月，加拿大 Seraphim Editions 出版社了發行了大衛·麥塔斯和大衛·喬高的新書《血腥的活摘器官》（Bloody Harvest, The killing of Falun Gong for their organs）。該書是調查報告的第三版，收集了52種不同的證據。大衛·喬高強調指出，每一類證據也許無法單獨證明這些罪行存在，但綜合所有這些證據，幾乎是無可辯駁的證明，活體摘取法輪功學員器官的現象在大陸長期普遍存在。

第十二節

關於中共對活摘器官指控的應對

掩蓋蘇家屯事件

前面提到，活摘器官之事是在 2006 年 3 月初曝光出來的，前後有三位知情人。一人是來自日本的中國記者皮特（化名），一人是其前夫曾參與活體摘取法輪功學員器官手術的安妮（化名），還有一人是瀋陽軍區的匿名老軍醫。皮特和安妮曾於 2006 年 4 月在美國首都華盛頓舉辦的一次集會上公開露面。被指控的醫院是位於瀋陽市蘇家屯的遼寧省血栓病中西醫結合醫療中心。

3 月 28 日，在蘇家屯事件曝光 20 天後，中國外交部發言人秦剛才首次否認該指控，並邀請記者前去調查。但在外交部官方網站上，沒有該項否認記錄。4 月 14 日，美國駐瀋陽領事館總領事在瀋陽官方陪同下，對蘇家屯血栓病醫院進行了預定一個小時

的參觀,隨後美國駐華使館女發言人說:「就我們目前掌握的情況,這裡從功能上講就是一家醫院。」不過,外界認為在這三個星期中,中共有可能已經轉移、掩飾了現場。蘇家屯是軍事重地,當年日本關東軍最大的武器倉庫就設在蘇家屯,地下工事群非常發達。原八路軍第 16 軍分區司令員曾克林回憶,他們打開關東軍蘇家屯倉庫後,發現裡面的武器可以裝備幾十萬人。蘇家屯發現的一座地下工事規模達到「寬 2 米、高 1.8 米、總長大約兩公里。」[67] 所以,在地面上的參觀很難說明問題。外界想知道的不是三個星期之後的參觀,而是中共在三個星期之內幹了什麼,以及三個星期之前到底發生著什麼。

從報案、破案的常識來看,報案人並不必須是破案人,如果要讓報案人一開始就提供如同破案以後的所有證據,那是本末倒置。蘇家屯事件只是一個引子,是了解一些內幕的人傳出來的,它本身是不是有百分之百的準確性並不重要。重要的是,它揭示了活摘器官的這個現象很可能在發生。如同有人路過一個殺人現場,有一定距離,看得不是那麼清楚,但是,他所看到的場景讓他確信有人在殺人,於是,趕快報案,由此而引發了對一個系列殺人團夥的全面調查。反過來看當初的報案人,是不是百分之百準確無誤地描述了當時的現場呢?有多少人,殺人者什麼樣,被殺的人什麼樣,穿什麼衣服,拿的什麼凶器,等等,很可能並不完全準確。但這些無損於他報案的功勞。

蘇家屯事件揭開了一個黑幕,讓人們開始關注數十萬計遭關押在中國數百家勞教所和大規模集中關押地(集中營)的法輪功學員,在他們身上到底發生著什麼。本章節論述的問題,就是從 2003 至 2006 年中國器官移植市場獨一無二的特徵上去尋找什麼

樣的器官來源才能支撐起這個市場，也從一個側面證明了大規模活摘法輪功學員器官的事情的確發生過。

2006 年 4 月 4 日，法輪大法學會和明慧網發布公告，宣布組成「赴中國大陸全面調查法輪功受迫害真相委員會」（簡稱「調查真相委員會」），呼籲並邀請相關國際組織、國家機構和媒體組成「法輪功受迫害真相聯合調查團」（英文簡稱「CIPFG」，www.cipfg.org），赴大陸進行獨立、直接、不受干預的調查和取證，全面調查中共非法關押法輪功學員的勞教所和祕密集中營以及對法輪功的迫害真相。

拒絕外界獨立調查

為了回應中共外交部發言人秦剛發出的對活摘器官的調查邀請，海外的一些獨立媒體記者開始申請去大陸調查。

2006 年 4 月 19 日上午，希望之聲廣播電台負責大陸新聞的資深記者許琳前往中共駐悉尼總領館申請簽證赴大陸調查，遭到拒絕。

次日，《大紀元時報》主編周蕾到德國柏林中共大使館申請赴大陸調查，簽證遭拒。

2006 年 5 月 2 日，新唐人舊金山灣區部主任張芬申請赴大陸調查，簽證被拒。

2006 年 6 月，大衛・喬高和大衛・麥塔斯申請入境中國調查實事真相，未能獲得簽證。

中共外交部的高調邀請被認為是對國際社會的欺騙姿態。具有黑色幽默的是，一些忘記了中共殺人歷史的親共人士，很為中

共走的這一步「拒簽」棋懊惱。他們覺得，不是沒有「活摘」的事情嗎？讓這些為法輪功說話的人進去調查，弄個底朝天，無功而返，不就最能證明黨的清白和他們親共人士的正確立場嗎？不過，正在殺人的中共可不這麼想。

否認外界取得的證據

中共應對活摘指控，一是不讓外界去調查，二是無端加以否認。

《大衛的調查報告》出來後，裡面有很多翔實的證據，比如中共移植專家提供的器官數量，電話調查取得的大陸醫生親口承認摘取法輪功學員器官的錄音。於是，中共在沉默一段時間之外，唆使其海外的統戰媒體「鳳凰衛視」製作了一期電視節目《對「大衛」調查報告的調查》出來加以否認。怎麼做的呢？它把大衛證據裡提到的人找出來，讓他們來否認。結果，弄巧成拙。下面摘取兩例略加說明。

石炳毅的數字

《大衛的調查報告》中引用了全軍器官移植中心主任石炳毅提供的數據。衛生部主辦的《健康報》在 2006 年 3 月 2 日的《器官移植要設高門檻》一文中，稱石炳毅說「全國至今（2005 年）已實施各種器官移植九萬餘例」。於是，中共讓石炳毅出來否認，石炳毅就說：「我沒有說過這樣的話。為什麼呢？因為我頭腦裡就沒有這樣的數字。」我們知道，《健康報》不是什麼私人小報，那是中共衛生部的機關報，如果石炳毅真的沒有說過九萬例的事，中共不應該讓石炳毅來攻擊大衛的調查報告，而是應該鼓勵

石炳毅去起訴衛生部，起訴《健康報》。事實上，石炳毅這個人他滿腦子都是數字，他很活躍，經常接受媒體採訪。第414頁【附錄3】引用了他在《科學時報》和新華網做客時說出來的數字。

廣西民族醫院醫生盧國平的電話調查

《大衛的調查報告》還公布了一些電話調查的錄音，其中包括廣西民族醫院的醫生盧國平承認利用法輪功學員器官的事。在《對「大衛」調查報告的調查》節目中，中共讓廣西民族醫院的醫生盧國平出來否認他說過的話。不過他首先承認了2006年5月22日接受電話調查的人他是自己。大衛・喬高和大衛・麥塔斯認為，這反而為他們的電話錄音提供了新的證據。在這之前，人們對電話錄音的最大疑問就是，接電話的人真是那個盧國平醫生嗎？兩位調查員在2008年8月22日向加拿大媒體公布新證據時說：「在錄像帶中，該醫生承認談話錄音中的人是自己。該錄像正被中國大使館和領事館發放，因此（盧國平接到調查電話的）真實性是由中國政府認可的。」

廣西民族醫院醫生盧國平說話的電視片斷

（http://www.ntdtv.com/xtr/gb/2009/04/08/a278863.html#video）

新唐人電視台製作的《中共盜取法輪功學員器官追蹤報導》中有「鳳凰衛視」盧國平說話的片段[68]，大家可以對比一下，看看大衛調查報告中的聲音是不是他本人。盧國平有很重的地方口音，現在人工合成聲音還達不到合成和這個人的聲音一模一樣的程度。如同機器人還不能表現得同真人一樣。當然，最好的辦法就是讓第三方去做獨立的技術鑑定。這就要看中共的誠意了。

盧國平說話的電視錄像：http://www.youmaker.com/video/svsid=8a9cd8800e284d9f870212940a4a8f05001（http://www.ntdtv.com/xtr/gb/2009/04/08/a278863.html#video）

突然加快整頓器官移植市場

自 2006 年 3 月活摘法輪功學員器官曝光之後，中共加快了整頓大陸器官移植市場的步伐，頒布了准入制度，把 600 多家做移植的醫院縮減到 164 家。《人體器官移植技術臨床應用管理暫行規定》，自 2006 年 7 月 1 日起施行。2007 年 5 月 1 日起施行《人體器官移植條例》。

頒布法規，加強對器官市場的整頓和管理，當然是很好的事。但是，這不能掩蓋過去幾年混亂時期所犯下的罪惡。這完全是兩回事。把那一段歷史用「混亂」一筆帶過，然後要人們對它今天整頓市場的行為歌功頌德，那實際上就是在又一次犯罪。

同時，中共關閉了一些移植醫院或相關組織的網站，「中華醫學會」下面的「中華器官移植分會」的網站就是其中消失的一個，從 2006 年 3 月到目前（2009 年 11 月）還沒有恢復（詳細情況參見附錄 10）。各大醫院也刪除了曾在網上公布的超短器官等待時間，中共也叫停了國際上到中國的器官移植旅遊。

在此不得不問一個問題，刪除或刪改網站的目的是什麼呢？想要掩蓋的又是什麼呢？

本章節採用的很多數據和資料都是來自國際互聯網檔案備份中心（www.archive.org）所存儲的拷貝，這是中共目前還沒有辦法抹去的東西，留下了歷史的見證。

高調承認盜用死刑犯器官

中共否認盜用死刑犯器官的態度過去一直很明確。

2006年3月，中共外交部發言人秦剛在記者會上聲稱，「有關中國存在從死刑犯身上摘取器官進行器官移植的情況，完全是謊言。」「蓄意捏造，欺騙輿論」。

2006年4月10日，中共衛生部新聞發言人毛群安在回答記者提問時，否認海外傳媒報導大陸隨意摘取死刑犯器官進行移植的說法。他稱，大陸移植的器官來源，主要來源於公民在去世時候的自願捐贈。

2006年10月10日，中共外交部發言人秦剛回應BBC記者傅東飛的報導（報導中提及探訪的醫院醫生說「器官來自於死刑犯」）時再次聲稱，「境外一些媒體報導中國的器官移植時編造『假新聞』，『攻擊中國的司法制度』。」

但是，2009年8月26日的《中國日報》代表中共官方首次公開披露，說大部分器官來自死刑犯。國際社會也解讀為中共當局在盜用死刑犯器官上的正式表態。

在死刑犯器官問題上，從信誓旦旦地反對走到高調地承認，是在中共被指控活摘法輪功學員器官的大背景下進行的。今天中共對待活摘器官的態度，就如同它過去對待死刑犯器官一樣，人們怎麼能信得過它呢？

其實，中共醫療系統內部，特別是有些移植專家們，應該知道一些活摘法輪功學員器官的實情，所以有人從2005年開始，就想把死刑犯器官的事情推到最前面。他們是出於良知，還是知道這背後還有更大的邪惡，想要用一個罪惡去掩蓋另一個罪惡，

我們不得而知。從某些醫生們用一個乞丐和流浪漢的生命作代價去挽救另一個人的生命，人們不得不思考，這些人到底是一種怎樣扭曲的心靈呢？大概是金錢、名譽真把他們非人和異化了。

承認大量盜用死刑犯器官，否認活摘法輪功學員器官，同時堅決反對任何對活摘法輪功學員器官的獨立調查，就是中共目前的流氓招數。中共今天在器官移植改革上的高調作為，在活摘法輪功學員器官問題上的極度敏感，恰恰可能是在掩蓋那一段活摘器官的邪惡歷史。

又一個器官移植高潮會到來嗎？

隨著中國器官共用體系的建立，立法讓腦死亡者捐獻器官，培養國民自願捐獻器官的意識，鼓勵親屬活體捐贈等一系列措施的實施，中國器官移植數量有可能再次活躍起來，甚至超過 2003 至 2006 年的規模，成為第一大器官移植國。在歡呼聲中，那些在活摘法輪功學員器官中造下的殺人罪惡就消失了嗎？沒有。

中國有 150 萬需要器官的病人，器官移植在中國會越來越成為一個新聞話題，各種專家學者都會出來就新的法規，新的捐贈意識作大量的宣傳。在哄哄的輿論炒作中，那一段黑色的歷史，那一朵血色的蘑菇雲，就這樣讓它隨風飄逝了嗎？不能。

在本章節的寫作過程中，有人向筆者提醒道，中共會不會在適當的時候，發布精心編造的假數據，來為過去幾年的器官增長做出辯護。會不會這樣？我們不能為中共的邪惡設定任何底線。但是，人不治天治，幹了這麼大邪惡之事的中共，它的日子也不會多了，它的假數據等不等得到那一天還是個問號呢。

第十三節

你能做什麼？

「天啊，我無法相信這是真的！」這可能是你聽到「活摘器官」這一指控的時所具有的自然反應。

60 多年前的美國最高法院法官費利克斯・法蘭克福（Felix Frankfurter）聽到納粹屠殺猶太人時，也說過類似的話。

一個關於納粹屠殺猶太人的故事

今天，對於納粹在集中營殺害猶太人的「大屠殺」（Holocaust），人們覺得好像已人盡皆知，也就自然推論到在當年發生的時候，外界也都知道。那麼，有人就想，為什麼納粹屠殺猶太人時大家都知道，而中共活摘法輪功學員器官，外界知道的這麼少呢？於是，就反過來以此來責問對活摘器官的指控。

其實，納粹屠殺猶太人時，外界根本就不知道，或者說，知

道得零零落落，甚至互相矛盾，就如同今天中共活摘法輪功學員器官這樣的事情一樣。

下面講一個 60 多年前的故事。摘自《卡思基：一個人如何試圖阻止大屠殺》（Karski: How One Man Tried to Stop the Holocaust）。[69]

楊·卡思基（Jan Karski）是一名波蘭外交官。楊·卡思基從納粹屠殺猶太人的集中營裡逃出來，他親眼目睹了大屠殺。為了引起美國總統羅斯福對這件事情的關注，波蘭大使切哈努夫斯基（Ciechanowski）先安排了楊·卡思基同羅斯福總統身邊的一些猶太人高級幕僚會晤，希望能說服他們相信納粹對波蘭猶太人做了什麼。卡思基到華盛頓之後的第一次晚餐就遇到了最高法院法官費利克斯·法蘭克福（Felix Frankfurter）。

這是費利克斯·法蘭克福和楊·卡思基在晚餐後的一段對話。

法蘭克福坐在卡思基的對面，他看著卡思基的眼睛。

「卡思基先生，」法蘭克福問道：「你知道我是猶太人嗎？」

卡思基點點頭。

「在你的國家發生的對猶太人的事情，有很多互相矛盾的報告，」法蘭克福說。「請準確無誤地告訴我你所看到的。」

卡思基花了半小時，耐心地解釋他到猶太人集中營所目睹的可怕細節。講完後，他等待著對方的下一步要求。

法蘭克福默默地從椅子上起來，在卡思基和顯得很困惑的大使面前，來回踱步了好一會兒。然後，法蘭克福默默地坐了下來。

「卡思基先生，」法蘭克福停頓了一下說道：「像我這樣的人跟你這樣的人說話，必須是完全坦率的。所以我必須說：我不能夠相信你。」

波蘭大使從他的座位上跳了起來，「費利克斯，你不是這個意思！」大使哭道：「你怎麼能叫他是個騙子！在他身後是我們政府的信譽。你知道他是誰！」

法蘭克福用一個充滿無奈而又柔和的聲音回答說：「大使先生，我並沒有說這個年輕人在撒謊。我只是說我無法相信他告訴我的話。這兩者是有區別的。」

這個故事到了今天，仍然具有很大的啟發性。當你聽到活摘器官而感慨「天啊，我無法相信這是真的」的時候，你或許也要像法蘭克福那樣補充道：「我並不是說活摘器官不存在，我只是我無法相信這個事實。這兩者是有區別的。」

哪怕一例「活摘」都是罪惡滔天

中共杜絕外界調查，把很多與死刑犯有關的東西當作國家機密，使得任何分析中共利用死刑犯器官和活摘法輪功學員器官的努力都非常困難。但是，根據一些公開出來的數據和觀察，以及死刑犯器官本身的局限性和大陸器官移植市場的特點，特別是加上知情人的舉報，很多的電話調查，仲介證言等等，有足夠的理由相信，中國大陸在2003至2006年間迅猛增長的器官移植數量，與中共活摘法輪功學員器官脫不了關係。

文革時期發生的張志新被中共殺害前慘遭割喉的故事多年後披露出來，震驚了整個中國。人們認為文革的時代已經過去，但是，在1999年又發生了文革一般的對法輪功鋪天蓋地的誹謗和殘酷迫害。張志新被平反了，但是，殺害她、割她喉嚨的那個中共的殺人機制並沒有從中國消失。在急功近利的表面經濟發展的

幌子下，在對金錢的瘋狂追逐中，通過龐大的政法系統、軍隊、醫療系統，發生的活摘法輪功學員器官的慘劇，被《大衛的調查報告》形容為「這個星球上前所未有的邪惡」。是的，這樣的悲劇，不要說大規模的發生，就是發生一例活摘法輪功學員的事情，都足夠讓世界人民感受到一個漠視生命的獨裁政權的邪惡。

所謂的「經濟奇蹟」不能成為迫害的藉口

說起中共的人權迫害，有人說，中國這幾年經濟發展了。意思就是只要經濟發展了，有人被迫害，甚至活摘器官，無所謂。其實，我們不能用經濟的表面發展來掩蓋和開脫中共對自己人民的迫害。希特勒用了不到三年的時間，同樣實現了一個所謂的「經濟奇蹟」，甚至更為「奇蹟」。年均經濟增長率遠遠超過了100％，把失業率從30％降到了零，讓德國當時的國際地位大大提高，成了歐洲的強國，還在 1936 年成功地舉辦了「柏林奧運會」，使得很多國家對它刮目相看。希特勒當時說要讓德國的每一個家庭，都有自己的轎車，這就是德國的 Volkswagen，即「德國大眾」，Volks 就是德語的「人」，Wagen 就是「車」，希特勒要讓每一個家庭都有自己的汽車。但是不管經濟如何發展，在集中營裡面對猶太人殘酷的屠殺，這些事情就足以給希特勒定性了。沒有人會用經濟發展來為希特勒開脫。

中國這些年發展起來的急功近利、表面櫥窗式的經濟，比起德國，實際上要脆弱和廉價得多。環境、資源和道德的代價，不知要讓我們的子孫後代如何償還。中國的問題，現在最重要的就是道德的問題。如果任由活摘器官這樣邪惡的事情發生，這個國

家，這民族是不會有未來的。

在經濟利益的誘惑下，對中共迫害自己人民的惡行，很多人採取了姑息的態度。但是，也有越來越多的人在不斷的站出來。美國眾議院外交關係委員會監督調查小組委員會主席、國會議員德納‧羅拉巴克（Dana Rohrabacher）曾就活摘法輪功學員器官之事致信美國總統，他說：「在歷史的將來，人們不會在意我們是否又簽署了一筆貿易合同，或是又賣了一架波音 747，但是如果在面對人類大規模遭受這種難以言表的極度痛苦時，我們卻視而不見，我們必將會受到歷史的審判。」

你能做什麼？

我們看到，中共應付活摘指控的做法就是以整頓器官市場的名義，裝「好人」蒙騙世界，同時嚴厲限制外界去大陸做任何獨立的調查。中共拒絕外界調查真相的態度，本身就證明著中國歷史上最黑暗的一頁正是那一朵在邪惡和金錢的衝擊下爆炸出的血色蘑菇雲。中共幻想的就是要外界盡快忘掉 1999 年以來，特別是 2003 年到 2006 年那一段大陸器官移植市場高速增長而又極其混亂的，發生著「這個星球上前所未有的邪惡」的時期。

捷克作家米蘭‧昆德拉說過：「與專制的鬥爭，就是與遺忘的鬥爭。」中共所有的努力，就是要人們「忘記」；而人民所有的掙扎，則是要努力「記住」。

昨天的中共殘害了張志新，今天的中共活摘了法輪功學員，那麼只要中國大陸幾十年來的不幸之源中共還繼續存在，明天被中共殘害的也許就是你了。幫助法輪功學員，制止這場迫害，就

是在幫助你自己創造一個美好的未來。

　　每一個人都能貢獻一份力量，請幫助收集更多證據，呼籲中共允許外界的獨立調查，共同還原那一段歷史的真相，全面制止這一場對法輪功、對「真善忍」的迫害。

　　假如你是參與活摘法輪功學員器官的醫生，希望不要只顧眼前的利益，要認識到自己捲入活摘法輪功學員器官的黑幕中，也是被中共利用了。如果沒有這場對法輪功鋪天蓋地的誹謗和「打死算自殺」的迫害，活摘法輪功學員器官的事情根本就不會發生。走到今天這一步，替中共掩蓋、守口如瓶，並不能減輕自己的罪責。「暗室之中，神目如電」，用良心和智慧講出真相，減輕甚至抵消過去有意無意間所犯下的罪惡，才是光明之路。

【附錄 1】

器官移植的技術難關

器官移植是活性移植，要取得成功，技術上有三個難關需要突破。

一是移植器官一旦植入受者體內，必須立刻接通血管，以恢復輸送養料的血供，使細胞賴以存活，這就要求有一套不同於縫合一般組織的外科技術，而這種完善的血管吻合操作方法，直到 1903 年才由 A. 卡雷爾創製出來。

二是切取的離體缺血器官在常溫下短期內（少則幾分鐘，多則不超過一小時）就會死亡，不能用於移植。而要在如此短促的時間內完成移植手術是不可能的。因此，要設法保持器官的活性，這就是器官保存。方法是降溫和持續灌流，因為低溫能減少細胞對養料的需求，從而延長離體器官的存活時間，灌流能供給必需的養料。直到 1967 年由 F.O. 貝爾澤、1969 年由 G.M. 科林斯（均為美國人）分別創製出實用的降溫灌洗技術，包括一種特製的灌洗溶液，可以安全地保存供移植用腎的活性達 24 小時。這樣才贏得器官移植手術所需的足夠時間。

三是醫療上用的器官來自另一個人。但是受者作為生物有著一種天賦的能力和機構（免疫機構），能對進入其體內的外來「非己」組織器官加以識別、控制、摧毀和消滅。這種生理免疫過程在臨床上表現為排斥反應，導致移植器官破壞和移植失敗。移植器官正像人的其他細胞一樣，有二大類主要抗原：ABO 血型和人類白細胞抗原（HLA），它們決定了同種移植的排斥反應。ABO 血型只有四種（O、A、B、AB），尋找 ABO 血型相同的供受者並不難；但是 HLA 異常複雜，現已查明有七個位點，即 HLA——A、B、C、D、DR、DQ、DP，共 148 個抗原，其組合可超過 200 萬種。除非同卵雙生子，事實上不可能找到 HLA 完全相同的供受者。所以，同種移植後必然發生排斥反應，必須用強有力的免疫抑制措施予以逆轉。到 1960 年代才陸續發現有臨床實效的免疫抑制藥物：硫唑嘌呤（1961）、潑尼松（1963）、抗淋巴細胞球蛋白（ALG，1966）、環磷醯胺（1971），這以後才能使移植的器官長期存活。1962 年美國 J.E. 默里（1990 年諾貝爾生理學或醫學獎獲得者）第一次進行人體腎移植獲得長期存活，器官移植作為醫療手段，才成為現實。

移植排斥反應主要表現為三種不同的類型：

超急排斥（Hyperacute Rejection）反應一般在移植後 24 小時發生。目前認為，此種排斥主要由於 ABO 血型抗體或抗 I 類主要組織相容性抗原的抗體引起的。受者反覆多次接受輸血，妊娠或既往曾做過某種同種移植，其體內就有可能存在這類抗體。在腎移植中，這種抗體可結合到移植腎的血管內皮

細胞上，通過啟動補體有直接破壞靶細胞，或通過補體活化過程中產生的多種補體裂解片段，導致血小板聚集，中性粒細胞浸潤並使凝血系統啟動，最終導致嚴重的局部缺血及移植物壞死。超急排斥一旦發生，無有效方法治療，終將導致移植失敗。因此，通過移植前 ABO 及 HLA 配型可篩除不合適的器官供體，以預防超急排斥的發生。

急性排斥（Acute Rejection）是排斥反應中最常見的一種類型，一般於移植後數天到幾個月內發生，進行迅速。腎移植發生急性排斥時，可表現為體溫度升高、局部脹痛、腎功能降低、少尿甚至無尿、尿中白細胞增多或出現淋巴細胞尿等臨床症狀。細胞免疫應答是急性移植排斥的主要原因，CD4+T（TH1）細胞和 CD8+TC 細胞是主要的效應細胞。即使進行移植前 HLA 配型及免疫抑制藥物的應用，仍有 30～50% 的移植受者會發生急性排斥。大多數急性排斥可通過增加免疫抑制劑的用量而得到緩解。

慢性排斥（Chronic Rejection）一般在器官移植後數月至數年發生，主要病理特徵是移植器官的毛細血管床內皮細胞增生，使動脈腔狹窄，並逐漸纖維化。慢性免疫性炎症是導致上述組織病理變化的主要原因。目前對慢性排斥尚無理想的治療措施。

【附錄 2】

兩家與軍方關係密切
的醫院的手術成果圖

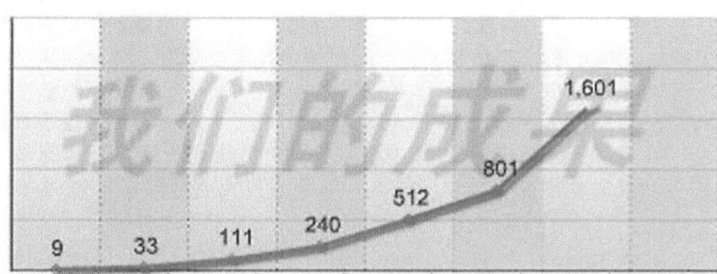

天津東方器官移植中心在網站首頁上顯示的「肝移植成果」[70]，（2004
肝移植例數世界第一）。[71]

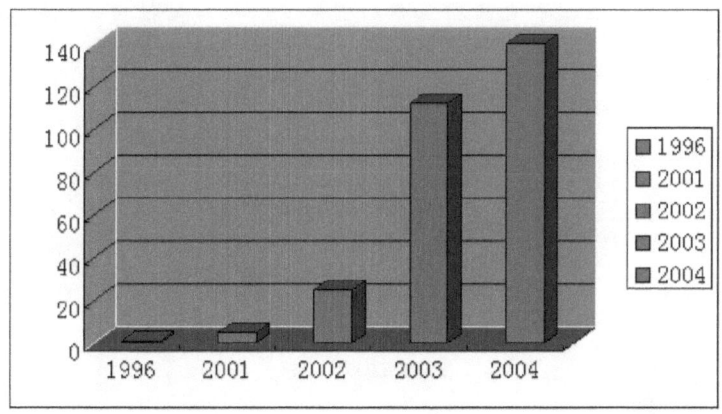

解放軍第二軍醫大學第二附屬醫院（上海長征醫院）網站上顯示的該院「肝
移植例數」[72]

【附錄 3】

中國移植專家對外公布的
器官移植數量

中國器官移植每年及總的數量並沒有準確的數字，不同的專家根據自己掌握的數據給出的估算互相有些出入，但是都顯示出大陸器官市場的飛速發展。比如，《健康報》報導，中華器官移植學分會常委、全軍器官移植中心主任石炳毅認為至 2005 年總共有約九萬宗移植案例，2005 年就進行了近萬例腎移植、近 4000 例肝移植[73]。石炳毅在另一篇《科學時報》的採訪中說 2006 年達到歷史最高峰，這一年就有二萬例[74]。石炳毅在 2009 年 9 月做客新華網時，說中國現在每年進行腎臟移植八、九千例，肝臟移植三、四千例[75]。

中共衛生部副部長黃潔夫稱 2004 年中國的器官移植達到最高峰，光是腎和肝的移植數量就近 1 萬 5000 例[76]。

中國《財經》雜誌 2009 年第 18 期披露，截至 2008 年，中國腎和肝的移植數量超過 10 萬例[77]。

（原文被刪，截圖取自國際互聯網檔案中心的存儲備份 http://web.archive.org/web/20060826070646/http://www.transplantation.org.cn/html/2006-03/394.html）

【附錄 4】

地下醫院器官移植

移植醫院泛濫的後果，就是出現了不少地下醫院，為了牟取暴利，也擠進器官市場。

《三聯生活周刊》2006 年 4 月在《器官移植立法之難》一文中透露，解放軍器官移植研究所所長、上海長征醫院器官移植中心主任朱有華告訴記者：「2005 年完成 181 例腎移植和 172 例肝移植，接受在地下醫院器官移植失敗的患者二、三十例……」

「東方器官移植中心沈中陽介紹，中心接收的因移植過程處理不當、操作不規範導致二次移植的病例占器官移植總量的 10 ～ 20%。」〔78〕

這是一個不能不提到的事實，就是地下醫院移植的器官，很可能是沒有計算在黃潔夫等人的器官數量中，那麼，在 2003 至 2006 年間的實際移植數量將會超過公開談論的數據水準。

【附錄 5】

黃潔夫和石炳毅提供的器官數量

中共衛生部副部長黃潔夫等曾在國際醫學雜誌《柳葉刀》（The Lancet）上發表文章《中國器官移植的政策》[79]。其中有一幅 1997 年至 2007 年器官手術數量分布圖。

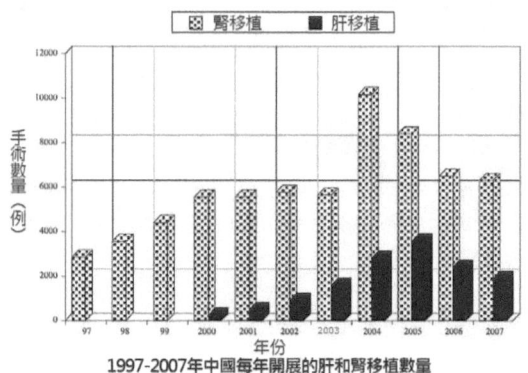

（此圖是在原圖的基礎上，把黑條框所示的肝移植數量用白條框累加到腎移植數量上，並用紅線勾畫出增長趨勢）

事實上，在我們收集到的大陸移植專家公布的器官數量中，黃潔夫提供的數據是處於相對保守一端的，他採用的 2003 至 2006 年的數據是不完全統計的，其他專家給出的數量比黃的數據高出很多。全軍器官移植中心主任石炳毅認為 2005 年就進行了近萬例腎移植、近 4000 例肝移植，2006 年達到歷史最高峰，這一年就有二萬例。2008 年的數據來自他在新華網的採訪。（數據來源參見附錄 2）

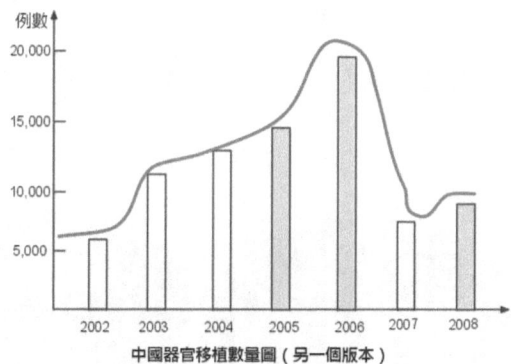

中國器官移植數量圖（另一個版本）
此圖根據全軍器官移植中心主任石炳毅提供的2005、2006、2008年的數據勾畫

【附錄6】

世界各國器官移植數量
是比較穩定的

世界各國移植的數量在這十年間基本都是比較穩定的。加拿大從 1997 年到 2007 年的器官移植數量大概是從 1500 例增加到 2200 例，美國的移植數量從 1997 到 2008 年是從二萬例增加到 2 萬 7000 例。

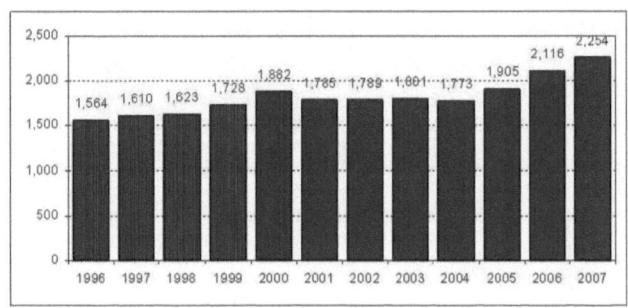

加拿大 1997 至 2007 器官移植數量圖 [80]

Transplants by Donor Type
U.S. Transplants Performed : January 1, 1988 - July 31, 2009
For Format = Portrait
Based on OPTN data as of October 17, 2009

	To Date	2009	2008	2007	2006	2005	2004	2003	2002	2001	2000	1999	1998	1997
All Donor Types	466,553	16,679	27,964	28,367	28,939	28,116	27,039	25,472	24,909	24,233	23,257	22,017	21,519	20,309
Deceased Donor	365,900	12,834	21,746	22,054	22,207	21,213	20,048	18,658	18,291	17,641	17,334	17,008	16,974	16,263
Living Donor	100,653	3,845	6,218	6,313	6,732	6,903	6,991	6,814	6,618	6,592	5,923	5,009	4,545	4,046

美國 1997 至 2009 年 10 月的器官移植數量圖 [81]

【附錄7】

中國醫院器官平均等待時間

下面幾幅截圖是中國幾個醫院在其網站上公布的器官等待時間。

東方器官移植中心（天津）：病人平均等待時間為兩周。

（來源：原文被刪，國際互聯網檔案中心備份 http://web.archive.org/
web/20060207021805/http://www.ootc.net/）

解放軍第二醫院解放軍器官移植研究所（上海長征醫院）：肝移植病人的平
均等候供肝時間為一周。

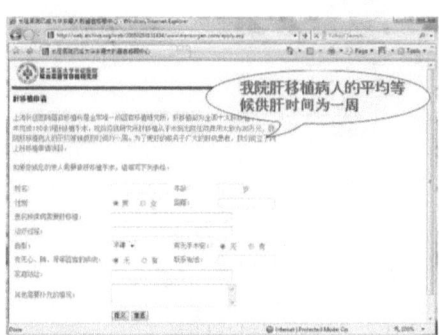

（來源：原文被刪，國際互聯網檔案中心備份 http://web.archive.org/

web/20050210151434/www.transorgan.com/apply.asp）

活摘器官曝光之後，該網頁被修改為：患者一旦入院，我們會盡快安排手術時間。

（圖片來源：http://www.transorgan.com/apply.asp）

中國醫科大學第一附屬醫院的國際移植（中國）網絡支援中心（瀋陽）：一般肝臟移植，最快只需一個月，最慢不超過兩個月左右。腎臟移植最快一周，最長不超過一個月即可以尋求到 HLA 相匹配的供體。如有問題在一周之內再次進行移植手術。

（來源：原文被刪，互聯網檔案中心備份 http://web.archive.org/web/20041023183012/zoukiishoku.com/cn/jueding/index.htm）

【附錄 8】

關於器官移植的收費標準

中國醫科大學第一附屬醫院的國際移植（中國）網絡支援中心的費用表：

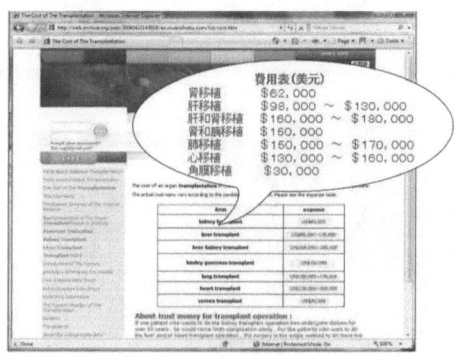

（該網站已關閉，截圖來自國際互聯網檔案中心備份

http://web.archive.org/web/20060422143018/en.zoukiishoku.com/list/cost.htm）

該網有日文，俄文，英文，中文版，在活摘器官曝光後，該網站已關閉。

【附錄 9】

供體質量是如何保證的

中國醫科大學第一附屬醫院的國際移植（中國）網絡支援中心在網站上對其
器官移植質量的說明，強調用的是活體：

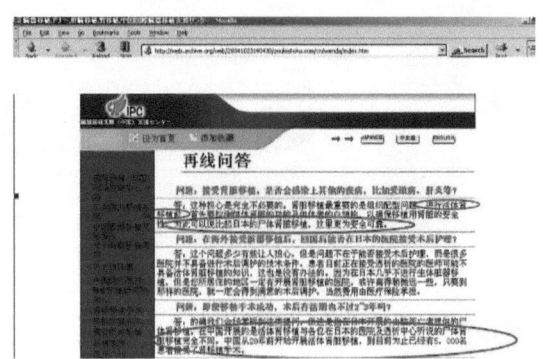

中國醫科大學第一附屬醫院的國際移植（中國）網絡支援中心對器官質量的
在線問答

（該網站已關閉，截圖來自國際互聯網檔案中心備份

http://web.archive.org/web/20041023193430/zoukiishoku.com/cn/
wenda/index.htm）

【附錄 10】

「中華器官移植分會」
的網站消失了

活摘法輪功學員器官的事情在 2006 年 3 月 9 日被知情人披露出來之後，「中華醫學會」下面的「中華器官移植分會」的網站很快消失了。從 2006 年 3 月到目前（2009 年 11 月）還沒有恢復。「中華醫學會」總網站上的「器官移植分會」被指向了「中華醫學會」本身的首頁。「中華醫學會」的網址是 www.cma.org.cn，「中華器官移植分會」網址是 www.cstx.org（Chinese Society of Transplantation）。如果到國際互聯網檔案中心（www.archive.org）查詢，還能找到 www.cstx.org 過去的備份，最後一期停留在 2006 年 2 月。該網註明「主辦：中華醫學會器官移植分會承辦：華中科技大學同濟醫學院器官移植研究所」。中華醫學會器官移植學分會至今仍然經常在大陸主辦各種研討會，很多活躍的移植專家都是該學會會員，網站為何消失成為一個祕密。當然，不排除今後再恢復，那是另一回事。

（備份網址：http://web.archive.org/web/20051201024138/www.cstx.org/xhjj2.htm）

參考文獻：

1. 「（中共）解釋說器官移植的來源主要是死刑犯是無法令人信服的，如果那樣的話，那麼死刑犯的人數一定比認為的要高得多。」 聯合國「酷刑問題」特派專員接受英文《大紀元》採訪。Unsolved: Organ Harvesting in China，Interview with Manfred Nowak， 來源：http://www.theepochtimes.com/n2/content/view/20596/

2. 「中國器官移植熱的興起與迫害法輪功幾乎同步，這不能不引起人們的憂慮。」 2008 年 11 月「聯合國反酷刑委員會」發布的報告。CONSIDERATION OF REPORTS SUBMITTED BY STATES PARTIES UNDER ARTICLE 19OF THE CONVENTION: Concluding observations of the Committee against Torture，United Nations Committee Against Torture，Forty-first session， Geneva，3-21 November 2008。 來源：http://www2.ohchr.org/english/bodies/cat/docs/CAT.C.CHN.CO.4.pdf

3. 「過去一年中，未經允許摘取法輪功學員器官的指控再次出現，進一步引起了對中國的器官移植業可能存在虐殺的關注。」《美國國會及行政當局中國委員會 2009 年度報告美國會報告：大量法輪功學員被逮捕和迫害》。來源：http://www.epochtimes.com/gb/9/10/24/n2699251.htm

4. 「1999 年親屬間活體移植占 2％，2004 年也才 4％。」科學為親情護航——掃描親屬活體腎移植，河南省腎移植中心。來源：http://www.china-kidney.com/shownews.asp？id=819

5. 《中國日報》披露 2006 年活體比例是 15％，目前活體有近 40％，而 65％的器官來自死刑犯，Public Call for Organ Donations，China Daily， 來源：http://www.chinadaily.com.cn/china/2009-08/26/content_8616938.htm

6. 「95％以上的供體是屍體，而屍體幾乎全部來自死刑犯。」器官移植：加快規制的地帶，《財經》2005 年第 24 期，來源：http://magazine.caijing.com.cn/2005-11-28/110062607.html

7. 「中國 98％器官移植源控制在非衛生部系統」，器官移植立法之難，《三聯生活周刊》，來源：http://www.lifeweek.com.cn/2006-04-17/0005314976.shtml

8. 中國肝移植註冊 2006 年度報告，來源：中國肝移植註冊網 https://www.cltr.org/view.jsp？id=76

9. 政府政策和器官移植，黃潔夫、毛一雷，J.MichaelMillis，

Government Policy and Organ Transplantation in China，國際醫學雜誌《柳葉刀》（The Lancet），來源：http://download.thelancet.com/flatcontentassets/series/china/comment11.pdf

10.　「2008 年完成肝臟移植三千多例到四千例，腎臟移植六千多例。」石炳毅訪談實錄：詳細說說器官移植，新華網，來源：http://news.xinhuanet.com/mil/2009-09/11/content_12035251_2.htm

11.　「建立器官移植登記網絡制定腦死亡法——器官移植供體匱乏的解決之道」，2004 年 11 月 15 日，來源：http://www.100md.com，《中國醫藥報》（總第 2887 期）

12.　「常見的 HLA 分型，在 300 至 500 人就可以找到相同者，少見的 HLA 分型可能是萬分之一的機率，而罕見的就要到幾萬甚至幾十萬的人群中尋找。」HLA 的基本知識，北京大學陽光志願者協會，來源：http://www.isun.org/ch_cure/article_156.html

13.　「直系親屬之間的概率是 50％；一般人之間的配型概率在 20％～ 30％之間」，《陽光下的罪惡》，《焦作日報》，來源：http://epaper.jzrb.com/shck/html/2009-10/19/content_139678.htm

14.　「界定腎移植雙方是否冒名的最簡單辦法是看兩人是否配型，直系親屬之間的概率是 50％；一般人之間的配型概率在 20 ～ 30％之間」，上海切斷地下賣腎鏈人大代表呼籲阻擊地下賣腎暗流，《新聞晨報》2004 年 1 月 14 日，來源：http://www.spcsc.sh.cn/renda/node103/node124/node143/userobjectlail562.html

15.　中國人的血型分布比例，RACIAL & ETHNIC DISTRIBUTION of ABO BLOOD TYPES，來源：http://www.bloodbook.com/world-abo.html

16.　「乙肝病毒在我國人群中的總感染率很高，約為 57.6％，真正的乙肝病毒攜帶者約為 1.2 億。」《6.9 億人感染過乙肝病毒？》來源：《揚子晚報》http://www.hbver.com/Article/ygfz/ygzs/200404/2789.html

17.　「十幾年來，人民法院一直堅持嚴格控制和慎重適用死刑，死刑數量持續保持下降的趨勢。」中新網 2007 年 9 月 6 日，來源：http://www.sh.chinanews.com.cn/Article_Show.asp ？ ArticleID=31395

18.　「中國有至少 1010 人被處決，估計真正處決的犯人可能多達 7500 至 8000 人。」國際特赦組織 2006 年的死刑報告，Facts and Figures on the Death Penalty（1 January 2007），來源：http://www.amnesty.org/en/library/info/ACT50/002/2007

19.　「2006 年全世界有 5628 被處決，其中中國被處決人數達到 5000 人。」

義大利反死刑組織，來源：BBC，http://news.bbc.co.uk/chinese/trad/hi/newsid_6970000/newsid_6971700/6971753.stm

20. 王光澤：中國死刑執行人數之謎，來源：http://crd-net.org/Article/Class7/200703/20070320091911_3703.html

21. 《我在死囚身上剝皮——天津武警總隊醫院醫師王國齊的自白》，《世界日報》，來源：http://www.chinamonitor.org/news/qiguang/wqgzb.htm

22. 死刑犯器官捐獻調查，《鳳凰周刊》，2005 年 21 期（總 190 期），來源：http://www.ifeng.com/phoenixtv/72951501286277120/20050823/617113.shtml

23. 「盜取死刑犯器官遭到家屬反對」，中國死刑犯器官捐獻調查，《鳳凰周刊》，記者：鄧飛，來源：http://health.sohu.com/20081120/n260760080.shtml

24. 「在過去十年間（1997 至 2007），中國器官移植數量飛速增長。」《中國器官移植的政策》，黃潔夫等，國際醫學雜誌《柳葉刀》（The Lancet），來源：http://download.thelancet.com/flatcontentassets/series/china/comment11.pdf

25. 「全國一共有 600 多家醫院、1700 名醫生開展器官移植手術，太多了！」《中國叫停「器官移植旅遊」》，《南方周末》，來源：http://www.infzm.com/content/9556

26. 《中國日報》披露目前 40% 的器官來自親屬間活體移植，Public Call for Organ Donations，China Daily，來源：http://www.chinadaily.com.cn/china/2009-08/26/content_8616938.htm

27. 「美國衛生部的數據表明，肝的平均等待時間是兩年，腎的平均等待時間是三年」，來源：美國衛生部 http://www.organdonor.gov/transplantation/matching_process.htm

28. 「數萬外國人赴華移植器官調查，大陸成全球器官移植新興中心。」記者謎彥輝，《鳳凰周刊》，2006 年第 5 期，來源：http://news.phoenixtv.com/phoenixtv/83932384042418176/20060222/751049.shtml

29. 「移植中心是我部重點效益科室」，《解放軍第 309 醫院器官移植中心簡介》，該中心簡介已刪除相關內容，但在「中國事務論壇」上被保留下來，http://www.chinaaffairs.org/gb/detail.asp？id=61744，另一個來源：http://www.aibang.com/detail/828118414-695423180

30. 「急劇膨脹的業務，讓東方器官移植中心獲得巨額營收。據此前媒體報導，僅肝移植一項，一年即可為中心帶來至少一億元的收入。」中國叫

停「器官移植旅遊」，《南方周末》，2007 年 7 月 18 日，來源：http://www.infzm.com/content/9556

31. 「短短幾年間，更有數萬外國人赴華移植器官，掀起了『器官移植旅遊』。」《天津調查：器官移植的「亞洲第一」》，王鴻諒，《三聯生活周刊》，2004 年 9 月 22 日，來源：http://www.lifeweek.com.cn/2004-09-23/000019783.shtml

32. 「中國的供體短缺其實比國外好了太多」，《天津調查：器官移植的「亞洲第一」》，王鴻諒，《三聯生活周刊》，2004 年 9 月 22 日，來源：http://www.lifeweek.com.cn/2004-09-23/000019783.shtml

33. 「電話錄音：中國大陸醫院和器官移植中心涉嫌提供活體法輪功學員器官的證據」，追查迫害法輪功國際組織，來源：http://www.zhuichaguoji.org/cn/index2.php？option=content&task=view&id=789&pop=1&page=0

34. 「2007 年 1 至 5 月份，與去年同期相比卻出現明顯的下降，主要問題仍然是供體短缺。」《供體短缺是制約器官移植事業發展的瓶頸》，《科學時報》，來源：http://www.sciencenet.cn/html/showsbnews1.aspx？id=182075

35. 「做移植手術的大夫抱怨供體突然短缺了」，《中國叫停「器官移植旅遊」》，《南方周末》，2007 年 7 月 18 日，來源：http://www.infzm.com/content/9556

36. 「高院收回死刑核准權後，2007 年全國死刑的不核准率只有 15％」，來源：新華網，http://news.xinhuanet.com/misc/2008-03/10/content_7761537.htm

37. 「天津東方器官移植中心在 2007 年完成了 84 例親體肝臟移植手術」，來源：人民網‧天津視窗，http://www.022net.com/2007/12-25/425567353391331.html

38. 「到北京上訪被抓捕的、有登記記錄的法輪功學員達 83 萬人次」，光明而曲折的歷程，來源：http://www.minghui.org/mh/articles/2004/8/25/82606.html

39. 「中國勞教所裡關押的人中法輪功學員占人數的一半以上」，美國國務院 2008 年宗教自由報告，2008 Human Rights Report: China（February 25，2009），來源：.http://www.state.gov/g/drl/rls/hrrpt/2008/eap/119037.htm

40. 關於蘇家屯集中營調查的一些線索，許多在北京被抓的學員被運往東北，來源：明慧網，http://search.minghui.org/mh/

articles/2006/3/19/123211.html

41. 軍醫披露中共盜賣法輪功器官官方流程，來源：http://www.epochtimes.com/gb/6/4/30/n1303902.htm

42. 「為犯人進行體檢，測血壓、聽心肺、摸肝脾、拍胸片等檢查項目平均花費近60元」，犯人「聽證會」走進中國監獄刑獄史上首次，來源：新華網，http://news.xinhuanet.com/comments/2004-06/10/content_1518473.htm

43. 「現在全軍能開展肝臟、腎臟、心臟、肺臟移植和多器官聯合移植的醫院已經有40所」，來源：新華網，http://news.xinhuanet.com/newscenter/2008-12/17/content_10520230.htm

44. 《「賣腎」廣告借助現代網絡 上海切斷地下賣腎鏈》，新聞晨報，來源：http://news.xinhuanet.com/legal/2004-01/14/content_1274416.htm

45. 「兩個陌生人之間偶然相遇，配型的機會更少，除非雙方在醫院化驗前已經做了充分的前期準備，但還有一關是任何一個中國醫生都不會慫恿、更不會直接插手這種私下交易———因為那是犯法的」，上海非法賣腎猖獗，來源：http://news.sina.com.cn/c/2004-01-14/15361586708s.shtml

46. 「僅因廣告就貿然非法購買陌生人的腎臟，會『賠了夫人又折兵』的！」，「因為目前瀋陽市腎源是完全充足的！那些賣腎廣告，是幾乎沒有市場的！」，《賣人體器官廣告滿醫院，醫生稱瀋陽腎源充足》，華商報，來源：http://news.hsw.cn/gb/news/2004-12/24/content_1520547.htm

47. 《驚世的惡毒：大陸警察密謀出售法輪功學員人體器官！》來源：http://search.minghui.org/mh/articles/2000/12/22/5759.html

48. 《黑龍江法輪功學員任鵬武被呼蘭縣警察謀殺割除身體器官》，來源：明慧網，http://minghui.ca/mh/articles/2001/4/19/10084.html

49. 《廣州白雲區看守所將法輪功學員郝潤娟迫害致死的經過》，來源：明慧網，http://minghui.ca/mh/articles/2002/7/6/32910.html

50. 《請求立案審查法輪功學員孫瑞健的死因》，來源：明慧網，http://www.minghui.ca/mh/articles/2000/12/16/4707.html

51. 《傅可姝和徐根禮疑被摘取器官拋屍井岡山》，來源：明慧網，http://search.minghui.org/mh/articles/2006/8/8/135079.html

52. 《緊急呼籲國際社會關注中國法輪功學員器官被盜疑案》，來源：明慧網，http://minghui.org/mh/articles/2004/6/16/77099.html

53. 「中共自焚節目的慢鏡頭清楚顯示，當場死亡的劉春玲是被公安擊打致死的」，新唐人電視台製作的影片《偽火》獲第51屆哥倫布國際電

影電視節榮譽獎（2002 年 1 月製作），來源：http://minghui.org/mh/articles/2004/2/17/67484.html

54. 在聯合國「促進與維護人權小組委員會」第 53 屆會議中，非政府組織（NGO）「國際教育發展（IED）」發表了對天安門自焚案件的調查報告，報告中指出，天安門自焚案件是中共一手導演。來源：http://www.unhchr.ch/huricane/huricane.nsf/0/D1D7C610CB97B340C1256AA9002678B0 ？opendocument

55. 新唐人電視台 2002 年 1 月製作的英文錄像片《False Fire: China's Tragic New Standard in State Deception》（偽火）獲得了第 51 屆哥倫布國際電影電視節榮譽獎（2003 年），該片主要根據中共中央電視台「焦點訪談」的錄像節目的慢鏡頭分析製作，揭露這場自焚是中共導演的騙局。《偽火》網址 http://www.falsefire.com

56. 《「乾坤挪移九小時」，昨夜今晨親睹亞洲最高齡肝腎聯合移植》，來源：《解放日報》，http://old.jfdaily.com/pdf/050126/jf05.pdf

57. 「Die Freigabe der Vernichtung Lebensunwerten Lebens」（Allowing the Destruction of Life Unworthy of Life，《允許消滅沒有生命價值的生命》），1920，by Karl Binding and Alfred Hoche。

58. 《醫療屠殺和種族滅絕的心理學》（Medical Killing and the Psychology of Genocide），Robert Jay Lifton。

59. 《乞丐之死背後的器官交易》，《南風窗》2007 年第 14 期，來源：http://www.qikan.com.cn/Article/nafc/nafc200714/nafc20071413.html

60. 《乞丐之死背後的器官交易——醫學界該負什麼責任？》來源：德國之聲中文網，http://www.dw-world.com/dw/article/0,2708033,00.html

61. 《「殺人盜器官」案》，來源：《財經》，記者：歐陽洪亮，賀信，來源：http://www.transplantation.org.cn/zyienizhonghe/2009-09/3906.htm

62. 「第一位知情人（在日本的中國記者）向《大紀元時報》披露：瀋陽集中營設焚屍爐售法輪功學員器官」，來源：http://epochtimes.com/gb/6/3/9/n1248687.htm

63. 「前夫參與活摘法輪功學員器官的一位女士站出來：指證蘇家屯集中營摘活體器官」，來源：http://epochtimes.com/gb/6/3/17/n1257362.htm

64. 《瀋陽軍區老軍醫指證蘇家屯集中營內幕》，來源：http://epochtimes.com/gb/6/3/31/n1271996.htm

65. 《錄像：生死之間》（新唐人電視台製作），來源：http://www.

minghui.org/mh/articles/2009/9/1/207542.html

66. 《血腥的活摘器官——關於摘取法輪功學員器官的報告》（《大衛的調查報告》），來源：http://organharvestinvestigation.net/report0701/report20070131-ch.pdf

67. 「瀋陽市蘇家屯區境內發現了一處神祕的長達兩公里的日軍地下工事」，瀋陽神祕地下道曝光疑為侵華日軍地下工事，來源：http://news.sohu.com/20050812/n226651351.shtml「日軍地下工事群」在我區「現身」，中共瀋陽市蘇家屯區委組織部，來源：http://www.sjtdj.gov.cn/xuancuan/show.asp？ids=2643

68. 「盧國平醫生在鳳凰衛視節目中的聲音（在第18分鐘的地方）」，世事關心第94期：中共盜取法輪功學員器官追蹤報導之五，來源：http://www.ntdtv.com/xtr/gb/2009/04/08/a278863.html#video

69. 「Karski: How One Man Tried to Stop the Holocaust」，E. Thomas Wood's and Stanislaw M. Jankowski （Wiley and Sons）.

70. 天津東方器官移植中心網站首頁上顯示的「肝移植成果圖」，原文被刪，圖片來源於國際互聯網檔案中心備份： http://web.archive.org/web/20060412162605/http://www.ootc.net/

71. 天津東方器官移植中心在其網站的「中心成就」一欄中說，2004年年度肝移植突破500例，腎移植突破300例，肝、腎移植年度例數均居國內首位，年肝移植例數世界第一。來源：http://www.ootc.net/CenterContent.aspx？newsID=12

72. 解放軍第二醫院（上海長征醫院）網站上顯示的該院「肝移植例數圖」，原文被刪，圖片來源於國際互聯網檔案中心備份：http://web.archive.org/web/20050317130117/http://www.transorgan.com/about_g_intro.asp

73. 「石炳毅：全國至今（2005年）已實施各種器官移植九萬餘例，（2005年）就進行了近萬例腎移植、近4000例肝移植」，器官移植要設高門檻，《健康報網》，2006年3月2日，來源：中國器官移植網，原文在活摘器官曝光後被刪除，參見國際互聯網中心備份：http://web.archive.org/web/20060826070646/http://www.transplantation.org.cn/html/2006-03/394.html

74. 「2006年達到歷史最高峰，這一年就有二萬例」，供體短缺是制約器官移植事業發展的瓶頸，《科學時報》，來源：http://www.sciencenet.cn/html/showsbnews1.aspx？id=182075

75. 「中國現在每年進行腎臟移植八、九千例，肝臟移植三、四千例」，

石炳毅訪談實錄：詳細說說器官移植，新華網，來源：http://news.xinhuanet.com/mil/2009-09/11/content_12035251_2.htm

76. 「2004 年中國的器官移植達到最高峰，光是腎和肝的移植數量就近 1 萬 5 千例」，數據來自「1997 年－2007 年器官手術數量分布圖」，2008 年 10 月 22 日，黃潔夫，毛一雷，J.MichaelMillis，中國器官移植的政策，Government Policy and Organ Transplantation in China，國際醫學雜誌《柳葉刀》（The Lancet），來源：http://download.thelancet.com/flatcontentassets/series/china/comment11.pdf

77. 《器官何來？》，《財經》雜誌，作者：王璐，來源：http://www.transplantation.org.cn/zyienizhonghe/2009-09/3905.htm

78. 「2005 年完成 181 例腎移植和 172 例肝移植，接受在地下醫院器官移植失敗的患者二、三十例……」，《器官移植立法之難》，《三聯生活周刊》2006 年 4 月，來源：http://www.lifeweek.com.cn/2006-04-17/0005314976.shtml

79. 「1997 年至 2007 年器官手術數量分布圖」，《中國器官移植的政策》，黃潔夫，毛一雷，J.MichaelMillis，Government Policy and Organ Transplantation in China，國際醫學雜誌《柳葉刀》（The Lancet），來源：http://download.thelancet.com/flatcontentassets/series/china/comment11.pdf

80. 加拿大 1997－2007 器官移植數量圖，Report on CORR Performance and Recent Trends in Donor，Transplant and Waiting Statistics in Canada-Preliminary Results，Dr.Lilyanna Trpeski，來源：http://www.cihi.ca/cihiweb/en/downloads/Clinical％20CAT％20presentation_donors_2008_fial.ppt

81. 美國 1997 至 2009 年 10 月的器官移植數量圖，U.S. Department of Health & Human Services. 來源：http://optn.transplant.hrsa.gov/latestData/rptData.asp

中國大變動系列 **020**

中共活摘器官

作者：新紀元編輯部。**執行編輯**：王淨文／張淑華／黃采文。**美術編輯**：林彩綺。**封面設計** ：R-one。**出版** ： 新紀元周刊出版社有限公司。**電話** ： 886-2-2268-9688(台灣) 852-2730-2380(香港)。**傳真**：886-2-2268-9610(台灣)/852-2399-0060(香港)。 Email:mag_service@epochtimes.com。**網址**: www.epochweekly.com。**香港發行** ：田園書屋。**地址**：九龍旺角西洋菜街56號2樓。**電話**：852-2394-8863。**台灣發行**：高見文化行銷股份有限公司。**地址**：新北市樹林區佳園路二段70-1號。**電話**：886-2-2668-9005 。**規格**：21cm×14.8cm。**國際書號**：ISBN978-988-13130-2-7。**定價**：HK$128／NT$450 。**出版日期**：2014年3月。

新紀元
NEW EPOCH WEEKLY

www.ingramcontent.com/pod-product-compliance
Lightning Source LLC
Chambersburg PA
CBHW060216030726
47499CB00004B/1075